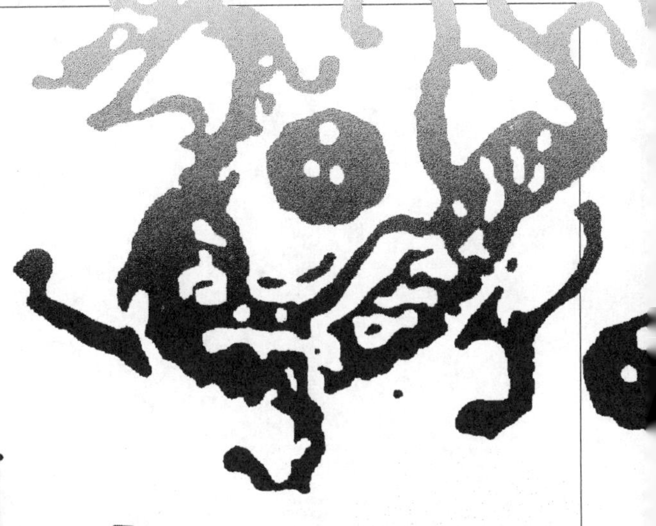

中國古代文學史

宋遼金元

3

主編
馬積高、黃鈞
本冊執筆
蔡鎮楚、趙曉嵐
黃鈞
顧問
姜亮夫

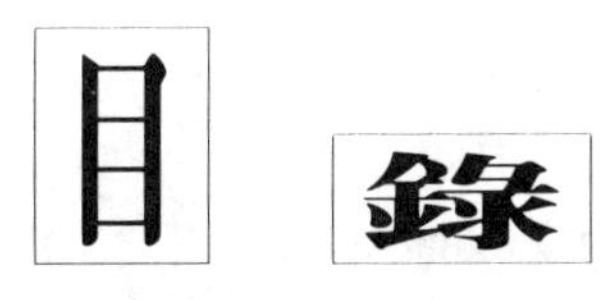

目錄

第五編　宋遼金文學(公元960～1279年)

第五篇

宋遼金文學

（公元960～1279年）

概　說

宋代是中國歷史上一個比較重要的王朝。它總共三百二十年歷史，以「靖康之變」①爲界，分爲北宋（公元 960～1127 年）和南宋（公元 1127～1279 年）兩個階段，宋代文學亦分爲北宋和南宋兩個時期。由於宋代處於一個特定的歷史階段，國內並未形成漢、唐時代大一統的局面。除漢族政權以外，北方先後出現契丹族建立的遼國和女眞族建立的金國，曾與北宋、南宋形成長期對峙之勢。遼、金少數民族政權稱宋爲「南朝」，宋王朝亦稱遼、金爲「北朝」。這是中國歷史上又一個南北對峙，各兄弟民族之間相互競爭、影響以至融合的時代。由於遼、金文學的發展變化除了受到本國社會條件制約之外，同時也與宋代社會政治和文學的興衰相聯繫，無論是遼與北宋對峙還是金與南宋對峙時期，其文學作品多以漢字寫成，故應成爲漢文學的一個組成部分，並以宋文學爲主體，尚未形成契丹族、女眞族本民族獨有的文學傳統和文學風格。因此，宋代文學實際上包括宋、遼、金的文學。

㈠宋朝文學發展的背景

宋王朝建立以後，曾採取一系列有利於發展生產的措施，農業經濟得到迅速的恢復和發展。據《文獻通考》載，不到百年時間，北宋的人口和耕地面積就比宋初增長近二倍。與此同時，宋朝放寬了西漢以來封建制度下傳統的輕商、抑商政策，注意發展手工業和商業。商人只要納稅，便可散居街坊，隨地經營。北宋京城汴梁，逐漸突破了唐代坊市的界限和宵禁，以行業成街，隨處都有店鋪酒樓，集市活動極爲發達。都市的繁榮發展，市民階層的壯大，對宋代的經濟、政治、文化生活產生了極大的影響。

鑒於唐五代藩鎮割據的教訓，宋朝特別注重加强中央集權制度，集軍權、財權、政權於皇帝一身，皇權至尊，使國家權力達到空前的集中。爲鞏固中央集權制，宋代統治者特別優厚文士，大開科舉，每科錄取進士多至三、五百人，超過唐代的二十倍之多②。重文輕武是宋代政治上的一大特色。文人登第參政，蔚然成風。宋代知名文學家，大多是進士及第，身居要職，兼官僚政客、詩人騷客於一體。儘管宋朝的疆域小於唐，而「官五倍於舊」（宋祁《景文集・上三冗三費疏》），政府機構臃腫，人浮於事，開支巨大；又實行募兵制，雇佣大批兵員，造成了歷史上罕見的「冗官」、「冗兵」、「冗費」的局面。

宋朝又實行「守內虛外」的政策。宋太祖在奪取後周政權後的第二年就採納趙普的建議，解除禁兵統帥石守信等武將的兵權，以優賜宿將功臣和降王降臣來緩和統治集團內部的矛盾，而對北方少數民族政權的侵擾，卻一味妥協求和，割地納款。靖康之變，金兵南下，徽、欽二帝被虜，南宋王朝偏安江左，奉行「主和」政策，先後與金人簽訂三次喪權辱國的和約③，打擊迫害抗金將士，最後亡於蒙古族之手。可以說，宋王朝是中國歷史上統一的王朝中「積貧積弱」的一個朝代。民族矛盾始終是宋代社會的主要矛盾，民族的憂患意識，抗戰救亡與變法圖强的呼聲一直比較强烈。先有范仲淹的慶曆新政，後有王安石變法，政治上的改革一浪高過一浪。宋代文學中所表現的愛國憂國情緒也愈來愈沈痛和激切；靖康之變後，悲憤之音幾乎成爲南宋詩歌的基調。這是漢、唐文學所沒有的現象。

宋朝重視教育，大辦學校，在京師設國子學、太學，還有律學、算學、書學、畫學、聲學、醫學等培養專門人才的學校。宋仁宗時更明令全國州縣辦學。與此同時，民間書院亦如雨後春筍般湧現，最著名的有廬山白鹿洞書院、衡州石鼓書院、南京應天府書院、潭州岳麓書院，被譽爲「四大書院」④。這些都大大促進了宋代文化學術思想的發展，重經注的漢學從此被明義理的宋學所取代⑤，代表宋代統治階級思想體系的程朱理學也應運而生。

宋代刻書業特別發達，雕板改進和活字印刷術發明之後，大量刊行古籍。北宋初年李昉等編輯的《文苑英華》、《太平御覽》、《太平廣記》以及楊億等輯錄的《册府元龜》，被稱爲「宋代四大書」⑥。隨著刻書業的發展，宋代文人著書、藏書之風亦很盛行。當時從中央三館祕閣到州學、縣學和書院，都藏有成千上萬卷書籍。私家藏書如宋敏求、葉夢得、晁公武等，均多達數萬卷。宋代是中國封建文化高度繁榮發展的時期。因爲有這樣的文化氛圍，一代又一代學富五車的大學者和大作家才得以誕生。

宋代的表演藝術盛況空前，成就斐然。當時的汴京、成都、興元（陝西南鄭）等爲國內貿易中心，廣州、泉州、明州（即寧波）、杭州等成爲國際的貿易中心。這些大都市裡到處有商品交易市場，稱爲「瓦子」、「瓦舍」或「瓦市」，瓦市裡設有文藝演出場所，稱「勾欄」或「遊棚」。僅汴京的桑家瓦子中，就有勾欄五十餘座，較大者可容納數千名觀衆。豐富多采的表演藝術，傑出的藝術人才、藝術社團、歌舞、雜戲和各種說唱藝術都在這裡誕生。宋代宮廷祭祀儀式很多，特別重視宮廷雅樂。崇寧四年（公元 1105 年），宋徽宗下詔把魏漢津改定的「新樂」定名爲「大晟樂」，設立國家音樂機構「大晟府」。宋代的雅樂還傳入鄰國。熙寧間，宋宮廷就曾派樂工去高麗傳授音樂，數年後方歸；政和七年（公元 1117 年）高麗要求傳授大晟雅樂和燕樂，宋宮廷又贈送了樂譜（《宋史》卷一二九）。

宋代最高統治者尙文者多，一般士大夫皆遊於藝，促進了繪畫和書法藝術的高度繁榮。一代宋畫，以山水花鳥、草木竹石爲主體，追求蕭疏淸雅、平淡恬靜的意境，而人物畫則向崇尙白描和淡毫淸墨的方向發展。書法也由唐代之重法度而變爲重氣勢、重神韻，揮灑自如，天趣盎然。宋人能在繪畫、書法等藝術領域崇尙淡雅的審美趣味，同他們在文學特別是在詩詞方面所表現的審美情趣，顯然有很多共通之處。

㈡宋代文學的特色

在中國文學史上，宋代文學是繼燦爛輝煌的唐代文學之後又一座藝術高峯。任何一個時代的文學，都無法離開整個文學歷史發展的連續性，特別是與之相鄰的前代之間的連續性。宋代傳統的文學樣式，主要還是詩、文、詞。從總體來講，宋代文學的繁榮並不亞於唐代，以其所積存的數量而言，甚至遠遠超過唐代文學。《中國叢書綜錄》所著錄的唐人別集有二百七十八種，而宋人別集則近六百種。唐詩之存世者凡二千二百餘人，詩四萬八千九百餘首，加上各種補遺，最多不過五萬餘首。而宋詩之存世者，據厲鶚的《宋詩紀事》計有三千八百多家，陸心源《宋詩紀事補遺》又增加三千餘家，共計爲六千八百餘家；存詩總數估計在十五萬至二十萬首以上，爲唐詩總數的三、四倍之多。《全唐文》收錄唐五代作家三千餘人的一萬八千餘篇文章，現已陸續出版的《全宋文》預計將收錄全宋一萬餘名作家的十萬餘篇文章，是唐文的五倍之多。《全唐詩》附錄的《唐五代詞》僅六十八家，三百七十多首詞，而《全宋詞》則收錄宋代一千三百三十餘家詞人的近二萬首詞，是唐五代詞的五十倍。這是就其數量來說的。當然，這與宋代印刷術的發展和時代距今較近都有一定關係。論質量，宋代文學也並不遜於唐代。宋文無疑可以與唐文媲美，韓愈發動的古文運動至宋代由於歐陽修、蘇軾等大家的共同努力，才得以成功，被後人奉爲光輝典範的「唐宋散文八大家」中，宋代就有六家之多。宋代是詞的鼎盛時期，宋詞的藝術成就遠遠超過了唐五代詞。就有爭議的詩歌而言，唐宋詩的優劣，歷來衆說紛紜。以歷史的觀點和美學的觀點衡量，文學總帶有時代性，在歷史發展的長河中，一代有一代之文學。唐宋詩，是兩個不同時代的產物，代表著唐宋兩個不同時代的社會生活、時代風尚和審美情趣，因而不能以唐衡宋；從整體論，唐詩雖繼往開來，規模宏闊，宋詩亦能借鑒前人，別開生面，不宜過分軒輊。嚴羽《滄浪詩話》揚唐抑宋，導致一場經久不衰的「唐宋詩之爭」，其本身就說明宋詩能有與唐詩爭衡的歷史地位。

唐代是詩歌繁榮發展的黃金時代，故清焦循、王國維等多以唐詩爲唐代文學之代表，而以宋詞爲宋代文學之代表，與唐詩、元曲並稱。其實，作爲中國傳統文學的詩、文也在宋代獲得了高度的繁榮發展，與宋詞形成了「三足鼎立」之勢，未可僅以宋詞作爲宋一代文學的代表。

宋代文學充滿民族憂患意識，始終貫串著强烈的愛國主義精神。路振《伐棘篇》⑦、蘇舜欽《慶州敗》詩，就表現出詩人憤慨國勢削弱和遼國侵凌，懷抱報國立功之志。蘇軾《江城子》（「密州出獵」）抒寫「射天狼」、報效國家之願。宋室南渡後，面對國破家亡的慘痛現實，江西詩派陳與義等人以詩抒發傷時憂國之憤。到陸游、辛棄疾等，絕大多數作家以黃鐘大呂般的歌聲唱出了抗戰救國的時代最强音。直到南宋滅亡前後，民族英雄文天祥和其他遺民作家的詩、文、詞之作，更是慷慨悲壯，飽含血淚。可以說，愛國主義乃是宋代文學的主調。這一特色，宋以前各個朝代的文學都沒有這麼突出。

宋代文學具有「尚理」的特點。這與宋代士大夫受佛教哲學（特別是禪學）的啓發，習慣於理性思考有關，也與宋代科舉重視策論相聯繫，是所謂「制科人習氣」的一種反應。「理」，不僅是哲理之理，還包括義理之理、事理之理、性理之理、情理之理和禪理之理。它在程朱理學中屬於一個哲學範疇，而在宋代士大夫的社會生活中又是待人處事的思想規範與行爲準則；反映到宋代的文壇詩苑，又是一種審美情趣。楊愼《升庵詩話》說唐詩「主情」而宋詩「主理」，其實，宋文亦「主理」。可以說，「理趣」（包括「禪趣」）乃是宋代文人的一種美學追求，是宋代文人的理性情趣和審美風尙的重要標誌。

宋代傳統文學中的各種體式，從創作題材、內容到表現手法都出現前所未有的大融合，「以文爲詩」，「以詩爲詞」，以文爲詞，詩如文，詞如詩、如文。詩、文、詞各種文學樣式的藝術天地，被無限地拓展。宋代文學的發展繁榮，可以從中看到「古文」的力量，看到宋代散文對中國傳統文學中詩與詞的滲透力。所以，宋代文學所呈現的散文化、議論化的藝術特徵和「書卷氣」，正是宋人不同於唐人的文學觀念的體現，是歐陽修、蘇軾等領導的北宋詩文革新的成果。

宋代文學還有一個突出特點，那就是市民文學的興起。隨著都市經濟的繁榮，市民階層的不斷增長，適應於市民階層文化娛樂生活之需，體現市民意識和文化心態的一代俗文學——話本小說和鼓子詞、諸宮調等說唱文學以及戲曲藝術得到了迅速的發展。與傳統的詩、文、詞相比，宋代的話本、諸宮調和雜劇等還只是不能登大雅之堂的俗文學，未得到文人的重視，然而它卻深深地植根於民間文化的土壤之中。兩宋以後，戲曲與小說崛起，正統文學失去了以往獨霸文壇的地位。從這個意義上來說，宋代文學在中國文學發展史上是一個各體並盛、承先啓後的重要轉折階段。

附　註

①靖康之變：宋欽宗元年（公元 1126 年）冬，金兵攻破北宋京城汴京（今開封）。次年四月，金統治者於大肆搜括北宋京都錢財之後，擄宋徽宗、欽宗及宗室、后妃數千人北去，並擄走教坊樂工、技藝工匠，掠攜法駕、儀仗、冠服、禮器、天文儀器、珍寶玩物、皇家藏書、天下州府地圖等，汴京被洗劫一空，北宋滅亡。

②宋代進士之多，在歷代王朝開設的科舉中實屬罕見。如宋太宗太平興國二年（公元 977 年）一舉「拔士幾五百」，八年（公元 983 年）進士 10260 人；淳化二年（公元 991 年）多達 17300 人（見曾鞏《元豐類稿》卷四九「貢舉」）。除進士科，尚有九經、三禮、三傳、明經、明法諸科，廣大士人不乏進身之階。宋代以優待文士爲國策。宋太祖趙匡胤於開國之初，曾立碑爲誓，定下三條戒律，第二條就是「不殺士大夫」，並「勒石鎖置殿中，使嗣君即位，入而跪讀」（王夫之《宋論》卷一）。

③宋金三次和議，依次爲紹興和議、隆興和議及嘉定和議。紹興和議簽訂於紹興十一年（公元 1141 年），規定宋金間東以淮河、西以大散關（今陝西寶雞附近）爲界，宋向金稱臣，每年輸銀、絹各 25 萬。隆興和議簽訂於宋孝宗隆興三年（公元 1165 年），議定宋金爲侄叔之國，依紹興和議改「歲貢」爲「歲幣」，銀絹各減 5 萬，疆界如舊。嘉定和議簽訂於宋寧宗嘉定元年（公元 1208 年）韓侂胄伐金失敗之後。條約規定疆界如舊，金宋改稱伯侄之國，歲幣銀絹各增至 30 萬。並犒軍錢 300 萬貫，以韓侂胄首級贖回淮陝失地。

④四大書院：王應麟《玉海》以白鹿洞、岳麓、睢陽（應天府）、嵩陽

四所書院爲「四大書院」。呂祖謙《鹿洞書院記》、王圻《續文獻通考》同此說。而馬端臨《文獻通考》則以白鹿洞、應天府、石鼓、岳麓爲「四大書院」，有石鼓書院而無嵩陽書院，並說嵩陽書院後來無甚聲名。本書從此說。

⑤宋學：同「漢學」相對，主要是指宋代（包含元、明）程朱和陸王兩派的理學。《四庫提要》：「要其歸宿，則不過漢學、宋學兩家互爲勝負。」江藩《宋學淵源記》：「爲宋學者，不第攻漢儒而已也，抑且同室操戈矣。」詳見黃宗羲《宋元學案》和《明儒學案》。

⑥《文苑英華》，1000 卷，宋太宗時李昉、扈蒙、徐鉉、宋白等奉敕編輯。此書上續《文選》，輯錄南朝梁末至唐代的詩文，爲以後編輯《古詩紀》、《全唐詩》、《全唐文》等總集，提供了大量材料。有明萬曆刻本。

《太平御覽》，類書，1000 卷，宋太宗命李昉等編輯。初名《太平總類》，太宗按日閱覽，改題今名。簡稱《御覽》。全書分55門，引書多至 1690 種，其中漢人傳記 100 餘種，舊地方志 200 餘種，多係現在不傳之書。

《太平廣記》，小說總集，500 卷，目錄 10 卷，北宋等李昉等編輯，因書成於宋太宗太平興國年間，故名。此書按性質分爲 92 類，採集自漢至宋初的歷代小說、筆記、稗史等 475 種，保存了大量的古小說資料。

《册府元龜》，類書，宋眞宗命王欽若、楊億等人編輯。1000 卷，分 31 部，1104 門。將歷代君臣事迹，自上古至五代，分門排列，所採集以史籍爲主，間取經部、子部書籍，不取說部，引文多整章整節。以上四大書的編纂出版，是宋代文化史上的壯舉。

⑦路振，祁陽（今屬湖南）人。宋太宗淳化間（公元 990～994 年）進士，通判邠州，大中祥符初遷太常博士，左司諫，擢知制誥。長於詩詠，有詩集及《九國志》，均佚。今存賦一篇（《見宋史》本

傳）、詩三首（見《宋詩紀事》）。其中《伐棘篇》，載於《宋文鑒》卷十三，一般認爲是宋詩中最早慨嘆國恥國難的作品。

第一章　北宋詩

第一節　北宋詩的發展

北宋詩，是宋詩發展的重要階段。它的發展過程，大致可以分爲初、中、後三個歷史時期①：

㈠北宋初期詩的發展

初期從宋太祖建隆元年（公元 960 年）到宋仁宗天聖八年（公元 1030 年）歐陽修中進士之時，大約七十年，是宋詩的沿襲期。

宋代開國之初，詩壇承襲晚唐、五代遺風，主要效法唐人詩歌，來不及積極地創造發展。這時出現了以王禹偁爲代表的「白體」、以楊億爲代表的「西崑體」②和以林逋爲代表的「晚唐體」。其中，白體師法白居易，西崑體師法李商隱，晚唐體師法姚合、賈島。西崑體影響最大，主宰宋初詩壇文苑，長達半個世紀之久。因此，宋初在北宋詩歌發展史上，也可稱之爲西崑體時期。

西崑體風靡詩壇之時，一些有識之士就已有志於革除宋初詩風浮靡之弊。石介曾率先撰寫《怪說》三篇，對西崑體予以攻擊，指斥楊億、劉筠、錢惟演之輩「淫巧侈麗，浮華纂組、刓鎪聖人之經，破碎聖人之言，離析聖人之意，蠹傷聖人之道」。此後，蘇舜欽、梅堯臣、歐陽修繼起攻之，西崑體逐漸衰亡。

㈡北宋中期詩的發展

中期從宋仁宗天聖八年（公元 1030 年）歐陽修中進士起，到神宗熙寧五年（公元 1072 年）歐陽修去世止，凡四十餘年，這是北宋詩歌革除舊習、開創新風的革新時期。全祖望《宋詩紀事》云：「慶曆以後，歐、蘇、梅、王數公出，而宋詩一變。」即指此而言。

梅堯臣、蘇舜欽、歐陽修的崛起，開創了宋詩發展的新階段。梅詩重意境，尚平淡，提倡「意新語工」，認爲詩歌創作應該做到「狀難寫之景如在目前，含不盡之意見於言外」（《六一詩話》引），見解尤爲精到。《宋詩鈔》引元人龔嘯之語說：「去浮靡之習，超然於崑體極弊之際；存古淡之道，卓然於諸大家未起之先，此所以爲梅都官詩也。」蘇舜欽詩與梅堯臣齊名，史稱「蘇梅」，他們都是歐陽修的詩友，以革新詩文爲己任，在成就歐陽修詩文革新的事業中，都有卓越貢獻。清人葉燮《原詩・外篇》評論說：「開宋詩一代之面目者，始於梅堯臣、蘇舜欽二人。」

歐陽修和王安石都是詩人兼散文作家，歐陽修的年輩較長，他是北宋詩文革新的關鍵人物，被稱爲「一代文宗」。其詩出於韓愈「以文爲詩」，形式自由，開創宋詩風氣。在宋代詩壇，歐、蘇、梅都致力於詩風改革，力求擺脫晚唐五代風調，他們共同的藝術傾向是重視思想內容，偏重古體，以文爲詩，好作議論，凡涉及政治、社會問題的長篇短制，往往議論縱橫，反覆述說。其意在於矯正晚唐以來崇尚近體、專務對偶聲律的浮靡詩風。故而古體詩在他們詩集中占一大半，一代宋詩議論化、散文化之路，就是從這裡開創的。這個時期，歐陽修主盟文壇三十餘年，獎掖後進，團結同志，努力創作，爲宋詩的繁榮發展奠定了堅實的基礎。因此，也可稱之爲歐陽修時期，或宋詩的奠基時期。

㈢北宋後期詩的發展

後期從宋神宗熙寧五年（公元 1072 年）歐陽修去世，到宋欽宗靖康元年（公元 1126 年）北宋滅亡，凡五十餘年，是北宋詩歌繁榮的時期。

這是一代宋詩的鼎盛階段，是宋詩風格成熟的時期，也是宋詩創作的第一個高潮。在歐陽修去世前，王安石及蘇軾、黃庭堅等名家先後在詩壇興起，這時更成爲領袖人物，正是他們把歐、梅等開創的宋詩的新風推向前進。其中蘇、黃的影響尤大，兩人齊名。嚴羽在《滄浪詩話》中說他們都是「以文字爲詩，以才學爲詩，以議論爲詩」。但他們各有主張，風格亦異。蘇天才橫逸，詩雖有散文化、議論化、重理趣等傾向，但尚自然、尚白描，寫景言情、嬉笑怒罵，無施不可，爲宋詩開拓出一個前所未有的境界。他是歐陽修之後文壇公認的領袖，在他門下集結的所謂「蘇門四學士」和「六君子」之輩，成爲宋詩發展的骨幹力量。黃庭堅即是其中之一，但自成一家。黃庭堅論詩，主張以抒寫性情爲主，提倡「奪胎換骨」、「點鐵成金」的推陳出新之法，注重煉字，近體好用拗體，在詩歌創作中形成了以用事押韻爲工、淸勁瘦硬的詩風，開啓了一個龐大的江西詩派。王安石的「荊公體」、蘇軾的「東坡體」、黃庭堅的「山谷體」以及在其影響下崛起的「江西宗派體」，都以獨特的藝術風貌和審美特徵而區別於唐詩，像幾根堅實的柱石，支撐著一代宋詩的藝術大廈。鑒於蘇軾的重要地位和巨大影響，這個時期也可以稱爲蘇軾時期。

第二節　宋初「三體」

元人方回《送羅壽可詩序》說：「宋剗五代舊習，詩有白體、崑體、晚唐體。」（《桐江續集》卷三十二）這就是宋初「三體」。

㈠白體

「白體」以王禹偁爲代表，詩學白居易，既仿效白居易詩「非求宮律高，不務文字奇」的淺易風格，又承襲元、白諸人次韻唱酬之習。較有成就者，主要有徐鉉、李昉、王禹偁。

徐鉉、李昉

徐鉉（公元 916～991 年），字鼎臣，廣陵（今江蘇揚州）人。早年仕於南唐，後隨李煜歸宋，官至散騎常侍，世稱「徐騎省」。其詩平易淺切，眞率自然，不尚奇險，有白居易詩風。他文思敏捷，執筆立就。《四庫提要》稱其詩「流易有餘，而深警不足」。有《騎省集》三十卷。

李昉（公元 925～996 年），字明遠，深州饒陽（今屬河北）人。入宋，官右僕射、中書侍郎平章事。曾主編《太平御覽》、《太平廣記》、《文苑英華》等書。其詩尚「淺切」，嘗與李至唱和，有《二李唱和集》（羅振玉刊《宸翰樓叢書》引《二李唱和集序》）。

王禹偁

王禹偁（公元 954～1001 年），字元之，巨野（今屬山東）人。出身貧寒，太平興國八年（公元 983 年）進士。仕途舛厄，多次貶謫。為官清廉，剛直不阿。因曾貶知黃州（今湖北黃岡），人稱「王黃州」，著有《小畜集》三十卷，王汾又輯《小畜外集》七卷。今人徐規有《王禹偁事迹著作編年》（中國社會科學出版社 1986 年）。詩宗杜甫、白居易，現存詩五百八十餘首，成就卓著。其《對雪》、《感流亡》等詩，繼承和發揚了杜甫「三吏」、「三別」和白居易《秦中吟》等詩的寫實傳統。有的長篇詩歌，敍寫自己的遭遇和懷抱，暢所欲言，揮灑自如。宋詩散文化、議論化的傾向已初露端倪。還有一些寫景抒情短詩，則筆調清麗，饒有風韻。如《村行》：

馬穿山徑菊初黃，信馬悠悠野興長。萬壑有聲含晚籟，數峯無語立斜陽。棠梨葉落胭脂色，蕎麥花開白雪香。何事吟餘忽惆悵，村橋原樹似吾鄉。

首聯敍事，中二聯寫景，眞切生動，對仗工穩，構成一幅饒有風韻的山野秋色圖。結句陡折，抒發自己謫居懷舊的縷縷鄉情，全篇為之振起。王禹偁的詩平易暢達，情致眞率。故清吳之振《宋詩鈔》稱其詩「獨開有宋風氣」，可見他在宋詩發展中的歷史地位。王禹偁死後，西崑體遂風行一時，主宰宋初詩壇。

㈡西崑體

「西崑體」即崑體，詩宗李商隱，以楊億、劉筠、錢惟演為代表，因《西崑酬唱集》而得名。

楊億

楊億（公元 974～1020 年）字大年，建州蒲城（今屬福建）人，著有《武夷新集》二十卷。宋眞宗景德至大中祥符年間，楊億、劉筠、錢惟演（公元 962～1034 年，有《典懿集》三十卷，佚）等文學侍臣因編纂《册府元龜》和《太宗實錄》而出入皇帝藏書祕閣，彼此唱和，聳動天下。楊億又將其中十七人唱和的二百四十八首近體詩編輯成册，釐爲二卷，取名曰《西崑酬唱集》。集中楊億、劉筠、錢惟演三人的詩占五分之四以上。題材較狹窄，有的詠帝王故事，如《始皇》、《漢武》、《宣曲》等；有的詠宮廷生活，如《夜宴》、《直夜》等；有的寫男女愛情糾葛，如《代意》、《無題》等；更多的是如《梨》、《柳絮》之類詠物詩。如楊億的《淚》詩：

> 錦字梭停掩夜機，白頭吟苦怨新知。誰聞隴水回腸後，更聽巴猿拭袂時。漢殿微涼金屋閉，魏宮清曉玉壺欹。多情不待悲秋氣，祇是傷春鬢已絲。

曲故堆砌，雜湊成章，但詞藻華麗，對仗工穩，音韻和諧。因而「後進學者爭效之，風雅一變」（歐陽修《六一詩話》）。元人方回《瀛奎律髓》說：「西崑一變，亦足以革當時風花雪月、小巧呻吟之病」，認爲崑體亦有「首變國初詩格」之功。方回之評或過高，近人一概抹煞，亦未爲公允。西崑作者之詩，用典較多，內容亦較單薄，但並非盡如楊億《淚》詩那樣掇拾典故，堆砌詞藻，也非專門歌功頌德，其中有一些清麗可誦之作，亦間有不平之氣。如楊億《因人話建溪舊居》、《詠傀儡》，劉筠《舟行淮上遇水暴漲作》、《又贈荷花一絕》，錢惟演《戊申年七夕》等，都寫得較好。

㈢晚唐體

「晚唐體」以林逋爲代表，作者多係僧侶和布衣隱逸之士，當時所謂之「九僧詩」即此類③。詩宗晚唐賈島、姚合，尚苦吟，重工巧，詩風清瘦淡雅，境界狹小，多表現隱逸欲仙的情趣。

林逋

林逋（公元967～1028年），字君復，錢塘（今杭州）人。終身未娶未仕，隱居西湖孤山，以賞梅養鶴自娛，人稱「梅妻鶴子」。卒謚和靖先生。有《林和靖詩集》四卷，《補遺》一卷，存詩近三百首。今有沈幼征校注《林和靖詩集》（浙江古籍出版社1986年）。詩風清雋淡雅，閑適幽深，以詠梅詩著稱。如《山園小梅》：

> 眾芳搖落獨暄妍，占盡風情向小園。疏影橫斜水清淺，暗香浮動月黃昏。霜禽欲下先偷眼，粉蝶如知合斷魂。幸有微吟可相狎，不須檀板共金尊。

曲盡物態，維妙維肖，爲千古傳誦。

第三節　梅堯臣與蘇舜欽

在矯正西崑體詩風之弊與開闢宋詩獨特境界方面，梅堯臣和蘇舜欽都起了相當大的作用，被並稱爲「蘇梅」。「蘇梅」之稱最先見於歐陽修《水谷夜行寄子美聖俞》詩：「緬懷京師友，文酒邀高會。其間蘇與梅，二子可畏愛。」此後魏泰《臨漢隱居詩話》云：「蘇舜欽以詩得名，學書亦飄逸，然其詩以奔放豪健爲主；梅堯臣亦善詩，雖乏高致，而平淡有工。世謂之蘇梅。」

㈠梅堯臣

梅堯臣（公元 1002～1060 年），字聖俞，宣城（今屬安徽）人，宣城古名宛陵，故世稱宛陵先生。數次應舉落第，仕途失意，曾爲主簿、縣令；直到五十歲，才因詩名賜同進士出身，官至都官員外郎，人稱「梅都官」。今存有明正統四年（公元 1439 年）刻本《宛陵先生集》六十卷，《拾遺》一卷，《附錄》一卷，存詩一千四百多首；今人朱東潤有《梅堯臣集編年校注》三册，上海古籍出版社出版。

梅堯臣針對西崑體浮靡詩風，提出自己的一套詩歌理論：一是强調《詩經》、《離騷》的優良傳統，認爲詩歌是「因事有所激，因物興以通」所致；二是注重詩歌的形象化和意境的含蓄性，提出以「狀難寫之景如在目前，含不盡之意見於言外」（歐陽修《六一詩話》引）爲藝術標準；三是提倡詩歌的「平淡」風格，認爲「作詩無古今，惟造平淡難」（《讀邵不疑學士詩卷》）。梅堯臣以自己的詩歌創作來實踐其藝術主張。他的詩歌富於現實內容，題材廣泛。如他的名篇《汝墳貧女》：

> 汝墳貧家女，行哭音悽愴。自言有老父，孤獨無丁壯。郡吏來何暴，縣官不敢抗。督遣勿稽留，龍鍾去攜杖。勤勤囑四鄰，幸願相依傍。適聞閭里歸，問訊疑猶強。果然寒雨中，僵死壤河上。弱質無以託，橫屍無以葬。生女不如男，雖存何所當。拊膺呼蒼天，生死將奈向！

詩中通過貧女的哭訴，深刻反映了廣大勞動者的悲慘命運。詩前有小序，寥寥幾筆，便勾畫出一幕「自壤河至昆陽老牛陂，僵屍相繼」的慘劇。其他如《小村》、《田家》、《織婦》、《逢牧》等，皆生動地描繪出農村的荒涼景象和農民的貧苦生活，表現了對貧苦百姓的同情和對殘暴官吏的不滿。

梅詩以風格平淡、意境生新爲基本藝術特徵。善於以樸素自然的語言，描畫出新穎淸切的藝術形象。如《魯山山行》：

適與野情愜，千山高復低。好峯隨處改，幽徑獨行迷。霜落熊升樹，林空鹿飲溪。人家在何許？雲外一聲雞。

描寫晚秋山景，蕭瑟幽靜，細致入微。特別是結句，以聲傳神，意境深遠，饒有風韻。而《黃河》、《夢登河漢》等詩，則涵渾壯麗，風格迥異。

梅詩受韓愈、孟郊的影響較深，藝術上追求新穎工巧。有的詩質樸無華，但語言過於古硬，缺少文采。這種弊病，可以看作是爲糾正華而不實的詩風所付出的代價。劉克莊《後村詩話》稱他爲宋詩的「開山祖師」，充分肯定他對開闢宋詩的道路作出的重要貢獻。

㈡蘇舜欽

蘇舜欽（公元 1008～1048 年），字子美，原籍梓州銅山（今四川中江）人，生在開封（今屬河南）。《宋史》本傳說他「少慷慨，有大志」。但二十七歲中進士後，僅作過縣令、大理評事之類小官。後受御史中丞王拱辰打擊，被放廢，「居蘇州，買木石，作滄浪亭，日益讀書，大涵肆於六經，而時發其憤悶於歌詩」（歐陽修《湖州長史蘇君墓誌銘》）。慶曆八年（公元 1048 年）復官爲湖州長史，未赴任而病卒。今存有《蘇子美文集》十六卷。一九六二年上海中華書局出版沈文倬校點本《蘇舜欽集》，較完備。

蘇舜欽存詩二百一十多首，其突出特點是具有鮮明的政論性和强烈的鬥爭性。他的詩歌創作敢於面向現實，往往就當時的政治事件和社會問題直抒己見，毫不遮掩。如《感興》第三首即以林姓書生上書而獲罪的事件來揭露和抨擊統治者堵塞言路的可恥行徑。《慶州敗》通過對喪師辱國的慶州之戰的敍述，揭露邊塞將帥怯懦無能和當權者用人不當之過。其他如《己卯冬大寒有感》、《城南感懷呈永叔》、《吳越大旱》等五言長詩，都極深刻地反映了當時天災人禍交加、階級矛盾和民族矛盾交織的社會現實。在揭露社會黑暗和抨擊吏治腐敗方面，他比梅堯臣詩更加直露和激烈。

蘇詩還充滿愛國激情，在《無聞》詩中寫道：「予生雖儒家，氣欲吞逆羯。斯時不見用，感嘆腸胃熱。晝臥書册中，夢過玉關闕。」詩人慷慨激昂地陳述自己立志報國的滿腔熱情，一顆赤子之心躍然紙上。像這種抒寫英雄抱負、熱愛國家的主題，在宋詩中是較早的篇什之一。

蘇舜欽還有不少寫景抒情小詩，也與梅詩風格不同。如《中秋松江新橋對月》：

> 月晃長江上下同，畫橋橫絕冷光中。雲頭艷艷開金餅，水面沈沈臥彩虹。佛氏解為銀世界，仙家多住玉華宮。地雄景勝言不盡，但欲追隨乘曉風。

形象鮮明，意境開闊，又如《淮中晚泊犢頭》：

> 春陰垂野草青青，時有幽花一樹明。晚泊孤舟古祠下，滿川風雨看潮生。

詩人把內心不甘寂寞的痛苦掙扎外化爲眼前動蕩起伏的風雨江潮，境界宏大，氣象崢嶸，鮮明入畫，給人印象極深。

在中國詩史上，蘇、梅能「盡變崑體，獨創生新，必辭盡於言，言盡於意，發揮鋪寫，曲折層累以赴之，竭盡乃止」（葉燮《原詩》），奠定了一代宋詩風格。然其風格各異，歐陽修《六一詩話》對蘇梅進行了中肯的比較：「二家詩體特異，子美筆力豪雋，以超邁橫絕爲奇；聖俞覃思精微，以深遠閑淡爲意。各極所長，雖善論者不能優劣也。」他還在《水谷夜行寄子美聖俞》詩中說：「子美氣尤雄，萬竅號一噫。有時肆顛狂，醉墨灑滂沛。」「梅翁事清切，石齒漱寒瀨：：近詩尤古硬，咀嚼苦難嘬。初如食橄欖，眞味久愈在。」在《感二子》詩中又說：「自從蘇梅二子死，天地寂默收雷聲。」足見其對「蘇梅」的由衷推崇和深切懷念之情。總的看來，蘇詩雄壯激切，粗獷跳蕩；梅詩則顯得平穩沈著，委婉閑淡。蘇詩指陳時弊，直截了當；梅詩則較平和含蓄。就他們對後世的影響而言，梅堯臣對宋代詩歌的影響遠遠超過蘇舜欽。

第四節　歐陽修

㈠歐陽修的生平及其在文壇的功績

歐陽修（公元 1007～1072 年），字永叔，號醉翁，晚年號六一居士④，吉州永豐（今屬江西）人。吉州原屬廬陵郡，故歐氏自稱廬陵人。他四歲喪父，寡母鄭氏以荻桿畫地教他識字讀書。仁宗天聖八年（公元 1030 年）進士，曾任樞密副使、參知政事。謚文忠。與宋祁合撰《新唐書》，並獨撰《新五代史》。著有

《歐陽文忠公全集》共一百五十三卷，附錄五卷，由南宋周必大編定。今存《四部叢刊》影元刊本及《四部備要》排印本等多種，收羅完備，幾乎包括了歐陽修的全部詩、文、詞及雜著。其中《居士集》五十卷分古詩、律詩、賦、雜文等，係作者晚年自己編定，各文體內都按年代先後排次，可以看作歐陽修的一部較好的選集。

歐陽修是北宋詩文革新的關鍵人物。他在北宋中葉文壇上的主要功績：首先是繼兩百多年前韓愈、柳宗元古文運動已興復衰的未竟之業，使「古文」得以復行，「遂擅天下」。

其次是獎掖後進，培養人才。不僅詩文革新的積極參與者梅堯臣、蘇舜欽、尹洙、石介等都是他的親密朋友，而且王安石、曾鞏、三蘇等一代文豪也都在他的引薦、獎掖、提攜之下而崛起。嘉祐二年（公元 1057 年）二月，歐陽修以翰林學士主持進士考試，以行政手段打擊「太學體」⑤，提倡平實文風，錄取曾鞏、蘇軾、蘇轍等人，促進了北宋文風之轉變。因此《宋史》本傳稱他「獎引後進，如恐不及，賞識之下，率爲聞人」。如歐曾兩次向朝廷舉薦王安石，並贈詩云：「翰林風月三千首，吏部文章二百年。老去自憐心尚在，後來誰與子爭先？」（《贈王介甫》）此後王安石亦自稱：「非先生無足知我也。」（《元豐類稿》卷十五《上歐陽舍人書》引）

第三，在學術文化方面有許多開風氣之功：經學方面，開破傳、疑經、重實事之風，促使恪守漢晉以前經傳的注疏之學向直接體會經文、務明大義的宋學轉變；史學方面，《五代史記》是唐以後唯一的私修正史，第一次實踐了劉知幾的主張，又主編《新唐書》，恢復表譜，改進史志，對後代史學影響很大；金石學方面，《集古錄跋尾》是我國第一部以金石證史之作；文體學方面，首創詩話、正式標舉題跋這兩種文學樣式。

第四，歐陽修是宋代第一個詩、詞、文兼擅的大家，在扭轉時代風氣、促進宋代文學繁榮發展方面起了極重要的作用。

㈡歐詩的內容

歐詩今存八百六十餘首，當時推爲大家。歐陽修作詩，力矯西崑體的浮艷詩風，「以氣格爲主」，在「平易疏暢」上下功夫，而在表現手法上，則繼承韓愈「以文爲詩」的傳統，表現出議論化、散文化的藝術傾向，開一代宋詩風氣。

歐詩中議論的內容大致有以下幾方面：

一是批評時政。如《邊戶》之譴責朝廷對遼國屈辱求和，《食糟民》之抨擊朝廷的「榷沽」政策，同情人民疾苦，《答楊辟喜雨長句》則揭露朝廷的賦斂、兼併、力役之弊。

二是指斥小人當道。如《重讀〈徂徠集〉》之譴責夏竦對石介的誣陷；《啼鳥》之指責錢明逸、楊日嚴等對自己的中傷；《寄生槐》之揭露高若訥、錢明逸等人陷害賢良的醜惡面目，認爲應當及早鏟除這幫「小人」。

三是表現自己的政治見解。如《奉答子華學士安撫江南見寄之作》。韓子華以戶部判官出爲江南安撫使，到皖、贛一帶巡察吏治民情，以詩請教治理之法，歐陽修即以詩作答，提出自己的吏治之道。

四是慨嘆人生世態。如《述懷》之抒寫自己仕途坎坷、人生禍福無常；《寄聖俞》之爲梅堯臣的懷才不遇鳴不平，勸慰他不要把仕途得失看得太重；《讀書》寫自己一生讀書治學的經歷和思想。

五是評騭人物、品藻詩歌。如《書懷感事寄梅聖俞》一詩共品評十個人物；《送焦千之秀才》評論呂公著、焦千之的學問和品格；《水谷夜行寄子美聖俞》評論蘇舜欽、梅堯臣詩的優點和藝術特色。這些議論，或直書其事，直抒胸臆，議論縱橫，說理透闢；或熔抒情與說理、寫景與議論爲一爐，出之以形象的語言，生動的比喻，置議論於全詩的肯綮處，因而更富有藝術感染力，無枯燥乏味之感。

㈢歐詩的藝術特色

歐詩的散文化，首先表現在以古文章法寫詩，講究轉折頓挫，虛實正反。如《飛蓋橋玩月》：

> 天形積輕清，水德本虛靜。雲收風波止，始見天水性。澄光與粹容，上下相涵映。乃於其兩間，皎皎掛寒鏡。餘輝所照耀，萬物皆鮮瑩。矧夫人之靈，豈不醒視聽？而我於此時，慇然發孤詠。紛昏忻洗滌，俯仰恣涵泳。人心曠而閑，月色高愈迥。唯恐清夜闌，時時瞻斗柄。

此詩寫作者於盛夏之夜在飛蓋橋下觀賞湖光月色，盡情歌詠的情景，全用散文筆法。開頭六句寫天形水性之清幽和天光水色之涵映，一虛一實。繼以「乃於」二字承啓，以下四句以寒鏡作比，寫出月下萬物一片清幽皎潔的景象。再以「矧夫」二句一轉，正反相生，描寫自己高歌、游泳之歡快。最後以「惟恐」二句綜合詩。寓情於景，轉折頓挫，使詩的節奏和聲律在和諧中又有錯落之美，悅人耳目。其他如《古瓦硯》、《答呂公著見贈》等，也全用散文句法，句間內容的連貫，又常用「乃知」、「豈不」、「況與」、「譬若」、「尚可」等古文詞語，把古文章法之妙發揮得淋漓盡致。

其次是句子結構的散文化。歐陽修古詩幾乎通首散行，長短句雜出，駢偶對仗者甚少，句子結構與散文無異。例如《食糟民》：

> 田家種糯官釀酒，榷利秋毫升與斗。酒沽得錢糟棄物，大屋經年堆欲朽。酒醅瀺灂如沸湯，東風來吹酒甕香。累累罌與瓶，唯恐不得嚐。官沽味濃村酒薄，日飲官酒誠可樂。不見田中種糯人，釜無糜粥度冬春。還來就官買糟食，官吏散糟以為德。嗟彼官吏者，其職稱長民。衣食不蠶耕，所學義與仁。仁當養人義適宜，言可聞達力可施。上不能寬國之利，下不能飽爾之飢。我飲酒，爾食糟，爾雖不我責，我責何由逃！

這是歐詩中思想境界較高的一首。詩句以七言為主，三、五言雜出其間，句子結構複雜，構成一種平易樸質、參差錯落之美，既標誌著歐詩獨特的藝術形式美，也開了有宋一代詩風的先河。

再次是詩中直接運用散文常用的語氣助詞或在句中用介詞和結構助詞等。如「旁斲石篆何奇哉」(《石篆詩》)，「蘇梅二子今亡矣」(《馬上默誦聖俞詩有感》)，「君曰吾老矣」、「誰云已老矣」(《別後奉寄聖俞二十五兄》)，「得閑何鮮焉」(《偶書》)等，用於句尾。又如「昔也人事乖」(《重讀徂徠集》)，《翁乎知此樂》」(《竹間亭》)，「甚者云黜周」(《送黎生下第還蜀》)，「信哉奇且秀」(《送縣穎歸廬山》)等，句中皆含有助詞和介詞。又如「矧夫人之靈，豈不醒視聽」(《飛蓋橋玩月》)，「汗池以其下，衆流之所鍾」(《人日聚星堂燕集探韻得豐字》)，「上不能寬國之利，下不能飽爾之饑」(《食糟民》)等句式與散文無異。詩歌中用之、乎、者、也之類古文詞語，並非自宋人始。然而用語助詞之多而普遍，則當以宋詩為最。歐詩之散文化，與韓愈一脈相承。然而韓詩好為古奧，歐詩務趨平易，則是歐陽修學韓而又有別於韓之處。

歐詩風格，因體而異。近體仍近唐格，工整流暢，平易自然，議論和用事都不多。如《戲答元珍》、《黃溪夜泊》均稱佳作。

古體則得力於韓愈而有變化。其中五古多爲敍事、議論、抒情之作，回環往復，逆轉順布，爲歐體之本色；七古以抒情、詠物爲主，用韻多變，善於隨著情感變化而調換韻腳；換韻時又多用墊韻，講究平仄互換，以造成抑揚之勢；句型錯落，常以五、七言交替，雜以九、十一、十三字長句或四、六字雙音節句，富於參差跌宕之美；以古文的氣勢、結構爲詩，使詩歌流走自然而不呆滯，故常爲人稱譽。

對歐詩的評價，歷來分歧較大。蘇軾以爲其近於李白；王安石稱其工妙超過韓愈，列入《四家詩選》；後世尊唐黜宋者，則以爲不甚「當行」，甚至斥之爲詩中一厄。但平心而論，若無歐陽修等人立意求變，開闢新途徑，則無有宋詩這一獨標異彩的奇葩。歐陽修以文爲詩，以議論爲詩，正開拓了詩歌藝術美的新領域。在中國詩史上，唐詩以均衡對稱、和諧圓潤之美見稱，宋詩則以平易古樸、參差錯落之美取勝，使詩壇更呈現出豐富多采、千姿百態的繁榮景象，給人以美不勝收之感。正是從這個意義上來說，歐詩的開拓之功是不可磨滅的。

第五節　王安石

㈠王安石的生平

王安石（公元 1021～1086 年），字介甫，晚號半山，臨川（今江西撫州）人。慶曆二年（公元 1042 年）進士，仁宗嘉祐三年（公元 1058 年）上萬言書，力主變法圖强。神宗熙寧二年（公元 1069 年）被任命爲參知政事（副宰相），次年拜相，推行新法，幾經反覆，變法失敗。熙寧九年（公元 1076 年）退居江寧（今南京），封荊國公，世稱「王荊公」。元祐元年（公元

1086 年）司馬光執政，盡廢新法。王安石憂憤成疾，猝然去世。諡文。有《臨川王先生文集》一百卷，今存明嘉靖間翻刻之南宋紹興本；又有宋刊本《王文公文集》一百卷，其中文五十六卷，詩詞四十四卷。南宋李壁有《王荊公詩箋注》五十卷，徵引豐富，考證甚詳。

㈡王詩的內容

王安石存詩一千五百多首，詩歌創作以退居江寧爲界，前後兩期詩風有很大差別：

前期宗杜，學習杜甫關心政治時事，同情人民疾苦的寫實精神。其《杜甫畫像》詩云：

> 吾觀少陵詩，為與元氣侔：力能排天斡九地，壯顏毅色不可求。浩蕩八極中，生物豈不稠？醜妍巨細千萬殊，竟莫見以何雕鎪。惜哉命之窮，顛倒不見收。青衫老更斥，餓走半九州。瘦妻僵前子仆後，攘攘盜賊森戈矛。吟哦當此時，不廢朝廷憂。常願天子聖，大臣各伊周。寧令吾廬獨破受凍死，不忍四海赤子寒颼颼！傷屯悼屈止一身，嗟時之人我所羞。所以見公畫，再拜涕泗流！惟公之心古亦少，願起公死從之遊。

王安石對杜甫的崇拜之情，溢於言表。同時，他從治國平天下的高度去認識杜甫，故能揭示出杜甫忠君愛國、憫人省身的仁學內涵。這正是王氏的詩歌價值觀念。這個時期他的詩歌多政治詩，能緊密結合時事政治，反映面廣，提出問題尖銳；創作態度嚴肅，能把自己長期觀察、分析社會現實的感受和渴望濟世匡俗的理想抱負寫進詩中，內容充實，富有鮮明的政治傾向性。如《感事》、《河北民》、《收鹽》、《省兵》、《兼併》、《讀詔書》、《發廩》

等詩篇，密切聯繫現實人生，涉及政治、經濟、軍事各個方面，表現了他主張革除弊政、關心民生疾苦的進步思想和博大胸懷。藝術上近體多仿杜詩句法，古體則吸取韓詩的健拔雄奇、以文爲詩的藝術特色，具有勁峭雄直之氣。

除政治詩外，王安石還有大量詠史詩。如《商鞅》詩云：

> 自古驅民在信誠，一言為重百金輕。今人未可非商鞅，商鞅能令政必行。

這不僅是替商鞅翻案，也是爲變法正名。這種以詠史和懷古爲題材的詩篇，亦不乏傳世佳作。如《賈誼》、《孟子》、《韓信》、《范增二首》等，皆有感而發，寓意深刻。特別是膾炙人口、經久不衰的《明妃曲》二首，描寫細膩，形象生動，議論新穎，感情深沈，獨具只眼，在遭遇坎坷、令人一灑同情淚的王昭君形象中寄托了詩人懷才不遇的幽憤之情。其中第一首如下：

> 明妃初出漢宮時，淚濕春風鬢腳垂。低徊顧影無顏色，尚得君王不自持。歸來卻怪丹青手，入眼平生未曾有。意態由來畫不成，當時枉殺毛延壽。一去心知更不歸，可憐著盡漢宮衣。寄聲欲問塞南事，祇有年年鴻雁飛。家人萬里傳消息，好在氈城莫相憶。君不見咫尺長門閉阿嬌，人生失意無南北！

詩人一掃歷代描寫王昭君這位絕代佳人留戀君恩、怨而不怒的傳統偏見，具有可貴的獨創性。此詩一出，歐陽修、梅堯臣、司馬光、曾鞏、劉敞等人爭相唱和，爲以王昭君故事爲題材的詩歌開創了一個新局面。

王安石後期詩歌，是指他在熙寧九年罷相後的創作。仕途的豐富經歷，變法失敗的複雜心情，使他的詩風發生很大變化：前期詩歌中洋溢的那種政治熱情已逐漸消退，大量的寫景詩取代了政治詩的位置；藝術上走上杜甫「老去漸於詩律細」之路，注重對仗、用典、聲律的精益求精，吸收王維詩歌的取境之長，追求詩歌的藝術美。他博觀約取，熔鑄前人，以獨特的抒情方式和藝術風格，創立了爲嚴羽《滄浪詩話》所標舉的「王荊公體」。名作很多，如《書湖陰先生壁》：

茅簷常掃淨無苔，花木成畦手自栽。一水護田將綠繞，兩山排闥送青來。

又如《江上》：

江北秋陰一半開，曉雲含雨卻低回。青山繚繞疑無路，忽見千帆隱映來。

這些小詩新穎別致，錘煉甚工，妥貼自然，意境清麗，表現出荊公體的老練圓熟。又他的《泊船瓜洲》詩亦很有名：

京口瓜洲一水間，鍾山祇隔數重山。春風又綠江南岸，明月何時照我還。

此詩當作於王安石第一次罷相（熙寧七年）知江寧府後，次年二月復召爲相之時，被歷代詩話推爲「詩眼」的典範。名爲寫景詩，實爲感遇詩。據傳「綠」字原稿曾修改數次：由「到」而「過」，而「入」，而「滿」，最後改爲「綠」字。一個「綠」字，既給眼前的江南春色注入一派生機，又抹上一層鮮麗的色彩。王安石早有在金陵（今南京）定居的打算，他第一次罷相是主動請求，擬在金陵終老；第二次復出，是因呂惠卿繼任後，借機打擊他，不得已復出，然其退居金陵的願望固未嘗忘。此詩也表達了他這種複雜的心迹。到熙寧九年冬，他就再次辭去相位，長期在金陵、居鍾山了。

宋葉夢得《石林詩話》說「王荊公晚年詩律尤精嚴，造語用字，間不容髮；然意與言會，言隨意遣，渾然天成，殆不見有牽率排比處」（卷上）；淸吳之振《宋詩鈔》說他「遣情世外，其悲壯即寓閑澹之中」（《臨川詩鈔序》），都比較恰當地指出了王安石後期詩歌的藝術特徵。王安石學杜及其詩歌創作，熔論議、學問、詩律於一爐，達到「致用」、「務本」的融合爲一，以精嚴深刻見長，而又以閑淡新奇出之，反映了宋人對詩歌從價值選取到審美理想的全面要求。在宋詩的發展過程中，他不僅推動了宋人宗杜、學杜之風的興盛，而且以其深邃的思想、新穎的見解，及後期詩歌對藝術技巧、字句錘煉的新的探索，乃至喜歡用典，在散文化的長篇裡發議論之習，在宋詩獨特風貌的形成和發展中產生了較大的影響。

第六節　黃庭堅和江西詩派

北宋後期，蘇門弟子相繼崛起。黃庭堅與秦觀、張耒、晁補之（公元 1053～1110 年，有《雞肋集》七十卷），被稱爲「蘇門四學士」。加上李廌（生卒年不詳，有《濟南集》二十卷）和陳師道，則被稱爲「蘇門六君子」。其中，秦觀主要以詞名。晁補之，李廌雖能詩能詞，但影響不及黃、陳、張等三人。特別是黃庭堅與陳師道，他們旣接受蘇軾的影響，又能另闢蹊徑，標新出奇，別創宗派，成爲江西詩派的創始人。

㈠黃庭堅

1、黃庭堅的生平和文學主張

黃庭堅（公元 1045～1105 年），字魯直，號山谷道人，又號涪翁，洪州分寧（今江西修水）人。出身詩書之家，從小聰明善記，經史百家無不涉獵。英宗治平四年（公元 1067 年）進士，幾度出任地方官吏。元祐時入京編修《神宗實錄》，後亦因修《實錄》獲罪，被責貶涪州別駕、黔州安置，再移戎州。徽宗時受命內遷，又因人排擠而被除名編管宜州（今廣西宜山），死於貶所。著有《豫章先生文集》三十卷，《外集》十四卷，《別集》二十卷。有宋代任淵《山谷詩集注》、史容《山谷外集詩注》、史季溫《山谷別集詩注》可資參考。

黃庭堅論詩，强調推陳出新，要求詩歌創作既像杜甫那樣「句律精深」，又能做到「無一字無來處」，因而提倡「奪胎換骨」和「點鐵成金」。他在《答洪駒父書》中說：

> 自作語最難，老杜作詩，退之作文，無一字無來處。蓋後人讀書少，故謂韓、杜自作語耳。古之能為文章者，真能陶冶萬物，雖取古人之陳言入於翰墨，如靈丹一粒，點鐵成金也。

又釋惠洪《冷齋夜話》卷一引黃庭堅語：

> 詩意無窮，而人之才有限；以有限之才，追無窮之意，雖淵明、少陵不得工也。然不易其意而造其語，謂之換骨法；窺入其意而形容之，謂之奪胎法。

所謂「點鐵成金」，就是以「陶冶萬物」爲基礎，取「古人陳言」加以點化，賦予新的意蘊；所謂「奪胎換骨」，就是體味和模擬古人的詩意而進行新的加工創意。黃庭堅的這些見解被江西詩派奉爲不傳之祕，影響極其深遠。

黃庭堅認爲：「詩者，人之情性也，非强諫爭於庭，怨憤詬於道，怒鄰罵坐之爲也。」（《書王知載〈朐山雜詠〉後》因此，他的詩以抒寫個人情性爲主，其特點主要在於借抒情以表現對現實的不滿，多傲岸之氣，而反映國計民生的詩篇不多，譏刺時事者更少，即使對現實有所憤慨和不滿，也多以曲折含蓄的手法來表達，其多數詩爲寫景、寄友、遣懷、贈答、題畫之作。

2、黃庭堅詩的藝術特色和成就

黃庭堅爲詩，「搜獵奇書，穿穴異聞」，刻意求新。他一再聲稱「文章最忌隨人後」《贈謝敞王博喻》）、「自成一家始逼眞」（《題樂毅論後》），矢志於詩歌創作中的「獨闢門戶」。這是難能可貴的藝術追求。他胸襟曠達，學識淵博，功力深厚，創作態度謹嚴，故在詩歌創作上能力避前人的陳詞濫調，「寧律不諧，不使句弱；寧用字不工，不使語俗」。造拗句，作硬語，押險韻，用僻典，詩風瘦硬峭拔，自成一家，有鮮明的藝術個性。他的詩歌立意曲深，富有思致，耐人尋繹，給人以食橄欖之感，初讀覺枯澀平淡，細味之則倍感齒頰回甘，餘味無窮。如《題竹石牧牛》：

> 野次小峥嶸，幽篁相倚綠。阿童三尺箠，御此老觳觫。石吾甚愛之，勿遣牛礪角；牛礪角尚可，牛鬥殘我竹。

此詩前四句題畫面，寥寥幾筆，石之怪，竹之幽，童之神情，牛之老態，維妙維肖，畢現紙上；後四句寫觀感，詩人以對畫中小牧童諄諄囑咐的手法出之，別致新穎，妙趣橫生，而描畫之生動逼眞，詩人酷愛自然之情，自在不言之中。

黃詩章法細密，線索深藏，起結無端，出人意表；下語奇警，使人驚異，所謂「用一事如軍中之令，置一字如關門之鍵」（《跋高子勉詩》），只字半句不輕出。在語言藝術上追求「洗盡鉛華，獨標雋旨，凡風雲月露與夫體近香奩者，洗剝殆盡」（陳豐《辨疑》）。他更長於點化辭語，鍛造句法，如「心猶未死杯中物，春不能朱鏡裡顏」（《次韻柳通叟寄王文通》）；「朱弦已爲佳人絕，靑眼聊因美酒橫」（《登快閣》）；「魚游悟世網，鳥語入禪林」（《又答斌老病愈遣悶》）；「一生萍托水，萬事雪侵鬢」（《過家》）等，都是下字奇警的名句，當時就被人稱爲「奇語」。他把杜甫、韓愈等唐代詩人偶一爲之的拗句、拗律的詩歌體制加以發展，音調、句法都務求生新，不守故常，形成以瘦硬峭拔爲主調，又兼有沈雄質樸的獨特風格，「英筆奇氣，傑句高境，自成一家」（《昭昧詹言》卷十）。

在宋代詩史上，黃庭堅的「山谷體」以「奇崛」著稱，而在刻意好奇之中，又不乏清新流暢的詩篇。如《雨中登岳陽樓望君山》二首：

投荒萬死鬢毛斑，生入瞿塘灩　關。未到江南先一笑，岳陽樓上對君山。

滿川風雨獨憑欄，綰結湘娥十二鬟。可惜不當湖水面，銀山堆裡看青山。

然而，黃庭堅於戛戛獨造的時候，卻忽視了中國傳統詩歌的藝術本質和審美特徵，過於追求「用事押韻之工」，鋪張學問以爲富，點化陳腐以爲新，故不免有晦澀生硬之弊。因此魏泰《臨漢隱居詩話》斥之爲「拾羽失鵬」，張戒《歲寒堂詩話》貶之爲「詩人中一害」，王若虛《滹南詩話》非之爲「特剽竊之黠者耳」。雖譏彈過刻，亦切中其病。

前人論宋詩，每以「蘇黃」比肩，其實二人風格不同。蘇詩氣象闊大，如長江大河，風起濤湧，自然奇觀；黃詩氣象森嚴，如危峯千仞，拔地而起，使人望而生畏。蘇黃在詩歌藝術上各自創造了不同的藝術境界和藝術風格，給中國詩歌史留下了輝煌的一頁。而黃庭堅在他之後的一段時期內，其影響更超過了蘇軾，因而形成一個以他爲宗師的「江西詩派」。

㈡陳師道

江西詩派的另一宗主陳師道，與黃庭堅並稱爲「黃陳」。

陳師道（公元 1053～1101 年），字無己，又字履常，號後山居士，彭城（今江蘇徐州）人。少師事曾鞏，元祐間經蘇軾等推薦，任徐州教授。後蘇軾出任杭州太守，陳到南京（今河南商丘）送行，被劾去職。復職後調任穎州教授。紹聖元年（公元 1094 年）以蘇軾餘黨被罷職歸里，專事詩歌創作，成爲北宋後期著名的苦吟詩人。葉夢得《石林詩話》說他「每登臨得句，即急臥一榻，以被蒙首，惡聞人聲，謂之吟榻。家人知之，即貓犬皆逐去，嬰兒稚子亦抱寄鄰家」。故黃庭堅有「閉門覓句陳無己」之句。元符三年（公元 1100 年），任祕書省正字，次年病故。留有《後山集》二十四卷（有《四部備要》本），計詩八卷，文九卷，詞一卷，雜著六卷。他的詩，宋代任淵有《後山詩注》十二卷，清冒廣生作《補箋》十二卷。

陳師道爲詩，先學山谷，後學杜甫。受黃庭堅影響，做詩講求「無一字無來處」，但由於學問不如山谷，有時「拆東補西」，難免顯得竭蹶。比之蘇軾、黃庭堅，他更工五言，且以

「樸拙」見長。他學杜，主要學其格律而於其精神所得殊少，亦缺乏杜詩深沈雄健之風度。但他作詩刻意求深，且力求簡縮字句，以使「語簡而益工」。他較成功的是五七言律詩，如《除夜對酒贈少章》：

> 歲晚身何托，燈前客未空。半生憂患裡，一夢有無中。髮短愁催白，顏衰酒借紅。我歌君起舞，潦倒略相同。

可見他追步杜詩句法的工夫之深！又如《春懷示鄰里》：

> 斷牆著雨蝸成字，老屋無僧燕作家。剩欲出門追語笑，卻嫌歸鬢著塵沙。風翻蛛網開三面，雷動蜂窠趁兩衙。屢失南鄰春事約，只今容有未開花。

此詩與杜詩中的遣興體格甚似，雖境界狹小，字句卻極工。此外，陳師道詩也有情感樸摯者，如《示三子》；也有寫得風流華美、恬淡有味者，惜不多見。其多數詩歌，辭意獨造，但有過於生硬處。他的《後山詩話》倡言「詩文寧拙毋巧，寧樸毋華，寧粗毋弱，寧僻毋俗」，與黃庭堅一脈相承。

㈢江西詩派產生原因及特色

南宋初，呂本中作《江西詩社宗派圖》，首尊黃庭堅爲江西詩派之祖，下列陳師道等二十五人⑥。元人方回《瀛奎律髓》又追加陳與義，提出「一祖三宗」之說，認爲江西詩派以杜甫爲祖，以黃庭堅、陳師道、陳與義爲三宗，江西詩派因此顯於詩苑。

大凡詩派的形成，主要有三個要素：一是詩人，二是詩風，三是地域。在中國詩史上，詩派的出現，雖然不能排斥地域，即詩人籍貫這一要素，但起决定作用的不是地域，而是詩人的審美觀點、審美趣味、創作方法及其詩歌藝術風格，不受時空的限制和約束。楊萬里《江西宗派詩序》指出：

> 江西宗派詩者，詩江西也，人非皆江西也⑦。人非皆江西，而詩曰江西者何？繫之也；繫之者何？以味不以形也。

這是說，維繫江西詩派的並非「江西」這個地域觀念，而是「味」，即詩人的審美情趣及其藝術風格。在山谷詩風熏陶之中，具有相同或近似的審美趣味和藝術風格的兩宋詩人，雖然籍貫有別，但都自覺地集合在「江西詩派」的旗幟下，爲宋詩的繁榮發展而作出各自的貢獻⑧。

江西詩派是特定時代的產物。北宋後期專制統治的强化，文網之嚴密，黨爭之激烈，惡劣的政治環境造成了士大夫畏禍的心理，因而，他們的詩歌也就由社會轉向個人，由外界轉向內心，由生活轉向書本，由魏闕轉向江湖，由儒學轉向佛老，在反抗流俗之弊的同時又不知不覺地關閉了面向現實社會生活的大門。可以說，江西派詩歌，特別是黃庭堅、陳師道等江西派大家的詩歌，實際上是當時文化專制主義重壓下被扭曲心態的反映。

江西詩派宗法杜甫，以杜甫爲不祧之祖。杜甫「詩聖」的崇高地位，與江西詩派的鼎力推崇是分不開的。然而，江西詩派所效法的不是「三吏」「三別」和《北征》之類政治時事詩，而是杜甫至夔州後詩中那種自我內省的創作精神及體現出來的偉大的人格力量、深厚的文化藝術修養和變化百出的藝術形式。江西詩派的詩作，其內容已由北宋中葉梅、蘇、歐等人的干預現實生活、指陳時弊而轉向抒寫人生、表現自我；同樣是「以議論爲詩」，梅、蘇、歐的議論直接評論時事政治，而江西派的議論則傾向於對人生的洞察和理解。黃庭堅特別欣賞陶淵明「不爲五斗米折腰」的孤傲耿介、追求高潔脫俗的人格修養。詩派中其他人也多對淡泊的生活態度表示由衷企慕。糞土功名，鄙棄庸俗，乃是江西詩最常見的主題。與此同時，江西派還具有一種退避社會、自我保護的思想傾向。他們醉心於日常生活的詩意發現、親屬師友的交往情誼、個人道德的自我完善和對江湖山林的嚮往謳歌。

與其詩的內容相適應，江西詩派的藝術追求以清淡瘦健爲審美標準。所謂清淡，指詩中的描寫很少色彩渲染或堆砌詞藻，很少涉及男女艷情。山谷詩表現最爲突出。其意象如茶碗爐薰之清香，古松瘦竹之清勁，書冊翰墨之清寒，蛛網塵壁之清貧，青睛白眼之清高，白鷗扁舟之清閑，具有清淡的審美特徵。集中表現爲造硬語、作拗句，即用濃縮、省略、倒裝、詞語活用等手段，打破正常的語法規則，把不拘平仄的古詩句式融入格律謹嚴的近體詩之中，造成音律的拗折。江西詩派反對浮華輕薄，崇尚老成樸拙的風格，力主出奇翻新，趨生避熟。這就是黃庭堅提倡的「以俗爲雅，以故爲新」。「以俗爲雅」，即指注意從古書中吸取人們少用的新鮮的方言俗語，以矯文人詩中常見的陳詞濫調；「以故爲新」，是指點化成語或前人詩句，也包括用典，要求詩人有「點鐵成金」之妙。

第七節　張耒與其他詩人

在「蘇門四學士」、「蘇門六君子」中，除黃庭堅、陳師道外，秦觀、張耒、晁補之、李廌等人亦能詩。此外還有孔平仲、賀鑄、唐庚，亦直接或間接受到蘇軾的某種影響，但秦觀、賀鑄的主要成就在詞，且秦詩風格與蘇詩截然不同；晁補之長於詞而主要成就在辭賦。這裡只介紹張耒，並略及孔、唐。

張耒

張耒（公元 1054～1114 年），字文潛，號柯山，人稱宛丘先生，楚州淮陰（今屬江蘇）人。熙寧六年（公元 1073 年）進士，官至起居舍人。因蘇軾之累而屢遭貶謫。留有《柯山集》五十卷，《拾遺》十二卷，《續拾遺》一卷，存武英殿聚珍版福建本、廣雅書局本。另有《張右史文集》六十卷，有《四部叢刊》影印本；《宛丘集》七十六卷，有《四庫全書》本。

張耒論文，主張文理並重，平易自然，與蘇軾兄弟大體相近。他兼擅詩賦，在蘇（軾）、黃（庭堅）先後辭世之後，他與蘇轍成爲當時文壇大老，雖政治上受壓抑、排擠，在文學上卻爲後進所仰慕，堪稱北宋詩歌史上的殿軍主將。他有詩三十餘卷，約一千七百餘首。他的詩內容與黃庭堅不同，其中有較多描寫田園風光、抒寫民生疾苦和稼穡艱難的篇章，如《和晁應之憫農》：

> 南風吹麥麥穗好，飢兒道上扶其老。皇天雨露自有時，爾恨秋成常不早。南山壯兒市兵弩，百金裝劍黃金縷。夜為盜賊朝受刑，甘心不悔知何數。為盜操戈足衣食，力田竟歲猶無穫。飢寒刑戮死則同，攘奪猶能緩朝夕。老農悲嗟淚沾臆。幾見良田有荊棘。壯夫為盜羸老耕，市人珠玉田家得。吏兵操戈恐不銳，由來殺人傷正氣。人間萬事莽悠悠，我歌此詩聞者愁。

此詩不僅寫出了農民在青黃不接時困於飢寒的慘狀，更重要的是揭露了農民在「力田竟歲猶無穫」的情況下，壯年都脫離了耕種的本業，而走上冒死劫掠的道路，反映出北宋晚期深刻的社會危機。此外，如《輸麥行》揭示農民經歲勞動，而所得卻「半歸倉廩半輸王」，《勞歌》寫勞動者在酷暑中負著重擔，連牛馬都不如；《田家》三首、《海州道中》二首、《福昌北秋村行》等之寫鄉村風物與農夫憂樂，都表現出詩人對農業和農民的關心。這些詩顯然繼承著杜甫、白居易等重視反映現實、同情民間疾苦的傳統。其語言平易，以白描見長，則與白居易、蘇軾的詩風相近，而與黃庭堅之崇尚奇崛、瘦硬異趣。他的另一些其他題材的詩，亦大抵如此。如《夜坐》：

> 庭戶無人秋月明，夜霜欲落氣先清。梧桐真不甘衰謝，數葉迎風尚有聲。

淡淡寫來，而初秋之景宛然在目，詩人不甘衰老、力求自振的精神亦寄寓其中。《宋史》本傳說蘇軾「稱其文汪洋沖淡，有一唱三嘆之聲」。

張耒詩的缺點是平易自然而缺乏蘇軾那種縱橫變化的筆力，有時還流於淺率，故內容可取者雖較多，而藝術上的獨創性較少。

孔平仲

孔平仲（生卒年不詳），字毅父，新喻（今屬江西）人。著有《朝散集》，他與其兄文仲、武仲均有文名，又與蘇軾兄弟為友，故當時以「二蘇」、「三孔」並稱。南宋寧宗時，有《清江三孔集》四十卷行世。三孔中，平仲的詩成就較高，風格頗近蘇軾。如《霽夜》：

> 寂歷簾櫳深夜明，搖迴清夢戍牆鈴。狂風送雨已何處？淡月籠雲猶未醒。早有秋聲隨墮葉，獨將涼意伴流螢。明朝準擬南軒

望，洗出廬山萬丈青。

詩寫雨後秋夜之景，自然流麗。第二聯形容雨霽而月尚籠雲之狀，結尾懸想明朝的景色，都富於想像力而又新鮮貼切，頗有蘇軾所云「隨物賦形，如捕風繫影」之妙。吳之振《宋詩抄》稱其詩「夭矯流麗」，並非虛譽。他的詩中亦有關切時事與民生疾苦之作，然不如張耒之多。

唐庚

唐庚（公元 1071～1121 年），字子西，眉州丹稜（今屬四川）人。著有《眉山唐先生文集》三十卷，今傳《唐子西集》二十四卷，有《四庫全書》本。他是蘇軾的同鄉，對蘇軾亦極傾慕。晚年貶惠州，經歷與蘇亦有相似之處。但他出仕時，蘇氏已離朝，未得相見。其詩能以平易出清新，亦近蘇軾，但不如蘇之豪橫，而以精練見長。集中有一些反映現實之作，如《訊囚》、《城上怨》、《內前行》等，精警頗類張籍、王建的同類作品。其他抒情、寫景之作亦多佳什，如《春歸》：

東風定何物，所至輒蒼然。小市花間合，孤城柳外圓。禽聲犯寒食，江色帶新年。無計驅愁得，還推到酒邊。

此詩作於惠州貶所，寫春景亦殊有生氣，然市小而城孤，遷謫者情自不堪。然詩人並未明言，只說無計驅愁，唯有飲酒，寫來似不著力，而實爲精心結撰，在五律之中，確是佳品。

北宋後期的詩壇，總的說來，是在蘇、黃詩風的籠罩之下。然就當時說，蘇的影響實大於黃。但蘇詩的局面大，包容廣，繼起者難以全面發揮，黃詩則門徑隘而力專，較易進步，特別是南渡後呂本中標舉江西宗派，影響深遠，故蘇的影響反為其所掩了。

附　註

①關於宋詩的分期，歷來意見分歧較大。晚清陳衍《宋詩精華錄》仿嚴羽《滄浪詩話》和高棅《唐詩品匯》的唐詩分期之法，將宋詩分為初、盛、中、晚四期，並依次輯為四卷。卷一按語云：「今略區元豐、元祐以前為初宋；由二元盡北宋為盛宋，王、蘇、黃、陳、秦、晁、張具在焉，唐之李、杜、岑、高、龍標、右丞也；南渡茶山、簡齋、尤、蕭、范、陸、楊為中宋，唐之韓、柳、元、白也；四靈以後為晚宋，謝翱、鄭所南輩，則如唐之有韓偓、司空圖焉。」這是對全祖望《宋詩紀事序》所提出的宋詩「四變」說的發展。全氏指出：「宋詩之始也，楊、劉諸公最著，所謂西崑體者也。……慶曆以後，歐、蘇、梅、王數公出，而宋詩一變。坡公之雄放，荊公之工練，並起有聲。而涪翁以崛奇之調，力追草堂，所謂江西派者，和之最盛，而宋詩又一變。建炎以後，東夫之瘦硬，誠齋之生澀，放翁之輕圓，石湖之精致，四壁並開。乃永嘉諸公，以清虛便利之調行之，見賞於水心，則四靈派也，而宋詩又一變。嘉定以後，《江湖小集》盛行，多四靈之徒也。及宋亡，而方、謝之徒，相率為急迫危苦之音，而宋詩又一變。」對宋詩正式分期的，大約以陳衍的「四期」說較早。後來又有人將宋詩之初、盛、中、晚各析為二，一共略分為八期。五六十年代流行的文學史，劉大杰《中國文學發展史》持四期說。中國社會科學院文學研究所編寫的《中國文學史》，則分為五期：即宋初、北宋中葉、北宋後期、南宋前期、南宋後期。游國恩等主編的《中國文學史》沒有正式標明，但從目次看，詩分南北二宋而又各分前後二期，接近於四期說。近幾年，陳

植錫《宋詩的分期及其標準》一文（《文學遺產》1986 年第 4 期），又提出宋詩發展「六期」說，其列表如下：

	分　期	時間起止	流派或主要代表作家
1	沿 襲 期	公元 960～1030 年	白體、西崑體、晚唐體
2	復 古 期	公元1013～1060 年	歐陽修、梅堯臣、蘇舜欽
3	創 新 期	公元1061～1101 年	王安石、蘇軾、黃庭堅
4	凝 定 期	公元1102～1161 年	江西詩派
5	中 興 期	公元1162～1200 年	陸游、楊萬里、范成大、朱熹
6	飄 零 期	公元1201 年～十三世紀末	永嘉四靈、江湖派、遺民詩

②西崑體，以《西崑酬唱集》而得名。宋初，楊億、劉筠、錢惟演曾於景德至大中祥符年間，聚集於皇室藏書之祕閣，編纂《册府元龜》，他們把在編書之餘所寫的那些摭拾歷史典故和前人作品之「芳潤」所寫成的五七言律詩和絕句，互相唱和，以為消遣，後來編錄為集，自序並提名為《西崑酬唱集》。集中除楊、劉、錢三人外，尚有李宗諤、陳越、李維、劉騭、刁衎、任隨、張詠、錢惟濟、丁謂、舒雅、晁迥、崔遵度、薛暎、劉秉等，共 17 人。他們大多宗法李商隱，但只一味模擬，刻板地搬用李商隱的詩題、典故、詞藻，而缺乏眞情實感。故《古今詩話》謂：「後進效之，多竊取義山語。嘗御賜百官宴，優人有妝為義山者，衣服敗裂，告人云：為諸館職撏撦至此！聞者大噱。」

③九僧，指宋初浮屠以詩名者 9 人，即劍南希晝、金華保暹、南越文兆、天臺行肇、汝州簡長、青城惟鳳、江東宇昭、峨眉懷古、淮南惠崇。其中惠崇詩多警麗，較為有名。歐陽修《六一詩話》云：「國朝浮屠以詩名於世者九人，故時有集號《九僧詩》，今不復傳矣。余少時聞人多稱其一曰惠崇；餘八人者，忘眞名字矣。余亦略記其

詩。有云『馬放降來地，鵰盤戰後雲』，又云『春生桂嶺外，人在海門西』。其佳句多類此。其集已亡，今人多不知有所謂九僧者矣！」

④「六一居士」命名之義，最早見於《六一居士傳》。據《詩人玉屑》卷十七記載：居士初謫滁山，自號醉翁，既老而衰且病，將退休於潁水之上，則又更號六一居士。客有問曰：「六一何謂也？」居士曰：「吾家藏書一萬卷，集錄三代以來金石遺文一千卷，有琴一張，有棋一局，而嘗置酒一壺。」客曰：「是為五一耳，奈何？」居士曰：「以吾一翁，老於此五物之間，是豈不為六一乎！」客笑曰：「子欲逃名乎？而屢易其號，此莊生所謂畏影而走乎日中者也。余將見子疾走，大喘，渴死，而君不得逃也。」居士曰：「吾因知名之不可逃，然亦知夫不必逃也。吾為此名，聊以志吾之樂耳。」（上海古籍出版社 1978 年版）

⑤太學體：北宋仁宗嘉祐年間，士人好為險怪奇澀之文，甚至讀或不能成句，號為「太學體」。《宋史・歐陽修傳》云：「時士子尚為險怪奇澀之文，號為『太學體』。修痛排抑之，凡如是者輒黜。畢事，向之囂張薄者伺修出，聚噪於馬首，街邏不能制；然場屋之習，從是遂變。」

⑥因呂本中《江西詩社宗派圖》已佚，今據南宋胡仔《苕溪漁隱叢話》前集卷 48 所載，此 25 人為陳師道、潘大臨、謝逸、洪芻、饒節、僧祖可、徐俯、洪朋、林敏修、洪炎、汪革、李錞、韓駒、李彭、晁沖之、江端本、楊符、謝邁、夏倪、林敏功、潘大觀、何覬、王直方、僧善權、高荷，加黃庭堅共 26 人。張泰來《江西詩社宗派圖錄》所載之 25 人則有呂本中而無何覬，並說明「此浚儀王伯厚（應麟）《小學紺珠》定本也」。趙彥衞《雲麓漫鈔》，諸人皆載其字，25 人包括黃庭堅，而無何覬及呂本中，高荷則作「高勉子勉」。而劉克莊《江西詩派小序》所列之 25 人與《苕溪漁隱叢話》相同，惟何覬

作「何人表題」。諸書所列姓名，微有不同，不知何故。呂本中除撰《宗派圖》外，又曾編纂《江西詩派詩集》。陳振孫《直齋書錄解題》：「《江西詩派》一百三十七卷，《續派》十三卷。自黃山谷而下二十五家，又曾紘、曾思父子詩。」《宋史・藝文志》：「呂本中《江西宗派詩集》一百十五卷，曾紘《江西續宗派詩集》二卷。」二書著錄的卷數不同，恐係不同刊本。但這兩部選集均已佚。據沈曾植刊《江西詩派韓饒二集》序中所列：「計林敏功《高隱集》七卷，林敏修《無思集》四卷，潘大臨《柯山集》二卷，謝逸《溪堂集》五卷《補遺》二卷，謝邁《竹友集》七卷，李彭《日涉園集》十卷，洪朋《清虛集》一卷，洪芻《老圃集》一卷，洪炎《西渡集》一卷，韓駒《陵陽集》四卷《別集》二卷，高荷《還還集》二卷，徐俯《東湖集》三卷、呂本中《東萊集》二十卷《外集》二卷，晁沖之《具茨集》十卷，汪革《清溪集》一卷，饒節《倚松集》二卷，夏倪《遠遊堂集》二卷，王直方《歸叟集》一卷，李錞《希聲集》一卷，楊符《楊信祖集》一卷，江端本《陳留集》一卷。凡二十一家，九十一卷。益以別出之《山谷集》三十卷、《外集》十一卷、《別集》二卷，《後山集》六卷、《外集》五卷……尚有祖可《瀑泉集》十三卷，善權《眞隱集》三卷，都計合於後村總序二十五家之數，而卷數則爲一百六十二卷矣。」但詩集存留至今者除黃庭堅、陳師道、呂本中外，僅二謝、三洪、韓駒、饒節、晁沖之、李彭諸人，餘皆失傳。除黃、陳外，餘人詩歌成就皆不高。此外，被後人歸入江西詩派的尚有曾幾、陳與義、曾竑、曾思、趙蕃、韓淲等人。

⑦江西派 26 人中陳師道彭城人，潘大臨、潘大觀黃岡人，祖可丹陽人，林敏功、林敏修蘄春人，韓駒蜀人，晁沖之巨野人，夏倪蘄州人，王直方開封人，高荷荊南人，呂本中壽春人，李錞、楊符不詳，其餘均爲江西人。

⑧江西詩派從興起到衰落，據莫礪鋒《江西詩派研究》認爲：其流派風

格的形成實際上經歷了四個演變過程：

第一是創立期（熙寧至崇寧年間），以黃庭堅、陳師道爲代表，共同建立了江西詩派的基本理論體系，注重詩歌的命意，反對雕琢奇險，崇高古博雅，鄙視華靡庸俗，提倡「以俗爲雅，以故爲新」，注重句法字法研究，主張鍛煉而趨自然。其詩歌成就，以時代風格而論，而「元祐體」；以流派風格而論，有「江西宗派體」；以作家風格而論，有「山谷體」和「後山體」。其後人不是瓣香山谷，就是師法後山。由於山谷詩的詩學門徑較寬，更富有書卷氣和理性精神，更能代表時代風尚，因此，宗黃者遠比宗陳者爲多。

第二是成熟期（崇寧至宣和年間），以呂本中《江西詩社宗派圖》中其餘諸人爲代表，詩論之作有《王直方詩話》、《洪駒父詩話》、《李希聲詩話》以及《潛溪詩眼》、《潘子眞詩話》等，江西詩派的創作風尚也更加鮮明。

第三是新變期（靖康至紹興年間），以呂本中、曾幾、陳與義等爲代表，經歷了靖康之變的南渡詩人，從象牙之塔走出來，面向社會和人生，詩風爲之一變。呂本中提倡「活法」，提倡圓轉敏捷、波瀾宏闊的詩風，曾幾亦響應風從，引導詩歌向輕快流麗方面發展。陳與義由師道的抒寫個人窮愁而變爲抒寫家國之恨，詩風也由陳師道之沈摯淸苦而變爲沈鬱蒼涼，如《登岳陽樓》、《巴丘書事》、《傷春》等詩，悲壯激烈，意境宏深，直逼老杜，已經跨越出江西詩派枯淡瘦硬的藩籬。

第四是分化期（隆興至嘉定年間），以陸游、楊萬里、范成大等人爲代表。他們都曾一度熱衷於江西體，而後又以江西詩派的舊營壘中分化出來，以現實生活中找到詩歌創作之源，以自己的創作實踐同江西末流決裂。陸游的「放翁體」，風格更接近盛唐之音，具有意境雄闊、情調高昂、音律鏗鏘、對偶工致的特點；楊萬里發展了黃庭堅之曠達詼諧和曾幾之輕快活潑的詩風，創立「誠齋體」，以新鮮活潑之語贊賞大自然之美；范成大一方面未擺脫江西詩風的熏染，另一方面又受中唐詩人影響而擅長田園詩和樂府詩，風格清麗雋永，而無江西末流堆砌之弊。當陸游、楊萬里諸蛻去這層軀殼時，顯赫甚久的江西詩派也就接近於尾聲了。

第二章　北宋詞

第一節　北宋詞的發展

詞興起於隋唐之後，尚未能與一代詩歌相抗衡；入宋以後，才以嶄新的藝術風貌出現在詩苑樂壇，迅速發展成爲一代之勝。

詞在宋代的發展演變過程，歷來分爲北宋與南宋兩個歷史階段。

北宋詞的發展，可以分爲前後二期：

前期詞：以二晏、歐、柳爲代表。此時的詞人除柳永外多稟承唐五代詞之餘緒，塡詞以小令爲主，內容多抒男女艷情，詞境開拓不大（舊說范仲淹〔漁家傲〕一詞開始寫塞外風光，然此類作品在《花間》、《尊前》集中均已有之，但不如范詞之悲歌慷慨），詞的寫作技巧則較唐五代詞有較大的擴展。柳永的慢詞創作，則是詞體由唐五代入宋的一個飛躍。

後期詞：以蘇軾、周邦彥爲代表，以詞的詩化爲突出特徵。宋仁宗年間，蘇軾崛起，以詞爲「詩之裔」，乃至於「以詩爲詞」，衝破了「詞爲艷科」與「詩莊詞媚」的舊觀念和音律的束縛，使詞的思想內容、創作題材和表現手法都有了新的開拓，成爲一種獨立的抒情詩體。詞由歌筵酒席間隨意抒寫，歌兒舞女淺斟低唱的艷語，擴展到可以抒情言志的演化過程，就是不斷詩化的過程。北宋詞的詩化，一是指創作題材、思想內容的社會化，二是指詞的表現手法的詩化。在蘇軾的詞筆之下，詞已走出宮闈閨閣，面向廣闊的社會人生，凡可爲詩者，皆可入詞，可以寫景詠物，詠史懷古，可以寫邊塞將士的報國之願，抒仕途升沈寥落之感，可以發政事感憤之嘆，明抗敵愛國之志，如詩，如文，如天地大觀。隨著題材和思想內容的拓展，詞的表現手法也隨著創新，或描寫，或敍述，或議論，或白描，或用典，凡詩文之法皆可以用於塡詞，使詞的品格和審美價値大大提高，詞體也由附庸之邦而蔚爲大國。自蘇軾之後，詞壇形成了豪放、婉約兩大流派①，相互爭奇鬥艷，促進了宋詞的發展和繁榮。

秦觀、賀鑄、周邦彥的詞，多屬於婉約派，但也有不同程度的詩化傾向，主要表現在用詞的雅化和詞人的主觀抒情色彩更爲濃厚。特別是周邦彥主持大晟府，作大晟詞，「以旁搜遠紹之才，寄情長短句」（劉肅《片玉集序》）。前人或謂其多寓意，有《離騷》香草美人遺意，雖未必然，但其詞的語言確比較雅練，「多用唐人語檃括入律」（《直齋書錄解題》卷二十一），並能博采衆家之長，故對促進北宋詞的詩化和成熟，起有一定的作用。

第二節　北宋前期小令作家

北宋前期，詞壇多承晚唐五代餘緒，最初出現的幾位著名詞人，多是達官貴人，如晏殊、宋祁、范仲淹、歐陽修等。他們的詞以小令爲主，以婉約爲宗，風格華貴雍容，不卑俗也不纖巧，言情雖纏綿而不輕薄，用詞雖華美而不淫艷，大都以工麗取勝。還有晏殊的兒子晏幾道，其主要生活年代雖已入後期，但因其爲北宋專工小令的名家，也在這裡敍述。

㈠晏殊

晏殊（公元 991～1055 年），字同叔，撫州臨川（今屬江西）人。少年時以「神童」召試，賜同進士出身，後屢歷要職，仁宗朝官至同平章事兼樞密使。卒諡元獻。有《珠玉詞》三卷，存詞一百三十餘首。通行的有《珠玉詞》胡士明校點本（上海古籍出版社 1988 年）。

晏殊詞是作者近半個世紀以來官宦顯貴生活的產物，所作多爲小令，大致沿續南唐詞風。詞集以「珠玉」題名，正突出了晏詞珠圓玉潤的特色和豐腴富貴之氣。他一生顯達，作爲太平宰相，過著「未嘗一日不燕飲」、「每有嘉賓必留」、「亦必以歌樂相佐，談笑雜出」（葉夢得《避暑語錄》卷上）的豪奢生活，常常陶醉在「蕭娘勸我金卮，殷勤更唱新詞」（〔清平樂〕）的酒色之中，故他的詞多歌舞昇平、男歡女愛、祝頌壽筵之作，表現了雍容典雅的生活情趣；既有士大夫所共有的「無可奈何花落去」（〔浣溪沙〕）的遲暮落寞之感和「時光只解催人老」（〔采桑子〕）、「一向年光有限身」（〔浣溪沙〕）這種人生變幻的莫名惆悵，也能以理性節制，適可而止，寫得澄明而溫潤。唯有一首題爲〔山亭柳〕《贈歌者》爲變調之作：

> 家住西秦，賭薄藝隨身。花柳上，鬥尖新。偶學念奴聲調，有時高遏行雲。蜀錦纏頭無數，不負辛勤。　　數年來往咸京道，殘杯冷炙謾消魂。衷腸事，託何人？若有知音見採，不辭徧唱陽春。一曲當筵落淚，重掩羅巾。

詞寫自負才藝的歌者由盛年得意轉爲遲暮淒涼的情懷。聲情激越，有無限寂寥落寞之感，與晏殊曠達溫潤的詞風極不相類。鄭騫認爲此詞是「借他人酒杯澆胸中塊壘」（《詞選》），然即是「借」，仍不失晏殊詞之富於理性節制的性格特色。

晏殊詞的另一特色是頗具理性的思致。詞體「要眇宜修」，故一般詞作多以抒情爲主，而以之敍寫理性的思考著甚少。晏殊詞則能將理性的思考融入抒情之中，在傷春怨別的情緒內表現出一種理性的反省及操持，在柔情銳感之中透露出一種圓融曠達的理性的觀照。如〔浣溪沙〕「滿目山河空念遠，落花風雨更傷春，不如憐取眼前人」，及「無可奈何花落去，似曾相識燕歸來」等句，都是其中的代表作。前者在認識到「念遠」與「傷春」是枉然以後，表現出「不如憐取眼前人」之面對現實的深刻把握；後者在對於「花落」的「無可奈何」的哀悼以外，也表現出對消逝無常與循環不已這兩種宇宙現象的對比性觀照，孕含著對宇宙和人生哲理的認識。不過，他的詞也有全寫淒苦之境的，如〔蝶戀花〕：

> 檻菊愁煙蘭泣露。羅幙輕寒，燕子雙飛去。明月不諳離恨苦，斜光到曉穿朱戶。　昨夜西風凋碧樹，獨上高樓，望盡天涯路。欲寄彩箋兼尺素，山長水闊知何處！

詞寫離別相思之情。主人公經一夜相思之苦，淸晨登樓遠望，眼前一片空闊，欲寄音書卻不知寄往何處，雖欲曠達也不可能了。但「昨夜西風凋碧樹，獨上高樓，望盡天涯路。」境界是開闊的，故王國維借以形容「古今成大事業、大學問者」的「第一境」②。此詞的可貴之處，就在於能將這種境界與抒情主人公孤獨寂寞的哀愁溶成一片，在圓融瑩澈的光照之中，別有一種深婉的藝術風格。

㈡范仲淹

范仲淹（公元 989～1052 年），字希文，吳縣（今屬江蘇蘇州）人。曾官樞密副使，參知政事。謚文正，著有《范文正公集》

二十九卷。他不以文學之士自命，卻留下幾首聲震詞壇的名作。現存詞五首，其中〔漁家傲〕寫邊塞風光，開蘇軾豪放詞之先聲。詞云：

> 塞下秋來風景異，衡陽雁去無留意。四面邊聲連角起。千嶂裏，長煙落日孤城閉。　　濁酒一杯家萬里，燕然未勒歸無計！羌管悠悠霜滿地。人不寐，將軍白髮征夫淚。

悲涼的塞外風光，與白髮將軍、離鄉士兵相映襯，更加深了詞人壯志未酬的悲慨。詞調蒼涼悲壯，慷慨生哀。

㈢宋祁

與晏殊同時的宋祁（公元 998～1062 年）字子京，安陸（今屬湖北）人。官至工部尚書，翰林學士承旨。卒諡景文。有《宋景文公集》，近人趙萬里輯有《宋景文公長短句》一卷。還有張先（公元 990～1078 年），字子野，烏程（今浙江湖州）人。官至都官郎中。有《張子野詞》二卷，傳世者共一百八十四首，今有《張子野詞》吳熊和校點本（上海古籍出版社 1988 年）。宋祁詞不多，《全宋詞》錄其詞僅六首，名世者有〔玉樓春〕一首：

> 東城漸覺春光好，縠皺波紋迎客棹。綠楊煙外曉寒輕，紅杏枝頭春意鬧。　　浮生長恨歡娛少，肯愛千金輕一笑？為君持酒勸斜陽，且向花間留晚照。

詞寫春景，其中「紅杏枝頭春意鬧」寫盡春意盎然的情致和生命力，堪稱千古名句。張先曾稱宋祁爲「『紅杏枝頭春意鬧』尚書」。

㈣張先

張先詞以小令爲主，內容主要寫心中事，眼中淚，意中人，故人稱「張三中」。其中不乏感情眞摯健康而手法細膩新穎之作。如〔一叢花令〕寫閨中怨女「沈恨細思，不如桃杏，猶解嫁東風」之心，尤爲「無理而妙」，時有「桃杏嫁東風郎中」之譽（《過庭錄》）。張先詞善於以工巧之筆表現一種朦朧含蓄之美。他好用「影」字，如〔天仙子〕中的「雲破月來花弄影」，〔歸朝歡〕中的「嬌柔懶起，簾壓捲花影」，〔剪牡丹〕中的「柳徑無人，墮風絮無影」，嘗自稱「張三影」，宋祁則稱之爲「『雲破月來花弄影』郎中」。淸人李調元根據其〔木蘭花・乙卯吳興寒食〕中尙有「無數楊花過無影」之句，故認爲合之應名曰「四影」（《雨村詞話》）。此外還有「那堪更被明月，隔牆送過鞦韆影」（〔靑門引〕）。這些「影」字句，以朦朧飄忽的自然景物反映出幽冷寧謐的意境，動中顯靜，以動寓靜，具有動態美和朦朧美。王國維曾高度評價宋祁和張先詞的煉字之工說：「『紅杏枝頭春意鬧』，著一『鬧』字，而境界全出。『雲破月來花弄影』，著一『弄』字，而境界全出矣。」（《人間詞話》）

㈤歐陽修

歐陽修是宋初塡詞大家之一，擅長小令，上承南唐遺緒，詞風直逼馮延巳。有《六一詞》和《醉翁琴趣外編》，存詞二百四十多首，今有《歐陽修詞箋注》中華書局一九八六年本。

歐詞的內容主要是男女戀情、閑情逸趣之類，但摒棄了「花間派」鋪金綴玉和濃膩的脂粉氣息，把詞引向淸麗明媚一格。其〔踏莎行〕云：

候館梅殘，溪橋柳細，草薰風暖搖征轡。離愁漸遠漸無窮，迢迢不斷如春水。　寸寸柔腸，盈盈粉淚，樓高莫近危欄倚。平蕪盡處是春山，行人更在春山外。

這是歐詞代表作之一，黃昇《唐宋諸賢絕妙詞選》卷二題作「相別」。上片從遠行人著眼，用春水喻愁；下片從閨中人著眼，以春水喻遠。詞人通過離愁不斷如春水的生動比喻和行人更在春山外的深情設想，構成清麗而芊綿的意境，深婉含蘊，令人有言外之思。而他的〔蝶戀花〕更爲有名，李清照說：「歐陽公作〔蝶戀花〕，有『庭院深深幾許』之句，予酷愛之。」（《詞序》）此詞能以曲折幽遠的意境與搖曳蕩漾的情思撥動讀者的心弦。詞云：

庭院深深深幾許？楊柳堆煙，簾幕無重數。玉勒雕鞍遊冶處，樓高不見章臺路。　雨橫風狂三月暮，門掩黃昏，無計留春住。淚眼問花花不語，亂紅飛過鞦韆去。

詞寫閨怨，刻劃細膩，語意渾成。特別是末二句，融情入景，意蘊層出，卓絕千古。毛先舒分析說：「因花而有淚，此一層意也；因淚而問花，此一層意也；花竟不語，此一層意也；不但不語，且又亂落、飛過鞦韆，此一層意也。人愈傷心，花愈惱人，語愈淺而意愈入、又絕無刻劃費力之迹，謂非層深而渾成耶？」（《古今詞論》引）歐陽修以德業文章爲重，又喜好作柔婉旖旎的小詞，並在這些風月多情的詞作中，流露出一種纏綿沈摯的情感。從表面看，這與他在詩文中表露出來的一代名臣道貌岸然的「莊重」面孔很不相稱。然而，這種現象正好說明了「詩莊詞媚」的傳統觀念根深蒂固；也說明人的思想感情的複雜性，文人尤多如此，他們常以不同的藝術形式來表現其思想感情的不同方面。仔細考察，二者還是有相通之處的。歐陽修的許多抒情詩文，雖表現感情的方面不同，然其纏綿婉轉則是一致的。以詞而論，歐陽修的作品雖以明媚柔婉爲其藝術風格的主導方面，但也有清新明快，甚至豪宕之氣的。如「太守文章，揮毫萬字，一飲千鍾」（〔朝中措〕《平山堂》）即表現出一種豪爽曠達的情懷，而「世路風波險，十年一別須臾」（〔聖無憂〕）與「憂患凋零，老去光陰速可驚」（〔采桑子〕）等，則幾乎是慷慨悲歌了。

歐詞以小令見長，且多聯章組詞。他以兩組〔漁家傲〕（每組各十二首）分詠一年十二個月之節物，以一組〔定風波〕悼惜春歸花落之景象，以一組〔采桑子〕（十三首）歌詠穎州西湖的自然風光，恬靜、澄澈，富於情韻，宛如一幅幅淡雅的山水畫，給人以美感享受。所以，從整體來看，歐詞尙未脫南唐本色，但從詞的內容和表現手法及其藝術風格上具體考察，則又有新的開拓，對宋詞的發展起了積極的作用。馮煦《宋六十一家詞選例言》較全面地肯定了歐詞的歷史地位，稱其「疏雋開子瞻，深婉開少游」。

㈥晏幾道

晏幾道（公元 1030～1106 年），字叔原，號小山，晏殊第七子。他在詞史上常與其父合稱「二晏」或「大小晏」。有《小山詞》一卷，存詞二百五十餘首，今有王根林校點本（上海古籍出版社 1988 年）。

晏幾道生於宰輔之家，性格孤介，不隨流俗，黃庭堅《小山詞序》曾以一個「癡」字來概括他的性格③。貴公子的身分和優裕的生活環境，決定了他難以跳出上層社會的圈子。但他不樂仕進，不願與達官貴人交遊，於是只能與一二知己盤桓，與蓮、鴻、蘋、雲等幾個天眞可愛的歌女耳鬢廝磨④，寫作歌詞以寄託懷抱，而「考其篇中所記，悲歡合離之事，如幻如電，如昨夢前塵，但能掩卷慨然，感光陰之易遷，嘆境緣之無實也」(《小山詞・自序》)。所以，他的詞內容雖然狹窄，未出「娛賓遣興」的範圍，但能表達自己遠避仕途而自得其樂的純眞感情。這就是晏幾道的「詞家之心」。

晏幾道是小令大家，宋初小令發展到晏幾道而登峯造極。晏氏坦誠宣稱，《小山詞》的創作旨歸完全在於「試續南部諸賢緒餘」(《小山詞・自序》)。他的詞多爲艷詞，描寫愛情離合和人生聚散無常的悲歡，纏綿悱惻，淒婉動人。「記得小蘋初見，兩重心字羅衣，琵琶弦上說相思。當時明月在，曾照彩雲歸」(〔臨江仙〕)，抒寫懷念歌女小蘋的一往深情；「從別後，憶相逢，幾回魂夢與君同。今宵剩把銀釭照，猶恐相逢在夢中」(〔鷓鴣天〕)，寫久別重逢之歡。小山詞以情眞意切見長，「此情深處，紅箋爲無色」(〔思遠人〕)。陳振孫曾稱《小山詞》「獨可追步《花間》」(《直齋書錄解題》)，的確很有見地。但是，《小山詞》並未重復《花間》詞的意境，而是在對花間派傳統的繼承中，爲歌筵酒席間的艷詞另闢一片綠波容與、花草繽紛的藝術天地。其描寫對象不同：《花間集》中的女性多爲泛指，而《小山詞》中的女子多爲特指，如蓮、鴻、蘋、雲等。寄託的感情品質亦不同：《花間集》中的艷詞多描寫女性衣著、神態之美和男女相悅相思之情，有時脂粉氣太濃，甚至流於庸俗；《小山詞》亦間有脂粉氣，然多流露出對女性美的一種詩意和友善的欣賞。此外，語言藝術風格也有所不同：《花間集》以艷詞麗句表現外在塗飾的色彩美、視覺美，《小山詞》則頗能以純眞、清新而自然的語言，選擇富有特徵的形象情態，把纏綿悱惻的縷縷情思表露無遺，華貴而不膚淺，閑雅而不粗俗，具有較强的藝術魅力。

第三節　柳永

㈠柳永的生平和創作

在宋代詞史上，柳永是對詞體發展作出巨大貢獻的重要作家。他原名三變，字耆卿，崇安（今屬福建）人。生卒年不詳，據唐圭璋《柳永事迹新證》，約生於宋太宗雍熙四年（公元 987 年），卒於仁宗皇祐五年（公元 1053 年）⑤。因排行第七，人稱「柳七」。曾官屯田員外郎，世稱「柳屯田」。初以詞知名，多次應科擧未中，遂塡〔鶴沖天〕一詞，謂自己「忍把浮名，換了淺斟低唱」。仁宗不悅，說：「且去淺斟低唱，何要浮名？」從此他自稱「奉旨塡詞柳三變」⑥。景祐元年（公元 1034 年），一說四年（公元 1037 年）改名應試，與兄柳三接同榜進士。此後，柳永南北羈宦，仕途舛厄，晚年窮困潦倒，死於客中，由歌妓們集資營葬。

柳永一生中長期與歌妓舞女爲伍，但卻未嘗忘記國計民生。他任曉峯鹽場監官和餘杭令期間，就頗有政績，並寫了一首七言長歌《煮海歌》，對鹽民的疾苦表示同情，曾被當地方志列入《名宦》之中（《餘杭縣志》卷二十一）。他是一位專力作詞並深諳詞樂的詞人，其詞集《樂章集》（彊村叢書本），按宮調編排，凡十七宮調，近百個詞牌，存詞一百九十四闋。此外尙有《宋六十名家詞》和《全宋詞》本等。以《全宋詞》本最完備，共收柳詞二百一十二首。今有《樂章集》高建中校點本（上海古籍出版社，1988 年）。

㈡柳詞的內容

柳詞按內容主要可分為兩大類：一是寫歌妓及與歌妓的戀情者，其中有相當多的作品是應歌妓之求而作，是為歌妓寫心的；二是自抒羈旅行役之苦和離情別緒的。二者有時也相互滲透。此外，還有少數作品專寫都市風光（如〈望海潮〉之寫杭州），和替歌妓祝壽祝酒之詞。從藝術風格來看，前者近俗，後者近雅。陳振孫《直齋書錄解題》說柳詞「尤工於羈旅行役」。這類詞是他出京後宦游各地時創作的，能把身世淪落之悲與離別相思之苦遊合在一起，故在廣闊的社會生活和自然山水畫卷的描寫中，充溢著極濃郁的悲涼感傷之情。如著名的〔八聲甘州〕：

> 對瀟瀟、暮雨灑江天，一番洗清秋。漸霜風淒緊，關河冷落，殘照當樓。是處紅衰翠減，苒苒物華休。唯有長江水，無語東流。　　不忍登高臨遠，望故鄉渺邈，歸思難收。嘆年來蹤跡，何事苦淹留？想佳人，妝樓顒望，誤幾回、天際識歸舟。爭知我、倚欄干處，正恁凝愁。

此詞抒發羈旅失意之情，上片寫景，於蕭條冷落的秋色之中寄托著天涯遊子的抑鬱與感傷；下片抒情，由自己懷鄉寫到閨中人對自己的思念，再寫自己的登高凝愁。全詞委婉曲折，情景交融，前後呼應。其他如〔雨霖鈴〕、〔夜半樂〕、〔安公子〕、〔戚氏〕等，也同此情調，並極工妙。其特色是情意淒涼而境界開闊，描寫委曲而筆力矯健，很好地表達出失意飄零在外的文人墨客的典型心態，能引起當時許多士人的共鳴。蘇軾曾稱讚柳詞佳句「不減唐人高處」（《侯鯖錄》），即指此類作品而言。

描寫歌女舞妓的生活與戀情的詞，在柳詞中占的比例較大，語言多通俗而坦率。如〔蝶戀花〕詞：

> 佇倚危樓風細細，望極春愁，黯黯生天際。草色煙光殘照裡，無言誰會憑欄意？　擬把疏狂圖一醉，對酒當歌，強樂還無味。衣帶漸寬終不悔，為伊消得人憔悴。

詞寫對愛情的執著追求，刻畫熱戀中的心理細致入微，特別是後二句是一篇之警策，可視爲全篇的詞眼，曾被王國維借來比喻古今「成大事業、大學問者」的「第二境」（《人間詞話》），用以形容那種鍥而不捨、執著追求的精神。

柳詞由於描寫了繁華的都市生活，反映下層市民特別是青樓舞女歌妓們的生活情趣，表達了失意文人的落拓情懷，實現了歌詞與民間燕樂雜曲的完美結合，「一時動聽，傳播四方」，出現了「柳永熱」。《避暑錄話》稱「凡有井水飲處，即能歌柳詞」（卷三）。《鶴林玉露》言金主完顏亮聞歌柳詞〔望海潮〕，因特別欣賞詞中「三秋桂子，十里荷花」句，「遂起投鞭渡江之志」（卷十三）。

㈢柳詞的藝術成就

在詞史上，柳詞標誌著宋詞發展進入一個嶄新的階段。它從內容到形式，較之唐五代文人詞都有新的突破和開拓，爲一代宋詞的繁榮發展做出了較大的貢獻。他大量創作慢詞，使慢詞取得了與令詞並峙的地位。《樂章集》的一百五十三曲（曲名同而宮調異者，仍別爲一曲）中，僅四調、二十一個詞牌係採自前人，其餘大多數是柳永改造舊調、自創新調而成，所增新聲又多爲長調慢曲。其曲名在教坊曲（有四十多曲）、敦煌曲（有十六曲）本爲小令者，柳永大都衍爲長調，如〔長相思〕本雙調三十六字，柳永增為雙調一百零三字；〔浪淘沙〕本雙調五十四字，柳永增為三迭一百四十四字。柳永以前無三迭詞調，而《樂章集》中的〔夜半樂〕、〔十二時〕、〔戚氏〕等都是三迭，其中〔戚氏〕長達二百十二字。這些慢詞，體制加長，篇幅增大，音調更加繁複曲折，句式又富於變化，從而增强了詞體的容量，提高了詞的藝術表現力。

柳詞多用齊梁以來小賦的鋪陳手法。以往的令詞由於篇幅短小，往往多即事即景言情，只略作點染，不加鋪描，雖含蓄雋永，耐人尋味，卻難以表現較複雜的事物和感情。柳詞則採用鋪敍和白描手法，「鋪敍展衍，備足無餘」，把敍事、寫景、抒情、議論熔為一爐，淋漓盡致而又層次井然。如〔雨霖鈴〕：

> 寒蟬淒切，對長亭晚，驟雨初歇。都門帳飲無緒，留戀處，蘭舟催發。執手相看淚眼，竟無語凝噎。念去去，千里煙波，暮靄沈沈楚天闊。　　多情自古傷離別，更那堪、冷落清秋節！今宵酒醒何處？楊柳岸、曉風殘月。此去經年，應是良辰、好景虛設。便縱有、千種風情，更與何人說！

此詞即由眼前之景寫到別後之景來表現離情別緒，而前後之景又分層展開。上片開頭數句是寫眼前，「念去去」以下是寫別後；下片用「多情自古傷離別」發感慨領起，接句又寫到眼前，「今宵酒醒何處」以下都是寫別後，又分兩層鋪寫，先寫今宵別後之景，然後又想像經年以後的境況，景物層層展開，別情之苦亦層層深入。

在語言應用方面，柳詞擺脫了花間派鋪金綴玉、濃妝豔抹之習，大量吸收當時民間流傳的口語、俚語入詞，通俗流暢，富有音樂性。如〔定風波〕：

自春來，慘綠愁紅，芳心是事可可。日上花梢，鶯穿柳帶，猶壓香衾臥。暖酥消，膩雲嚲，終日厭厭倦梳裹。無那！恨薄情一去，音書無箇。　早知恁麼，悔當初、不把雕鞍鎖。向雞窗，只與蠻箋象管，拘束教吟課。鎮相隨，莫拋躲，針線閒拈伴伊坐，和我。免使年少、光明虛過。

這是柳永俗詞的代表作。上片寫閨中少婦的相思之苦，下片寫少婦的追悔之情。樸實無華，明白淺近，語言極其通俗化和口語化。這對於宋詞作家羣和讀者的壯大以及宋詞創作之普及，無疑是有裨益的。

此外，柳永還著意於詞的意境的開拓。五代詞中的離別相思之作，作者雖是男性，但多以女性口吻出之。柳詞中亦有此種，但有較多的作品直接以男性口吻，融入「自我」，自寫羈旅行役中的離情別緒和對那些處於社會底層的風塵女子不幸的生活遭際的同情愛憐之心。在這一方面，雖然反映出宋詞發展的趨勢，並非柳詞所獨有，但他的貢獻是比較突出的。

第四節　秦觀、賀鑄

北宋詞發展到蘇軾而出現詩化的高潮，「蘇門四學士」中黃庭堅、晁補之所作的一些詞，較明顯地受到蘇軾倡導的詩化的影響，秦觀詞卻較多地受到柳永詞的影響，故蘇軾曾笑其「學柳七作詞」（見《高齋詩話》引）。但秦觀詞的取境、造語一般比柳詞爲雅。晚年自抒遷謫之愁入詞，亦與其詩境相近。但他與蘇軾的性格不同，蘇軾曠達，故詞多豪放；少游深情，故詞多婉約。夏敬觀說：「少游學柳，豈用諱言？稍加以坡，便成少游之詞。」（《吷庵手校〈淮海詞〉跋》）指出秦觀詞也受到蘇詞的某些影響。

賀鑄雖不屬於蘇軾門下「四學士」「六君子」之列，但與蘇亦有相當的交往。他的詞受蘇詞的影響尤爲明顯。他既寫豪放詞，也寫婉約詞。他的豪放詞緊承蘇詞，下啓張元幹、張孝祥、辛棄疾諸家。他的婉約詞題材多樣，境界亦近詩。故二人均爲受到蘇詞影響而又具有個人特色的詞人。

㈠秦觀

秦觀（公元 1049～1100 年），字少游，號淮海居士，高郵（今屬江蘇）人。元豐八年（公元 1085 年）進士，一生仕途舛厄，在新舊黨爭中一貶再貶，自處州而郴州，至橫州而雷州，臨死前遇赦，北歸途中死於藤州（今廣西藤縣）光華寺。著有《淮海集》四十卷，詞集爲《淮海居士長短句》三卷，有《四部叢刊》本，今有徐培鈞校點本（上海古籍出版社 1985 年）；又存《淮海詞》一卷，有《宋六十名家詞》刊本，今有《淮海詞箋注》楊世明本（四川人民出版社 1984 年）、王輝曾本（北京中國書店1985 年）。

秦觀以詞著稱，頗負盛名。李調元《雨村詞話》謂之「首首珠璣，爲宋一代詞人之冠」，似爲過譽。其詞以描寫男女戀情、哀嘆個人身世不幸爲主要內容，多具有濃烈的感傷色彩。描寫極工，盡深婉之能事，被視爲北宋以來詞壇第一流的正宗婉約詞家。

馮煦《宋六十一家詞選例言》說：「他人之詞，詞才也；少游，詞心也。得之於內，不可以傳。」所謂「詞心」，指所表達的是詞人心靈深處最爲柔婉精微的審美感受。如〔浣溪沙〕：

漠漠輕寒上小樓，曉陰無賴似窮秋。淡煙流水畫屏幽。
自在飛花輕似夢，無邊絲雨細如愁。寶簾閒掛小銀鉤。

詞寫春愁，全從室內對室外的感受著筆。「寒」是「輕寒」，「曉陰」是「似窮秋」，「畫屏」上是「淡煙流水」；「飛花」之「輕」似「夢」，「絲雨」之「細」如「愁」，「寶簾」之「掛」曰「閑」，掛簾之「銀鉤」又曰「小」。這一切構成了一個心靈感覺中細致幽微的世界，這世界是那麼幽雅，又是那麼沈悶、窄小和無聊。這種惆悵莫名、充滿愁思的境界，非有細致的審美能力是無法加以捕捉和表達出來的。

秦觀詞柔婉綺麗，「辭情相稱」，雖多寫男女的思戀懷想、悲歡離合之情，然常同個人的坎坷遭遇聯繫在一起，因而其境界往往淒清幽冷，而作者又善於用淡雅的語言，含蓄的手法，通過柔婉的曲調來表現，故更覺情韻俱佳，淒婉動人。其〔滿庭芳〕詞云：

> 山抹微雲，天連衰草，畫角聲斷譙門。暫停征棹，聊共引離尊。多少蓬萊舊事，空回首、煙靄紛紛。斜陽外，寒鴉萬點，流水繞孤村。　　銷魂！當此際，香囊暗解，羅帶輕分。漫贏得、青樓薄倖名存。此去何時見也？襟袖上、空惹啼痕。傷情處，高城望斷，燈火已黃昏。

詞寫一對情人離別時的愁思。上片以寫景爲主，景中寓情；下片以抒情爲主，情中有景。景色以微雲度山寫入，收之以燈火黃昏，構成一幅淒迷幽暗的送別畫圖，把「黯然銷魂」的無限傷別之情，放在這樣一種特定的環境中來抒寫，自然使人感到淒苦不堪。此詞曾風行一時，據說蘇東坡曾戲呼秦觀爲「山抹微雲君」，更曰「山抹微雲秦學士，露花倒影柳屯田」。而秦觀的女婿范溫赴宴，竟以「山抹微雲女婿」自矜。他如〔鵲橋仙〕：

纖雲弄巧，飛星傳恨，銀漢迢迢暗度。金風玉露一相逢，便勝卻人間無數。　柔情似水，佳期如夢，忍顧鵲橋歸路！兩情若是久長時，又豈在朝朝暮暮！

詞寫牛郎織女七夕相念，上片寫相會之歡，下片寫離別之苦。作者一反傳統的七夕詞基調，翻出新意，歌頌純眞的愛情。且能於短幅之中熔寫景、敍事、抒情、議論於一爐，自然流暢，情致眞切，具有極强的藝術魅力，不愧爲「當代詞手」（《後山詩話》）。

秦觀仕途舛厄，屢遭貶謫，還寫了一些自抒其失意、孤苦的情懷的詞。如〔踏莎行〕：

霧失樓臺，月迷津渡，桃源望斷無尋處。可堪孤館閉春寒，杜鵑聲裡斜陽暮。　驛寄梅花，魚傳尺素，砌成此恨無重數。郴江幸自繞郴山，為誰流下瀟湘去？

此詞作於郴州貶所，上片用一片迷茫淒冷的春景，襯托出羈旅孤寂的情懷；下片抒發故舊相思之情，嘆逝水之不留，有遲暮之感，詞旨哀怨淒婉，至爲感人。據說蘇軾讀之，自書於扇面，嘆道：「少游已矣，雖萬人何贖！」（《冷齋夜話》）

在姹紫嫣紅的宋代詞苑，秦觀詞如春日幽花，自成馨逸，較之其他婉約詞，更具有嫵媚的風韻，更富有藝術美感。概而言之，秦觀詞具有如下的審美特色：

一是注重畫面，富有畫意。打開《淮海居士長短句》，撲面而來的是流水、落紅、殘雨、斜月、楊柳、春風、衰草、碧雲、畫樓、芳榭、黃鸝、杜鵑、扁舟、銀鉤、橫笛等等美麗的自然景象，令人目不暇接，美不勝收，這些景象構成的一幅幅色調豐富、五彩繽紛的畫面，有一種「淡妝濃抹總相宜」的色澤之美。

二是音韻和諧，旋律優美。葉夢得《避暑錄話》云：「秦少游亦善爲樂府，語工而入律，知樂者謂之作家歌。」秦觀有很高的音樂修養，他的詞繪色繪聲，聲色並茂。

三是詞心細膩，聯想豐富。他的〔如夢令〕「門外鴉啼楊柳」、〔畫堂春〕「落紅鋪徑水平池」、〔蝶戀花〕「曉日窺軒雙燕語」等寫閨怨，選取美人玉手的細節進行描寫，對女性細膩的感情可謂體貼入微。秦觀的多愁善感與過分敏感和細膩的詞心有關。如〔江城子〕：

> 西城楊柳弄春柔，動離憂，淚難收。猶記多情，曾為繫歸舟。碧野朱橋當日事，人不見，水空流。　韶華不為少年留，恨悠悠，幾時休？飛絮落花時候一登樓。便做春江都是淚，流不盡，許多愁。

詞寫離愁別恨，清麗和婉，哀思無限，彷彿一支優美動聽的小夜曲。

四是長於抒情，化景物爲情思，熔人事入風景，顯得空靈蕩漾而富有韻味。如〔滿庭芳〕「山抹微雲」、〔八六子〕「倚危亭」等，尤能體現秦觀詞的審美個性。

㈡賀鑄

賀鑄（公元 1052～1125 年），字方回，號慶湖遺老，衞州（今河南汲縣）人，後寓居越州山陰（今浙江紹興）。一生屈居下僚，僅官泗州、太平州通判。晚年退居吳下，卒於常州。賀家五世習武，方回的仕宦生涯亦從武開始、後得李清臣和蘇軾之薦，改入文職。著作有《慶湖遺老集》九卷及《東山詞》（又名《東山寓聲樂府》、《賀方回詞》等）。程俱《宋故朝奉郎賀公墓誌銘》稱其有「樂府辭五百首」，尚存二百八十六首（含殘篇斷句）。今有鍾振振校注《東山詞》四卷（上海古籍出版社 1989 年版）較爲完備。

賀鑄詞介於豪放與婉約兩大系統之間，明顯地受到詞的詩化的影響。清陳廷焯《白雨齋詞話》說：「方回詞胸中眼中，另有一種傷心說不出處，全得力於楚《騷》，而運以變化，允推神品。」所謂得力於「騷」，是指他的詞長於幽怨，時有牢落不平之氣。故他的詞有寫得慷慨悲壯的，如〔六州歌頭〕「少年俠氣」和〔小梅花〕「城下路」、「縛虎手」，風格略近東坡。〔六州歌頭〕是賀鑄詞的壓卷之作，詞云：

> 少年俠氣，交結五都雄。肝膽洞，毛髮聳。立談中，死生同，一諾千金重。推翹勇，矜豪縱。輕蓋擁，聯飛鞚，斗城東。轟飲酒壚，春色浮寒甕，吸海垂虹。閒呼鷹嗾犬，白羽摘雕弓，狡穴俄空，樂怱怱。　似黃粱夢，辭丹鳳；明月共，漾孤篷。官冗從，懷倥傯，落塵籠，簿書叢。鶡弁如雲眾，供粗用，忽奇功。笳鼓動，漁陽弄，思悲翁。不請長纓，繫取天驕種，劍吼西風。恨登山臨水，手寄七弦桐，目送歸鴻。

此詞追憶少時豪俠，抒發英雄報國無門的一腔抑塞不平之氣，聲情激越，詞調悲涼。北宋表現愛國情感的豪放詞作，惟此篇可與蘇軾〔江城子〕《密州出獵》相伯仲。由方回這首詞，經岳飛〔滿江紅〕、張元幹〔賀新郎〕、張孝祥〔六州歌頭〕等，而至於辛棄疾及辛派詞人，可見兩宋愛國詞篇的嬗遞軌迹。夏敬觀手批《東山詞》說：「細讀《東山詞》，知其爲稼軒所師也。世但知蘇、辛爲一派，不知方回，亦不知稼軒。」這個見解很精到。〔水調歌頭〕

《臺城游》以古鑒今，與王安石〔桂枝香〕同旨，在宋代金陵懷古詞中，可與周邦彥〔西河〕詞鼎足而三。〔搗練子〕一組五首詞，借搗衣寄遠傾訴思婦征夫的哀怨，以諷時事，頗得風人之旨。其〔半死桐〕則爲悼亡之作。詞云：

> 重過閶門萬事非，同來何事不同歸？梧桐半死清霜後，頭白鴛鴦失伴飛。　原上草，露初晞，舊棲新壟兩依依。空牀臥聽南窗雨，誰復挑燈夜補衣！

此詞格調高雅、哀感頑豔，與蘇軾〔江城子〕《乙卯正月二十日夜記夢》相比，堪稱宋代悼亡詞中的雙璧。

賀鑄出身豪門而顛躓潦倒，仕宦武弁而博學好文，性格豪爽而情思綿邈。因此，他的詞能以深婉密麗見長，而又間有寄託，境界亦近詩。如〔芳心苦〕（又名〔踏莎行〕）：

> 楊柳回塘，鴛鴦別浦。綠萍漲斷蓮舟路。斷無蜂蝶慕幽香，紅衣脫盡芳心苦。　返照迎潮，行雲帶雨。依依似與騷人語。當年不肯嫁春風，無端卻被秋風誤。

這首詠物詞，通篇詠荷花，作者不落墨於荷花的形態之美，而盡寫它不與春芳爭妍以取媚東君的高潔情操和自開自落的遭遇，字裡行間深含著《騷》情《雅》意。此外，〔望湘人〕「厭鶯聲到枕」、〔踏莎行〕「急雨收春」、〔六么令〕「夢雲蕭散」、〔滿江紅〕「火禁初開」、〔天香〕「煙絡橫林」等，都將《楚辭》中的芳馨悱惻、怨慕淒涼的情韻意境融入詞中。賀詞的取材較廣泛，風格多樣，不拘一格。紹聖、元符年間，張耒爲《東山詞》作序，就稱賀詞「盛麗如游金、張之堂，而妖冶如攬嬙、施之袪，幽潔如屈、宋，悲壯如蘇、李」，雖有些過譽，但足以說明其風格之多樣。

賀鑄作詞，善於融化古人成句，如同己出。夏敬觀手批《東山詞》說：「小令喜用前人成句，其造句亦恒類晚唐人詩；慢詞命辭遣意，多自唐賢詩篇得來，不施破碎藻采，可謂無假脂粉，自然穠麗。」這是符合賀詞實際的。以〔將進酒〕、〔行路難〕為例，二篇四十四句之中，用前人語者超過半數，分別取材於《詩經》、《楚辭》、前後《漢書》、《文選》、陶淵明集及唐詩，或正用，或反用，或整用，或嵌用，或化用，或添字，或減字，或換字，信手拈來，卻能融會貫通。以前也有不少人運化古人詩句入詞，但不如賀鑄這樣多而純熟，這反映了北宋詞追求雅麗的趨勢。

賀詞善於煉字，更善於煉意。王灼謂其詞「語意精新，用心甚苦」（《碧雞漫志》卷二）。以賀鑄寫「愁」之詞為例，已足見他煉字煉意之工。在他的詞筆之下，愁有長度，可以引伸之：「江上暮潮，隱隱山橫南岸。奈離愁，分不斷」（〔河傳〕「華堂重廈」）；愁有面積，能夠蔓延：「愁隨芳草，綠遍江南」（〔怨三三〕「玉津春水如藍」）；愁有體積，可以斗量：「萬斛閑愁量有賸」（〔減字木蘭花〕「多情多病」）；愁有重量，好付船載：「采舟載得離愁動」（〔菩薩蠻〕）、「小小蘭舟，蕩槳東風快，和愁載」（〔點絳唇〕「見面無多」）；愁有顏色，能隨信傳遞：「小華箋，付與西飛去，印一雙愁黛，再三歸字」（〔九回腸〕）。特別是〔青玉案〕一首詞：

凌波不過橫塘路，但目送芳塵去。錦瑟華年誰與度？月橋花院，瑣窗朱戶，只有春知處。　　碧雲冉冉蘅皋暮，彩筆新題斷腸句。試問閑愁都幾許？一川煙草，滿城風絮，梅子黃時雨。

結句連設三喻，亦虛亦實，將「閑愁」之多且久，比喻得痛快淋漓，讀之令人擊節叫絕，故人稱「賀梅子」。黃庭堅也說：「解道江南斷腸句，只今惟有賀方回。」（《寄方回》詩）

賀鑄精通音律，長於度曲，現存《東山詞》中，自度曲有〔兀令〕、〔玉京秋〕、〔蕙清風〕、〔海月謠〕、〔菱花怨〕、〔定情曲〕、〔怨三三〕、〔望湘人〕、〔梅香慢〕等十數調之多。他善於以密集回環的韻位來突出詞曲的音樂美。如〔六州〕、〔水調〕二歌頭，〔更漏子令〕、〔減字木蘭花〕等調，平仄通叶。特別是〔六州歌頭〕，三十九句中有三十四句押韻，該平上去三聲，句短韻密，如急管繁弦，飆風驟雨，力量無比。

第五節　周邦彥

㈠周邦彥的生平和創作

周邦彥（公元 1056～1121 年），字美成，號淸眞居士，錢塘（今浙江杭州）人。年少時遊於荊州，落魄不羈，後求學於太學。因獻長達七千字的《汴都賦》給宋神宗而得官⑦。先後爲太學正、廬州教授、溧水知縣等。政和六年（公元 1116 年）任大晟府提舉⑧，與徐伸、田爲、姚公立、晁沖之、江漢、万俟詠、晁端禮等大晟詞人，依聲塡詞，世稱「大晟新聲」。後又知順昌府，遷處州，未赴，病死於南京（今河南商丘）。著有《淸眞先生文集》二十四卷（南宋樓全月編），已佚。今人蔣倫采擷其現存詩、賦、文與詞合編爲《周邦彥集》（江西人民出版社出版）。詞則有宋陳元龍注《片玉集》十卷（《彊村叢書》本），今有江蘇廣陵古籍刻印社一九八〇年《片玉集集注》（二册）；又有《淸眞集》二卷，集外詞一卷（《四印齋所刻詞》）收錄，今有中華書局一九八一年吳則虞校點《清眞集》和上海古籍出版社一九八八年馮海榮校點《片玉詞》，各收詞二百餘首。

周邦彥於詩、詞、文、賦、樂，無所不擅，尤「以樂府獨步」（《藏一話腴》）。《白雨齋詞話》說他「前收蘇、秦之終，後開姜、史之始」（卷一），是維繫南、北兩宋詞壇的重要紐帶。

㈡周詞的內容

周邦彥早年有過與柳永類似的生活經歷，創作上受柳詞影響頗深。後期進入宮廷，爲朝廷制禮作樂，仍然與歌妓舞女來往甚密，過著偎綠倚紅的生活。因此，他的作品思想內容比較狹窄，玉艷珠鮮、柳欹花偎的艷情和羈旅離愁幾乎占了《清眞詞》的大部分內容。他雖像柳永一樣工於言情寫艷，然其描寫的細膩曲折與語言的精工雅麗則超過柳永。他又嚴於章法，擅長於鋪敘之中作頓挫騰挪、曲折回環，使整個詞篇旣具渾瀚流轉之氣，又有波瀾起伏之致。如他的代表作之一〔瑞龍吟〕：

章臺路，還見褪粉梅梢，試華桃樹。愔愔坊陌人家，定巢燕子，歸來舊處。　黯凝佇，因念箇人癡小，乍窺門戶。侵晨淺約宮黃，障風映袖，盈盈笑語。　前度劉郎重到，訪鄰尋里，同時歌舞，惟有舊家秋娘，聲價如故。吟箋賦筆，猶記燕臺句。知誰伴，名園露飮，東城閒步？事與孤鴻去。探春盡是，傷離意緒。官柳低金縷，歸騎晚，纖纖池塘飛雨。斷腸院落，一簾風絮。

詞寫傷離意緒，內容上僅是「人面桃花，舊曲翻新」（周濟《宋四家詞選》），但詞人撫今追昔，筆力回環往復，縷縷艷情，欲言又止，曲折含蓄，自然渾成，有沈鬱頓挫之致。

劉肅《片玉集序》說：「周美成以旁搜遠紹之才，寄情長短句，縝密典麗，流風可仰。」這裡所謂「縝密」，是言其章法之嚴、組織之精；「典麗」是指其合律知音，典雅精麗。周詞在藝術技巧上頗能兼北宋諸家之長，風格柔而不弱，麗不傷雅，尤開南宋一代典雅詞風。具體而言，周詞的審美特色和藝術功力，主要表現在以下幾方面：

第一，他善於融化前人詩句。

周濟說他「借字用意，言皆有來歷」（《宋四家詞選》）。如上面所引〔瑞龍吟〕之融化杜甫、劉禹錫、杜牧、李賀、溫庭筠等詩句，〔西河〕「佳麗地」中「山圍故國」詩句之融化劉禹錫《金陵五題》詩句，均運化無迹，無撏扯堆砌之病。

第二，善於體物、鋪陳，描繪工巧。

如〔蘇幕遮〕之寫荷花：

> 燎沈香，消溽暑。鳥雀呼晴，侵曉窺簷語。葉上初陽干宿雨，水面清圓，一一風荷舉。　　故鄉遙，何日去。家住吳門，久作長安旅。五月漁郎相憶否？小楫輕舟，夢入芙蓉浦。

上片寫景，下片抒情，層次分明。「葉上」三句描寫細膩生動，清新自然，一個「舉」字，可「得荷花之神理」（《人間詞話》）；又以歸夢小楫輕舟作結，情景渾融，餘味無窮。其他如〔蘭陵王〕「柳陰直」之詠柳，〔六醜〕「正單衣試酒」之詠薔薇，〔玉燭新〕、〔花犯〕、〔醜奴兒〕、〔品令〕之寫梅花，等等，無一直筆、懈筆，比柳詞更增加了角度與層次，描繪寫物之工，細微婉曲之妙，「不失為第一流之作者」（《人間詞話》）。

第三，周邦彥善於煉字，重在骨力，注意在關節眼上下工夫。如〔大酺〕之「對宿煙收，春禽靜，飛雨時鳴高屋」寫大雨，以一「飛」字寫風急雨驟，又以「鳴」字寫驟雨打在屋瓦上的響聲，有聲有色，形神俱現；〔望江南〕之「密雲銜雨暗城西」句寫雨之欲下而未下之態，一「銜」一「暗」，煉字甚工，妥貼穩當。作者有時僅在一句中改換一字，便形象不同，境界特異。如〔氐州第一〕之「亂葉翻鴉，驚風破雁，天角孤雲縹渺」與〔慶春宮〕之「衰柳啼鴉，驚風驅雁，動人一片秋聲」，「破」與「驅」，一字之差，寫出了天上雁羣逆風而行與順風而行的不同形態。其錘琢字句、塑造形象的工力，令人驚嘆！

第四，清眞詞最工於布局，結構細密曲折，多回環反覆，開合有致，不像柳詞那樣平鋪直敍。例如〔蘭陵王〕「柳陰直」一首，陳廷焯《白雨齋詞話》謂「登臨望故國，誰識京華倦客」二語是一篇之主，第一片以柳色鋪寫別情，暗伏倦客之恨，和盤托出久客淹留之感；第二片寫離筵惜別之情，無一語不吞吐，僅就景點綴，更不寫淹留之故，卻無處不是淹留之苦；第三片極寫行路中的迂遠寂寞和離恨，以回想作結，「沈思前事，似夢裡，淚暗滴」，遙遙挽合，妙在才欲說破，便自咽住，留下無窮哀痛。他如〔花犯〕「粉牆低」一首，亦紆徐反覆，「結構天然，渾然無迹」（陳洵《海綃說詞》）。

第五，周邦彥精於音律，詞富有清濁抑揚之美。他善於創調，廣泛采摘「新聲」，使之規範化。他除了能自度曲，又復「增演慢曲、引、近，或移宮換羽為三犯、四犯之曲」（《詞源》卷下），故《人間詞話》特賞其「創調之才多」。所創詞調，音韻清蔚，與柳永的市井新聲有雅俗之殊。〔瑞龍吟〕、〔蘭陵王〕、〔六醜〕等名曲，直至宋亡猶賡和不絕。周邦彥還是第一個以「四聲」入詞的大家，即塡詞不僅分平、仄，而且注意分平、上、去、入，如〔繞佛閣〕之雙拽頭：

暗塵四斂，樓觀迥出，高映孤館。清漏將短，厭聞夜久籤動書幔。　桂華又滿，閒步露草，偏愛幽遠。花氣清婉，望中迤邐城陰度河岸。

凡十句五十字，四聲無一字不合。《樂府指迷》說：「清眞最爲知音」，即指他的詞律細密而言。

周氏提舉大晟府，一面整理審定舊調，一面又創製新曲，注重詞的格律的嚴密化和詞調的規範化。詞至周邦彥，可謂「富艷精工」，研律愈細而持律愈嚴，分寸節度，深契微芒。邵瑞彭說：「詩律莫細乎杜，詞律亦莫細乎周。」（《周詞訂律序》）王國維更推崇周邦彥爲「詞中老杜」（《清眞先生遺事》）。從其作品內容而言，殊不相稱，若就格律之精嚴和風格之沈鬱頓挫來看，確有相似之處。後世格律派詞人多瓣香於清眞，是此中原因之一。

附　註

①最早提出詞分婉約、豪放者乃明人張綖（公元 1513 年舉人）的《詩餘圖譜》，云：「詞體大略有二：一體婉約，一體豪放。婉約者欲其詞情蘊藉，豪放者欲其氣象恢宏。然亦存乎其人，如秦少游之作，多是婉約；蘇子瞻之作，多是豪放。大抵詞體以婉約爲正。」（徐釚《詞苑叢談》引）第一次提出婉約、豪放的概念，但這主要針對作家個性所表現的風格立論，本意在於辨體，並非以此强分兩派。直到清代王士禎《花草蒙拾》，才將體與派混而爲一。他說：「張南湖（綖）論詞派有二：一曰婉約，二曰豪放。僕謂婉約以易安爲宗，豪放唯幼安稱首。」（見《詞話叢編》）婉約與豪放並不足以概括宋詞詞風的豐富多樣和流派的紛繁錯綜，但一般可以說明宋詞乃至古代詞風的兩大類型：一類偏於陰柔之美，另一類則偏於陽

剛之美。據南宋俞文豹《吹劍錄》記載：「東坡在玉堂，有幕士善謳，因問：『我詞比柳詞如何？』對曰：『柳郎中詞，只合十七八女孩兒執紅牙拍板，唱楊柳岸曉風殘月；學士詞，須關西大漢，執鐵板，唱大江東去。公爲之絕倒。」這條記載典型地說明了陰柔與陽剛之美相互對立的藝術特徵。大抵婉約派詞內容側重兒女風情和離愁別恨，結構深細縝密，重視音律和諧，語言圓潤。而豪放派詞內容偏重於社會人生，創作視野較爲廣闊，氣象恢宏雄放，喜用詩文手法、句法和字法，語言宏博，不太拘守音律。在宋代詞人中，豪放派以蘇、辛爲代表，賀鑄、陳與義、張元幹、葉夢得、朱敦儒、張孝祥、陳亮、陸游及劉過等辛派詞人都寫過豪放詞。而婉約詞人則更多，僅北宋就有晏殊、歐陽修、晏幾道、柳永、秦觀、周邦彥、李清照等一大批詞人。

②王國維《人間詞話》云：「古今之成大事業、大學問者，必經過三種之境界：『昨夜西風凋碧樹。獨上高樓，望盡天涯路。』此第一境也。『衣帶漸寬終不悔，爲伊消得人憔悴。』此第二境也。『衆裡尋他千百度，驀然回首，那人正在、燈火闌珊處。』此第三境也。」

③黃庭堅是晏幾道的知己之交，十分了解晏的爲人，在《小山詞序》中說：「余嘗論叔原，固人英也，其痴亦自絕人。愛叔原者，皆慍而問其目，曰：『仕宦連蹇，而不能一傍貴人之門，是一痴也；論文自有體，不肯一作新進士語，此又一痴也；費資千百萬，家人寒飢，而面有孺子之色，此又一痴也；人百負之而不恨，己信人，終不疑其欺己，此又一痴也。』乃共以爲然。」

④蓮、鴻、蘋、雲，係晏幾道摯友家中歌伎，他在《小山詞序》中說：「始時沈十二廉叔、陳十君龍家有蓮、鴻、蘋、雲，品清謳娛客。每得一解，即以草授諸兒。吾三人持酒聽之，爲一笑樂而已。」張宗橚《詞林紀事》在錄〔臨江仙〕「夢後樓臺」闋後云：「此詞當是追憶蘋、雲而作。又按小山詞尚有〔玉樓春〕兩闋，一云『小蘋若解愁

春暮』，一云『小蓮未解論心素』，其人之娟姿艷態，一座皆傾，可想見矣！」小山詞中寫情詞不少是爲這些歌伎而作。

⑤柳永的生卒年，衆說紛紜，莫衷一是。1986 年《文學遺產》第一期發表的李思永《柳永家世生平新考》，歸納了近 60 年來的不同說法。主要有：㈠1931 年儲皖峯《柳永生卒考》推測柳永生於太宗至道元年（公元 995 年）。㈡1957 年唐圭璋《柳永事迹新證》認爲柳永生於雍熙四年（公元 987 年）。㈢1981 年李國庭《柳永生平及行蹤考辨》認爲柳永應當生於宋太平興國五年（公元 980 年）左右（《福建論壇》第 5 期）；㈣李思永自己的意見，卻認爲柳永生於太祖開寶四年（公元 971 年）而卒於仁宗皇祐五年（公元 1053 年）。

⑥據吳曾《能改齋漫錄》云：「仁宗留意儒雅，務本向道，深斥浮艷虛華之文。初，進士柳三變好爲淫冶謳歌之曲，傳播四方，嘗有〔鶴沖天〕詞云：『忍把浮名，換了淺斟低唱！』及臨軒放榜，特落之，曰：『且去淺斟低唱，何要浮名！』景佑元年方及第。」又胡仔《苕溪漁隱叢話》後集卷三十九引《藝苑雌黃》云：「柳三變……喜作小詞，然薄於操行。當時有薦其才者，上曰：『得非塡詞柳三變乎？』曰：『然。』上曰：『且去塡詞。』由是不得志，日與儇子縱遊倡館酒樓間，無復檢約，自稱之『奉旨塡詞柳三變』。」兩則記述互有出入，但柳永早年科場不得志和曾受到宋仁宗趙楨的斥黜則是肯定的。

⑦《宋史》卷四四四載：「元豐初，（周邦彥）遊京師，獻《汴都賦》萬餘言，神宗異之，命侍臣讀於邇英閣，召赴政事堂，自太學諸生一命爲正，居五歲不遷，益盡力於辭章。」《汴都賦》長 7000 字，仿漢代《兩都》、《二京》大賦，以虛構的人物「發微子」和「衍流先生」的對話展開情節，描寫和頌揚汴京，其中亦贊許王安石新政。樓鑰《清眞先生文集序》說周「由諸生擢爲學官，聲名一日震耀海

內」，「未幾，神宗上賓，公亦低徊不自表襮，哲宗始置之文館，徽宗又列之郎曹，皆以受知先帝之故，以一賦而得三朝之眷」。周的這篇成名之作《汴都賦》，被收入呂祖謙《宋文鑑》卷七之中，流傳至今。

⑧大晟府，是宋徽宗崇寧四年（公元 1105 年）所建立的宮廷音樂官署。宋徽宗於崇寧初年將宮廷雅樂加以審訂，並定名為大晟樂，特設立大晟府來掌管。在此之前，由太常兼管禮、樂；建大晟府後，禮、樂由太常與大晟府分掌。周邦彥於政和六年（公元 1116 年）提舉大晟府，任職兩年之久。張炎《詞源序》：「迄於崇寧，立大晟府，命周美成諸人討論古音，審定古調……由此八十四調之聲稍傳。而美成諸人又復增演慢曲、引、近，或移官換羽為三犯、四犯之曲，按日律為之，其曲遂繁。」與周邦彥同時或前後擔任大晟府製撰的人尚有万俟詠（雅言）、晁端禮（次膺）、徐伸（幹臣）、田為（不伐）、晁沖之（叔用）、江漢（朝宗）及姚公立諸人。他們都被稱為大晟詞人。又據諸葛憶兵《周邦彥提舉大晟府考》，稱「大晟府提舉官見於史料記載的有四位，按任期先後順序排列，依次為劉昺、楊戩、周邦彥、蔡攸」，認為「創設太晟府、修《大晟樂》，及後來修成新燕樂、新廣八十四調等，劉昺與力最多，貢獻最大」，而周邦彥在大晟府任期「不超過半年，短則或許只有一二個月」，「不可能有所作為」（《文學遺產》1997 年第 5 期）

第三章　宋文的發展與北宋文

第一節　宋文的發展

宋代古文承中唐韓、柳所倡導的古文運動發展而來，以宋仁宗慶曆（公元 1041～1048 年）前後爲界，大致可分爲兩個不同的階段。前一階段承襲晚唐五代餘風，以駢文爲主，也有人作古文，如柳開、王禹偁等人，但未成風氣。後一階段，經以歐陽修等人的大力提倡，古文漸居優勢，駢文及賦也逐漸散文化①。特別是從慶曆以後到哲宗的六十年間，宋文的發展臻於鼎盛，主要表現在：

一是名家輩出。唐宋古文八大家中的歐陽修、王安石、蘇洵、蘇軾、蘇轍、曾鞏六大家崛起於文壇。

二是古文在同駢文的競爭中占壓倒優勢。除朝廷及官場常用的制、詔、表、啓之屬仍例用駢文外，其他各體文章，幾乎都用古文（散文），少有用駢體者。

三是形成了宋文的風格特點。與唐文比較，宋文的藝術特點主要是：

第一，尊韓，繼承韓愈古文運動的傳統。但尊道統反佛老的色彩沒有韓愈那麼濃厚（雖然歐陽修有反佛老的一面），並且越來越淡薄；文字不取韓愈尚奇奧的一面，主要向平易的一面發展，並構成宋文語言平易化的特點。南宋初，王應麟《辭學指南》把文章分爲「散文」與「駢四六」兩類，用「散文」取代「古文」，以別於駢文（四六），即反映由於語言的變化，所謂「古文」的特點，已不是「古」而是「散」了。

第二，宋文主要以議論、說理或寄寓理意見長。除議論文以外，敍事、寫景、抒情的散文亦多寓理意。如歐陽修的《醉翁亭記》、王安石的《遊褒禪山記》、周敦頤的《愛蓮說》、蘇軾的《石鍾山記》等，皆寓深邃的哲理於形象之中。與唐文比較，「尙理」成爲宋文的一種美學追求。

第三，宋文在題材、體裁方面較唐文略有拓新，主要表現在題跋和隨筆一體的繁榮發展。以「筆記」爲書名，始於北宋宋祁的《筆記》三卷；以「詩話」爲書名，始於歐陽修的《詩話》。筆記文的盛行，是古文運動取得成功之後文體解放的一個標誌。

第四，宋代古文家不像韓愈那樣敵視駢文，而是積極地用古文去改造駢文，使駢、散既分流又相互融合，促使駢文的散文化，駢文的地盤地愈來愈小。

以上特點，大體上是適合南北宋之文的，但南宋稍有不同，主要是議論說理的成分越來越濃烈，敍事則越來越簡淡，以致散文的文藝性有所削弱，很少有人著意去寫文藝性的散文，平實致用成了它的基本傾向，散文趨於衰落。當然，好的作品還是有的，但同北宋極盛時期的文相比，在藝術上則相形見絀了。

第二節　北宋文

㈠北宋前期古文的發展

北宋初年，宋王朝開國以後的昇平景象，使文壇仍然追求晚唐、五代的美學風尚；詞藻典麗而內容單薄的駢體文甚爲流行，西崑體泛濫文壇，「太學體」盛行一時。宋眞宗時，粉飾太平之風最爲濃烈，「及澶淵既盟，封禪事作，祥瑞沓臻……，一國君臣，如病狂然」（《宋史・眞宗紀》），以致「自《西崑集》一出，時人爭效之」（《六一詩話》），出現「宋興且百年，而文章體裁，猶仍五季餘習，鎪刻駢偶，淟涊弗振」（見《歐陽文忠公集》附錄卷四《四朝國史・歐陽修傳》）的徘徊局面。

以柳開、穆修爲代表的一派，率先提倡韓愈、柳宗元的古文，開歐陽修詩文革新的先聲。柳開（公元 947～1000 年，有《河東集》十五卷），原名肩愈，字紹元，表示崇尚韓愈、繼柳宗元之意；後改名開，字仲塗，自謂能開聖道之塗（見晁公武《郡齋讀書志》）。以推崇韓、柳，扭轉時風爲己任，專學「孔子、孟軻、揚雄、韓愈之道」（《應責》），有《河東先生集》十五卷。稍後之王禹偁，提出「傳道以明心」（《答張扶書》），主張「革弊復古」（《送孫何序》），他的《待漏院記》、《黃岡竹樓記》、《唐河店嫗傳》等散文，內容充實，情意眞摯，含蘊深婉而平易暢達，成就在柳開之上。

西崑體盛行之際，穆修、石介、尹洙（公元 1001～1047 年，有《河南集》二十七卷）等人曾以韓、柳古文與之抗衡。穆修（公元 979～1032 年，有《穆參軍集》三卷），字伯長，鄆州（今山東鄆城）人。曾借錢刻印韓、柳文集，並親自到相國寺銷售。石介（公元 1005～1045 年，有《徂徠集》二十卷），字守道，奉符（今山東泰安）人。曾居徂徠山下，時人稱徂徠先生。石介首先著《怪說》三篇，對西崑體時文給予猛烈攻擊，批判這種文體「窮妍極態，綴風月、弄花草，淫巧侈麗，浮華纂組」，有如一篇戰鬥檄文，爲歐陽修倡導的古文運動掃淸障礙，有「摧陷廓淸」之功。

㈡慶曆後北宋古文的繁榮

眞正的、具有時代特色的宋文主要形成於宋仁宗慶曆以後，從慶曆到北宋末年，乃是宋代古文最爲繁榮的時期。歐陽修等人所倡導的散文革新運動極大地推動了繁榮的到來。在歐陽修之後，蘇洵、王安石、曾鞏、蘇軾、蘇轍等一批古文大家崛起，除蘇洵外，他們都是歐陽修的後輩，又都受到歐陽修的獎掖。此後，蘇軾繼主文壇，在他的導引下，又有黃庭堅、陳師道、秦觀、張耒、晁補之等脫穎而出，尾隨呼應，使古文運動獲得了空前未有的成功。歐陽修、王安石、曾鞏及三蘇的成就尤爲突出。元末明初，朱右編選《八先生文集》，將他們與唐代韓愈、柳宗元並列，後茅坤承之，編《唐宋八大家文鈔》。八大家之名遂起，幾成後來作古文者的不祧之宗。黃、陳諸人雖才力較弱，局面不及前六人的闊大，然張耒、晁補之的文章都頗暢達奔放，有蘇軾餘風。其他諸人，亦有可取的篇章，只因大匠在前，人們一般就少有提及他們了。

1、歐陽修

歐陽修是宋代散文的第一位大師，對宋初以來近一個世紀的古文和流行文體的鬥爭作了總結，爲宋代散文史揭開了新的一頁。作爲宋代古文運動的領袖人物，歐陽修的主要功績在於繼韓、柳之後再一次舉起古文運動的大旗，以古文變革晚唐、五代以至宋初的卑弱靡麗文風，從實踐和理論兩個方面爲一代宋文樹立了光輝典範。

首先，歐陽修繼承韓柳古文運動的精神，在古文理論方面提出：「道勝者，文不難而自至」（《答吳充秀才書》），「道純則充於中者實，中充實則發爲文者輝光」（《答祖擇之書》），認爲文章之「道」勝於「文」。他所說的「道」，主要仍是傳統的儒家之道，但反對「務高言而鮮事實」，認爲古聖賢之道即存在於「君臣上下禮樂刑法之事」乃至「教人樹桑麻畜雞豚」之中，「其道易知而可法，其言易明而可行」（《與張秀才第二書》）。這就把處理當時社會生活各個方面的原則都納入「道」的範圍，眼光較開闊，也較爲貼近生活，用以指導作文，自然會使文不迂拘而切近人情物理。

其次，歐陽修論文「重道」，但又注重「文」（形式技巧），强調「言之無文，行之不遠」（《代上人王樞密求先集序》），而「偶儷之文，苟合於理，未必爲非」（《論尹師魯墓誌》），反對以「道」代「文」。

再次，歐陽修論文，雖極推崇韓愈，但不取其好奇尚險，而取其明白曉暢，略其「沈浸濃郁」，而重其「文從字順」，提倡「簡而有法」、流暢自然的文風，反對浮靡雕琢和怪僻晦澀。

歐陽修一生寫了五百餘篇文章，有政治、史論、記事、抒情、筆記文之類，各體兼備，大都內容充實，不矜才使氣，而析理言情，莫不曲盡其致，獨具一種平易自然、流暢婉轉的藝術風格。這種風格既反映了唐以來古文去華求實、接近通俗的發展趨勢，又有歐陽修的個性色彩。歐陽修爲人是正直的，也有某些進步的思想，如懷疑經書的傳注、主張改革弊政等。但他性格平和，雖富於感情而不激切。故即使作文針對當時的政治鬥爭有所論辯，如《朋黨論》之類，但皆娓娓道來，務以理勝，不逞意氣，惟《與高司諫書》，因激於義憤，才說得較有鋒芒。然信中既引述了作者好友尹師魯對高若訥的讚譽，末後又期望高能改過，以賢者自期，於慷慨激昂之中，仍然露出以溫厚待人的本色。他作的史論亦與許多人有所不同，而與司馬遷《史記》中的論述和范曄《後漢書》中的「傳論」有相似處，即常用抒情的筆調來評論是非，總結教訓，其《五代史伶官傳序》就是有名的代表作。這篇文章的主旨：「盛衰之理，雖曰天命，豈非人事。」並不是新的見解。然作者以富於感情的筆觸，描繪了後唐莊宗李存勗的成功之故及其失敗之由，一唱三嘆，遂使文章頓然生色，至爲感人。此外，他的論述之作如《瀧崗阡表》，抒情之作如《豐樂亭記》、《醉翁亭記》、《梅聖俞詩集序》、《釋祕演詩集序》等，也都不僅以記敍和描寫的生動見長，而尤以感情曲折回蕩又親切如與人晤談取勝。

歐陽修還工於文賦。他繼承唐代古文家以文爲賦之風，所作既摒棄了漢大賦式的鋪張，又擺脫了六朝駢賦的鉛華，而以樸素清新的語言寫景抒情，對新文賦的發展有一定的貢獻，《秋聲賦》即他的代表作。將他這篇賦及其《醉翁亭記》相比，可以看出他既善於用作抒情文的方法來寫賦，又善於吸取賦中慣用排比鋪陳的方法來寫抒情文。

從柳開到歐陽修倡導的古文運動，特別是歐陽修的創作實踐，在散文創作上解決了兩大問題：一是再度强調了唐代古文家所倡導的「明道」的口號，進一步清算了浮華不實的文風；二是要求文風樸實，語言平易自然，文從字順，掃除了在文中使用艱深冷僻詞句的舊習，縮小了文言文與口語的距離。此後，宋代散文基本上沿著他們所開闢的古文之路發展。

2、蘇洵

蘇洵（公元 1009～1066 年），字明允，號老泉，蘇軾之父，人稱「老蘇」。他以文名世，尤工於政論。宋文多以尚議論、好說理爲特色，他是較早體現這一特色的古文家之一。有《嘉祐集》十五卷傳世。蘇洵與歐陽修年紀相若，而成名較晚，他在《上歐陽內翰書》中對歐陽極其推崇，在崇尚古文方面亦與歐陽同道，然其思想有不同。歐陽的思想基本上是儒家的，蘇洵當然也深受儒家思想的影響，但受戰國縱橫之士的浸潤亦頗深。他把所作的一組論文名爲《權書》，「權」有權衡之權與經權之權（即權宜）兩層意思。因此，他的論文不僅文筆犀利，氣勢凌厲，有縱橫家的遺風。其論議也多像縱橫家一樣，慣於通過客觀形勢的分析來評價歷史上的是非成敗，提出某些應時的策略。如其中的《六國論》即根據當時的形勢分析賂秦政策的非是，暗諷北宋賂遼的失策。尤可注意的是：他作《六經論》亦用此法。如《禮論》即說上古人本不知君臣上下之禮，聖人通過制禮，讓人們在儀節中養成區分君臣上下的習慣和以不守禮爲恥的心理，才使人們知有君臣上下。這種說法就不合孔孟性善之旨，而與荀況從性惡說出發而作的《禮論》的旨意略近，但更爲露骨地揭示了「聖人」用禮來統治人的功利目的。這種用功利觀點解釋「五經」的做法，在宋人的論著中是罕見的。他這種思想對其二子軾、轍均有一定的影響。蘇軾說「道可致而不可求」（《日喻說》），實際上就是認爲道非經常不變，而是一種因時制宜的權，至少認爲經即在權之中。蘇軾論文也不太强調「明道」，這與其家教是分不開的。蘇洵所作，除論文外，其他體裁不多，且多以議論出之，如《名二子說》、《木假山記》等即其代表。

3、曾鞏

曾鞏（公元 1019～1083 年），字子固，臨川（今江西撫州）人。有《元豐類稿》五十卷傳世，今存《四部叢刊》影元本。尚有《續稿》四十卷，《外集》十卷，皆佚。他亦工詩，但主要以文著稱。作爲歐陽修的積極追隨者和支持者，他幾乎全部接受了歐陽修在古文創作上的理論主張，成爲開文章「義法」先聲的人物。故後世多有以「歐曾」並稱者。曾鞏的散文亦以議論見長，立論平正，說理曲折盡意。如《唐論》之論唐政得失，《上歐陽舍人書》、《上蔡學士書》之論當代政務，皆頗平允切要，務理明暢，無浮辭華語。其序、記諸體之文，則每以議論御敍述，而抒情即寓於議論之中，其中佳者往往能從容舒展，有搖曳之姿。如《贈黎安二生序》、《王平甫文集序》，皆爲懷才不遇者吐氣。前者緊扣「迂闊」二字，一波三折地婉轉論述，於吞吐抑揚之中露出勃郁之氣，紆徐婉曲之致；後者以「人才難得」爲中心論題，縱論古今特出人才之少，然後爲王安國之不得用世而特以詩文自見抒發感嘆，頗具斂氣蓄勢之功。然而同歐文相比，曾文顯得較質實而少情韻，殊少歐文那種優游婉轉、一唱三嘆之美。曾文之所以被推崇，主要是因其議論更符合傳統的儒家之道，文詞亦更醇雅，而且法度謹嚴。茅坤《唐宋八家文鈔・曾文引》說：「南豐之文深於經，而濯磨乎《史》、《漢》。深於經，故確實而無游談；濯磨乎《史》、《漢》，故峻而不庸，潔而不穢。」雖贊譽稍過，但他指出曾文根柢經術，以潔淨見長，是對的；惟本朱熹之說以「峻」字形容曾文，則頗不類。曾文之和雅，與柳宗元之峻峭，完全不同。

4、王安石

王安石的散文創作，以論說文成就最高，且大體可分四類：

一是奏議。直接向皇帝陳述政見，如《上仁宗皇帝言事書》，洋洋萬言，體大思精，梁啓超譽之爲「秦漢以後第一大文」（《王荊公》第二十一章）。此類文章組織嚴密，析理精微，措詞切直而有分寸，語氣誠敬而富於鼓動性。

二是針砭時弊的雜文。如《原過》、《使醫》，短小精悍，巧於用比；《興賢》、《委任》，正反兩面，反覆論證，富有邏輯性；《閔習》、《知人》，批判世人溺於舊習和君主不識賢良，筆鋒銳利，寄慨遙深。

三是史評和人物論。如《子貢》、《伯夷》、《讀〈孟嘗君傳〉》、《讀〈柳宗元傳〉》等，一反傳統之見，發前人所未發。其中《讀〈孟嘗君傳〉》，全文僅九十餘字，卻抑揚吞吐，勝意迭出，尤爲短文之傑作。吳北江說：「此文乃短篇中之極則，雄邁英爽，跌宕變化，故能尺幅中具有萬里波濤之勢。」

四是書序信札。如《周禮義序》、《詩義序》、《答司馬諫議書》等，簡而能賅，字字著力，理足氣盛，有縱橫排蕩之勢。

此外，他的記事文如《傷仲永》，記遊之作如《遊褒禪山記》，敍述簡勁，而托意甚深，饒有理致，也是別開生面的佳制。王安石爲文，師法孟子和韓愈。實則他的文風於柳宗元爲近，於古人則兼取韓非之峭厲、荀子之嚴謹、揚雄之簡古，融會貫通，形成峭刻幽遠、雄健簡淨的獨特風格。在宋文中自樹一幟，其成就堪與歐陽修和蘇軾鼎足而三，在其餘諸家之上。

5、蘇轍

蘇轍（公元 1039～1112 年），字子由，號潁濱遺老，蘇洵之子，蘇軾之弟，人稱「小蘇」。他頗工詞與賦，而以文名世。有《欒城集》，包括《後集》、《三集》共八十四卷傳世。其論文注重「養氣」，文章風格汪洋澹泊，而時有秀傑之氣。如《黃州快哉亭記》，熔寫景、敍事、抒情、議論於一爐，於汪洋澹泊之中貫注著鬱憤不平之氣。《上樞密韓太尉書》、《武昌九曲亭記》等，亦清暢而有情韻，是不可多得的佳作。他也像乃父兄一樣，好爲議論，尤好論史，其文多辯，亦間有所見，但議論深刻者較少。

附　註

①宋代駢文的散文化，據臺灣張仁青《駢文學》（臺灣文史哲出版社 1984年本）論述，可以概括爲以下幾個特點：

(1)體制狹隘。宋代駢文，大都用於詔制表啓之類，屬於曾國藩《經史百家雜鈔》文體分類中的「告語門」。其中「詔制」用於上告下，「表」用於下告上，「啓」用於同輩相告。此外，如「上梁文」、「樂語」是辭賦的變體，屬於「著作門」。宋代駢文以

「詔」、「制」、「表」、「啓」、「上梁文」、「樂語」六體爲最盛，故曹振鏞編次彭元瑞所纂宋四六文，僅限於以上六體，其餘皆不錄。較之晋六朝初唐一切文字皆取駢麗，顯得體制狹隘。

(2)喜用長聯。《四六談麈》云：「四六施於制誥表奏文檄，本以便於宣讀，多以四字六字爲句。宣和間，多用全文長句爲對，習尚之久，至今未能全變，前輩無此體也。」貪用成句而不顧其冗長，自是宋人習氣。例如周南仲草《追貶秦檜制》云：「兵於五材，誰能去之，首弛邊疆之禁；臣無二心，天之制也，忍忘君父之仇。」宋人四六又多以議論行之，如王爚《辭督府辟書》云：「昔溫太眞絕裾違母，以奉廣武之檄，心雖忠而人議其失性；徐元直指心戀母，以辭豫州之命，情雖窘而人予其順天。」此風之行，明王世貞作四六，竟以十餘句爲一聯，根本不顧四六之名。四六聯之長，句之多，使宋代駢文更加散文化，語言平易化。一般人多以唐人爲是，而以宋人爲非，殊不知此乃文章之變遷，係時代風尚和審美觀念之所致。

(3)屬對謹嚴。宋人四六與唐體顯著不同，唐人如蘇頲、張說、常袞、楊炎、白居易、陸贄、元稹之輩，所作四六，不拘粘段，中用對偶，而尾段多以散語襯貼之，猶存古意；而宋人如楊億、歐陽修、王安石、蘇軾、邵澤民、邵公濟、汪藻、楊萬里等人，無一不爲粘段、對偶所拘縛，通篇對偶到底，不能間用散語，屬對格律比唐體謹嚴。

(4)繁用成語。宋人四六，將大量古人成語移入文中，又能食古而化，推陳出新，不露痕迹，爲駢文開拓另一新境界。程杲《四六叢話序》云：「宋自廬陵、眉山以散行之氣，運對偶之文，在駢體中另出機杼，而組織《經》《傳》，陶冶成句，實足跨越前人。要之兩端不容偏廢也。由唐以前，可以徵學殖；由宋以後，可以見才思。苟兼綜而有得焉，自克樹幟於文壇。」錢基博《駢文通義》也說：「六代初唐，語雖襞積，未有生吞活剝之弊；至宋而此風始盛，運用成語，隱括入文，然有餘於淸勁，不足於茂懿。」二人都指出宋人四六繁用成語的特點。如王安石中《除少宰余深制》：「蓋四方其訓，以無竟維人；必三後協心，而同底於道。」孫覿《代高麗國王謝賜燕樂表》：「蕩蕩乎無能名，雖莫見羹牆之美；欣欣然有喜色，咸豫聞管籥之音。」前者用《詩》《書》，後者用《論語》《孟子》，有自然之美，無扞格之病，手法甚爲高妙。

第四章　蘇軾

第一節　蘇軾的生平和思想

㈠蘇軾的生平

蘇軾（公元 1037～1101 年），字子瞻，號東坡居士①，眉山（今屬四川）人。其父蘇洵，其弟蘇轍皆以文名世，人稱「三蘇」，皆躋身於「唐宋八大家」之列。宋仁宗嘉祐元年（公元 1056 年），蘇軾兄弟隨父出川，去京城赴進士試。次年同榜中進士，且深受知貢舉歐陽修的器重，待以殊禮。軾致書謝及第，歐陽修讀後欣然致書梅堯臣，云：「讀軾書，不覺汗出。快哉！快哉！老夫當避路，放他出一頭地也。」（《書簡》）歐陽修辭世，曾以斯文相托，蘇軾亦承傳衣缽，「有死無易」②。

蘇軾兄弟中進士後，由於歐陽修、梅堯臣等前輩的揄揚，名重京華。熙寧二年（公元 1069 年），蘇軾守父喪後回京，正值王安石推行新法，他加入了韓琦、歐陽修、富弼等一些元老重臣（舊黨）反對新法的行列，發表《上神宗皇帝萬言書》、《再論時政書》等奏章，並請求外調，歷任杭州通判以及密州、徐州、湖州知州，頗有政績。熙寧九年，王安石第二次罷相，新法逐步變質，一些圖謀私利的政治掮客，把這場嚴肅的政治鬥爭變成了排斥異己的黨爭。蘇軾一生的政治悲劇，是從「烏臺詩案」開始的。「烏臺」即御史臺，是宋代專門彈劾官吏的中央監察機關。

王安石變法時，蘇軾雖長期在地方做官，但仍關心朝政，因不滿意於新法中某些政策及其執行中的流弊，寫過詩文批評或諷刺。元豐二年（公元 1079 年）御史中丞李定、御史舒亶等人出於政治需要，從蘇軾《湖州謝上表》和前此詩中深文周納，以謗訕新政之罪彈劾蘇軾，繫御史臺獄一百多天，受株連者三十餘人③。「烏臺詩案」是對蘇軾的一場政治迫害，也是蘇軾在人生道路上的轉折點。從此，他長期處在新舊兩黨之爭的夾縫中，既不容於新黨掌權的元豐、紹聖年間，又因不贊成盡廢新法之便民者及不喜理學家而不容於元祐年間。烏臺詩案後貶黃州五年，紹聖間先貶英州，再貶惠州，後貶儋州，至徽宗即位方遇赦北還，元符四年（公元 1101 年）七月死於常州。臨死前曾《自題金山畫像》，詩云：

心似已灰之木，身如不繫之舟。問汝平生功業，黃州惠州儋州。

這首詩，是激憤之辭，是不平之鳴，是蘇軾一生政治悲劇的寫照。

(二)蘇軾的思想

蘇軾的思想基本上屬於儒家體系，但又濡染佛老，博采儒、道、佛三家之長，奉儒而不迂執，好道而不厭世，參禪而不佞佛。政治上，他看不起那些空談性理的道學家，欽慕賈誼、陸贄等經世濟時的歷史人物。他以儒家「知其不可爲而爲之」的積極入世態度從政，懷著「奮厲有當世志」的宏大抱負走上政治舞臺，嚮往「朝廷清明而天下治平」之世，樂觀進取，積極用世，具有儒家輔君治國、經世濟民的政治理想。在朝廷上耿直敢言，卓然自立；外任之際又恤民疾苦，「因法便民」，在徐州、杭州等地的政績卓著。他對待人生有超曠達觀的胸懷，認爲「君子可以寓意於物，而不可留意於物」（《王君寶繪堂記》），身處逆境之中，仍保持超然物外、隨遇而安的灑脫態度，堅持對人生、對美好事物的追求。蘇軾一生所遭受的政治挫折在唐宋著名文人中是較多的一個，然而在蘇軾的作品中，卻較少出現那種悲涼淒愴、消極頹廢的情調。當他年過花甲，以抱病衰老之軀，從荒遠的海南島赦還之際，仍毫不在乎地說：「九死南荒吾不恨，茲遊奇絕冠平生。」正是這種樂觀態度，才鑄成了蘇軾作品所特有的曠達風格。可以說，蘇軾作品的感人之處，就在於展現一個活生生的眞實人生，表達了作者深邃精微的人生體驗和思考。他熱愛人生，執著人生，即使承受大起大落的生活波折和「烏臺詩案」那樣巨大的政治迫害，也不放棄自己對生命價值的追求和民族文化性格的自我完善，並以此實現從現實人生到藝術人生的轉化，使他的坎坷境遇化作充滿藝術審美情趣的人生。這正是蘇軾的可貴之處。

㈢蘇軾的作品

蘇軾的詩文集，自宋以後，就有多種流傳。今存影響較大者爲《東坡七集》，現有明成化四年（公元 1468 年）吉安刻本，包括《東坡集》四十卷、《後集》二十卷、《奏議集》十五卷、《內制集》十卷、《外制集》三卷、《應詔集》十卷、《續集》十二卷，另附《樂語》一卷、《年譜》一卷，共一百十二卷。後來有清末端方校印本及《四部備要》排印本。此外，尚有明代刻本《蘇文忠全集》（經清人整理後改題《東坡全集》）一百一十五卷，後收入《四庫全書》。但此本也是以七集本打散重編而成。

《東坡七集》沒有注本，但蘇文、蘇詩的注本很多，重要的有：南宋郎曄《經進東坡文集事略》六十卷，這是唯一專注蘇軾散文的選本，頗有參考價值。注蘇詩的宋代即有施元之等《注東坡先生詩》（俗稱《施注蘇詩》）四十二卷，此書將一千八百八十四首蘇詩按時代編次，注釋上既注意典故名物的詮釋，也重視背景本事的說明，是研究蘇詩的一部重要著作。但現已殘缺，經清人整理增補，收入《四庫全書》。另一種是託名王十朋所撰《集注分類東坡先生詩》二十五卷，資料較豐富，有《四部叢刊》影元刊本。清代注蘇詩者較多，重要的如查愼行、翁方綱、沈欽韓、馮應榴等人。成就最高的是王文誥《蘇文忠公詩編注集成》一百零三卷，這是蘇詩注中集大成之作，它對有關蘇詩的資料收羅完備。全書主要內容是《編年總案》四十五卷和《編年古今體詩》四十五卷。特別是前者，體現出作者企圖對蘇軾生平事迹和蘇詩創作背景作出有連貫性的說明，頗有新意。中華書局一九八二年出版了孔凡禮點校本《蘇軾詩集》五十卷，其詩注部分即采自《蘇詩編注集成》中的《編年古今體詩》，後附增輯的佚詩二十九首。

上述集子，均不載蘇詞。蘇詞影響大、流傳廣。今存較早刊本有元延祐七年（公元 1320 年）南阜草堂刻本《東坡樂府》二卷，收詞二百八十一闕，按詞牌編次。又有明吳訥《百家詞》中《東坡詞》共三卷，收詞三百十一闋。還有明末汲古閣《宋六十名家詞》中《東坡詞》，共收詞三百二十八闋。清末朱祖謀《彊村叢書》本《東坡樂府》三卷，是第一部按年代對蘇詞加以編排的詞集，共收錄三百四十二首。今人龍榆生編撰的《東坡樂府箋》三卷（商務印書館 1936 年）和石聲淮、唐玲玲的《東坡樂府編年箋注》（華中師大出版社 1986 年），是蘇詞的兩部重要箋注本。

此外，蘇軾尚著有《易傳》、《書傳》等。《直齋書錄解題》和《文獻通考》還記載他有《論語傳》，今已不存。又有《仇池筆記》、《東坡志林》等，舊題爲蘇軾作，但今傳本實爲後人編輯，其中間有可疑之作。

第二節　蘇軾詩

蘇軾一生經歷兩次在朝——外任——貶謫的過程，既經順境，復歷逆境，榮辱、禍福、窮達、得失兼於一身。這種坎坷的人生遭際，「身行萬里半天下」的豐富經歷，使蘇軾在詩歌方面取得了令人矚目的巨大成就。他一生於詩歌用力最勤，較之詞和散文，詩歌題材更廣闊，內容更豐富，風格更加多樣化，是一代宋詩的典範。

(一)蘇詩的類型

現存蘇詩共二千七百餘首，按其題材和內容，大致可分爲政治諷刺詩、寫景詠物詩、題書畫詩、論詩詩等類型。

1 、政治諷刺詩

關心國計民生、同情人民疾苦是蘇軾詩歌的重要內容。和歐陽修、王安石一樣，蘇軾重視文學的社會功能，主張「詩須要有爲而作」，反對「浮巧輕媚、叢錯采繡之文」，創作了不少「悲歌爲黎元」的詩篇。如《許州西湖》之「但恐城市歡，不知田野愴。潁州七不登，野氣長蒼莽」，譴責地方官吏役民開湖遊春而不顧連年飢荒中的百姓之苦；《送黃師是赴兩浙憲》之「哀哉吳越人，久爲江湖吞。官自倒帑廩，飽不及黎元」，抨擊官府揮霍錢糧而百姓處於水深火熱之中的黑暗現實；在鳳翔時作《和子由聞子瞻將如終南太平宮溪堂讀書》詩，揭露朝廷給百姓攤派苛重徭役之災；通判杭州時所寫《除夜直都廳囚繫皆滿，日暮不得返舍》詩，同情爲餬口奔走販鹽而身陷囹圄的窮苦百姓；貶謫黃州作《五禽言》、《魚蠻子》等詩，借渡河農夫和漁民一家控訴地租剝削的殘酷性；貶謫惠州所作著名的《荔枝嘆》，借史實批判官僚政客諂媚迎合、爭新買寵、坑害百姓的可恥行徑，指名道姓指斥本朝權貴。「我願天公憐赤子，莫生尤物爲瘡痏。雨順風調百穀登，民不飢寒爲上瑞」，表現了詩人憂國愛民敢怒敢言的可貴精神。

蘇軾有些政治諷刺詩，針砭時弊，同情人民疾苦，卻又同不滿王安石新法的情緒交織在一起，如《山村五絕》皆針對其中之鹽法、青苗法等，譏誚朝政，以致得罪權臣。其二云：

> 烟雨濛濛雞犬聲，有生何處不安生。但教黃犢無人佩，布穀何勞也勸耕？

當時販私鹽者多帶刀杖，故此詩取西漢龔遂令人賣劍買牛、賣刀買犢之事，譏諷鹽法太急。這類詩誇大了新法之弊，難免不失之偏頗，但蘇軾之關心國事、民事，亦可見一斑。其他如《石炭》、《答呂梁仲屯田》等詩，寫修堤抗洪、開發煤礦，於前人很少涉及的社會問題有所開拓，亦難能可貴。

2、寫景詠物詩

蘇軾一生，足迹遍於中國，所到之處飽覽祖國山川的奇景偉觀，故其寫景詩以及由此而生發的哲理詩，最爲膾炙人口，具有很高的藝術價值。三峽的奇艷、長江的壯闊、西湖的嫵媚、錢塘怒濤、海市的變幻、南國的秀麗，乃至於黃州海棠、惠州荔枝、儋州黎寨，一草一木，風土人情，無不紛呈筆底。蘇軾極善於觀察和捕捉自然景物千變萬化的不同特徵，以生花妙筆去描寫刻畫，構成獨特而新穎的意象和境界。如宋神宗熙寧六年（公元1073年）蘇軾在杭州所作《飲湖上初晴後雨》之一：

> 水光瀲灩晴方好，山色空濛雨亦奇。欲把西湖比西子，淡妝

濃抹總相宜。

前二句寫西湖晴雨之景，後二句盛讚西湖之美，以西湖比西子，意境深遠。後人遂稱西湖爲西子湖。蘇軾曾兩度任職杭州，飽覽江南山水，寫下《遊金山寺》、《望海樓晚景》、《望湖樓醉書》等詩，長江夜色、江南晴雨、西湖勝景，都在蘇軾筆下留下了動人的形象。在密州、彭城、膠東，他創作的《登常山絕頂廣麗亭》、《百步洪》、《登州海市》等詩，描繪江北的名勝和地方風物十分逼眞。遠放惠州、儋州時，更以濃厚的興致再現了嶺南風光。蘇軾的寫景詩，不但善於觀察和捕捉各地自然景物的風格特色，而且能寓情於景。表現自己的哲思理趣和對事物的新穎見解。如《贈劉景文》詩云：

荷盡已無擎雨蓋，菊殘惟有傲霜枝。一年好景君須記，正是橙黄橘綠時。

以荷、菊、橙、橘四種花木的不同形象和色彩，概括秋去冬來的時空變化，暗示時間和人生之寶貴，告誡人們要珍惜美好年華。曲盡其妙，淸婉可愛。

蘇軾還有一些寫景詠物詩包含某些哲理，意象豐富，議論精警，頗多理趣。如《題西林壁》詩：

橫看成嶺側成峯，遠近高低各不同。不識廬山真面目，只緣身在此山中。

通過遊山觀景的感受，表明只有超脫事物才能看淸事物全貌和眞相，即所謂「當局者迷，旁觀者淸」的道理。他如《琴詩》、《泗州僧伽塔》、《洗兒》等篇，或暗喻滿意的成果有賴於主客觀的統一，或指明大自然的變化並非由於神靈的主宰，寓深刻的人生哲理於意象之中，皆以奇趣哲理取勝。「人生到處知何似？應似飛鴻踏雪泥。泥上偶然留指爪，鴻飛那復計東西」（《和子由澠池懷舊》）。像這類詩，即景寄意，因物寓理，情理交融，意在言外，情、景、理三者有機統一，義蘊無窮。這在唐詩中頗爲罕見，而在蘇軾筆下則屢見不鮮，並且成功地解決了哲理詩的兩個重大藝術問題：一是寓抽象的哲理與具體的意象之中，二是融枯燥的哲理於動人的情感之中。也正是蘇軾在藝術上的成功，才使他能夠開拓哲理詩的新時代。

3、論詩、題書畫之詩

蘇軾論詩、題書畫之詩，亦有很高成就，表現出他深廣的藝術造詣和善於把握與再現各種藝術境界的才能，同時寄寓了蘇軾自己的藝術見解、審美情趣和人生體驗。如《書王定國所藏煙江疊嶂圖》，開頭即用「江上愁心千疊山，浮空積翠如雲煙，山耶雲耶遠莫知，煙空雲散山依然」四句，把一幅煙江疊嶂圖展示在人們面前。《石蒼舒醉墨堂》則用「人生識字憂患始」一句橫空領起，把作書寫字的甘苦與人生的體驗繫在一起，展示了一種耐人深思的藝術境界。而《讀孟郊詩》則是另一種筆墨；蘇軾論詩，注重自然，曾說「新詩如彈丸」（《答王鞏》），又說「好詩沖口誰能擇」（《重寄孫侔》），故不贊成孟郊的苦吟；他爲人放曠，也嫌孟詩的境界太清冷。然而他對孟郊詩的佳處用「孤芳擢荒穢，苦語餘風騷。水清石鑿鑿，湍激不受蒿」等語來形容，卻能深得其中的佳妙；他用「詩從肺腑出，出輒愁肺腑。有如黃河魚，出膏以自煮」來描寫苦吟，也可謂體貼入微。

㈡蘇詩的特色

蘇軾是「宋詩」的傑出代表，具有由歐、梅、蘇所開拓的宋詩的一般特色，如以平淡中出生新，描寫窮形盡相，以散文的氣勢和句法寫詩，以及好議論，尚理趣等；但蘇詩又有自己的特色。從繼承關係來看，它不只是受到蘇、梅、歐的啓迪，凡古今詩人之長都有所吸取，尤以接受陶淵明、李白、劉禹錫等的影響較大，善於在平淡中見眞趣、見風骨、見理致。特別是由於蘇軾具有多方面的藝術天才、廣博的學識和熱愛生活的高曠情懷，因而蘇詩又格外顯得才思洋溢，奔放靈動，逸態橫生，能繼李、杜之後在詩歌藝術上別開生面。

蘇軾對物情的體察精微敏銳，詩筆爽利開闊。故蘇詩無論描寫風光、物態和人情，都「爽如哀梨，快如并剪，有必達之隱，無難顯之情」（《甌北詩話》）。這是蘇詩的一個顯著特點。如《泛潁》詩寫臨流照影，波閃影動，情態活現；《六月二十七日望湖樓醉書》之一寫西湖陰晴變幻，傾刻烏雲翻滾，驟雨忽降，霎時風吹雲散，水光接天，曲盡其妙，情趣盎然；《韓幹馬十四匹》寫畫中羣馬，各具神態，巧奪畫工。他如「春江水暖鴨先知」（《惠崇春江晚景》），「橫道清泉知我渴」（《自興國往筠宿石田驛南二十五里野人舍》），寫物傳神，饒有情韻。

蘇詩想像豐富，奇趣橫生，比喻新穎貼切。「其筆之超曠，等於天馬脫羈，飛仙遊戲，窮極變化」（《說詩晬語》），引人入勝。這是蘇詩藝術上給人印象最突出之處。如《遊金山寺》詩，時值冬季枯水，詩人卻從岸邊沙痕、亂石想像開去，極寫長江怒濤之澎湃，波瀾之壯闊，虛實結合，相映成趣；《遊博羅香積寺》詩，詩人立足於山溪之旁，展開想像的翅膀，築堤蓄水，建立碓磨，設想看到麵粉如「霏霏落雪」，聽到舂米如「隱隱疊鼓」，甚而寫自己的口腹之欲：「散流一啜雲子白，炊裂十字瓊肌香。」亦假亦眞，變幻無窮。尤其可貴的是蘇詩中的想像往往能與比喻結合在一起。由於蘇軾善於大小相形，對於空間具有獨特的藝術感受，故能將表面上毫不相干的事物巧妙地聯繫起來，創造出許多新奇的比喻。如《次韻法芝舉舊詩一首》云：

春來何處不歸鴻，非復羸牛踏舊蹤。
但願老師心似月，誰家甕裡不相逢。

此詩句句用比喻，以春來歸鴻、羸牛舊蹤的形象來比喻人生的飄忽不定，生動深刻；又以皎潔的明月眞誠祝願法芝老師把清輝灑滿大地，使每戶人家都能通過水甕而與老師相逢。這是一個人→月→水，水→月→人，互相映照、渾然一體的循環過程。天上的月亮，處處可見；地上的水甕，家家都有，詩人從這極常見而空間位置又毫不相干的形象中悟出詩意，產生聯想，形成比喻，從而寄托了詩人對法芝老師的深厚情誼。在比喻的運用上，蘇軾常常既能出人意表，又合乎情理。如以「西子」比西湖，以「紫金蛇」比閃電，以「赴壑蛇」比年光易盡，以「飛鴻踏雪泥」比人生的飄忽不定，《百步洪》連用「有如兔走鷹隼落，駿馬下注千丈坡，斷弦離柱箭脫手，飛電過隙珠翻荷」等七個比喻來寫洪水之急湍，錯綜俐落，新穎奇警，無不令人叫絕。淸人施補華《峴傭說詩》云：「人所不能比喻者，東坡能比喻；人所不能形容者，東坡能形容。比喻之後，再用比喻；形容之後，再加形容。」蘇軾的藝術創造力是超乎常人的。

蘇詩把「以文爲詩」推向極致。趙翼《甌北詩話》說「以文爲詩，始自昌黎，至東坡益大放厥詞，別開生面」，「繼李、杜爲一大家」。蘇軾才華橫溢，筆力恣縱，雄健千古，故其詩或論畫、或議政、或寫懷，文思如潮，直抒胸臆，議論英發，富於氣勢，甚而以散文句式入詩，散文化、議論化傾向極爲突出，一時蔚爲風尚，影響一代宋詩風格。《洗兒》詩云：「人皆望子成聰明，我被聰明誤一生。惟願吾兒愚且魯，無災無難到公卿。」全詩純以議論出之，而詩人的激憤之情，溢於言表。他如《王維闞道子畫》、《書鄢陵王主簿所畫折枝》、《戲子由》、《軾在潁州與趙德麟同治西湖未成改揚州》等詩篇，都是蘇詩議論化的名篇佳作。嚴羽《滄浪詩話》曾批評蘇軾、黃庭堅的詩風，指出其「以文字爲詩，以才學爲詩，以議論爲詩」與「尚理」等特點，其實這正是宋人對唐詩的繼承、發展和創新。蘇詩在思想和藝術等方面，也存在一些不足和失誤。由於應酬賡和，某些和韻、次韻之作近於文字遊戲；矜才炫學使某些詩歌用典過濫，有粗率冗長之弊，我們也不用爲之諱言。然而，蘇詩乃至一代宋詩，是時代與詩歌發展的產物，這些不足和失誤是不可避免的，難以掩蓋其開拓性的光輝！

第三節　蘇軾詞

劉辰翁曾說：「詞至東坡，傾蕩磊落，如詩，如文，如天地奇觀。」（《辛稼軒詞序》）由五代至柳永，詞爲艷科，塡詞以協律爲要，表意以婉約爲宗，詞附庸於音樂，是娛賓遣興、析酲解慍的工具。柳永、歐陽修等也曾對詞的內容作過某些開拓，但也只是增添一層羈旅行役之苦和徜徉山水之樂，未有大的突破。到了蘇軾，詞風突變，「一洗綺羅香澤之態，擺脫綢繆宛轉之度」（胡寅《題酒邊詞》），解放詞體，開拓詞境，提高了詞的品格，使詞擺脫了附庸的地位而蔚爲大國，成爲一種獨立的抒情詩體，開創了宋詞的新紀元。

蘇詞今存三百四十餘首，是北宋詞人存詞最多者。蘇詞內容豐富，風格多樣，而其最大特點是「以詩爲詞」，表現爲詞心的詩化與詞法的詩化，即它雖以詞爲軀殼卻具有詩的廣闊意境和隨意多變的藝術手段。「以詩爲詞」，本是陳師道對蘇詞的批評，他說：「退之以文爲詩，子瞻以詩爲詞，如教坊雷大使之舞，雖極天下之工，要非本色。」（《後山詩話》）但正是這四個字，高度概括了蘇詞的本色，也體現了宋人崇尚「理趣」、「雅趣」，宋詞創作趨於詩化的藝術傾向。蘇軾「以詩爲詞」的藝術特徵，主要表現在以下幾方面：

其一，詞境的拓展。五代、宋初之詞，題材狹窄，內容貧弱。蘇軾革新詞體，內容和題材不斷擴大，突破了詞爲「艷科」的舊藩籬，使詞從「花間」「尊前」走向廣闊的社會人生。蘇軾不僅以詞寫男女之情、離別之恨、羈旅之愁等傳統題材，而且把詩人慣寫的懷古感舊、傷時論世、紀遊詠物、悼亡贈友、謫居談禪、詠史遊仙、農事村景、說理議政等等題材和內容全部納入詞的創作領域，凡可爲詩者皆可入詞，詞達到了「無意不可入，無事不可言」（《藝概》）的境地，因而使詞擺脫了僅僅作爲樂曲的歌辭而存在的狀態，發展成獨立的抒情詩體，爲宋詞的創作開闢了無限廣闊的藝術天地。他以詞抒發慷慨激昂的立功報國豪情，如〔江城子〕《密州出獵》承受范仲淹〔漁家傲〕之風，以健筆刻畫了一個英氣颯爽、胸懷壯志的人物形象，感情奔放，氣度非凡。他首次把農村題材寫入詞中，在徐州太守任上所作的〔浣溪沙〕五首，以清新雋秀的語言，生動描繪了農村風光與農事生活，勾畫了黃童、白叟、采桑姑、繅絲娘、賣瓜人等形形色色的農村人物，宛如一組洋溢著濃郁生活氣息的農村風俗畫。他以詞抒懷言志，更多地注入自我，多方面表現自己的生活、情懷、個性，如〔沁園春〕寫青年時代致君堯舜的政治抱負（「有筆頭千字，胸中萬卷，致君堯舜，此事何難？」），〔卜算子〕抒寫自己被貶謫後孤高自賞、不肯隨人俯仰的傲岸與高潔（「揀盡寒枝不肯棲，寂寞沙洲冷」），〔定風波〕借日常生活小事寫自己不畏坎坷、泰然自處的人生態度（「竹杖芒鞋輕勝馬，誰怕！一蓑煙雨任平生」），〔江城子〕《乙卯正月二十日記夢》更以詞悼念忘妻：

> 十年生死兩茫茫，不思量，自難忘。千里孤墳，無處話淒涼。縱使相逢應不識，塵滿面，鬢如霜。　　夜來幽夢忽還鄉，小軒窗，正梳妝。相顧無言，惟有淚千行。料得年年腸斷處，明月夜，短松崗。

筆力沈摯婉曲，回腸蕩氣，是宋代詞壇上第一首悼亡之作。

其二，打破了「詩莊詞媚」的傳統觀念，一掃舊習，以清新雅練的字句，豪邁勁拔的筆力和縱橫奇逸的氣象來寫詞，使詞作彷彿「挾海上風濤之氣」（《花草蒙拾》），格調大都雄健頓挫、激昂排宕，形成了與蘇詩風格相似的詞風。如〔八聲甘州〕「有情風萬里捲潮來」，筆勢如「突兀雪山，捲地而來」（《映庵手批東坡詞》）；〔滿庭芳〕「三十三年，今誰存者」，格力挺拔，語句遒勁。蘇軾不僅以詩文句法入詞，且多吸收詩賦詞彙，兼采史傳、口語，突破詞的音律束縛，以便更充分地表情達意，使詞爲文學而作，不盡爲應歌而作。這一重要的轉變，正是詞的文學生命重於音樂生命之始，所以晁補之曾說：「居士詞，人謂多不協律，然橫放傑出，自是曲子中縛不住者。」（《能改齋漫錄》）蘇軾之前詞家於調名之外很少另立題目，蘇詞則有不少佳作不但始用標題，還繫以小序，有的小序長達數百字，文采斐然，頗能引人入勝，大大提高了詞體的表現力。這也是東坡對詞的一大貢獻。

其三，風格多樣化。唐五代以降，詞以婉約爲宗，風格單一。蘇軾對彌漫詞苑的浮艷柔媚之氣極爲不滿，於柳永與婉約詞派之外，另立一宗，成爲宋代豪放詞派的卓越開創者，使宋詞的藝術風格趨於多樣化。他的〔念奴嬌〕《赤壁懷古》一詞，雄奇闊大，豪放恢弘，是東坡詞的優秀代表之一：

> 大江東去，浪濤盡，千古風流人物。故壘西邊，人道是，三國周郎赤壁。亂石穿空，驚濤拍岸，捲起千堆雪。江山如畫，一時多少豪傑。　　遙想公瑾當年。小喬初嫁了，雄姿英發。羽扇綸巾，談笑間，強虜灰飛煙滅。故國神遊，多情應笑我，早生華髮。人生如夢，一樽還酹江月。

此詞於懷念古代英豪之中寫感嘆自身失意之情。上片詠赤壁，即景寫實，突出江山之勝；下片懷周瑜，因景生情，突出英雄之業，並以此襯托自我，抒發身世之嘆。結句的「人生如夢」，貌似頹唐，實爲不平之鳴、激憤之詞。同樣能充分表現豪放清雄之風的，還有〔水調歌頭〕「明月幾時有」，浮想聯翩，筆勢奇特，逸興遄飛，疏宕灑脫，具有鮮明的理想色彩，不愧是「中秋詞」的千古絕唱。故胡仔認爲「中秋詞，自東坡〔水調歌頭〕一出，餘詞盡廢」（《苕溪漁隱叢話》後集）。可見，它在當時就已負盛名。

《四庫提要》說：「詞自晚唐、五代以來，以清切婉麗爲宗。至柳永而一變，如詩家之有白居易；至軾而又一變，如詩家之有韓愈，遂開南宋辛棄疾等一派。尋源溯流，不能不謂之別格，然謂之不工則不可。故至今日，尚與《花間》一派並行而不能偏廢。」但蘇詞不只有雄放的一面，而是隨意境之變，呈現出多樣化的風格。如〔八聲甘州〕「有清風萬里捲潮來」之清雄跌宕，

〔卜算子〕「缺月掛疏桐」之幽潔空靈，〔水龍吟〕「似花還似非花」之幽怨纏綿，〔賀新郎〕「乳燕飛華蓋」之綺麗嫵媚，等等，異彩紛呈。其〔蝶戀花〕云：

> 花褪殘紅青杏小，燕子飛時，綠水人家繞。枝上柳綿吹又少，天涯何處無芳草。　牆裡鞦韆牆外道，牆外行人，牆裡佳人笑。笑漸不聞聲漸悄，多情卻被無情惱。

寫佳人歡笑而攪動牆外行人的春愁，風情嫵媚動人，於眞摯細膩之中獨具凝重淳厚之筆。淸人賀裳《皺水軒詞筌》評〔浣溪沙〕《春閨詞》說：「如此風調，令十七八女郎歌之，豈在『曉風殘月』之下！」元好問《遺山自題樂府引》說：「樂府以來，東坡爲第一。」顯然不是過譽之辭。

其楊花詞〔水龍吟〕《次韻章質夫楊花詞》更是變化無端，顯示出作者傑出的藝術才華：

> 似花還是非花，也無人惜從教墜。拋家傍路，思量卻是，無情有思。縈損柔腸，困酣嬌眼，欲開還閉。夢隨風萬里，尋郎去處，又還被、鶯呼起。　不恨此花飛盡，恨西園，落紅難綴。曉來雨過，遺蹤何在？一池萍碎。春色三分，二分塵土，一分流水。細看來，不是楊花，點點是、離人淚。

此詞詠楊花，以擬人化筆調，寫思婦幽懷。上片寫楊花之飛舞，下片寫楊花之歸宿，全篇從一個「惜」字生發之，構思巧妙，刻劃細致，詠物擬人，渾然一體，能於豪宕之中寓纏綿之致，王國維《人間詞話》云：「詠物之詞，自以東坡《水龍吟》爲最工。」可謂的評。

第四節　蘇軾文

㈠蘇軾的古文

蘇軾高才博學，善詩、善詞、善書畫，於古文用力甚勤，成就亦很高，歷來與韓、柳、歐並肩。南宋李涂《文章精義》云：「韓如海，柳如泉，歐如瀾，蘇如潮。」較之韓文的浩瀚雄奇，柳文的峻峭雋永，歐文的豁達舒暢，蘇文則以汪洋恣肆見長。他以扎實的功力和奔放的才情，廣泛吸取《孟子》、《莊子》、《國策》和賈誼、陸贄、韓愈、歐陽修等文章之藝術精粹，達到他自己所說的「如行雲流水，初無定質，但常行於所當行，常止於所不可不止，文理自然，姿態橫生」（《答謝民師書》）的境界。

蘇文有政論、記事、小品、筆記等類。

政論文包括奏議、進策、史論等，以談史論政爲要，大多能針對時弊，有爲而發，言之有據，目光犀利，議論縱橫，氣勢恢弘。如《進策》二十五篇，淸醒分析天下大勢，指出承平表象中蘊藏的深刻矛盾，提出一套改革措施，博采史實，以古鑒今，隨意揮灑，辭達理舉，頗具賈誼、陸贄之風。《教戰守》一文論點鮮明，剖析透闢，邏輯嚴密，議論英發，具有强烈的說服力。還有《平王論》、《留侯論》、《賈誼論》等史論，多能以史爲鑒，翻新出奇，隨機生發，雄辯滔滔，筆勢縱橫，又善於騰挪變化。

記事散文包括碑傳、遊記等，以敍事紀遊爲主，在蘇文中具有很高的藝術價值，不乏廣爲傳誦的名作。爲人物立傳的碑傳文如《方山子傳》、《書劉庭式事》等，借助於生活片斷和細節描寫來表現人物性格；《潮州韓文公廟碑》則有敍有議，結合韓愈一生遭際評述其文學儒學功績，寫得議論風生，氣勢充沛。記敍樓臺亭榭的散文，如《喜雨亭記》、《超然臺記》、《凌虛臺記》、《韓魏公醉白堂記》等，或表達關心稼穡、與民同樂之意，或體現遊於物外、無往不樂之心，或贊揚嚴於律己、廉於取名之節，都善於借事寓理寄情，文意翻瀾。其《石鍾山記》等寫景的遊記，更以捕捉景物的個性特點和寄寓理趣見長。他改變了以寫景爲主、借景抒情的傳統手法，將描寫、敍事、議論交錯使用，結構上又隨內容需要而不斷變化，無不涉筆成趣，縱心如意。長者如行雲流水，搖曳多姿；短者能尺幅千里，餘味雋永。如《記承天寺夜遊》一文：

元豐六年十月十二日，夜，解衣欲睡；月色入戶，欣然起行。念無與為樂者，遂至承天寺，尋張懷民。懷民亦未寢，相與步於中庭。

庭下如積水空明，水中藻荇交橫，蓋竹柏影也。何夜無月，何處無竹柏？但少閑人如吾兩人者耳！

全文僅八十餘字，隨手拈來，似不經意，卻對如詩如畫的承天寺月色作了極爲動人的描繪，於恬靜自得之中透露出作者「表裡俱澄澈」的人生態度。蘇軾的記敍體散文往往隨物賦形，手法多變，不拘常格，尤善於翻空出奇，熔描寫、敍事、議論於一爐，互相生發，引人入勝，體現出《莊子》和禪宗文字的影響。

蘇軾的雜文包括書札、序跋、雜論等，較出色的作品，書札尺牘有《上梅直講書》、《與李公擇書》、《答秦太虛書》、《答毛滂書》等，大都是不假雕飾，隨筆揮灑，直抒胸臆，使人洞見作者肺腑，顯現出作者坦率、開朗而富有風趣的個性。其他如《南行前集敍》、《書吳道子畫後》、《書蒲永昇畫後》、《文與可畫篔簹谷偃竹記》等題記、序跋、品書畫之文，都寫得淋漓酣暢，神采飛動，眞切自然，表現出作者的審美情趣和語言功力。

蘇文中的寓言和雜說也成就突出，如《日喻說》、《稼說》、《論二生說》等，深入淺出，寓意深刻，受《莊子》和柳宗元寓言的影響，亦受到佛經寓言的啓發，與前代寓言的不同之處是常帶詼諧幽默的情趣，有時甚至把蘇軾詩文中頗常見的嬉笑怒罵、冷嘲熱諷也帶進寓言創作中。

㈡蘇軾的賦和駢文

賦，至宋已日趨散文化。蘇賦在擺落濃麗的詞采，避免成片的駢詞儷句方面更取得了非常顯著的成就，力圖用清新優美的散文化的語言創造出充滿詩意的境界。《前赤壁賦》與《後赤壁賦》是他的代表作，也是宋賦中的上品。作者以詩一般的語言，抒寫江山風月的淸奇和景仰歷史人物的感慨，又通過主客對答，水月之喻，探討宇宙人生的哲理，表現了作者在仕途舛厄之中感情上的波折、掙扎和解脫的全過程。兩篇賦皆以寫景爲主，一寫淸風朗月的秋光，一寫水落石出的冬景，一樣風月，兩種境界。前者以鋪敍宏麗的秋景、悲壯的歷史畫面和議論超逸見長；後者以體物精妙，無中生有取勝。

蘇軾又是駢文大家，其四六文約有二類：

一是居兩制時所作的館閣文，典贍和雅。內制如《除呂大防左相》，外制如《王安石贈太傅》。

二是遷謫時的諸表啓，如《量移汝州》、《乞常州居住》、《到惠州謝表》等，幾乎和淚代書，凄惻感人。東坡四六文奪胎於歐陽修，均以散文的氣勢和筆法去作駢文，務去華辭，提煉雅語，以疏通暢達、流轉自如見長，不以文采密麗取勝，開宋代駢體的新風。現摘引其《王安石贈太傅敕》的前兩段：

敕：朕式觀古初，灼見天命。將有非常之大事，必生希世之異人。使其名高一時，學貫千載，智足以達其道，辯足以行其言。瑰瑋之文，足以藻飾萬物；卓絕之行，足以風動四方。用能於期歲之間，靡然變天下之俗。

具官王安石，少學孔、孟，晚師瞿、聃。網羅六藝之遺文，斷以己意；糠秕百家之陳迹，作新斯人。屬熙寧之有為，冠羣賢而首用；信任之篤，古今所無。方需功業之成，遽起山林之興。浮雲何有，脫屣如遺。屢爭席於漁樵，不亂羣於麋鹿。進退之美，雍容可觀。

宋人四六最顯著的特色，在於句式駢偶而運以散文的氣勢，尤善於用散文的語句作對；隸事逐漸減少，常化用古人的成語秀句，因而使駢儷之體帶上某種古樸的色彩。蘇軾此文，頗具代表性。

第五節　蘇軾的文學地位和影響

在宋代文壇詩苑，蘇軾是成就最高、最廣的第一流作家，又是繼歐陽修之後北宋文壇的領袖。他對我國文學發展的貢獻和影響，可概括爲下列幾個方面：

首先，蘇軾繼承歐陽修的傳統，好提攜後進，在他周圍團結了一批文章名士和詩詞名家。「如黃庭堅魯直，晁補之無咎，秦觀太虛，張耒文潛之流，皆世未之知，而軾獨先知之」（《答李昭玘書》）。此外，陳師道、李廌亦嘗從蘇軾遊，受到他的關懷，這些人的文風與蘇氏並不一定相近，如蘇黃之詩，蘇秦之詞即風格各異，蘇軾均能以博大的胸懷加以鼓勵和支持。因此，蘇門人才輩出，與中唐「韓門弟子」前後輝映，對北宋文學的繁榮作出了貢獻。

其次，蘇軾又是宋代文學革新的集大成者。宋詩文的革新，經過梅堯臣、蘇舜欽、歐陽修、王安石等人的努力，已形成浩大聲勢，並已開始形成好議論、尚理念理趣和語言文字平易化等特點，至蘇軾則這些特點更為顯著，局面更闊大。宋詞至蘇軾，更開拓了詩化、雅化和不拘聲律束縛的廣闊道路。故歐陽修可以說是開拓宋代新文風的主將，而蘇軾則是集大成者。這不僅是指其文學創作成就而言，在文學理論方面，蘇軾也在繼承前人的基礎上有新的發展。蘇軾在文學理論上最突出的貢獻是：在繼承了韓、歐以來「文道統一」的觀點，認為文學「要歸合於大道」（《答陳師仲書》），而這個道是「可致而不可求」的（《日喻說》），即要在實際生活中去體會，沒有固定不變的教條。這實際上已把「道」理解為一般的道理，在一定程度上擺脫了傳統的儒家之道的束縛。這對文學的發展是至關重要的。惟其如此，蘇軾講文學的社會作用，一般不提「明道」，而是强調「有為而作」（《鳧繹先生詩集序》），强調「托事以諷，庶幾有補於國」（蘇轍《東坡先生墓誌銘》）。既突出了文學的社會功用的主導方面，又不流於迂拘，引導文學向廣闊而健康的道路發展。他對文學理論的第二個重要貢獻，是提倡「辭達」。所謂「辭達」，是指「求物之妙，如繫風捕影，能使是物了然於心」，然後「了然於口與手」（《答謝民師書》）。這是一個很高的藝術要求，從這個要求出發，他認為文乃是「有不能自已而作者」（《南行集前敍》），即要有眞切的體會才寫。他在藝術上提倡獨創，强調「出新意於法度之中，寄妙理於豪放之外」（《書吳道子畫後》），追求外枯中膏之美和「詩中有畫、畫中有詩」（《書摩詰藍田煙雨圖》）的藝術境界。蘇軾的這一些美學理論，不僅是他自己豐富的創作經驗和獨特的藝術風格的精確概括，對宋代詩文特點的形成和發展也有重要影響。宋詩文以重理意、理趣、議論和語言平易、尚白描見長，蘇軾所倡導的這些理論及其創作實踐，對促進宋代詩文朝健康的方向發展起到了良好的作用。

再次，蘇軾的人生模式和文化性格影響著後世文人。蘇軾的坎坷經歷及由此而生發出來的生命意識、人生哲學和文化性格，千百年來一直爲中國無數的文人所傾慕。不僅歆慕他文學成就，更嚮往他灑脫飄逸的氣度、睿智深邃的風範、超然曠達的性格內涵，特別是人們在生活的道路上受到挫折時，往往從蘇軾的作品中去尋找精神的慰藉，而當人們厭惡煩苛的禮教束縛時，也往往從蘇軾式的灑脫中去尋找支持，明代後期李贄及公安三袁等，都鼓吹蘇軾詩文，即是其中一例。

蘇軾的作品，在北宋後期雖因黨爭而屢遭禁止，但一直被人廣爲傳抄，甚至流傳於國外。朝鮮高麗末葉二百年間，東坡之學聲勢浩大，直入李氏朝鮮，飲譽甚久。古朝鮮崔滋《補閑集》說：「近世尚東坡，蓋愛其氣韻豪邁，意深言富，用事恢博，庶幾效得其體也。」蘇軾之氣韻、風骨，高麗詩壇亦視之爲典範。在中國，整個金源文壇，曾出現「蘇學盛於北」的局面。南宋張孝祥、辛棄疾、陸游、陳亮等人，亦深受蘇軾的影響。明清以來，推崇蘇軾的人更多，除前已提到的晚明諸人，清代陳維崧等陽羨派詞人，袁枚、趙翼、鄭板橋等性靈派詩人和大量的宗宋詩人如查愼行、宋犖等，以及崇尚唐宋古文的作家，都無不從蘇軾的作品中吸取營養。這一代代後來者的文學成就雖各有大小，但都體現了蘇軾的影響之深廣。

附　註

①關於「東坡居士」命名的來由，大凡有二說：一是源於地名。在黃州府治東黃岡山下，是數十畝大小的一片荒地，蘇軾曾在此躬耕多年，還寫過《東坡八首》、《東坡》等詩作。朱彧《萍洲可談》云：「蘇

子瞻責黃州，居州之東坡，作雪堂，自號東坡居士，後人遂目子瞻爲東坡。其地今屬佛廟。」二是源於白居易忠州之作。洪邁《容齋筆記》云：「蘇公謫居黃州，始自稱東坡居士。詳考其意，蓋專慕白樂天而然。白公有《東坡種花》二詩云『持錢買花樹，城東坡上栽。』又云：『東坡春向暮，樹木今何如？』又有《步東坡》詩云：『朝上東坡步，夕上東坡步。東坡何所愛？愛此新成樹。』又有《別東坡花樹》詩云：『何處殷勤重回首？東坡桃李種新成。』皆爲忠州刺史時所作也。」（《三筆》卷五）周必大《二老堂詩話》亦主洪邁之說，且云：「本朝蘇文忠公不輕許可，獨敬愛樂天，屢形詩篇。蓋其文章皆主辭達，而忠厚好施，剛直盡言，與人有情，與物無著，大略相似。謫居黃州，始號東坡，其源必起於樂天忠州之作也。」（見《歷代詩話》）

②蘇軾《潁州祭歐陽文忠公文》載歐陽修臨終以斯文相托之事，曰：「十有五年，乃克見公。公爲拊掌，歡笑改容：『此我輩人，余子莫羣。我老將休，付子斯文。』再拜稽首：『過矣公言。』雖知其過，不敢不勉。契闊艱難，見公汝陰。多士方嘩，而我獨南。公曰：『子來，實獲我心。我所謂文，必與道俱。見利而遷，則非我徒。』又拜稽首：『有死無易！』公雖云亡，言如皎日。」

③據周紫芝《詩讞》記載：元豐二年已未，先生四十四歲。七月，太子中允權監察御何大正、舒亶，諫議大夫李定，言公作爲詩文，謗訕朝政，及中外臣僚，無所畏憚。國子博士李宜之狀亦上。七月二日，奉聖旨，送御史臺根勘。二十八日，皇甫遵到湖州追之，過南京，文定張公上箚，范蜀公上書救之。八月十八日，赴臺獄時，獄司必欲置之死地。鍛煉久之，不決。子由請以所賜爵贖之。而上亦終憐之，促具獄。十二月二十四日，得旨，責檢校尚書、水部員外郎、黃州團練副使，本州安置。（引自《古今詩話續編》）

蘇軾致禍的原因是：熙寧九年（公元 1076 年）王安石罷相，退居江寧。吳充、王珪繼任宰相，變法動向逆轉，那些投機新法的人，專事結黨營私，傾軋報復，正直敢言的蘇軾自然成了這些官僚政治傾軋的犧牲品。這些人摭拾蘇軾詩文中片言隻語，深文周納，彈劾他「銜怨懷怒，恣行醜詆」、「指斥乘輿」、「包藏禍心」。例如蘇詩『贏得兒童語音好，一年强半在城中」(《山村五絕》)被指爲譏刺青苗法。「讀書萬卷不讀律，致君堯舜終無術」(《戲子由》)被指爲諷刺取士制。「東海若知明主意，應教斥鹵變桑田」(《八月十五看潮五絕》)被指爲斥責鹽政。「豈是聞韶解忘味，邇來三月食無鹽」(《山村五絕》)被指爲反對鹽法。「道逢陽虎呼與言，心知其非口諾唯」(《戲子由》)被指爲「謗訕中外臣僚」。而「根到九原無曲處，世間唯有蟄龍知」(《王復秀才所居雙檜》)更是被羅織鍛煉爲「有不臣意」。宰相王珪當時上奏曰：「陛下飛龍在天，軾以爲不知己，而求地下之蟄龍，非不臣而何？」後來連宋神宗也否定了這個意見，說：「彼自詠檜，何預朕事。」(據宋朋九萬《烏臺詩案》、葉夢得《石林詩話》)

第五章　南宋詩文

第一節　南宋詩的發展

南宋是一個多災多難的時代。「靖康之難」已在宋人的心靈上留下了恥辱的記憶。中原淪陷，南宋小王朝靠屈膝求和維持偏安江南的殘敗局面。加之岳飛等抗敵愛國英雄的被害，更激起了廣大百姓和富有正義感、有民族自尊心的士大夫的愛國熱情。南宋詩歌體現了這個特定的歷史時代人們的願望和要求，從「靖康之難」開始，詩人們便逐漸拋棄江西詩派「奪胎換骨」、「取古人陳言」的陳規陋習，使詩歌創作面向社會人生，反映多災多難的時代生活，反映貫串於整個南宋政壇的奮發圖强與苟且偸安的鬥爭，表達人民要求恢復中原的心聲，詩風爲之一變。

南宋詩的發展，以永嘉四靈的出現爲界，分爲前後兩個時期。

㈠南宋前期

以尤、楊、范、陸爲代表，宋詩創作繼北宋後期之後，出現第二個繁榮發展的時期。

南宋前期的詩人，大多出入江西詩派，或多或少地受到蘇黃詩風的影響。但時代的劇變迫使他們對「江西體」進行認眞的反思，然後拋開江西詩派那一套陳舊的創作原則和表現手法，去抒寫以抗戰愛國爲基調的詩篇。宋室南渡之初，呂本中、陳與義、曾幾等已開始擺脫江西詩派以學問爲詩的規範，努力補救其杈椏粗獷之病。後來陸游、范成大、楊萬里等，更通過對「蘇黃」詩風的反思和「江西體」的批判，終於走上了自我創新的詩歌之路，故與尤袤並稱爲「中興四大詩人」。

南宋前期的詩歌創作，從總的傾向來說，具有三大特點：一是詩歌創作由「尊杜」、「宗黃」開始轉向師法自然，逐漸擺脫江西詩派末流的影響，表現出獨創意識的覺醒；二是詩歌面向生活，創作題材有所擴大，「凡一草一木，一魚一鳥，無不裁剪入詩」（《甌北詩話》）；三是憂時傷亂，愛國主義成爲詩歌的主題。呂本中的《兵亂後雜詩》二十九首，反映了軍民抗金鬥爭生活；陳與義「建炎間，避地湖嶠，行萬里路，詩益奇壯，造次不忘憂愛」（《宋詩鈔·簡齋詩鈔》）；范成大、楊萬里也寫了許多感時憂國的詩篇，陸游有「詩史」之譽，更以高度的愛國熱情和獨具一格的「放翁體」光耀天下；甚至以抒寫愛情見稱的女詞人李清照也寫詩表達愛國之心，而一些正直、愛國的將相和士大夫如李綱、趙鼎、胡銓和民族英雄岳飛等，雖不以文學爲業，但也留下了不少愛國篇章。

㈡南宋後期

「中興四大詩人」雖以卓越的詩歌成就力矯江西派末流之弊，成爲南宋詩歌的突出代表，但他們的詩基本上還是與歐、梅、蘇、黃一脈相承的，可以說仍是對宋詩傳統的發展。至南宋後期，由於社會環境的變化和人們對這個傳統的不滿，於是「永嘉四靈」和江湖詩人先後出現，詩風才又發生了新的變化。

永嘉四靈的出現，從文學角度來看，一是不滿於理學家們「以道學爲詩」的詩論主張，二是矯江西之失，即針對江西詩派末流「資書以爲詩」和形式上的生硬拗捩和追求平淡清瘦，而擡出晚唐姚合、賈島與江西派末流對抗。徐璣、徐照、翁卷、趙師秀四人，都出於永嘉學派葉適的門下，得到葉氏的支持和獎掖。他們均喜爲近體，專工五律，注重白描，少用典故，不發議論，刻意求新，與歐、梅、蘇、黃以來至江西詩派的宋詩傳統不一樣。但由於他們才力不足，四靈詩顯得內容貧乏，局度狹小，情調淒清幽咽，成就不高，更無理論建樹，因而隨著四靈的相繼歿世，便偃旗息鼓了。

江湖詩人的代表是戴復古、劉克莊。四靈詩尊晚唐，江湖詩人也尊晚唐，進而仰慕盛唐和選體，二派的詩學崇尚確有因襲關係。但江湖詩人大多是一些浪迹江湖的失意文人，其中不少人不滿朝廷，關心時事，能體察民間疾苦，對現實的態度比四靈派進步。因而他們的詩歌中有一些揭露社會弊端、反映民生疾苦之作。劉過《題多景樓》、敖陶孫《中夜嘆》、戴復古《聞時事》、劉克莊《築城行》、《苦寒行》、樂雷發《逃戶》等，都是這類詩篇的代表。他們的詩風格不一，其中一些人的詩不假雕飾，有時未免過於平直，然清新流暢、古樸自然的佳篇亦不少，如葉紹翁《遊園不值》就寫得膾炙人口。

宋亡前夕，國難當頭，民族憂患意識使一批愛國詩人崛起於宋末詩壇。文天祥、汪元量、謝翱、林景熙、鄭思肖等愛國志士，奔赴國難，悲歌慷慨，抒堅貞不屈之志，發「黍離」、「麥秀」之思。文天祥的詩風接近於杜甫，沈鬱悲壯；謝翱的詩風則近於李賀、孟郊、賈島，奇崛幽峭。宋詩至四靈、江湖，本來已出現「衰氣」，而宋末愛國詩人卻以時代的悲歌爲宋詩留下了光彩奪目的最後一頁。這是歷代詩壇所罕見的景象。

第二節　曾幾、陳與義

南宋之初，在一大批南渡詩人中，曾幾和陳與義的詩歌成就是比較突出的。

(一)曾幾

曾幾（公元 1084～1166 年），字吉甫，號茶山居士，祖籍江西贛州，後徙河南洛陽。曾官江西、浙江提刑，因得罪秦檜免官，後復官至禮部侍郎。卒謚文清。著有《易釋象》，已佚。今傳《茶山集》三十卷，存詩八卷，共五百六十多首，係從《永樂大典》輯出，有《四庫》本和《叢書集成》本。

曾幾詩以杜甫、黃庭堅爲宗，曾自謂「工部百世祖，涪翁一燈傳」（《東軒小室即事》）、「老杜詩家初祖，涪翁句法曹溪」（《李商叟秀才求齋名於王元勃以「養源」名之求詩》）。他與江西派詩人韓駒、呂本中是師友關係，魏慶之《詩人玉屑》說他學於韓駒，故後人也把他列入江西詩派，其實他並不恪守江西派的理論。他講句法但不流於生硬，好用事卻力避冷僻，所以他的詩風大都明快活潑，閑雅清淡。他是南宋初的愛國詩人，陸游曾師事於他。在詩歌創作中，他能把個人憂患與國事結合起來，表現出深沈悲憤的愛國憂民之情。如《寓居吳興》詩云：

> 相對真成泣楚囚，遂無末策到神州。但知繞樹如飛鵲，不解營巢似拙鳩。江北江南猶斷絕，秋風秋雨敢淹留？低迴又作荊州夢，落日孤雲始欲愁。

於寫景詠物之中流露出渴望收復中原的感情，對朝中無人、統治者一味逃跑表示憤慨。全詩對仗自然，氣韻流暢，反映出曾幾五七言律詩的一般特點。

曾幾詩更多的是抒情遣興、酬唱贈題之作，尤多流連光景的閑適詩。如《三衢道中》：

梅子黄時日日晴，小溪泛盡卻山行。綠蔭不減來時路，添得黄鸝四五聲。

這類詩歌，情調明朗清新，運筆活潑自然，開楊萬里「誠齋體」之先聲。趙庚父讀曾幾詩集後，曾有「新於月出初三夜，淡比湯煎第一泉」之評（《梅磵詩話》卷中），指的就是這類詩的風格特色。

㈡陳與義

陳與義（公元 1090～1138 年），字去非，號簡齋，洛陽人。徽宗政和三年（公元 1113 年）登第，歷官太學博士、祕書省著作佐郎等。後因宰相王黼之事而貶至陳留。靖康之變後，他從陳留避難南逃，輾轉於鄂、湘、桂、粵、閩、浙等地，紹興二年（公元 1132 年）至臨安。官至禮部侍郎，參知政事。卒於湖州。著有《簡齋詩集》三十卷，附《無住詞》一卷，有南宋胡墀箋注；又有元刊《陳簡齋詩外集》。今有中華書局出版、吳書蔭等校點的《陳與義集》，收詩六百二十六首，詞十八首。

陳與義是北宋與南宋之交的重要詩人。他與呂本中、曾幾等唱和，成爲江西派後期的代表作家之一。方回《瀛奎律髓》倡江西詩派「一祖三宗」之說，以陳與義爲「三宗」之一。

陳與義的詩歌創作以南渡爲界，可以分爲前後兩個時期。南渡之前，他初學詩於崔德符，師傳作詩要訣是「凡作詩，工拙所未論，大要忌俗而已」（《娛書堂詩話》卷四）。這是江西派宗旨，但他並不盡守江西派的成規，而是善取各家之長，上尊陶淵明、杜甫、韋應物，下承蘇軾、黃庭堅、陳師道，博觀約取，富於變化，特別注重「忌俗」、「避俗」，既無鄙俗之弊，又無抄書之病，詩風比較明快、圓活，不像山谷那樣專以奇峭拗硬見長。曾以《墨梅》一詩受到宋徽宗賞識，擢置館閣（《石洲詩話》卷四）；更以《夏日偕五同舍集葆眞池上》詩「一時推爲擅場，人皆傳寫」（同上）。他牢記崔德符的教導：「天下書不可不讀，然愼不可有意於用事。」（《娛書堂詩話》卷四）以江西派「用事」爲戒，簡嚴有度，淺語入妙，給詩壇帶來一些活力和生氣，故「世以簡齋體爲新體」。

南渡之後，詩人飽經離亂之苦，詩風爲之一變。《四庫提要》說他雖因詩受到徽宗、高宗的賞識，「然皆非其傑構。至於湖南流落之餘，汴京板蕩以後，感時撫事，慷慨激越，寄托遙深，乃往往突過古人」，指的就是他的後期詩歌。靖康之變，詩人飄泊江南，國破家亡的現實，深沈的民族危機，激發了他的愛國情懷，詩歌創作進入全盛時期。這個時期的詩歌，大多以憂時傷國爲主題，頗多感憤沈鬱之音，與杜甫的詩歌精神相貫通。其代表作如《傷春》：

> 廟堂無策可平戎，坐使甘泉照夕烽。初怪上都聞戰馬，豈知窮海看飛龍！孤臣霜髮三千丈，每歲煙花一萬重。稍喜長沙向延閣，疲兵敢犯犬羊鋒。

詩人以「傷春」爲題，抒憂國傷亂之嘆。末二句贊嘆長沙太守向子諲「率軍民固守」的抗金勇氣和愛國精神，喜中含憂，寄慨遙深。此外，他在送別、寫景、詠物、題畫詩中，也常常寄寓懷鄉之情和國破家亡之嘆。如《牡丹》詩云：

> 一自胡塵入漢關，十年伊洛路漫漫。青墩溪畔龍鍾客，獨立東風看牡丹。

這些詩言簡意切，將鄉關之思和國事之慨融為一體，淒楚動人，所以楊萬里說他「詩風已上少陵壇」（《跋陳簡齋奏章》）。

陳與義是宋人學杜詩成績最著者之一，特別是七律更逼近杜詩，如《巴丘書事》、《登岳陽樓》、《除夜》、《再登岳陽樓感慨賦詩》、《雨中再賦海山樓詩》等，從藝術風格到愛國情懷，都酷似杜甫傷時撫事的七律。陳詩的這一成就，不僅在於他的詩歌創作比較警惕「有意於用事」，用典較少，語言明淨，形象豐腴，尤在於他後期的生活經歷、個人遭際以及反映在詩歌中的思想內容與杜甫在安史之亂前後的生活和創作基本相似。這也是陳與義學杜之所以能高出於江西詩派其他人的原因。但由於他在接觸社會生活和人生體驗的深度方面不及杜甫，故他的詩反映社會現實不像杜甫詩歌那樣廣泛、深刻，體現在作品中的憂國憂民之心也不像杜甫那樣深厚、強烈。

第三節　楊萬里、范成大

元人方回《跋遂初尤先生尚書詩》云：「宋中興以來，言治必曰乾淳，言詩必曰尤、楊、范、陸。」南宋人就把陸游、范成大、楊萬里和尤袤並稱為「中興四大詩人」，其中尤袤（公元1127～1194年），字延之，號遂初居士，江蘇無錫人。官至禮部尚書兼侍讀。卒謚文簡。其文集《遂初小稿》久佚，經其後人清尤侗等多方面搜輯，編為《梁溪遺稿》二卷，其中古今體詩四十七首，雜文二十六篇。有《錫山尤氏叢刻》集本和《四庫全書》本。

尤袤詩在當時本與楊、范、陸三家並駕齊驅，方回說：「誠齋時出奇峭，放翁善爲悲壯，公與石湖，冠冕佩玉，端莊婉雅。」（《跋遂初尤先生詩》）如《淮民謠》、《別林景西》與《寄林景西》等詩，亦爲清新自然之作。但就現存詩來看，殘章斷簡，實不足與楊、范、陸三家抗行。四大家中以楊、陸、范三人成就較高。

㈠楊萬里

楊萬里（公元 1127～1206 年），字廷秀，吉州吉水（今屬江西）人。高宗紹興二十四年進士，擢贛州司戶參軍，後轉永州零陵（今屬湖南）縣丞。時南宋名將張浚謫居永州，勉楊萬里以「正心誠意」之學，因自名書室爲「誠齋」，自號「誠齋野客」。後歷知漳州、常州，官至祕書監。韓侂胄當權，他辭官家居十五年之久，因憂憤國事而卒。臨終前寫下「吾頭顱如許，報國無路，惟有孤憤」的遺言，與陸游《示兒》詩體現了同樣深沈的憂國情懷。他一生勤苦，據傳作詩二萬多首，是我國文學史上寫詩甚多的作家之一。現存四千二百多首，有《誠齋集》一百三十三卷，計詩四十二卷，文九十卷，附錄一卷。

1、楊萬里詩歌的內容

楊萬里詩歌的內容首先表現在關心國事和對時世的憂憤上。如《初入淮河四絕句》：

船離洪澤岸頭沙，人到淮河意不佳。何必桑乾方是遠，中流以北即天涯。（其一）

中原父老莫空談，逢著王人訴不堪。卻是歸鴻不能語，一年

一度到江南。（其三）

孝宗淳熙十六年（公元 1189 年）十二月，楊萬里奉命迎接金使，北渡淮河，看到淮河以北廣大土地淪入金人之手，感慨萬端，發而爲詩。這組著名的愛國詩篇，蘊含著作者深厚的憂國之思，對南宋王朝的屈辱苟安，表現出無比的憤慨。詩人撫今追昔，百感交集，即景抒懷，比興互陳，達到了他所追求的「詩已盡而味方永」（《誠齋詩話》）的藝術境界。此外，像「白溝舊在鴻溝外，易水今移淮水前」（《題盱眙軍東南第一山》）、「大江端的替人羞，金山端的替人愁」（《雪霽曉登金山》），以及《過揚子江》、《舟過揚子橋遠望》、《雨作抵暮復晴》等詩篇，也都表現了詩人的愛國之情，抒發了山河破碎的深沈感慨。

其次，楊萬里詩歌還眞實地反映了農家的現實生活情景。如《插秧歌》以明快的筆調，眞實生動地描繪出農家雨中插秧的繁忙景象，富有濃厚的生活氣息。《竹枝歌》七首寫舟人縴夫雨夜行船的勞累之苦，表現出詩人對下層勞苦百姓的同情和關切。《圩丁詞十解》是詩人路過當途看到圩下築堤而寫的，目的在於「授圩丁之修圩者歌之，以相其勞」。其他如《憫農》、《憫旱》、《農家嘆》、《秋雨嘆》等，都以不同的藝術角度描寫農民的生活遭遇，表現了詩人對農事的關心。

2 、「誠齋體」的藝術特色

楊萬里的詩歌創作走過了一段曲折的歷程，他自稱「予之詩始學江西諸君子，既又學後山（陳師道）五字律，既又學半山老人（王安石）七字絕句，晚乃學絕句於唐人……戊戌……作詩忽若有寤，於是辭謝唐人及王、陳，江西諸君子，皆不敢學，而後欣如也。」（《誠齋荊溪集》序）可見他經過多層階梯，最後才擺脫前人的束縛，師法自然，獨出機杼，自成一家，《滄浪詩話》稱之曰「楊誠齋體」。

「誠齋體」一個突出特點是以「活法」爲詩。周必大評誠齋詩云：「誠齋萬事悟活法。」(《平原續稿》)。方回也說：「端能活法參誠叟。」(《讀張功父〈南湖集〉》)。「活法」之說，出於呂本中①。楊萬里的「活法」主要是指師法自然，抒寫性靈。他的詩友張鎡說：「造化精神無盡期，跳騰踔厲即時追。目前言句知多少，罕有先生活法詩。」(《攜楊祕監詩一編登舟因成二絕》)所謂追攝造化精神，意即善於捕捉稍縱即逝、轉瞬即變的自然情趣和自然景物的動態美，且以新鮮活潑的藝術語言、變化多姿的藝術手法去表現。如《曉行望雲山》：「霽天欲曉未明間，滿目奇峯總可觀。卻有一峯突然長，方知不動是眞山。」寫得新穎活潑，富有情趣。不僅如此，詩人還以自然景物之「活」來表現意趣之「活」，通過豐富的聯想，使詩歌的藝術形象充滿生命的活力。如《過寶應縣新開湖》：「天上雲煙壓水來，湖中波浪打雲回；中間不是平林樹，水色天容拆不開。」這類詩歌大都聯想豐富、奇特，景物活、意趣活，藝術表現手法亦活，一筆一轉，一轉一境，令人目不暇接，達到了「透脫」的理想詩境，使自然景物靈性化，勃發著活潑潑的生命感。

第二，「誠齋體」多富於幽默詼諧的情趣。誠齋立朝爲政，以方嚴著稱，然據羅大經《鶴林玉露》記載，他又「喜謔」，富於幽默感，故在觀察事物時也常常著幽默的情趣。大自然的一切，日月星辰，山川形勝，蜂蝶花草，無不被他收拾入詩，且往往涉筆成趣。如《過南蕩》二首之一：「秧才束髮幼相依，麥已掀髯喜可知。笑殺槿籬能耐事，東扶西倒野酴醿。」至於那些標明爲戲嘲之詩的如《嘲蜂》、《嘲蜻蜓》、《嘲星月》、《嘲稚子》、《嘲淮風》、《戲筆》等，尤富幽默感。他還能於詼諧中寄寓某種人生體驗或諷刺之意，如《過松源晨飲漆公店》：「莫言下嶺便無難，賺得行人錯喜歡。正入萬山圈子裡，一山放出一山攔。」就寄寓著一種人生體驗。至於《嘲淮風》：「不去掃清天北霧，只來捲起浪頭山！」《歸自豫章復過西山》：「我行莫笑無騶從，自有西山管送迎。」其嘲諷、憤激之意，更溢於言表。

第三，語言平易淺近，自然活潑，常選擇和熔煉俗諺口語入詩。趙翼《楊誠齋詩集序》說：「其爭新也在意而不在詞，當其意有所得，雖村夫牧豎之俚言稚語一切闌入，初不以爲嫌，及其既成，則俚者轉覺其雅，稚者轉覺其老。」正道出了楊萬里詩歌的特色。比起江西派的搜僻典、用生詞、押險韻、造拗句，這顯然是一種大膽的突破。如「不因王事略小出，那得高人同此行」（《題盱眙軍東南第一山二首》之一）中的「不因」、「小出」、「那得」皆爲當時流行的俚語，但經作者巧妙的藝術組合，全無質俚無文之感。再如「若個」、「端的」、「了」、「麼」等時俗之語，亦常常入詩。他隱括舟人縴夫「吟謳嘯謔」而爲歌，吸取民歌的語言形式，豐富了詩歌的內容和藝術表現手法。如《檄風伯》寫與風神相戲：「風伯勸爾一杯酒，何須惡劇驚詩叟！端能爲我霽威否，岸柳掉頭荻搖手！」此詩最能體現「誠齋體」的各項藝術特點。當然，楊萬里詩由於過多使用俗語俚詞，亦曾影響其簡潔和典雅，後人也有「佻巧」、「油滑」之譏，但瑕不掩瑜。楊萬里勇於衝擊江西詩派的藩籬，走出江西詩派的畛域，師法自然的詩歌創作精神，是值得肯定的。

㈡范成大

1、范成大的生平和思想

范成大（公元 1126～1193 年），字致能，號石湖居士，平江崑山（今屬江蘇）人②。二十九歲中進士，出任徽州司戶參軍，擢祕書省正字，吏部員外侍郎等。後奉命使金，全節而歸，遷中書舍人，旋出任廣西安撫使、四川制置使等職，回朝官至參知政事。五十八歲時因病辭歸，隱居石湖十年。他的《石湖大全集》一百三十卷，已佚，僅存詩詞部分三十四卷，有明弘治活字本及清秀野草堂刻本（後收入《四庫全書》及《四部叢刊》）。另有《石湖詞》一卷，今存汲古閣本及《彊村叢書》本。此外，他還有紀行專著《吳船錄》二卷、《攬轡錄》、《驂鸞錄》各一卷仍保存下來，從中可窺見他的散文風格。

范成大是一個關心國事、勤於政務、同情人民疾苦的詩人。在國運危艱、民族多難的年代，他以深沈悲痛的詩筆寫了不少優秀的愛國詩篇。早年就有「莫把江山誇北客，冷雲寒水更荒涼」（《秋日二絕》）的名句，批評南宋小朝廷向金國使者誇耀殘山剩水的昏聵行徑；其後的《合江亭》、《胭脂井》、《題夫差廟》等詩歌，借描寫山川形勝，感古傷今，抒憂國之情。出使金國途中寫的一組「紀行詩」，凡七十二首七絕，或痛惜中原殘破景象，或揭露金人殘酷的民族壓迫，或景仰古代抗敵報國之士，或譴責失地誤國的統治集團，或反映北方遺民的苦難生活和渴求恢復的願望，或表達詩人懷戀故國的深情和盡節報國的決心，題材廣泛，內容豐富，既相互聯繫又各有側重，由詩人那顆強烈的愛國之心一線貫串，組成一個有機的整體。這一組詩，識見高超，議論風生，感慨深婉，具有一定的史詩價值。如《州橋》：

> 州橋南北是天街，父老年年等駕回。忍淚失聲詢使者，幾時真有六軍來？

既歌頌了中原父老歷久不衰的愛國熱忱，又蘊含諷諭之意，結句語盡而意無窮，提出了一個引人深思的問題。

范成大的基本政治思想是儒家的「仁政」和「民本」思想，

認爲要想富國強兵，必先安民。他寫了不少的反映人民生活的詩歌，如《樂神曲》、《繅絲行》、《田家留客行》等，表達了詩人對貧苦農民的關切和同情；《催租行》、《後催租行》等，形象地描寫了南宋王朝的賦斂之重、官吏煎逼之酷和百姓受害之深。在詩人筆下，清晰地留下了宋詩中並不多見的貧民（小販、賣歌者等）痛苦掙扎的形象，對封建剝削無疑是有力的揭露和控訴。

2、范成大田園詩的內容和特色

在中國詩歌史上，范成大尤以田園詩著稱。他晚年寫的《四時田園雜興》和《臘月村田樂府》，生動地描繪了封建時代江南農村生活的廣闊圖景，把《詩經・七月》以來的農事詩、陶淵明以來贊頌農村恬靜生活的田園詩和唐人反映農民困苦生活的憫農詩、山農謠一類作品結合在一起，形成了古代田園詩的大觀。這兩組詩各有特色：《臘月村田樂府》十首，是歌詠江南農村風俗的組詩，而以樂府名之。《四時田園雜興》六十首，描寫的範圍尤爲廣闊，可視爲范成大田園詩的代表之作。這組詩以「春日」、「晚春」、「夏日」、「秋日」、「冬日」爲序，分爲五組，各十二首，皆爲七言絕句。按其內容可分爲三類：

一是描寫農民四季的農事活動，贊美農民的辛勤勞動。如：

土膏欲動雨頻催，萬草千花一餉開。舍後荒畦猶綠秀，鄰家鞭筍過牆來。

晝出耘田夜績麻，村莊兒女各當家。童孫未解供耕織，也傍桑陰學種瓜。

新築場泥鏡面平，家家打稻趁霜晴。笑歌聲裡輕雷動，一夜連枷響到明。

作者以平易如話的語言描繪了一幅幅農家耕織圖，筆調輕靈優美，體察入微，可以說是對《詩經・七月》詩歌傳統的繼承和弘揚。

二是歌頌恬靜、愉悅的田園生活，抒發自己悠閑自得的情趣，借以表現詩人對腐敗的官場的厭棄。如：

靜看簷蛛結網低，無端妨礙小蟲飛。蜻蜓倒掛蜂兒窘，催喚山童為解圍。

村巷冬年見俗情，鄰翁講禮拜柴荊。長衫布縷如霜雪，雲是家機自織成。

農家的優閑、歡愉和生活情趣，在詩人筆下得到完美的再現，觀察之細密，筆力之深刻，在中國詩史上同類題材的詩中少見。

三是反映繁重的賦稅致使農民陷入苦難的生活圖景。如：

垂成穡事苦艱難，忌雨嫌風更怯寒。箋訴天公休掠剩，半償私債半輸官。

採菱辛苦廢犁鋤，血指流丹鬼質枯。無力買田聊種水，近來湖面亦收租。

租船滿載候開倉，粒粒如珠白似霜。不惜兩鍾輸一斛，尚贏糠覈飽兒郎。

這些詩從不同的側面傾訴農民的痛苦和辛酸，現實性較強，是中唐出現的「憫農詩」的進一步發展。

范成大的田園詩，對中國詩史上田園詩的優秀傳統既有繼承，又有發展、創新，集其大成，爲田園詩樹立了新的里程碑。這六十首《四時田園雜興》，不僅其規模爲歷代詩人所未有，而且能運用組詩形式，描繪出當時江南農村的自然景物，歲時風俗，勞動者的歡樂、疾苦、災難、煎熬和奮鬥，比較全面、深刻地反映了社會現實，具有濃厚的生活氣息，使田園詩獲得了新的藝術生命。

第四節　永嘉四靈與江湖詩人

在「尤楊范陸」等詩人力矯江西詩派之弊、自闢新境之後，一些詩人也繼之而起，在江西體乃至宋詩傳統之外，尋求適合於表現他們思想感情和藝術趣味的詩歌藝術風格，先後形成了影響較大的兩個詩人羣：一是永嘉四靈，二是江湖詩人。在某種意義上，也可說是兩個詩派。

㈠永嘉四靈

「永嘉四靈」是指徐照、徐璣、翁卷和趙師秀四位詩人，他們都是永嘉郡人，字號中又都有一個「靈」字，故此得名。

四靈中，徐照、翁卷爲布衣，徐璣和趙師秀曾爲小官。他們很少吏事紛擾和官場逢迎，故寄情於山水，流連於江湖，因而能夠專力於詩歌創作。

徐照（公元？～1211 年），字靈輝，號山民，終身布衣。有《芬蘭軒集》一卷，存詩二百五十九首，數量爲四靈之冠。有《永嘉詩人祠堂叢刻》本及《南宋羣賢小集》本。

徐璣（公元 1162～1214 年），字致中，號靈淵。曾任建安主簿、永州司理、尤溪丞、武當令。葉適爲他作墓誌銘，稱他爲官清正。著有《泉山集》，已佚。今存《二薇亭集》一卷，存詩一百六十四首，有《敬鄉樓叢書》本，亦收入《南宋羣賢小集》中。

翁卷（生卒年未詳），字靈舒，以布衣終。有《葦碧軒集》，今存詩一百三十八首，有《永嘉詩人祠堂叢刻》本；又有《西岩集》一卷，有《南宋羣賢小集》本。二集互有出入。

趙師秀（公元 1170～1220 年），字紫芝，號靈秀，宋宗室。光宗紹熙元年（公元 1190 年）進士，宦迹不顯，終於高安推官。有《清苑齋集》一卷，今存詩一百四十一首，有《南宋羣賢小集》本，《永嘉詩人祠堂叢刻》本。方回《瀛奎律髓》曾選錄趙師秀詩二十首之多，可見方回對他的推重。趙師秀特別推崇晚唐詩人賈島、姚合，曾編有《二妙集》，視賈、姚爲詩中「二妙」；又重五律，編有《衆妙集》，選沈佺期等七十六家唐人五律，其中「五言長城」劉長卿詩多達二十三首。

四靈詩派的出現，與南宋著名思想家葉適的積極扶植是分不開的。而從文學方面來考察，一是不滿於「以道學爲詩」，即反對當時理學家那種宣揚性理哲學的枯燥無味的詩；二是「以矯江西之失」，即反對江西詩派末流的「資書以爲詩」和生硬拗捩的詩風。他們主張詩應「自吐性情」，刻意求新，以晚唐姚合、賈島爲宗，詩歌創作要求「貴精不求多，得意不戀事」，主張「捐書以爲詩」，「以不用事爲第一格」，追求清新自然的審美情趣。如翁卷的《鄉村四月》：

> 綠遍山原白滿川，子規聲裡雨如煙。鄉村四月閑人少，纔了蠶桑又插田。

圓美自然，新穎靈巧，無斧鑿痕迹，較之江西派末流的摭拾堆垛之富和押韻用字之工，更能給讀者以美的享受。

四靈詩大都是抒寫羈旅情思，描寫山水田園風光以及其他應酬唱和、流連光景之作。雖然缺乏深廣的社會內容和時代風雲之氣，但也不乏痛心時事和同情人民疾苦的詩作。如徐照《促促詞》、翁卷《東陽路旁蠶婦》。徐璣《傳胡報二十韻》、趙師秀《撫欄》等。

四靈詩輕古體而重近體，尤以五律爲工。格律嚴謹，語言曉暢，風格平淡自然，給人以耳目一新之感。如趙師秀《雁蕩寶冠寺》詩：

> 行向石欄立，清寒不可云。流來橋下水，半是洞中雲。欲往逢年盡，因吟過夜分。蕩陰當絕頂，一雁未曾聞。

詩寫得清新流利，陳衍《宋詩精華錄》稱其中三四句在四靈詩中是「最爲掉臂流行之句」。

四靈中以趙師秀成就較高。他原是汴京人，南渡後徙居永嘉。因此，他的詩也常流露出身世之嘆和懷念故國之情。如《多景樓晚望》：

> 落日欄干與雁平，往來疑有舊英靈。潮生海口微茫白，麥秀淮南迤邐青。遠賈泊舟趨地利，老僧指寶說州形。殘風忽送吹營角，聲引邊愁不可聽。

詩人緬懷抗金將士，一種「麥秀」之感油然而生。然而這類詩作並不多見，更多的是流連光景、應酬唱和、羈旅情思之作，但靈巧圓潤，悠閑清淡，句秀韻雅，亦可見其藝術技巧之工。

㈡江湖詩人

江湖派因杭州書商陳起所刊《江湖集》而得名③。他們的生活年代不一，多數人與「四靈」相先後，後人講江湖詩人，主要就這批人而言。這批人身分複雜，有布衣，有官宦，大多數是因功名不遂而浪迹江湖的下層文士，其中以劉過、姜夔、敖陶孫（公元 1154～1227 年，有《臞翁詩集》二卷）、戴復古、劉克莊、葉紹翁（生卒年不詳，有《靖逸小集》）、方岳爲代表。他們以「江湖」相標榜，表示出對朝廷執政者的不滿情緒，反映了他們厭惡仕途、企慕隱逸的人生態度，但又比較關心時事，關心人民，對現實的態度比永嘉四靈進步。

江湖派詩歌的主要成就在古體和七言絕句方面。他們大都不滿江西派「以才學爲詩」、在詩中堆砌典故、炫耀學問的創作傾向，力求平直而流暢；許多人崇尚晚唐詩風，而又不像「四靈」之專守律體，竭力鍛造；他們喜作古體樂府，或雄放勁切，或質實古樸；有的又專工絕句，細致精巧，長於煉意。從整體而言，江湖派的詩歌創作，追求眞率的審美情趣。在藝術表現手法上，用筆往往一氣直下，如行雲流水，達意而止，頗少峭折之致。如劉克莊《太守林大傅贈瑞香花》：「一樹婆娑整復斜，使君輟贈到田家。自慚甕牖繩樞子，不稱香囊錦傘花。小借暖風爲破蕚，絕澆新水待抽芽。叮寧童子勤封植，留與甘棠一樣夸。」五言近體喜用流水對，七律、絕又多用複辭對仗，如葉紹翁《題鄂王墓》：「如公更緩須臾死，此虜安能八十年？」方岳《上巳溪泛》：「風霜兩鬢五十五，楊柳幾番三月三？」他們還常用頂眞和重言句式，如明珠貫串，意脈相連。頂眞如戴復古《湘中遇翁靈舒》：「天臺山與雁山鄰，只隔中間一片雲。一片雲邊不相識，三千里外卻逢君。」重言如葉茵《山行》：「青山不識我姓字，我亦不識青山名。飛來白鳥似相識，對我對山三兩聲。」然而這些人與「江西」、「四靈」一樣，多未能擺脫模擬之習，境界不高、氣度狹小，乃是通病。

江湖派以戴復古、劉克莊的成就爲高，詩名最著。

戴復古

戴復古（公元 1167～1252? 年），字式之，號石屏，天臺黃巖（今屬浙江）人。一生未仕，浪迹江湖，足迹遍及南部中國各地。晚年歸隱故里，卒於理宗淳祐之末。有《石屏詩集》十卷，存詩約九百首。

戴復古生前，以詩負盛名達半個世紀，先受「永嘉四靈」影響，學晚唐而摻雜江西派風味，後師陸游，推崇陳子昂、杜甫，繼承和發揚憂國傷時的寫實傳統。他主張「論詩先論格」，不肯濫爲應酬之作，所以他的詩歌藝術成就能高出「四靈」、「江湖」諸人之上。他生性耿介正直，不逢迎權貴，閱歷較廣，見識較高，盡管行事謹愼，「廣座中口不談世事」（《瀛奎律髓》卷二十），詩中卻熱烈地抒發愛國情懷，指斥朝政國事，敢於揭露社會黑暗，反映民生疾苦。如《江陰浮遠堂》：

> 横岡下瞰大江流，浮遠堂前萬里愁。最苦無山遮望眼，淮南極目盡神州。

還有《頻酌淮河水》、《盱眙北望》、《聞時事》、《聞邊事》、《題徐京北通判北征詩卷》等，都是詩人眷念中原失地、渴望國家統一和指斥朝廷苟安的力作。他的《庚子薦饑》更以淺近之筆揭露了官司賑卹的虛僞性。詩云：

> 餓走拋家舍，從橫死路岐。有天不雨粟，無地可埋屍。劫數慘如此，吾曹忍見之！官司行賑恤，不過是文移。

人民的苦難，國家的危機，官司的殘忍，都一一流於筆底。戴復古的詩現實性强，風格俊爽清健，不同於一般江湖詩人。故陳衍稱其「心思力量，皆非晚宋人所有」（《宋詩精華錄》）。

除反映現實之外，戴復古描寫自然風景和抒寫個人生活感受的詩也有一定的成就。如《江村晚眺》：

> 江頭落日照平沙，潮退漁舠擱岸斜。白鳥一雙臨水立，見人驚起入蘆花。

寫江村晚景，以簡淡之筆勾勒出妙趣橫生的畫面，饒有餘韻。

戴復古詩在藝術上的長處，就在於以白描手法而得杜詩沈鬱頓挫的風骨神韻。如《春日懷家》：「湖海三年客，妻孥四壁居。飢寒應不免，疾病又何如？日夜思歸切，平生作計疏。愁來仍酒醒，不忍讀家書。」詩中全用白描，絕少典故，情眞意切，於平淡素樸之中見雅致工巧。他的《庚子薦饑》等組詩，充分體現詩人關心世事、善於體察民情的藝術品格，頗得杜詩風神，故趙以夫說他「祖少陵」而「備衆體」（《石屏詩序》）。但他的詩堂廡不夠闊大，有些作品不免太俗，如「人間何處望不到，天下有樓無此高」（《題王制機新樓》）之類，已近乎打油詩。

劉克莊

劉克莊（公元 1187～1269 年），字潛夫，號後村居士，莆田（今屬福建）人。他早年仕途坎坷，累遭貶黜，晚年漸通顯。理宗淳祐六年賜同進士出身，後官至工部尚書兼侍讀，特授龍圖閣學士。謚文定。著《後村先生大全集》一百九十六卷，有《四部叢刊》影抄本。存詩約四千五百首，數量僅次於陸游。

劉克莊詩初受「四靈」影響，學晚唐，刻琢精麗。後感到四靈體「雖窮搜索之功而不能掩其寒儉刻削之態」，又轉而推崇楊萬里和陸游，將他們比作李、杜（《後村詩話》）。他批評江西詩派「資書以爲詩，失之腐」；也指斥晚唐詩「捐書以爲詩，失之野」（《韓隱居詩序》）。他愛好陳與義詩，晚年所作亦不乏「誠齋體」之活脫風韻。其詩歌創作，能兼采衆家之長且自成一體。他的《南岳稿》雖被陳起刻入《江湖詩集》，但卻厭惡江湖派的膚廓浮濫而別闢蹊徑。

劉克莊詩敢於譏彈時政，發抒愛國激情，「憂時原是詩人職，莫怪吟中感慨多」（《八十吟十絕》），正是他的自白。他的《後村居士詩集》，如《揚州作》、《軍中樂》、《國殤行》、《北來人》、《開壕行》等詩篇，有如一幅幅鮮明逼眞的南宋後期社會畫面。再如《贈防江卒》六首其中四首：

陌上行人甲在身，營中少婦淚痕新。邊城柳色連天碧，何必家山始有春？

壯士如駒出渥洼，死眠牖下等蟲沙。老儒細為兒郎說，名將皆因戰起家。

戰地春來血尚流，殘烽缺堠滿淮頭。明時頗牧居深禁，若見關山也自愁。

一炬曹瞞僅脫身，謝郎棋畔走苻秦。年年拈起防江字，地下諸賢會笑人。

這些詩篇，既譴責統治集團的腐朽無能，表示詩人對政治時事的憂慮，又安慰營中少婦，鼓勵沙場壯士，希望他們爲國立功，具有很强的現實性。

劉克莊詩歌對賦斂征役下的民生疾苦也作了較爲眞實的反映。《運糧行》、《築城行》、《苦寒行》等樂府詩，描寫人民的痛苦生活，表現出詩人强烈的正義感。其《苦寒行》詩云：

> 十月邊頭風色惡，官軍身上衣裘薄。押衣敕使來不來？夜長甲冷睡難著。長安城中多熱官，朱門日高未啟關。重重幃箔施屏山，中酒不知屏外寒。

這一「寒」一「熱」，對比强烈，正是當時現實社會的眞實寫照。但這類作品畢竟是少數。

劉克莊詩在藝術上一個重要特色是筆力比較雄健，氣勢比較開闊，很少有衰颯之筆，但有時不免淺率，他好大量用典使事，有時能信手拈來，運用自如，收到言簡意賅之效，然亦有用事冗塞而流於板滯、滑熟者。他又喜歡以文爲詩，常以生硬拗捩的句法入詩故作一二三句式，用三四句法者尤多，缺乏詩味。又貪多務得，追求數量，自稱「誠齋僅有四千首，惟放翁幾滿萬篇。老子胸中有殘錦，問天乞與放翁年」(《八十吟》)，但放翁詩已不免於濫，劉氏心胸和才力均不逮陸游，率意而缺乏現實意義和藝術價值之作就更多了。

其他

江湖詩人中，還有周文璞、葉紹翁、樂雷發(生卒年不詳，有《雪磯叢稿》五卷)、王邁(公元 1184～1248 年，有《臞軒集》十六卷)、高翥(公元 1170～1241 年，有《菊石間小集》)、利登（生卒年不詳，有《骨皮稿》一卷）等有一定成就。周文璞（生卒年不詳）有《方泉集》四卷，其中《新亭》、《即事二首》、《書事》等詩，皆寄寓懷念中原之情，《劍客行》一詩尤爲出色，可追步陸游《劍客行》之宗旨神韻。葉紹翁有《靖逸小稿》，其中《題鄂王墓》一詩之歌頌民族英雄岳飛，眞切動人；《遊園不値》之「春色滿園關不住，一枝紅杏出牆來」，更是傳誦千古。

方岳詩雖未收入《江湖》諸集之中，但他主張「詩須放淡吟」（《次韻別元可》）與江西派立異，與江湖詩人則略同。

方岳（公元 1199～1262 年），字巨山，號秋崖，歙州祁門（今屬安徽）人。有《秋崖先生小稿》八十三卷，其中文四十五卷，詩詞三十八卷。存詩一千三百七十多首，有《四庫全書》及《宋代五十六家詩集》本。方岳詩有「工於琢鏤」（陳訏《宋十五家詩選》）者，然主要以疏朗淡遠見長，清吳焯說他的詩「不失溫厚和平之旨，力矯江西派艱澀一路」（《繡谷亭薰習錄》）。如《農謠》五首中二首云：

小麥青青大麥黃，護田沙徑繞羊腸。秧畦岸岸水初飽，塵甑家家飯已香。

雨過一村桑柘煙，林梢日暮鳥聲妍。青裙老姥遙相語，今歲春寒蠶未眠。

以白描手法寫農村景象，見出眞樸自然的美趣，風格幾近范成大的《四時田園雜興》。他的《感懷》詩其中有句云：

宦情已矣隨流去，老色蒼然上面來。已慣山居無曆日，不知人世有公臺。

短短四句，眞實地反映了仕途的坎坷、人世的險惡和詩人鄉居的恬淡情趣。

第五節　文天祥及宋末遺民詩

唐末詩風衰落，一代唐音隨著國勢的衰敗而沈沒下去了。與此相反，宋末詩壇則有一批愛國詩人崛起，一曲曲沈鬱悲壯的愛國之歌響徹中華大地。其代表作家有文天祥及汪元量。宋亡之後，謝翶、林景熙、鄭思肖等遺民詩人更爲宋詩奏出了一曲悲涼慷慨的展聲。

㈠文天祥

文天祥（公元 1236～1283 年），字履善，一字宋瑞，號文山，江西吉安人。理宗寶祐四年（公元 1256 年）進士，歷任刑部郎官，知瑞州、贛州等。元軍渡江，文天祥起兵抵抗，後任右丞相，出使元營被扣留，鎭江脫險後，於溫州擁立端宗，轉戰東南。祥興元年十二月（公元 1279 年）在廣東海豐五坡嶺被俘，拘囚大都三年，從容就義。有《文山先生全集》二十卷，今有熊飛等《文天祥全集》校點本（江西人民出版社 1988 年）。

文天祥兼民族英雄和愛國詩人於一身，創作以元人攻陷臨安爲界，分爲前後兩期。前期多應酬、題詠之作；後期置身於民族鬥爭的漩渦之中，把個人與整個國家民族的命運聯繫在一起，以詩記錄當時艱苦卓絕的鬥爭生活，表現了詩人強烈的愛國精神和堅貞不屈的民族氣節，譜寫了一曲曲愛國主義的正氣歌。

文天祥詩歌的精華，都收錄在《指南錄》、《指南後錄》和《吟嘯集》之中。其中多篇有序，詩、序結合，首首相連，構成一部長篇樂章。「長江幾千里，萬折必歸東」（《題黃岡寺次吳履齋韻》），「臣心一片磁石，不指南方不肯休」（《揚子江》）。這種堅貞不渝的愛國精神，就是這部樂章的主旋律。如《指南錄》首篇《赴闕》：

楚月穿春袖，吳霜透曉韉。壯心欲填海，苦膽為憂天。役役慚金注，悠悠嘆瓦全。丈夫竟何事，一日定千年。

戎馬倥傯中的詩人，懷著塡海壯心奔赴京闕。此詩格調穩健，表達了作者力挽狂瀾、拯救國運的堅強意志。《指南後錄》中的第一首《過零丁洋》云：

辛苦遭逢起一經，干戈寥落四周星。山河破碎風飄絮，身世浮沈雨打萍。惶恐灘頭說惶恐，零丁洋裡嘆零丁。人生自古誰無死，留取丹心照汗青。

這首詩寫於被俘的第二年。漢奸張弘範强迫文天祥招降抵抗將領張世傑，文天祥以此詩示之。據說張弘范見此詩，「但稱『好人』『好詩」！竟不能逼」。（《指南後錄》卷一）「人生自古誰無死，留取丹心照汗青。」這錚錚鐵語，體現了詩人的崇高氣節，成爲後代愛國志士爲國捐軀、英勇獻身的鋼鐵誓言和座右銘。

傳誦千古的《正氣歌》是《吟嘯集》的第一首，係文天祥就義前寫於獄中。所謂「正氣」，就是氣貫長虹的「浩然之氣」，是中華數千年民族精神的集中體現。詩中遍舉古代胸懷「正氣」之士的高風亮節以自勉，集中體現了詩人的崇高氣節和「忠肝義膽」，歌頌了中華民族的浩然正氣。《正氣歌》言辭質樸，但氣壯山河，千百年來，家傳戶誦，可見其感人之深。他在被解押北上燕京途中，還寫了《懷孔明》、《劉琨》、《祖逖》、《顏杲卿》、《許遠》等詩篇，歌頌這些忠肝義膽的歷史人物，表達自己的愛國志節。所有這些詩篇都是以作者的整個生命寫成，飽和著中華民族的血和淚！首首紀實，而又感情眞摯奔放，才氣雄贍，筆力遒勁，風格悲壯剛健，充滿陽剛之氣，在中國詩歌史上獨放異彩。

文天祥後期詩以杜甫爲宗，其《集杜詩》二百首，合杜詩精華之句而成篇，句句切合，首首相連，宋末一代事變，淸晰如畫。他懷念親人的《六歌》，也是仿杜甫《同谷七歌》而作，風格悲涼沈鬱。他在《讀杜詩》中說：「耳想杜鵑心事苦，眼看胡馬淚痕多。」足以說明作者宗杜的原因之所在。

㈡汪元量

汪元量（公元 1241～1317 年後），字大有，號水雲，錢塘（今杭州）人。原爲宮廷琴師，南宋亡後隨宮室流落燕京，曾屢至囚所探望文天祥。晚年歸江南，雲遊名山，不知所終。其友李珏跋汪元量所撰《湖山類稿》，稱其「亡國之戚，去國之苦，艱關愁嘆之狀，備見於詩」，爲「宋亡之詩史」。今存劉辰翁編選的《湖山類稿》五卷。

汪元量詩歌確實具有「宋亡之詩史」的特色。他的代表作《湖州歌》、《越州歌》、《醉歌》忠實而簡要地記述了宋亡的歷史過程，其中所記某些細節，甚至有非史籍所能詳者。

《湖州歌》共九十八首七絕，以聯章形式，記錄元兵入杭、三宮被擄北行的全過程，從「丙子正月十有三，撾鞞伐鼓下江南，皐亭山上靑煙起，宰執相看似醉酣」寫起，依次記述「杭州萬里到幽州」一路上的所見所感。如：

北望燕雲不盡頭，大江東去水悠悠。夕陽一片寒鴉外，目斷東南四百州。

> 受降城下草離離，寒食清明只自悲。漢寢秦陵何處在，鶯花無主雨如絲。

前一首寫北行途中回首故國的依戀之情，後一首寫清明時羈留北邊對宋朝祖宗陵寢的懷念，景眞情摯，寄慨遙深。

《越州歌》二十首，描述元兵南下時半壁河山被蹂躪的慘痛景象：

> 東南半壁日昏昏，萬騎臨軒趣幼君。三十六宮隨輦去，不堪回首望吳雲。

> 西峯雲鎖幾時開，昨夜京城戰鼓哀。漁父生來載歌舞，滿頭白髮見兵來。

《醉歌》十首則從不同的側面描繪元兵南下時宋君臣的表現。詩人以義正辭嚴的詩句：「食肉權臣大不才」，「聲聲罵殺賈平章」，痛斥權臣賈似道的誤國；以「侍臣已寫歸降表，臣妾簽名謝道清」，譴責當時最高統者皇太后謝氏不能死節，自取凌辱；以「滿朝朱紫盡降臣」形容南宋朝官的無恥心態，以「北師要討撒花錢，官府行移逼市民」揭露元兵在臨安的暴行和宋官的爲虎作倀，字裡行間，蘊含著詩人的滿腔悲憤。

汪元量詩學杜甫，所作頗有杜詩的沈鬱頓挫之致，又有他自己那個時代所賦予的蒼涼和悲壯。其憂國憂民之思亦與杜詩相承，除上述那些抒寫亡國之痛的詩，南歸後他還寫了一些詩反映人民在元朝統治下的痛苦生活，如《錢塘》「平蕪古路人煙絕，綠樹新墟鬼火明」，《興元府》「官吏不仁多酷虐，逃民餓死棄兒孫」等，都是南宋王朝覆滅之後的時代悲歌。

㈢其他

謝翺

謝翺（公元 1249～1295 年），字皐羽，號晞發子，曾任文天祥部諮議參軍。著有《晞發集》十卷、《遺集》二卷、《遺集補》一卷，存詩約二百餘首。文天祥被殺，他漫遊東南，登嚴子陵西臺，設文天祥牌位，北向哭祭，撰《登西臺慟哭記》，又賦《西臺哭所思》詩：「殘年哭知己，白日下荒臺。淚落吳江水，隨潮到海回。故衣猶染碧，后土不憐才。未老山中客，唯應賦八哀。」悲憤蒼涼，「如窮盡江寒，風高氣栗，悲憶怒號，萬籟雜什」。其《哭所知》亦爲文天祥而作：

> 總戎臨百粵，花鳥瘴江村。落日失滄海，寒風上薊門。雨青餘化碧，林黑見歸魂。欲哭山陽笛，鄰人亦不存。

詩人痛訴文天祥之死，乃整個國家民族之大不幸！嘆惜後繼無人、復國無望，悲憤之情充溢詩中，雖千載之下，亦不能不一掬同情之淚！

林景熙

林景熙（公元 1241～1310 年），字德陽，號霽山，溫州平陽（今屬浙江）人。宋末進士，官從政郎，宋亡不仕。有《霽山集》五卷、《白石樵唱》一卷，多愴懷往事，以寄其故國之思。如《山窗新糊有故朝封事稿閱之有感》詩：

> 偶伴孤雲宿嶺東，四山欲雪地爐紅。何人一紙防秋疏，卻與

山窗障北風。

又其《讀文山集》七古末云：「書生倚劍歌激烈，萬壑松聲助幽咽。世間淚灑兒女別，大丈夫心一寸鐵！」浩然正氣不減於「留取丹心照汗青」的文文山。

鄭思肖

鄭思肖（公元 1241～1318 年），字憶翁，號所南，有《所南集》。他行坐寢處，不忘故國，所取名字，亦有緬懷趙宋之意。他擅長詩畫，但畫蘭花不畫土，人或問其故，他說：「地為人奪去，汝猶不知耶？」其《德祐二年歲旦》詩云：

有懷常不釋，一語一酸辛。此地暫胡馬，終身只宋民。讀書成底事，報國是何人？恥見干戈裡，荒城梅又春。

所有這些愛國遺民詩，抒亡國之痛，發故國之思，沈痛悲哀，泣血吞聲，匯成宋詩氣壯山河、光昭日月的尾聲。

第六節　南宋文

南宋文是沿著北宋歐陽修等人開拓的道路發展的。當時的文人大都奉歐、王、曾、蘇為圭臬，著名政論家葉適說：「文學之興，萌芽於柳開、穆修，而歐陽最力，曾鞏、王安石、蘇洵父子繼之，始大振……此論世所共知，不可改。」（《四庫全書》本《習學記言》卷四七）理學家朱熹亦云：「文學到歐、曾、蘇，道理到二程，方是暢。」（《朱子語類》卷一三九），即反映南宋人的共同認識，其中蘇軾之文尤為應試士人所好，以致當時有「蘇文熟，吃羊肉；蘇文生，吃菜羹」之說（見陸游《老學庵筆記》卷八）。但北宋名家歐陽修及三蘇之文，雖語多平易，而有風韻，構思尤多變化，故議論、碑志之文，多有一定的文藝性，序、記等文，文藝性尤强。曾、王之文較嚴肅，然王文峻峭刻深，別有風致，惟曾文稍平實，而以文理縝密見長。南宋之文，則由平易暢達而趨質實，故文藝性較强者不多。

(一)南宋文文藝性不强的原因

形成南宋文這一特點的原因尚待深入探討，理學的盛行，蓋爲原因之一。理學興起於北宋，但當時的理學家（以程頤最爲突出）大都極端鄙薄文學，而文人（以蘇軾爲代表）則頗厭理學，故理學與文學基本上是分離的。南宋的理學家如朱熹、張軾、陸九淵、魏了翁、眞德秀等均頗留心文事；能文的經世之士如呂祖謙乃至陳亮、葉適等，亦頗涉理學；這就爲理學與文學的結合提供了條件。而理學家論文旣重道，且崇實。朱熹是最工文的理學家，也是較懂得文學的特點的理學家，就曾批評唐李漢「文以貫道」之說，認爲不夠徹底，說：「這文皆是從道中流出，豈有文反能貫道之理？」又說：「國初文章，皆嚴重老成，……至歐公文字，好底便十分好，然猶有甚拙底，未散得他和氣，到東坡文字便已馳騁，忒巧了。」「歐公文字敷腴溫潤。曾南豐文字又更峻潔，雖議論有淺近處，然卻平正好，到得東坡，便傷於巧，議論有不正當處。……自三蘇文出，學者始日趨於巧。」（均見《朱子語類》卷一三九）議論正當與否姑不論（因爲當時人們亦未必都以朱熹的是非爲是非），作文而反對「馳騁」，反對「巧」，那當然就會缺乏情韻和風趣了。朱熹博學，且年輕時於文字涵養頗深，故其文雖道貌岸然，卻能樸素自然而不枯燥，論學之文如《詩集傳序》、《大學章句序》等，抒情之文如《送郭拱辰序》等，都不愧作者；但求其能如歐蘇文之情趣盎然者亦不可得。朱熹尚如此，才學不及他而效法或受其影響者就更質實而少光彩了。

但理學的影響也不是唯一的原因，散文本身發展的規律也是不可忽視的因素。我國古代的散文本以子、史爲源頭，後來才產生抒情文和熔記事、描寫（以風景爲主）、議論、抒情爲一爐的雜體文如序、記等。葉適說：「韓愈以來，相承以碑、志、序、記爲文章家大典册。而記，雖愈及宗元猶未能擅所長也，至歐、曾、王、蘇，始盡其變態，如《吉州學》、《豐樂亭》、《擬峴臺》、《道山亭》、《信州興造》、《桂州修城》，後鮮過之矣。若《超然臺》、《放鶴亭》、《篔簹偃竹》、《石鍾山》，奔放四出，其鋒不可當，又關鈕繩約之不能齊，而歐曾不逮也。」（《習學記言》卷四九）他在這裡說韓、柳於記「未能擅所長」，未當；說北宋諸大家「盡其變態」則是對的，且表現出一種深刻的歷史眼光。但反觀葉適所作，則循著這種「變態」而進行創作的文藝性散文幾不可見。這當然有多種原因（如作家性各有所近，等等），未可以概其餘。值得注意的是：葉適同時又說：「上世以道爲治，而文出於中……後世可論惟漢唐，然既不知以道爲治，當時見於文者往往訛雜乖戾。……華忘實，巧傷正，蕩流不反，於義理愈害而治道愈遠矣。」（同前引）其意與朱熹相近，與上引一段合起來看，我們可以推測：他可能正是看到歐、蘇等人已盡其變，有意不循其轍，而務爲質實平正以變之。這種文質相變的情況，在我國文學史上並不少見，南宋文的更趨於質實也遵循著這一規律。只是北宋文在語言上已很平易了，現在更進一步，連構思的新奇和技巧的變化也不重視，文章的藝術性就必然削弱了。

㈡南宋文的特色

南宋文雖藝術性不如北宋，然亦自有其不可磨滅的光輝。首先是：南宋散文產生在金兵南下，宋室南渡的民族危機之中，一大批抗金愛國志士的政論文頗能反映這個多災多難的時代潮流和民族精神。如汪藻（公元 1079～1154 年，有《浮溪集》三十六卷）的《隆祐太后告天下手書》（駢文，以下散文），宗澤（公元 1059～1128 年，有《宗忠簡集》）的《乞毋割地與金人疏》，岳飛的《南京上高宗書》、《五嶽祠盟記》，李綱（公元 1083～1140 年，有《梁溪集》）的《論天下強弱之勢》，虞允文（公元 1110～1174 年，有《彬甫文集》）的《論今日可戰之機有九疏》，陳東（公元 1086～1127 年，有《少陽集》）的《上高宗第一書》，胡銓（公元？～1180 年，有《澹菴文集》）的《戊午上高宗封事》，張浚的《論恢復事宜疏》、陳亮的《中興論》，辛棄疾的《美芹十論》，陸游的《跋傅給事帖》、《跋李莊簡公家書》，葉適的《上孝宗皇帝札子》……都從一個側面反映了當時和、戰兩種思想鬥爭的劇烈，有一種激動人心的力量。且看岳飛的《五嶽祠盟記》：

> 自中原板蕩，夷狄交侵，余發憤河朔，起自相臺，總髮從軍，歷二百餘戰。雖未能遠入荒夷，洗蕩巢穴，亦且快國仇之萬一。今又提一旅孤軍，振起宜興。建康之城，一鼓敗虜，恨未能使匹馬不回耳！
>
> 故且養兵休卒，蓄銳待敵。嗣當鼓勵士卒，功期再戰，北逾沙漠，喋血虜廷，盡屠夷種。迎二聖歸京闕，取故地上版圖，朝廷無虞，主上奠枕，余之願也。

這是岳飛在行軍途中題於五嶽祠壁之作，壯懷激烈，氣勢軒昂，其忠義慷慨之情，躍然紙上，故不求工而自工。其他諸人之作亦然。南宋文中這種特有的思想，一直貫串到末期文天祥、王炎午（生卒年不詳，有《吾溪稿》十卷）、鄧剡（生卒年不詳，有《中齋集》）、鄭思肖、謝翱、鄧牧（公元 1274～1306 年，有《伯牙琴》）等一代抗元救國志士的作品之中。文天祥的《指南錄後序》與《正氣歌序》，熔敍事、議論與抒情於一爐，文情悲壯，語言簡潔，字裡行間洋溢著一代民族英雄慷慨死節的忠烈之氣。王炎午的《生祭文丞相文》、《望祭文丞相文》，鄧剡的《文丞相傳》，謝翱的《登西臺慟哭記》，等等，如泣如訴，字字血，聲聲淚，表達了人民對民族英烈的敬仰與懷念之情，爲南宋散文留下了光輝燦爛的最後一頁。

其次，南宋文在藝術上亦非全無創新。如姜夔的詞序，以清雅簡潔的詞句，抒寫積蘊的情愫，殊有六朝風韻，即爲宋文別開生面。陸游的題跋，簡潔有力，其《入蜀記》用日記體寫遊歷所見風物，也別具風采。其餘諸家之作，亦間有精品；只是從整體上看，它的藝術水準不及北宋文罷了。

附　註

①呂本中在《夏均父集序》中說：「學詩當識活法。所謂活法者，規矩備具而能出於規矩之外；變化不測而亦不背於規矩也。是道也，蓋有定法而無定法，無定法而有定法。知是者，則可以與語活法矣。謝元暉有言，『好詩流轉圓美如彈丸』，此眞活法也。」以活法論詩，這本是宋人論詩中一個重要論點。呂本中在序《江西詩社宗派圖》中說：「詩有活法，若靈均自得，忽然有入，然後惟意所出，萬變不窮。」但呂本中所提出的「活法」，其基礎是「悟入」，他說：「要之此事，須令有所悟入，則自然度越諸子。」（《與曾吉甫論詩第一帖》悟入之論，近於禪宗，而與楊萬里的「活法」有所

不同。儘管葛天民也說：「參禪學詩無兩法，死蛇解弄活鱍鱍。氣正心空眼自高，吹毛不動會生殺。」（《南宋諸賢小集・葛無懷小集》）實際上誠齋詩的「活法」，包括新、奇、活、快、風趣、幽趣和層次曲折、變化無窮等內容。如劉克莊所說：「後來誠齋出，眞得所謂活法。所謂流轉圓美如彈丸者，恨紫微公（呂本中）不及見耳。」（《江西詩派小序》）而其要點則在於擺脫江西派資書以爲詩的陋習，追蹤造化，師法自然。正如錢鍾書所說的：「根據他（楊萬里）的實踐以及『萬象畢來』、『生擒活捉』等話看來，可以說他努力要跟事物——主要是自然界——重新建立嫡親母子的骨肉關係，要恢復耳目觀感的天眞狀態……把多看了古書而在眼睛上長的那層膜刮掉，用敏捷靈巧的手法，描寫了形形色色從沒描寫過以及很難描寫的景象，因此姜夔稱贊他說：『處處山川怕見君』——怕落在他眼睛裡，給他無微不至的刻畫在詩裡。」（《宋詩選》）

②范成大的籍貫，過去皆從周必大神道碑，定爲吳縣人。明人張大復《梅花草堂筆談》糾其誤，以爲實係崑山人，此從其說。參見《中國歷史著名文學家評傳》第三卷周汝昌撰《范成大》。

③陳起編輯之《江湖集》，係南宋詩總集。陳起字宗之，號芸居，杭州人。主要活動於十二世紀末至十三世紀五十年代前。他設書鋪於杭州睦親坊。曾彙刻當朝詩人之集爲《江湖集》。因其中曾極《春詩》有「九十日春晴日少，一千年事亂時多」句，又曾改劉子翬《汴京紀事》一聯「夜月池臺王傅宅，春風楊柳太師橋」爲「秋雨梧桐皇子宅，春風楊柳相公橋」。又劉克莊《黃巢戰場》詩中有「未必朱三能跋扈，只緣鄭五欠經綸」。這些詩句被言官李知孝羅織爲謗訕當時宰相相史彌遠而遭到查禁，《江湖集》被劈板，二人皆坐罪，陳起坐流配。此所謂「江湖詩禍」也。史彌遠死後，這一冤案才得昭雪。以後陳起又陸續刊刻《江湖前集》、《江湖後集》、《江湖續集》、《中興江湖集》及《中興羣公吟稿》等詩集傳世。但這些集子大多散佚。

今存《永樂大典》引有《中興江湖集》，《四庫全書》中有《江湖小集》95卷、《江湖後集》24 卷，毛晋汲古閣有影宋本《江湖集》60 家，清顧修《南宋羣賢小集》中有《江湖後集》。這些書多爲後人重輯。此中所錄作者衆多，現可考者達 110 人。這些作者的生活年代約在北宋末至南宋末的 200 年間，但大多數人生活在孝宗、光宗、寧宗、理宗四朝。其中多數是流落江湖、終身未仕的文人或隱士；但也有少數如劉克莊等曾涉足官場，甚至是身居高位的顯宦。但這些詩人一般都以江湖相標榜，借以表現他們不滿朝政、不願與之合作的態度。

第六章　陸游

第一節　陸游的生平與創作

陸游（公元 1125～1210 年），字務觀，晚號放翁，越州山陰（今浙江紹興）人。他出身於一個富有文化修養的仕宦之家，祖父陸佃曾官尚書右丞，父親陸宰曾官至淮南計度轉運副使，他們都在經學或文學方面有很深造詣。

㈠陸游的生平

陸游的生平約可分爲三個時期：

第一期，四十五歲入蜀之前。

陸游出生於陸宰卸任返京之時，正值金軍滅遼後南下攻宋的動亂時期。他尚在襁褓之中便隨家人流寓滎陽。次年金兵攻陷汴京，他又隨父母輾轉南下家鄉避難。金兵過江後，他們又逃到東陽（今屬浙江），直至九歲時重返山陰。「兒時萬死避胡兵」的顛沛流離的生活給幼年陸游的心靈上播下了仇恨的種子。其父陸宰是個正直愛國的士大夫，所結交者也是一些愛國志士。父輩的思想、言談對陸游有著良好而深刻的影響。「少小遇喪亂，妄意憂元元」（《感興》），少年陸游即已萌生了憂國憂民的思想，二十歲時便立下「上馬擊狂胡，下馬草軍書」（《觀大散關圖有感》）的報國志願。二十九歲赴試，取得第一，次年參加禮部復試，卻因名列秦檜之孫秦塤之前，且「喜論恢復」，語忤秦檜，被黜落。直至秦檜死後，陸游三十四歲時才初任福建寧德縣主簿。後改授敕令所刪定官。又因向朝廷提出許多政治主張，希望統治當局能任賢愛民，結果不僅未被采納，反引起高宗厭惡，不久即罷歸鄉里。孝宗即位，起用抗戰派人士，賜陸游進士出身，派任地方通判。因張浚北伐失利，而陸游曾向張浚進策，被投降派加上「交結臺諫，鼓唱是非，力說張浚用兵」之罪名，罷歸山陰故里。

第二期，四十六歲至六十五歲，入蜀和東歸。

乾道五年（公元 1169 年），陸游被任爲夔州（今四川奉節）通判。次年五月從山陰啓程赴任。夔州任滿之後，他受四川宣撫使王炎的邀請，在幕中襄理軍務。王炎是個積極準備收復失地的名臣，陸游跟隨王炎大軍進駐南鄭（今陝西漢中），終於走上了當時的國防前線。從此陸游換上了戎裝，投身於緊張的軍旅生活，或射獵深山，或戍守要塞，親自考察了南鄭一帶的地理形勢、物產民情，覺得這裡可以作爲反攻的根據地，向王炎提出了經由周至縣西南駱谷直取長安的策略。但由於南宋統治者根本無心北伐，不到一年，王炎即被調離川陝，陸游也被調任成都府安撫司參議官，先後在蜀川（今四川崇慶）、嘉州（今四川樂山）、榮州（今四川榮縣）等處代理地方官，無所作爲。淳熙二年（公元 1175 年），范成大鎭蜀，節制四川軍事，邀請陸游到他帥府中任參議官。他們原爲詩文之交，友誼甚篤，此時雖有上下僚屬關係，卻詩酒交歡，不拘禮法。加上陸游豪放嗜飲，且一腔報國之情無處施展，更是借酒澆愁，放浪形骸，常以「脫巾漉酒，杜笏看山」爲自得，引起同僚的不滿，言官譏之爲「燕飲頽放」，陸游乾脆自號「放翁」。

淳熙五年，由於陸游詩「寄意恢復，書肆流傳」（《四朝聞見錄》），傳至京都，受到孝宗注意，奉召東歸，任福建、江南西路的鹽茶提舉，一度權知嚴州（今浙江建德）。光宗立，陸游入朝任朝議大夫、禮部郎中等職。東歸後十餘年間，他三遭黜落：江西任上因撥義倉救災，以「擅權」罪免官還鄉，淮東任上以「不自檢飭，所爲多越於規矩」論罷；朝官任上又被誣爲「嘲詠風月」而罷黜。

第三期，六十六歲至八十五歲逝世，基本上賦閑鄉居。

從光宗紹熙元年（公元 1190 年）開始，到去世的二十年間，陸游除到臨安主修孝宗、光宗兩朝實錄及三朝史一年之外，一直在故鄉山陰三山村閑居，過著清貧平靜的田園生活。這期間，他「身還民服，口誦農書，身雜老農間」。與農民一起飲酒談心，有時親自到田間勞作，儘管自己生活艱窘，還時常到山中施送藥物，救活不少貧苦農民。他了解到農民的痛苦，與農民產生了深厚的友誼，也受到農民的熱烈愛戴。在悠長的閑居歲月中，詩人的愛國熱情一直不減，他關心時局，與抗戰派人士如辛棄疾等來往，在去世前兩年還積極支持韓侂胄北伐。寧宗嘉定二年（公元 1209 年），八十五歲的老詩人終於抱著「死前竟不見中原」的遺恨，與世長辭。

㈡陸游的創作

同其生平經歷相關聯，陸游的創作也可以分爲三個時期。清趙翼《甌北詩話》說：「放翁詩凡三變。」即少工藻繪，中務宏肆，晚造平淡。這種說法基本上符合陸游詩境界的變化。

早期：陸游十八歲師從曾幾學江西派詩法，從現存早期所寫的二百多首詩來看，受江西詩派影響較大，《示子遹》詩云：「我詩初學日，但欲工藻繪。」即講求煉字、造句、用典、對仗等藝術技巧。但這一時期是他創作的打基礎階段，「雖挫籠萬有，窮極工巧，而仍舊雅正，不落纖佻」（《甌北詩話》）。艮好的開端給他後來的發展創造了良好的條件。

中期：入蜀是陸游詩歌創作的一個轉折點。蜀中雄奇壯麗的山水風光，沿途屈原、李白、杜甫、蘇軾等前賢的遺迹，爲詩人的創作開闢了一個新的天地。特別是南鄭前線那段火熱的軍旅生活，更開拓了他的眼界和心胸，「詩家三昧忽見前」（《九月一日夜讀詩稿有感》），他悟出了「工夫在詩外」（《示子遹》）的眞諦，從而產生了創作上的飛躍。在蜀前後九個年頭，現存詩二千四百三十首，「言恢復者十之五六」（《甌北詩話》），是詩集中最精華的部分，內容廣博、情感熱烈、風格宏肆，具有自己獨特的風貌。他自己也說：「中年始少悟，漸若窺宏大。」（《示子遹》）爲紀念這段生活和創作，他把自己的全部詩作命名爲《劍南詩稿》。

晚期：詩人晚年被迫退居鄉里，生活雖清苦卻較前安定，心境漸趨平靜。他雖老境頹唐，但從未間斷寫作，甚至較前更豐產，其間存詩六千四百七十首①。在藝術風格上，從總的傾向看，也由宏放工麗漸趨平淡自然。但這種平淡是「絢爛之極歸於平淡」，也就是在藝術上達到更純熟更自然的境地。而在內容上，詩歌中始終奔湧著愛國愛民的激情，正如劉克莊所說，「『身爲野老已無責，路有流民終動心』，退士能爲此言者尤鮮。」（《後村詩話》）正因如此，才更顯出陸游晚期創作的特點。尤可貴者，詩人「寸心至死尚如丹」，彌留之際仍留下感人至深的《示兒》詩，爲千古傳誦。

總之，陸游的生平與創作，如《唐宋詩醇》所說：「觀游之生平，有與杜甫類者：少歷兵間，晚棲農畝，中間浮沈中外，在蜀之日頗多。其感激悲憤，忠君愛國之誠，一寓於詩。」陸游在嚴州任職期間（公元 1186 年）就曾將自己歷年所作詩嚴加删選，共得二千五百餘首，刊爲《劍南詩稿》二十卷。後來其子陸子虡於嘉定十三年（公元 1220 年）爲之編詩集，仍用此名。今存明末汲古閣刻本《陸放翁全集》本《劍南詩稿》八十五卷。他有文集《渭南文集》五十卷，是他另一子陸子遹所編刻，包括雜文四十二卷、《入蜀記》六卷、詞二卷。此外尚有《南唐書》十八卷、《放翁逸稿》二卷、《家世舊聞》一卷、《齋居記事》一卷，均收入《陸放翁全集》中。《詩稿》、《文集》均有《四部備要》排印本及中華書局一九七六年之《陸游集》本。

第二節　陸游詩歌的思想內容

陸游以詩著稱，從十二歲開始學詩，到八十四歲時仍是「無詩三日卻堪憂」，他自稱「六十年間萬首詩」，現存詩九千三百多首②，還不包括他自己早年刪汰之作和散佚之作。他的詩題材極廣泛，幾乎涉及了南宋前期社會生活的各個方面，而以反映民族矛盾的愛國主義精神爲其詩歌思想內容的核心。

抒發自己掃胡塵、靖國難之志，爲收復中原，統一祖國而吶喊，是陸游詩歌內容的首要特徵。作爲一個時代歌手，陸游已把自己整個身心獻給了那個時代，喊出了廣大民眾要抗擊金兵、光復河山的心聲，唱出了時代的主旋律。因此前人說他的作品「多豪麗語，言征伐恢復事」（羅大經《鶴林玉露》）。自北宋滅亡後，宋人愛國作品迅速增加，如陳與義、曾幾的詩，但他們的詩中往往多嘆息、憂憤和感傷，而缺乏以身許國、爲國犧牲的氣概。陸游則不但有愛國憂國之情，而且有慷慨救國的膽識，忘身衛國的決心。他詩中貫串始終的一個特徵就是「擁馬橫戈」，「手梟逆賊清舊京」的豪情壯志和「一身報國有萬死」的犧牲精神。在國難當頭之時，他始終把自己當作一名報國的戰士，這是他高出於當時許多愛國詩人的地方。他這樣抒寫自己早年的抱負：「平生萬里心，執戈王前驅。戰死士所有，恥復守妻孥。」（《夜讀兵書》）和壯年的志趣：「逆胡未滅心未平，孤劍牀頭鏗有聲。」（《三月十七日夜醉中作》）以及老年的意氣：「一聞戰鼓意氣生，猶能爲國平燕趙。」（《老馬行》）入蜀途中，陸游有《投梁參政》詩，表達自己獻身報國的決心：「士各奮所長，儒生未宜鄙。復毯草軍書，不畏寒墮指。」入蜀後的軍旅生活使陸游的詩歌更加慷慨激昂，如《八月二十二日嘉州大閱》：

> 陌上弓刀擁寓公，水邊旌旆卷秋風。書生又試戎衣窄，山郡新添畫角雄。早事樞庭虛畫策，晚游幕府愧無功。草間鼠輩何勞磔，要挽天河洗洛嵩！

這是他四十九歲時在嘉州檢閱秋操時所作。詩人因親自主持秋操檢閱而精神煥發，只是苦於過去沒有立功報國的機會而雄圖未致。末二句直書所志，有氣壯山河之勢。又如《金錯刀行》：

> 黃金錯刀白玉裝，夜穿窗扉出光芒。丈夫五十功未立，提刀獨立顧八荒。京華結交盡奇士，意氣相期共生死。千年史策恥無名，一片丹心報天子。爾來從軍天漢濱，南山曉雪玉嶙峋。嗚呼，楚雖三户能亡秦，豈有堂堂中國空無人！

同樣抒發了詩人的抗戰理想和爲國立功的壯志。即使在晚年閑居農村時，詩人也不忘恢復之志。如《十一月四日風雨大作》：

> 僵臥孤村不自哀，尚思為國戍輪臺。夜闌臥聽風吹雨，鐵馬冰河入夢來。

陸游的愛國思想雖不免與其個人功名願望相聯繫，但報國在他思想中始終居首位，這首詩就寫出了他不計個人老境淒涼，而惟以報國爲念，夢魂縈繞的仍是馳騁疆場，這是很可貴的。還有被後人贊爲有「三呼渡河之意」（清褚人獲《堅瓠補集》）的《示兒》絕筆：

> 死去元知萬事空，但悲不見九州同。王師北定中原日，家祭無忘告乃翁。

臨終示兒，而不涉及家事及父子間私情，只說「北定中原」，正可見他平生念念不忘於此，這尤足以說明陸游愛國的執著專一。

指責南宋統治集團屈辱求和的政策和投降賣國的行徑，是陸游詩歌內容的另一重要方面。和以前各個封建王朝大不相同的是，南宋政權一開始就是以屈膝求和、苟且偏安爲基本國策的，因此南宋愛國者所必須反對的就不只是某些投降派和某個時期占上風的投降路線，而常是以皇帝爲首的統治集團苟且偷安的傾向和妥協媚外的基本國策，當時愛國與賣國、抗戰與投降的鬥爭一直持續不斷，而且規模特別大，鬥爭也特別激烈，陸游的愛國詩篇恰好反映了這個現實。他或尖銳嘲笑投降派奉行的妥協政策：「廟謀尚出王導下，顧用金陵爲北門。」（《感事》）或痛心疾首於「隆興和議」的喪權辱國：「戰馬死槽櫪，公卿守和約。窮邊指淮淝，異域視京洛。」（《醉歌》）或憤慨於和約的賠款：「生逢和親最可傷，歲輦金絮輸胡羌。」（《隴頭水》）對統治集團排斥抗戰將領、貽誤國事，他更是憤憤不平：「公卿有黨排宗澤，帷幄無人用岳飛。」（《夜讀范至能〈攬轡錄〉，言中原父老見使者多揮涕，感其事，作絕句》）他還一針見血地揭露投降派的卑鄙目的和眞正後臺：「諸公可嘆善謀身，誤國當時豈一秦！」

（《追感往事》其五）「善謀身」直接揭露掌權諸公的要害，「豈一秦」則暗指幕後操縱者高宗趙構。因趙構曾說：「講和之策，斷自朕志，秦檜但能贊朕而已。」（《宋詩紀事》）這類詩歌中，《關山月》是最著名的一首：

> 和戎詔下十五年，將軍不戰空臨邊。朱門沈沈按歌舞，廄馬肥死弓斷弦。戍樓刁斗催落月，三十從軍今白髮。笛裡誰知壯士心，沙頭空照征人骨。中原干戈古亦聞，豈有逆胡傳子孫？遺民忍死望恢復，幾處今宵垂淚痕。

全詩十二句，四句一韻，分三層描繪了後方、前線、淪陷區不同人物的不同生活畫面：前四句指斥了統治者爲苟且偷生、縱情享樂而不惜投降賣國的可恥行徑；中四句表現了前線戰士欲戰不能的悲憤心情；後四句抒發了淪陷區人民的仇恨和渴望恢復中原的急切心情。權貴的耽於享樂與「壯士」的內心悲憤、「遺民」的失望淚眼同時出現，構成強烈的對比，使批判、揭露更富於尖銳性。陸游詩的戰鬥性是如此強烈，這就不難理解爲什麼他「善歌詩，亦爲時所忌」（宋韓淲《澗泉日記》），一再受到投降派的排斥。朱熹曾憤慨地指出：「恐不合作此好詩，罰令不得作好官也。」（《朱文公集·答徐載叔書》）。

盡管陸游對祖國有著獻身精神，但卻「報國欲死無戰場」（《隴頭水》），且長期遭到冷酷現實的扼殺，因此他集中有大量作品抒發了壯志未酬的悲憤，這是他詩歌內容的又一個鮮明特色。這些作品激揚飛越之中回蕩著悲愴的旋律，從而構成其詩的基本格調。他嘆息著「腰間羽箭久凋零，太息燕然未勒銘」（《夜泊水村》），憤慨於「丈夫不虛生世間，本意滅虜收河山。豈知蹭蹬不稱意，八年梁益凋朱顏」（《樓上醉書》）。特別突出的是他六十歲前後在山陰所寫的兩首七律：

> 今皇神武是周宣，誰賦南征北伐篇？四海一家天曆數，兩河百郡宋山川。諸公尚守和親策，志士虛捐少壯年！京洛雪消春又動，永昌陵上草芊芊。（《感憤》）

> 早歲那知世事艱，中原北望氣如山。樓船夜雪瓜洲渡，鐵馬秋風大散關。塞上長城空自許，鏡中衰鬢已先斑。出師一表真名世，千載誰堪伯仲間！（《書憤》）

前首詩作於淳熙十年（公元 1183 年）冬，詩人年近花甲。詩中抨擊了南宋統治者因循苟且的投降政策，痛心於淪陷金人之手的祖國河山，而有志之士卻虛度青春，不能有所匡救。後首詩是千古傳誦的名作，作於淳熙十三年春，詩人已六十二歲。回顧早年北望中原、氣湧如山的壯志，嚮往著鐵馬秋風的軍旅生活，痛惜自己空有塞上長城之志，卻早生華髮，最後問誰堪與「鞠躬盡瘁」的諸葛亮相比，實際上是以諸葛自期，表示要爲北定中原奮鬥終生。兩首詩的奮發之氣，憤慨之情，溢於言表，充分表現了陸游所特有的悲中見壯的抒情風格。梁啓超曾高度評價陸游的詩，說：「集中什九從軍樂，亙古男兒一放翁！」（《飲冰室文集・讀陸放翁集》）雖不免稍帶誇張，忽視了他詩中常蘊含的悲憤，但就其基調來說，確實是昂揚向上的，是那個時代振奮民族精神的戰鬥號角。

在陸游詩中，「憂國復憂民」（《春晚即事》）這兩種思想情感是自然地交織在一起的。他曾說：「捶楚民方急，煙塵虜未平。一生那敢計，雪涕爲時傾。」（《三月二十五日夜達旦不能寐》）故除了直接抒發靖胡塵、救國難之志的作品外，陸游還有許多詩篇表現了他對人民的關懷熱愛之情，特別是晚年閑居時所寫的農村題材的詩中，這方面的內容更多。他抒寫淪陷區人民的悲憤和希望：「遺民淚盡胡塵裡，南望王師又一年」（《秋夜將曉，出籬門迎涼有感》）；揭露當時嚴重的階級矛盾，表現對農民疾苦的深切關懷，如《太息》（三首錄二）：

太息貧家似破船，不容一夕得安眠。春憂水潦秋防旱，左右枝梧且過年。

北陌東阡有故墟，辛勤見汝昔營居。豪吞暗蝕皆逃去，窺戶無人草滿廬。

在有的詩中，他贊嘆北方人民冒著生命危險為南宋軍隊傳遞情報的英勇行為：「關輔遺民意可傷，蠟封三寸絹書黃；亦知虜法如秦酷，列聖恩深不忍忘。」（《追憶征西幕中舊事》）；歌頌普通勞動人民關懷國事的高尚思想：「私憂驕虜心常折，念報明時涕每潸。寸祿不沾能及此，細聽只益厚吾顏。」（《識愧》）有的詩反映他和農村人民的友誼，親切感人，如《山村經行因施藥》：

耕佣蠶婦共欣然，得見先生定有年；掃灑門庭拂牀几，瓦盆盛酒薦豚肩。

驢肩每帶藥囊行，村巷歡欣夾道迎。共說向來曾活我，生兒多以陸為名。

還有的詩則描農村生活和習俗，樸實純眞，如《牧牛兒》：「溪深不須憂，吳牛自能浮。童兒踏牛背，安穩如乘舟。寒雨山陂遠，參差煙樹晚。聞笛翁出迎，兒歸牛入圈。」

陸游還是寫景詠物的能手。趙翼稱其「凡一草一木，一魚一鳥，無不裁剪入詩」（《甌北詩話》）。可見他這類詩題材廣泛。這類詩雖不如他那些憂國憂民的詩歌那樣具有重大的社會歷史意義，卻表現了詩人多方面的生活情趣，表現出他對祖國河山和美好事物的熱愛，而詩人又善於體物，且往往即景抒情，因而別具風采。如《臨安春雨初霽》：

> 世味年來薄似紗，誰令騎馬客京華？小樓一夜聽春雨，深巷明朝賣杏花。矮紙斜行閑作草，晴窗細乳戲分茶。素衣莫起風塵嘆，猶及清明可到家。

這是淳熙十三年（公元 1186 年）春，陸游除朝請大夫，權知嚴州軍州事，入奏行在，住西湖之畔所作。詩中極爲生動地描寫出春雨初晴時的明媚風光。「小樓」一聯尤爲膾炙人口。同時，詩中還透露了詩人對官場生涯的厭倦情緒，這正是詩人大半生在政治上不斷遭受打擊而萌生的對統治當局失望的思想的流露，故顯得有景有情，感慨萬端。陸游集中，此類佳篇不少，佳句尤多，如《梅花絕句》其三的「何方可化身千億？一樹梅花一放翁」；《遊山西村》的「山重水複疑無路，柳暗花明又一村」。或以奇特的想像表現詩人對不畏惡劣環境的梅花的熱愛，或將觀賞自然風光的親切體會與人生道路的體驗巧妙地融合在一起，都是千古傳誦的名句。他還有一些即景抒情的詩，對景物不作描寫，但點到的景物仍起著非常重要的作用，如《劍門道中遇微雨》：

> 衣上征塵雜酒痕，遠遊無處不消魂。此身合是詩人未？細雨騎驢入劍門。

此詩作於乾道八年陸游從抗金前線調到成都府安撫司參議官的途中，對劍門關及微雨都沒有什麼描寫，主要寫的是詩人自己的形象和此時此地的自我感覺，彷彿一幅圖畫，畫面的中心是詩人騎著驢的多少有些潦倒的形象，而微雨和關門不過是背景。全詩主旨在於提出這樣一個問題：我也許只配作個詩人麼？是從微雨、騎驢聯想起唐人鄭綮在風雪中覓詩而產生的，這正蘊含著詩人從前線調到後方的深沈的感慨。

陸游一生不但在政治上失意，報國之志屈抑難伸，在家庭婚姻上也有過不幸的遭遇。集中有關沈園的幾首詩就是寫他同前妻唐琬的愛情悲劇的，數量不多，卻是陸游詩中不可忽視的篇章。《沈園》二首：

城上斜陽畫角哀，沈園非復舊池臺。傷心橋下春波綠，曾是驚鴻照影來。

夢斷香消四十年，沈園柳老不吹綿。此身行作稽山土，猶吊遺蹤一泫然！

陸游與表妹唐琬結婚後伉儷情深，但迫於母命而離異，十年後兩人相遇於沈園，不久唐琬鬱鬱而卒③。四十年後陸游重遊沈園，觸景傷情，寫下此詩，感情深沈。在宋代，愛情詩作極爲寥落，像陸游這種爲封建家長制所不容的愛情，幾乎無人敢寫，故他這類詩就彌覺可貴了。

第三節　陸游詩歌的藝術成就

陸游詩歌的主要藝術成就有以下幾方面：

陸游詩歌的基本特徵是廣泛而眞實地反映了南宋前期的社會現實。作爲愛國詩人的陸游，其創作的寫實精神接近杜甫，他的詩風也深受杜甫影響，所謂「放翁前身杜陵老」，故而獲得一代「詩史」（《後村先生全集》）的稱譽，然而他又有自己的特色。他的詩集中，很少有像杜甫「三吏」、「三別」之類的敍事詩，也沒有白居易《新樂府》、《秦中吟》之類夾敍夾議的諷諭詩。他很少像杜甫或白居易那樣，對客觀現實生活作具體的鋪敍、細致的描繪或直接的評價，即使是一些敍事詩的好材料，他也往往不作具體描寫，而是把複雜豐富的現實內容經過高度概括，凝聚在簡練的詩句之中，著重抒寫自己對現實的主觀感受，故具有概括性強、抒情味濃的特點。如《鄰曲有未飯被追入郭者，憫然有作》：

> 舂得香秔摘綠葵，縣符急急不容炊。君王日御金華殿，誰誦周家《七月》詩？

犀利的筆鋒直指金華殿上的最高統治者，顯然是將杜甫筆下的敍事材料寫成了抒情詩，表現手法上頗具自己的特色。再如下面這些詩句：「公卿有黨排宗澤，帷幄無人用岳飛。遺老不應知此恨，亦逢漢節解沾衣！」（《夜讀范至能〈攬轡錄〉，……》）「趙魏胡塵千丈黃，遺民膏血飽豺狼。功名不遣斯人了，無奈和戎白面郎！」（《題海首座俠客像》）「諸公可嘆善謀身，誤國當時豈一秦。不望夷吾出江左，新亭對泣亦無人！」（《追感往事》）等等，既一針見血地揭穿了投降派的可鄙目的，又抒發了詩人對誤國敗類的憤怒；既表現了中原人民不堪忍受金人侵凌的痛苦，又融注了詩人深沈豐厚的同情。而「民間斗米兩三錢，萬里耕桑罷戍邊。常使屏風寫無逸，應無烽火照甘泉」（《讀史》）則是借唐玄宗時期的歷史教訓對寧宗趙擴的享樂思想提出批評，都具有很强的概括性、抒情性。

陸游詩歌藝術的另一特徵是具有濃厚的浪漫色彩，尤其是一些側重於抒寫詩人理想抱負的詩篇，更顯得慷慨激昂、樂觀自信。如《醉歌》、《對酒嘆》、《池上醉歌》、《神君歌》、《樓上醉書》、《江樓吹笛飲酒大醉中作》等等，它們的題材、意境、構思及表現手法都帶有李白詩歌揮灑豪放的特徵，當時即有「小太白」的稱譽（《鶴林玉露》及《劍南詩篇》毛晉跋語）。但陸游詩與李白詩仍不一樣，不僅是所寄託的感情不同，表現手法上也有區別；李詩中的意象多是變化突兀的，其組合方式也常是跳躍式，而陸游詩中的意象則多用嚴密的針線連接起來，李詩的境界有更多的縹渺惝恍的色彩，且主要表現爲對現實社會的鄙棄，陸詩則多將幻境與寫實手法結合，即使在指斥黑暗社會的同時，仍對現實懷有留戀；李詩的浪漫風格是豪放而飄逸，陸詩的浪漫風格則是豪放而執著。如《江樓吹笛飲酒大醉中作》：

> 世言九州外，復有大九州，此言果不虛，僅可容吾愁。許愁亦當有許酒，吾酒釀盡銀河流。酌之萬斛玻璃舟，酣宴五城十二樓。天為碧羅幕，月作白玉鈎。織女織慶雲，裁成五色裘。披裘對酒難為客，長揖北辰相獻酬。一飲五百年，一醉三千秋。卻駕白鳳驂班虬，下與麻姑戲玄洲。錦江吹笛餘一念，再過劍南應小留。

這首詩是淳熙四年陸游五十三歲時在成都所作。詩人內心非常苦悶，於是借對神仙世界的描寫，表達對惡濁現實的不滿。詩人從九州仙境的傳說聯想到與仙人醉宴，最後化仙歸去，但即使在飄然欲仙之時仍要在劍南略作停留，因爲他永遠嚮往著蜀中前線的戎馬生活，永遠牽掛著他多災多難的祖國。又如在成都所作的

《神君歌》（謁英顯廟作）：

> 泰山可為礪，東海可揚塵，惟有壯士志，死生要一伸。我夢神君自天下，威儀奕奕難具陳，飛龍駕車不用馬，呵前殿後皆鬼神。奇形詭狀，密如魚鱗，巉巉轇轇，爭扶車輪。黑纛白旄，其來無垠，黃霧紫氛，合散輪囷。考錄魑魅，號呼吟呻，約束蛟螭，夭矯服馴。後車百輛載美人，巾褠鮮麗工笑顰，金樽翠杓溢芳醇，琵琶箜篌飾怪珍。世間局促常悲辛，神君歡樂千萬春。嗚呼，生不封侯死廟食，丈夫豈得抱志常默默！

詩人託夢描繪神君的出入，很有些類似李白的《夢遊天姥吟留別》，但李詩從頭到尾都是寫對理想世界的追求，即使是末尾從夢境回到現實，也仍舊是飽含浪漫色彩。《神君歌》則不同，盡管夢境也寫得惝恍迷離，「奇形詭狀」，但開頭和結尾則完全是以寫實的態度抒發自己的情感。

特別值得提出的是，陸游特別愛用夢的形式來表現其浪漫的情思，使用的頻率遠勝李白等人。趙翼《甌北詩話》談到陸游記夢詩時說：「核計全集共九十九首，人生安得有如許多，此必有詩無題，遂托之於夢耳。」其實詩人是借助夢境來表達現實中不可實現的理想。他做過許許多多的夢，夢到從前到過的實境，也夢到想像中的幻境，但夢得最多的是自己在南鄭時的征戰生活：「夜闌臥聽風吹雨，鐵馬冰河入夢來。」（《十一月四日風雨大作》）「征人忽入夜來夢，意氣尚如年少時。」（《記夢》）他一生渴望著勝利，因此在夢中也常出現這些美好的境界，他夢見自己身穿鎧甲在作戰並收復了中原失地：「三更撫枕忽大叫，夢中奪得松亭關。」（《樓上醉書》）「山中有異夢，重鎧奮雕戈，敷水西通渭，潼關北控河。淒涼鳴趙瑟，慷慨和燕歌。」（《異夢》）夢得最美、最令人興奮的是《五月十一日夜且半，夢從大駕親征，盡復漢唐故地，見城邑人物繁麗，云：西涼府也。甚喜。馬上作長句，未終篇而覺，乃足成之》：

> 天寶胡兵陷西京，北庭安西無漢營。五百年間置不問，聖主下詔初親征。熊羆百萬從鑾駕，故地不勞傳檄下。築城絕塞進新圖，排仗行宮宣大赦。岡巒極目漢山川，文書初用淳熙年。駕前六軍錯錦繡，秋風鼓角聲滿天。苜蓿峯前盡亭障，平安火在交河上。涼州女兒滿高樓，梳頭已學京都樣。

他夢見孝宗下詔親征，帶領百萬雄師一舉攻克涼州、恢復漢唐故地的盛況：全國上下萬衆一心，大軍一出，雲集響應，遼遠的北方失土很快平定。皇帝在行宮中宣布大赦，全國通用南宋王朝的「淳熙」年號。尤其是末尾兩句，通過邊地婦女梳頭打扮亦學京都式樣這一細節，不儘展現了南北統一後的新氣象，而且也使夢境顯得格外眞切。全詩色彩鮮明，氣勢豪邁，不愧爲詠懷詩中的力作。

總之，陸游的詩既繼承了杜甫的寫實傳統，又吸取了李白的浪漫精神和表現手法，並有自己的特色，在某些詩中能做到使理想與現實想像的完滿結合。但他富於浪漫色彩的詩歌多作於早、中期，晚期歸隱以後，除偶爾發出一些勝利的高歌之外，詩中就很少看到了。

陸游詩歌語言的特點是圓轉流暢，精練自然。他學詩從江西詩派入手，故在語言鍾煉上下過很深的功夫。「煉句未安姑棄置」（《枕上》），「鍛詩未就且長吟」（《書臥初起書事》）。但陸游與一般江西詩派作家不同：他認識到作詩主要憑眞思想眞感情，學杜甫也主要學他從現實中吸取詩材的方法，而非「無一字無來處」，他曾說：「誰能養氣塞天地，吐出自足成虹蜺。」（《次韻和楊伯子主簿見贈》）因此，他的煉字鍛句就不是奇僻，而是新雋圓熟，特別是用典對仗，都能做到既工妙又自然，詞意曉暢而又婉曲，即所謂「明白如話，然淺中有深，平中有奇，故是耐人咀味」（劉熙載《藝概》）。趙翼也說：「或者以其平易近人，疑其少煉；抑知所謂煉者，不在乎奇險詰曲，驚人耳目，而在乎言簡意深，一語勝人千百，此眞煉也。放翁工夫精到，出語自然老潔，他人數言不了者，只在一二語了之。此其煉在句前，不在句下，觀者並不見其煉之迹，乃眞煉之至矣。」（《甌北詩話》）。

陸游詩歌的體裁各體兼長，其古體詩豪放遒勁，律詩精工圓美，絕句深沈而有情致，尤以七律寫得又多又好，爲前人所推崇。清沈德潛《說詩晬語》說：「放翁七言律，對仗工整，使事熨貼，當時無與比埒。」舒位則把他與杜甫、李商隱相提並論：「七律至杜少陵而始盛且備，爲一變；李義山瓣香於杜而易其面目，爲一變；至宋陸放翁專工此體而集其大成，爲一變。」（《瓶水齋詩話》）陸游確實是我國古代在七律詩的創作上成就很高的詩人之一。

當然，陸游詩在藝術上並非沒有缺點，這主要表現在有時過於圓熟，不免失之於粗滑鬆脫，顯得氣勢有餘而含蘊不足。由於寫詩很多很快，有些作品亦免不了自襲窠臼，詞意重出互見。

陸游的詩歌在思想和藝術方面都能取得巨大成就，首先是由於深厚的愛國愛民之情和豐富的生活經歷，激發了他的創作激情，也給他的創作提供了無比豐富的材料。其次，他善於學習繼承我國古典詩歌中思想、藝術上的優秀傳統。他遠師屈原、陶淵明、王維、岑參、李白、杜甫、白居易、李商隱，近承梅堯臣、蘇軾、曾幾、呂本中，其中他最推崇的是屈原、李白和杜甫，有意識地繼承發揚了他們的愛國主義思想和重寫實、重想像的傳統方法。但更重要的是，他絕非向前人乞求殘餘，一味模仿，他曾說：「文章最忌百家衣。」（《和楊伯子主簿見贈》）因此，他善於將各家精華消化熔鑄在自己的創作中而獨具特色，形成自己雄渾奔放、明朗流暢的藝術風格。也正因如此，他成了宋代詩壇上成就最高的傑出詩人，和詞壇的辛棄疾並駕齊驅，代表了宋代愛國詩詞的最高成就，在當時和對後世都產生了深遠的影響。元明時期，陸游詩歌即廣泛流傳，王世貞《藝苑卮言》稱：「廣大教化主……於南渡後得一人，曰陸務觀，爲其情事景物之悉備也。」到清代更有許多人爲他編年譜，寫詩話，選印其作。陸游的愛國詩篇一直教育鼓舞著後人。

第四節　陸游的詞和散文

陸游是一個具有多方面創作才能的作家，他在詞和散文以及史學、書法等方面都有高度成就。

㈠陸游的詞

陸游是南宋詞壇名家之一。由於陸游專力爲詩，餘力爲詞，其詞作今僅存一百三十多首，在數量上遠遠不及其詩作，況且他的詩繼往開來，自成一家，故其詞不免爲詩名所掩。但在當時，他的詞也頗負盛名。

從思想內容看，陸游詞和詩一樣，以表達愛國情思爲主。有的回憶「壯歲從戎，曾是氣吞殘虜」（〔謝池春〕）的戰鬥生活，充滿戰鬥豪情，如寫於南鄭王炎幕中的〔秋波媚〕《七月十六日晚登高興亭望長安南山》：

> 秋到邊城角聲哀，烽火照高臺。悲歌擊筑，憑高酹酒，此興悠哉。　多情誰似南山月，特地暮雲開？灞橋煙柳，曲江池館，應待人來。

此時南鄭前線的抗戰準備工作正在積極進行，他和王炎對前景都很樂觀，認爲只要動員令一下，長安即唾手可得，因此詞中充滿了要求殺敵的激情和勝利前夕的喜悅。

有的詞則慨嘆「壯心空萬里，人誰許」（〔感皇恩〕）的壯志未酬之恨，突出的代表作是〔訴衷情〕：

> 當年萬里覓封侯，匹馬戍梁州。關河夢斷何處？塵暗舊貂裘。　胡未滅，鬢先秋，淚空流。此生誰料，心在天山，身老滄洲！

這首詞爲陸游六十五歲居山陰時所作。全詞用對比手法，上片以早歲「匹馬戍梁州」的英雄氣概和晚年「塵暗舊貂裘」的處境對比，下片以「胡未滅」與「鬢先秋」的現實以及「身老滄洲」的憤憤不平與「心在天山」的耿耿丹心對比，抒寫出詞人一生空懷抱負，不得施展的慨嘆，語言極精練，筆調極沈鬱。

還有的詞寫自己高潔的品質，如膾炙人口的〔卜算子〕《詠梅》：

> 驛外斷橋邊，寂寞開無主。已是黃昏獨自愁，更著風和雨。
> 無意苦爭春，一任羣芳妒，零落成泥碾作塵，只有香如故。

借物言志，以梅花在黃昏風雨摧逼的惡劣環境中仍然「香如故」的高潔品性象徵自己在主和派當權、羣小妒毀的汚濁現實中仍然堅持愛國抗金的高尚氣節。

陸游有一些詞似乎是閑適之作，如〔鷓鴣天〕：「家住蒼煙落照間，絲毫塵事不相關。斟殘玉瀣行穿竹，卷罷《黃庭》臥看山。

貪嘯傲，任衰殘，不妨隨處一開顏。元知造物心腸別，老卻英雄似等閑。」雖極寫放達閑適的生活，卻掩飾不了才不得施的悲辛，骨子裡仍不能忘情於英雄事業和功名，只是强作寬解罷了。

陸游詞的藝術風格多樣，劉克莊評其詞說：「其激昂感慨者，稼軒不能過；飄逸高妙者，與陳簡齋、朱希眞相頡頏；流麗綿密者，欲出晏叔原、賀方回之上。」(《後村大全集》卷一八〇）但總的來看，他走的是自南唐、北宋以來的路子，詞風顯得深情婉轉，超然拔俗，即使是抒發愛國情志的作品，也與辛詞的激昂排宕不同。如〔夜遊宮〕《宮詞》：

> 獨夜寒侵翠被，奈幽夢不成還起。欲寫新愁淚濺紙，憶承恩，嘆餘生，今至此。　蔌蔌燈花墜，問此際報人何事？咫尺長門過萬里，恨君心，似危欄，難久倚。

這首詞的主題與辛棄疾〔摸魚兒〕相近，同是用比興手法，但辛棄疾所寄託的怨憤很明顯，陸游的怨憤則比較隱蔽。正因如此，他才不會寫出辛棄疾那種「休去倚危欄，斜陽正在、煙柳斷腸處」的決絕語，而只是幽幽嘆息：「恨君心，似危欄，難久倚。」始終未脫婉轉纏綿的本色，這正是他與辛棄疾的不同之處。

(二)陸游的古文

南宋時代，陸游和朱熹同被稱爲古文大家，前人甚至以陸游的散文爲南宋第一，推他爲南宋宗匠。他遠師韓愈，近承曾鞏，文風則與曾鞏更爲接近。從文章內容來看，大至國計民生（如奏議之類及《靜鎮堂記》、《銅壺閣記》等），小至生活瑣事（如《居室記》、《東籬記》等），以及先賢遺事（如《南唐書》等），文藝理論（如《東樓集序》等），包羅萬象。特別値得注意的是，他所有著作中，無一不貫注著他的愛國精神，富有積極的思想意義。從文體上看，政論、史傳、序跋、遊記、隨筆等，無所不備。從藝術成就上看，大都結構整飭明晰，語言洗練準確，筆意暢達中不乏蘊藉，風格平易中顯得雅健。小題文字如《跋傅給事帖》、《跋李莊公家書》之類尤佳。但與詩相比，陸游的文顯得比較拘謹，缺乏排宕縱橫的氣魄，這也許是受曾鞏的影響之故。

《渭南文集》中有《入蜀記》六卷，是用日記體形式寫的游記散文，所記從乾道六年（公元 1170 年）閏五月十八日自山陰啓行至十月二十七日抵達夔州爲止，內容極爲豐富。旣有沿途山川景物、名勝古蹟、風土人情的記敘描寫，也有前人詩歌碑文的評論考證，還有地理沿革知識的介紹說明，讀之使人增廣見聞，開擴心胸，絕非一般流連光景、記載瑣屑的遊記所能比，而且文筆雅潔優美，記敘自然生動，有新穎的見解，有優美的想像，也有閑淡眞淳的感情，在古代遊記中獨具風采。

文集之外，他還有《老學菴筆記》十卷，共五百七十六條，屬於歷史瑣聞類的筆記文。陸游晚年書齋名「老學菴」，取意於師曠「老而學如秉燭夜行」之語。陸游博學工文，「尤熟識先朝典故沿革，人物出處，以故聲名振耀當世」（《會稽續志》）。《老學菴筆記》作於紹熙年間（公元 1190～1194 年），所記都是作者耳聞目見之事，包容極廣。有關涉時事的，如記敘抗金活動，揭露主和派如秦檜等的罪惡，以及記敘統治者對農民的鎭壓等。還有許多條目記錄當時名物典章制度和各種趣聞逸事，特別是保存了數十條作者有關詩的評論，見解頗精闢。本書爲政治、文化等歷史的考證、研究保存的許多頗具參考價值的資料，有的甚至可「補史之遺而糾史之謬」。就文而言，每條自二、三十字至三、四百字，文字簡潔生動，富有情趣。

附　註

①以上三個數字是根據《劍南詩稿》統計而得。《詩稿》係按年編輯。第一期所作詩包括《詩稿》卷一至卷二《瞿塘行》。第二期詩包括卷二《入瞿塘登白帝廟》至卷二十一《去國待潮江亭太常徐簿宋卿載酒來別》。第三期詩包括《詩稿》卷二十一《醉中作行草數紙》至卷八十五。第一期所存詩僅 1 卷多，第二期存詩約 19 卷，第三期達 65 卷。第一期存詩特少的原因是他曾對早年詩作大量刪除。據趙翼《甌北詩話》謂：陸游「刪訂詩稿自跋云：『此予丙戌（公元 1162 年，時陸 42 歲）以前詩之十之一也，在嚴州再編，又去十之九』然則丙戌以前詩存者才百之一耳。」而從《詩稿》二十一卷起，由其子抄錄，隨作隨抄，未加選擇，故作品較多。

②《劍南詩稿》85 卷，存詩 9220 首，另有《逸詩》二卷，存詩 60 餘首，故陸詩現實存 9300 來首。

③周密《齊東野語》云：「陸務觀初娶唐氏，閎之女也，於其母夫人爲姑侄。伉儷相得而弗獲於其姑，既出而未忍絕之，則爲別館，時時往焉。姑知而掩之，雖先知挈去，然事不得隱，竟絕之，亦人倫之變也。唐後改適同郡宗子趙士程。嘗以春日出遊，相遇於禹迹寺南之沈氏園。唐以語趙，遣致酒肴。翁悵然久之，爲賦〔釵頭鳳〕一詞，題園壁間。……實紹興乙亥歲（公元 1155 年）也。翁居鑒湖之三山，晚歲每入城，必登寺眺望，不能勝情。嘗賦二絕云：『夢斷香銷四十年，（略）』蓋慶元己未歲（公元 1199 年）也。未久，唐氏死。至紹熙壬子（公元 1192 年）歲，復有詩序云：『禹迹寺南，有沈氏小園。四十年前嘗題小詞一闋壁間。偶復一到，而園已

三易主，讀之悵然。」按「未久唐氏死」一段應在「翁居鑑湖」一段前，即沈園相遇後不久唐氏卒。又紹熙壬子上距紹興已亥實 37 年。此或陸游舉其成數，或《野語》紀年有錯。

第七章　南宋詞

第一節　南宋詞的發展

宋室南渡前後，激烈的民族矛盾和動蕩的社會環境，造就了一批又一批充滿愛國激情的詞人，使宋代詞壇發生了深刻的變化。而這種時代的巨變、政治上的動蕩，也必然對宋詞的創作隊伍、創作題材和思想內容，以及詞體的發展演變產生一定影響。

與南宋詩歌一樣，南宋詞的發展大致亦可分為前後兩個時期。前期詞壇，一大批愛國詞人崛起，以辛棄疾為優秀代表，詞的基調是抗金救亡；後期詞壇，除一些詞人繼踵辛詞外，又有「祖清眞而祧花間」的另一派詞人活躍起來，詞的創作趨於格律化、雅化。

南渡詞人李淸照體現了南宋初年詞的創作由北宋向南宋發展的一種過渡。由於親身經歷了宋室南渡的社會動亂，個人又遭遇喪夫的打擊，她從一個專寫閨情閨怨的閨閣詞人，開始在詞中表現深沈的家國之恨。不過，她仍然固守「詩莊詞媚」、「別是一家」的樊籬，保持那種婉約柔靡的個人風格。她的創作實踐為如何利用傳統風格以表現新的時代內容開闢了道路，對後來的婉約派、格律派詞人如姜夔、吳文英、張炎等人有著一定的啓示。而另一批南渡詞人如葉夢得、朱敦儒、向子諲以及張元幹等人詞風的轉變就更加明顯。他們大多能從早期主要寫綺羅香澤、閑情逸趣的個人生活轉向表現民族興亡的重大主題，詞風也從柔婉綺艷一變而爲剛健雄放，成爲辛派詞人的先驅。

在李清照、張元幹等南渡詞人開創南宋詞壇新風的基礎上，張孝祥、辛棄疾、陳亮等南宋詞人創作了許多以抗戰復國爲主題的詞章，風格蒼涼悲壯。特別是辛棄疾及陳亮、劉過、劉克莊、劉辰翁等辛派詞人崛起，使得南宋詞壇上抗戰救亡的呼聲一浪高過一浪。辛棄疾是南宋愛國詞人的傑出代表。他繼承蘇軾開拓的詞學領域並發揚光大，以抒發愛國之精神和壯志難酬的一腔忠憤，反映時代生活、表現時代精神，在藝術上能熔敍事、抒情、寫景、議論於一體，剛柔相濟，達到豐富的思想內容與精湛的藝術形式的完美統一，因而代表了南宋詞的最高成就。

南宋後期，宋詞進入一個更嚴謹、更圓熟的發展階段。代表人物有姜夔、史達祖、吳文英以及稍後的周密、王沂孫、張炎等。其中姜張詞尚淸空，夢窗詞主密麗。但他們都上承北宋的周邦彥，尙雕琢、重音律、求典雅，造境遣詞，均避俗崇雅，使南宋詞壇出現一種「復雅」的藝術傾向。主要表現有：一是姜夔的《白石道人歌曲》、吳文英的《夢窗詞》成爲南宋後期「雅詞」的標本。二是編選及創作「雅詞」之風大盛。如鮦陽居士編的《復雅歌詞》、曾慥編的《樂府雅詞》、程垓（正伯）的《書舟雅詞》①，以及《典雅詞》、《花菴詞選》、《陽春白雪》、《絕妙好詞》等，這些選本或詞作多以崇雅黜俗爲旨歸。三是以「雅」爲詞學理論批評的標準。張炎的《詞源》和沈義父的《樂府指迷》，是南宋「雅詞」理論批評的兩部代表作。張炎說：「詞欲雅而正，志之所之，一爲情所役，則失其雅正之音。」（《詞源》）張炎弟子陸輔之的《詞旨》更推擧淸眞、白石、梅溪、夢窗詞爲「雅詞」的典範之作。南宋後期是「雅詞」興盛的時代。「曲終奏雅」，詞體向「漸於字句間凝煉求工」（馮煦《蒿庵詞話》）的方向發展，是宋詞趨於老化的象徵。

總之，詞之於兩宋，經歷了發展、成熟至於蛻變、衰落的過程，最後隨著南宋王朝的覆滅而宣告一代宋詞的結束。元明兩代，詞體趨於衰竭，惟清詞頗能振起。在宋代文學中，詞作爲一種獨特的詩體，在反映社會生活，抒寫情性方面，盡管還不能「盡言詩之所能言」。但「能言詩之所不能言」，它以自己獨特的藝術個性和審美情趣，使宋代藝術家得以盡展其才，在中國文學史上寫下了光輝的一頁。

第二節　李清照

李清照（公元 1084～1155? 年），號易安居士，濟南章丘（今屬山東）人。她是禮部員外郎李格非之女，出身名門，兼長於詩、詞、文、書畫，十八歲嫁與工部侍郎趙挺之之子、太學生趙明誠爲妻。宋室南渡以前生活優厚，夫婦和諧，情趣相合，家庭美滿。四十四歲遭靖康之變，夫妻南逃，避居江南，後丈夫病卒，金石文物喪失殆盡，孑然一身，飽受國破家亡之痛，在輾轉流離中度過淒苦的晚年。

李清照以詞名世，不僅是宋代傑出的女詞人，也是中國文學史上光耀史册的第一流女作家。她的作品多散佚，現存詞集《漱玉詞》一卷，爲後人所輯，存詞約六十首，今有王學初《李清照集校注》本②。

㈠李清照詞的內容

李清照詞以南渡爲界，分前後兩期，詞的內容、風格迥然不同。前期多爲閨情詞，反映大家閨秀的生活情趣，開創了詞史上對女性內心世界的眞誠而又深刻的自我描繪，雖委婉細膩卻無以往婉約詞派的冶艷之氣，給北宋末期詞壇帶來了一種清新的意趣，〔如夢令〕二首即其代表作之一，其中一首云：

> 昨夜雨疏風驟，濃睡不消殘酒。試問捲簾人，卻道海棠依舊。知否？知否？應是綠肥紅瘦。

詞寫閨中生活。作者抓住日常生活中的一件小事，通過簡單的對話形式，非常形象地狀出侍女對事物觀察的粗疏和詞人對事物變化觀察的精微，表現出女性特有的那種細致的敏感和長期愛花護花的深刻體驗。「綠肥紅瘦」造語尤新鮮、逼眞，未經人道。又如〔醉花陰〕：

> 薄霧濃雲愁永晝，瑞腦消金獸。佳節又重陽，玉枕紗廚，半夜涼初透。　東籬把酒黃昏後，有暗香盈袖。莫道不消魂，簾捲西風，人比黃花瘦。

詞寫重陽思夫之情。上片寫重陽時節的生活之景，突出一個「愁」；下片寫重陽時節的相思之情，突出一個「瘦」。詞中使用了「瑞腦」、「金獸」、「玉枕」、「紗廚」、「暗香」等詞，表現出一種富貴豪華的氣派，然與「薄霧」、「濃雲」、「半夜涼初透」及「東籬把酒」、「簾捲西風」等聯繫起來，則構成一種幽雅、清閑而孤獨寂寞的境界。「人比黃花瘦」，由眼前之景產生聯想，尤爲絕妙的形容，表現了女詞人獨到的生活體驗。還有〔一剪梅〕「紅藕香殘玉簟秋」之「一種相思，兩處閒愁。此情無計可消除，才下眉頭，卻上心頭」以及〔鳳凰臺上憶吹簫〕「香冷金猊」等詞，亦通過孤獨的閨中生活的描寫和相思之情的抒發，把對丈夫的深情表達得婉轉曲折、清俊疏朗。此外〔蝶戀花〕《晚止昌樂館寄姊妹》，寫對女友們的留戀，感情亦極眞摯。李清照的這些詞雖多描寫寂寞的閨中生活，抒發憂鬱情感，但從中可見其對大自然的熱愛、對美好生活的嚮往和追求。比之「花間派」代言體的閨怨詞，不惟情意更爲眞切，情趣也有雅俗之別。

後期的李淸照由於國破家亡後政治上的風險和飽經風霜的淒苦生活，其詞一變前期的淸麗明快而充滿了淒涼、低沈之音，主要抒發悼亡之悲和懷舊之思，以寄寓其家國之痛和故土之思。其代表作有〔聲聲慢〕和〔永遇樂〕等。〔聲聲慢〕詞云：

> 尋尋覓覓，冷冷清清，淒淒慘慘戚戚。乍暖還寒時候，最難將息。三盃兩盞淡酒，怎敵他、晚來風急！雁過也，正傷心，卻是舊時相識。　　滿地黃花堆積，憔悴損，如今有誰堪摘？守著窗兒，獨自怎生得黑！梧桐更兼細雨，到黃昏、點點滴滴。這次第，怎一箇愁字了得！

建炎三年（公元 1129 年）秋，其夫趙明誠病卒，時李淸照四十六歲。此詞以尋覓不得開頭，撫今追昔，表現女詞人喪夫以後的痛苦心情。全詞以一個「愁」貫串始終，上片以秋風、飛雁襯托自己的孤淒，下片以秋雨、黃花渲染自己的愁苦，情眞語切，如泣如訴，比較集中地反映了詞人晚年的心態和詞的風格。詞中的「愁」雖是個人之愁，但聯繫詞人所處的時代，則與國家、民族的危亡息息相通。其〔永遇樂〕詞，更明顯地把個人身世的變化，與國家盛衰聯繫起來。詞云：

> 落日熔金，暮雲合璧，人在何處？染柳煙濃，吹梅笛怨，春意知幾許！元宵佳節，融和天氣，次第豈無風雨？來相召、香車寶馬，謝他酒朋詩侶。　　中州盛日，閨門多暇，記得偏重三

五。鋪翠冠兒，撚金雪柳，簇帶爭濟楚。如今憔悴，風鬟霧鬢，
怕見夜間出去。不如向簾兒底下，聽人笑語。

詞人通過南渡前後兩次元宵佳節的不同感受，傾吐出國破家亡的淒楚零落的情懷，表現對國運的關切和憂憤。詞採用倒敍手法，上片寫今，描述元宵佳節的景物和心境，展現出詞人的淪落之感和驚恐疑慮之心；下片由昔到今，先追憶「中州盛日」，再轉回眼前，突出動亂時代給詞人留下的人靈創傷。結拍兩句，著筆淡放而情懷追促，不僅有昔盛今衰之感、人樂我苦之悲，而且含有人醉我醒之意蘊。南宋末年劉辰翁〔永遇樂〕題記說：「誦李易安〔永遇樂〕，爲之涕下。今三年矣，每聞此詞，輒不自堪。」這說明易安此詞的確是蘊含愛國情思、感人至深的傑作。

在江南飄泊流離的日子裡，李清照常常思念中原和故鄉。「故鄉何處是，忘了除非醉」(〔菩薩蠻〕)：「空夢長安，認取長安道」(〔蝶戀花〕)，都流露出詞人對淪陷中的北方的懷念，寄托了深沈的故國之思。

李清照是宋詞婉約派大家。她的詞於蘇豪、柳俗、周律之外別樹一幟，婉約而不流於柔靡，清秀而具逸思，富有眞情實感，語言清新自然，流轉如珠，音調優美，故名噪一時，號爲「易安體」③。

㈡易安詞的藝術特色

易安詞與其他宋詞名家之作相比，其最大的差異就在於抒情主體的不同，充滿一種純淨而高雅的女性意識。唐宋詞諸多的女性形象，大多是男性詞人塑造的，而在易安體中，女性成了抒情主體，詞中的女性形象就是女詞人自己。李清照向整個社會敞開了自己的心扉，傾吐自己的歡樂、憂愁、痛苦和追求，描繪自己

在風雲變幻的時代步履艱難的一生。易安詞顯示了一個弱女子卓犖不羣的獨立人格的高標逸韻的精神風姿。她把傳統詞對女性外在容貌的觀照轉移到內在精神領域之中，把向來被男性詞人所忽視的女性人格提到一個新的高度，即不依附於男性具有其獨立存在的價值。儘管這種人格還局限於大家閨秀的狹小範圍，也沒能突破封建社會對女性的道德規範，但對女性獨立人格的充分顯示這必然給古代文學作品，特別是詞開拓了一個新的題材領域，在當時無疑是有積極意義的。

易安詞的主調就是一個「愁」字。南渡之前是閨愁，是離愁；南渡之後是鄉思之愁，是國破家亡的憂愁、悲愁。她的愁是一種失落的深悲，是對惡的控訴，是對美幻滅後所產生的絕望。這種愁是她心靈的展示，眞情的噴湧，是女性審美情趣的流露，表現出一種對生命價值的內省和感悟。易安詞神之「愁」、形之「瘦」而以清新奇雋語出之的藝術特徵，就是這一獨特的抒情主體在特定的歷史條件下生發出來的。這種藝術特徵主要表現在以下幾點：

第一，意境深曲而鮮明。

李清照以女性寫女性的生活和情感，既不像某些男詞人寫女性那樣，有時不免流於浮薄膚淺，也不像某些男性詞人那樣，有時故爲婉曲，流於忸怩作態；她是以其委曲細膩的筆墨自抒其婉曲細膩的情思，以眞情寫眞境，不矜持，不作態，自成一種風韻天然的境界。故曾經爲某些道學先生所非議。

第二，語言率眞自然，清新雅麗。

李清照在《詞論》中曾批評柳永詞「詞語塵下」，說秦觀詞「終乏富貴態」。當否姑且勿論，但她的詞確能把新鮮口語華美的詞藻統一起來，把「落日熔金，暮雲合璧」與「不如向窗兒底下」一類麗句與淺語自然地融合在一起，做到了既華美有富貴氣，又不「塵下」。她的詞用典及點化前人詩句亦多融化無迹，近於自然，這是非有很深的語言素養不能辦到的。

第三，音律嚴謹諧婉。

李淸照主張詞必須能協律歌唱，她在《詞論》中說：「歌詞五分音，又分五聲，又分六律，又分淸濁輕重。」詞譜多失傳，未知是否盡合。但李淸照詞的確聲調和諧，富於音樂美。她善於掌握聲調韻律錯綜變化的節奏，以適應自己思想感情的起伏揚抑。特別是以家常平淡口語度入音律，成功運用疊字、疊句和排句形式，以達聲調諧婉之美，造成獨特的藝術效果。最典型的範例是〔聲聲慢〕，全詞九十七字，開頭運用七組疊字，其中舌聲十六字，齒聲四十一字，兩聲多達五十七個字，占全詞之半數以上，聲調短促、輕細、淒淸。作者選用這一系列吞咽抽泣之字聲，意在表達特定環境中如泣如訴的悲鬱情愫。這在宋詞中是絕無僅有的。

第三節　張元幹及南渡詞人

宋室南渡，一批詞人身經喪亂之苦，出於對國事的關心，他們抒寫重大題材，詞風慷慨激昂，成爲上承蘇軾下啓辛棄疾的重要作家，其中以張元幹成就最爲傑出。

㈠張元幹

張元幹（公元 1091～1170? 年），字仲宗，號蘆川居士，永福（今福建永泰）人。靖康元年（公元 1126 年）曾從李綱抗金，南遷後任將作少監，後辭官退居三山（今福州）。因作詞爲胡銓送行，觸怒秦檜，追赴大理寺，被削官除名。後來留滯吳越，其卒年不可考，大約活了七十多歲。他著有《蘆川歸來集》十卷，其中收詞三卷。另有《蘆川詞》，存詞一百八十多首。今有孟斐校點本（上海古籍出版社 1988 年）。

張元幹詩文具有較高成就，《四庫提要》稱其「詩文亦皆有淵源」，又稱「元幹詩格頗遒」、「具有蘇黃遺意」。他早年詩歌受過江西派的一些影響，南渡後詩風有所改變，顯得「文詞雅健，氣格豪邁，有唐人風」（蔡戡《蘆川詞序》），但成就更高的還是他的詞。他早「在政和、宣和間已有能樂府聲」（周必大《益公題跋・跋張元幹送胡邦衡詞》），但今存詞可考定為北宋作的並不多，如〔菩薩蠻〕《政和壬辰東都作》之類，仍未擺脫「詞為艷科」的樊籬。靖康之難，他曾投身於抗金戰爭，在以後顛沛流離的生活中，更親身感受到人民的痛苦和國家的屈辱，也更加痛恨投降派的妥協誤國。因此，他改變了早年那種綺羅香澤的傳統詞風，而以豪放的格調、跌宕騰挪的筆勢來抒發他慷慨報國的壯志，並表達對神州陸沈、權奸誤國的憤慨心情。毛晉說他的詞「長於悲憤」（《蘆川詞跋》），《四庫提要》說：「其詞慷慨悲涼，數百年後，尚想其抑塞磊落之氣」。這些評語道出了張元幹於南渡以後詞作的主要特徵。

紹興八年（公元 1138 年），由於秦檜等人力主投降，激起了廣大愛國志士的無比憤怒；樞密院編修官胡銓憤然上書，請斬秦檜等人「竿之藁街」，反被貶官福州。紹興十二年，又進一步將胡銓押送新州編管。此時正在福州的張元幹，不顧危險，寫了〔賀新郎〕為之送行：

夢繞神州路。悵秋風，連營畫角，故宮離黍。底事崑崙傾砥柱，九地黃流亂注，聚萬落千村狐兔？天意從來高難問，況人情老易悲難訴。更南浦，送君去！　涼生岸柳催殘暑。耿斜河，疏星淡月，斷雲微度。萬里江山知何處？回首對牀夜語。雁不到，書成誰與？目盡青天懷今古，肯兒曹恩怨相爾汝！舉大白，聽金縷。

此詞題爲《送胡邦衡待制赴新州》，係送別抒懷之作。上片述時事，憤慨中原淪喪而故人又因忠獲遣；下片進一步抒發別情，而以無愧古今的道義相期，表現出高度的歷史責任感。全詞寫得慷慨激越，把當日憂國之思、抑鬱之懷和送別之情熔爲一爐，境界開闔變化，折轉層深。特別是結句，不作尋常惜別之語，而緊接前文，以道義相激勵，慷慨激昂，突出了愛國志士的凜然正氣和蔑視羣丑的英雄性格。

與這首詞風相近的另一首〔賀新郎〕《寄李伯紀丞相》是他於紹興八年寫給因上書反對議和而罷職的丞相李綱的，表達了他對李綱抗金主張的積極支持。上闋借景抒情，寫月夜登樓，悵望關河，深感自己孤立無援。下闋回憶二人十年前「氣吞驕虜」的抗金鬥爭，抒發了「要斬樓蘭三尺劍」，驅逐金兵、恢復故國的雄心壯志。這兩首〔賀新郎〕集中表現了他「長於悲憤」的詞風。南宋周必大就認爲「《蘆川集》……以〔賀新郎〕二篇爲首」。《四庫提要》亦提到：「今觀此集，即以此二闋壓卷，蓋有深意。」

張元幹還有一些詞，通過自己顛沛流離的生活，感時撫事，或紀遊寫景，曲折地表達了國家興亡之感，寄託了詞人報國無門、壯志難酬，不得已而嘯傲山林、寄情詩酒的牢騷和憤慨。如〔滿江紅〕《自豫章阻風吳城山作》、〔石州慢〕《己酉秋吳興舟中》、〔水調歌頭〕《罷秩後漫興》、〔水調歌頭〕《追和》、〔蘭陵王〕《春恨》等，境界高遠空闊，情調豪邁飄逸；又如〔浣溪沙〕《別意》、〔臨江仙〕《荼蘼有感》、〔踏莎行〕「芳草平沙」等小詞，感情淒婉細膩，語言明暢清麗，極嫵秀之致，與秦觀、周邦彥等風格相近似。

㈡其他南渡詞人

與張元幹先後同時，共同開創南宋詞壇新風的南渡詞人尚有：葉夢得（公元 1077～1148 年），字少蘊，號石林居士，蘇州人。北宋時進士，任翰林學士，南宋時歷官尚書左丞、江東安撫使。有《石林詞》一卷。朱敦儒（公元 1081～? 年），字希眞，號巖壑，稱洛川先生，洛陽人。南宋時官兩浙東路提點刑獄。有詞集《樵歌》三卷。向子諲（公元 1085～1152 年），字伯恭，號薌林居士，臨江（今屬江西）人。北宋時曾官京畿轉運副使。南宋初歷任州府長官，曾在潭州（長沙）、平江（蘇州）等地率領軍民抵抗金兵。後官至戶部侍郎，因反對議和觸忤秦檜，被迫去職。有《酒邊詞》三卷。

這批詞人在北宋時所寫的詞作，大多不出傳統題材範圍，詞風婉麗。靖康之變以後，面對國亡家破的悲慘現實，他們的詞風受到了時代風波的衝擊而有所改變。正如關注《題石林詞》中所說：「晚歲落其華而實之，能於簡淡時出雄傑。」去華趨實，這正是他們詞作的共同趨勢。他們開始用詞抒寫家國之恨和抗敵之志。如葉夢得在經歷了「坐看驕兵南渡，沸浪駭奔鯨」（〔八聲甘州〕）的生活之後，也焦急地盼望「誰似東山老，談笑淨胡沙」（〔水調歌頭〕）。朱敦儒在詞中關心的是：「中原亂，簪纓散，幾時收？」（〔相見歡〕）他高吟「回首妖氛未掃，問人間英雄何處？」時代的悲劇，使得他「悲吟梁父，淚流如雨」（〔水龍吟〕）。至於向子諲，他把北宋時所寫的那些侑酒佐歡的大量情詞稱之爲「江北舊詞」，而把南渡後不時流露家國之痛的詞作稱之爲「江南新詞」，並一反編年時序的先後，把「江南新詞」作爲上卷，而置「江北舊詞」於下卷，從而表達出他的深意。

這些人雖然共同開創了南宋詞新風，但即令他們的後期詞中，慷慨激昂之音也不占多數，更多的是消極頹喪、對現實無可奈何的情調。由於形勢的緩和，他們就轉而在山水田園之中尋求精神寄託。葉夢得晚年隱居於湖州卞山，朱敦儒在嘉興經營別墅，向子諲退處新淦薌林。他們又漸漸忘懷世事，在詞中表現出一種蕭然世外的閑散情調。

和張元幹等同時的一些主戰派大臣和將領如李綱、岳飛、胡銓等人，他們都不以詞名，但都寫過一些激昂慷慨的抗金愛國詞，其中以岳飛影響最大。

岳飛

岳飛（公元 1103～1142 年），字鵬舉，相州湯陰（今屬河南）人。南宋抗金名將，民族英雄，紹興十一年（公元 1142 年 1 月 27 日）歲暮被奸臣秦檜誣害。後追謚武穆、忠武，封鄂王。他在戎馬征戰中留下不少充滿愛國激情的作品，其中詞作只有〔滿江紅〕一首、〔小重山〕二首留存，或以忠憤之氣動人心魄，或以幽怨之情感人肺腑，一直爲後世所傳誦，而〔滿江紅〕尤爲千古絕唱④：

> 怒髮衝冠，憑欄處，瀟瀟雨歇。擡望眼，仰天長嘯，壯懷激烈。三十功名塵與土，八千里路雲和月。莫等閒、白了少年頭，空悲切。　　靖康恥，猶未雪，臣子恨，何時滅？駕長車踏破、賀蘭山缺。壯志飢餐胡虜肉，笑談渴飲匈奴血。待從頭、收拾舊山河，朝天闕。

這首飽含忠憤之作，表現了詞人報國雪恥、收復失地的堅強意志和必勝信念。全詞音調激越，風格豪邁悲壯，似進軍的鼓點，如戰鬥的號角。千百年來，每當中華民族危難之際，它就以

慷慨激昂、大氣磅礡的音調鼓舞人們爲國家民族而戰鬥、獻身。故陳廷焯說：「千載下讀之，凜凜有生氣焉。」（《白雨齋詞話》）

繼張元幹之後，在詞的創作上成就較高的有張孝祥，他雖非南渡詞人，其詞作亦充溢愛國激情。他們的詞可稱爲南宋初期詞壇的雙璧。

張孝祥

張孝祥（公元 1132～1169 年），字安國，號于湖居士，歷陽烏江（今安徽和縣）人。高宗時取進士第一，歷任中書舍人、建康留守等職。因力主張俊北伐被免職。後又出知荊南府、任荊湖北路安撫使等。著《于湖居士文集》四十卷，包括詞集四卷，今有徐鵬校點本（上海古籍出版社，1980年）。他存詞二百二十餘首，集名《于湖詞》，又名《于湖居士樂府》，今有聶世美校點《于湖詞》（上海古籍出版社，1988年）。他的詞極力追蹤蘇軾，胸次筆力都相彷彿，以雄麗著稱。陳應行說他的詞有「瀟散出塵之姿，自在如神之筆，邁往凌雲之氣」（《于湖先生雅詞序》）。

于湖詞以表現愛國思想、反映社會現實的作品成就最突出。代表作是作於建康留守席上的〔六州歌頭〕：

長淮望斷，關塞莽然平。征塵暗，霜風勁，悄邊聲。黯銷凝！追想當年事，殆天數，非人力。洙泗上，弦歌地，亦膻腥。隔水氈鄉，落日牛羊下，區脫縱橫。看名王宵獵，騎火一川明，笳鼓悲鳴，遣人驚。　　念腰間箭，匣中劍，空埃蠹，竟何成！時易失，心徒壯，歲將零。渺神京！干羽方懷遠，靜烽燧，且休兵。冠蓋使，紛馳騖，若為情？聞道中原遺老，常南望、羽葆霓旌。使行人到此，忠憤氣填膺，有淚如傾。

此詞以「忠憤氣塡膺」著稱，爲詞中之眼，讀之有英雄嗚咽之聲。上片寫景，描繪女眞統治者在北方領土上的驕縱橫行，對宋朝舊境的淪陷和華夏傳統文化被破壞表示深沈的憤懣。下片抒情，抒發愛國志士請纓無路的憤怒，揭露投降派卑躬求和的醜惡面貌，表達詞人對中原父老的思念和同情。全詞從一「望」字著筆，展開聯想，情景交融，一氣流注，而又多轉折變化。既有現實的描寫，又有歷史的追溯；既寫敵方，又寫到我方；在我方，又有志士的悲憤、遺民的期待，與投降派相映襯。意境之壯闊，感慨之深廣，在詞中均屬少見⑤。

張孝祥詞中較多因事感懷、即景寓情之作，如〔念奴嬌〕《離思》中的「平楚南來，大江東去，處處風波惡」，即借景物描寫以表達他對世路崎嶇的感慨。但《于湖詞》中最有特色的還不是這類作品，而是以曠蕩的胸懷，去攝取開闊淸疏的境界，作者的理想與不滿現實的憤慨不平即寓其中。如〔水調歌頭〕《泛湘江》，從「濯足夜灘急，晞發晚風涼」起，全是一派超脫塵俗的曠遠之境，忽由想像湘妃起舞而懷念屈原：「喚起《九歌》忠憤，拂拭三閭文字，還與日爭光」，作者懷忠抱憤的情懷又自然在其中了。〔西江月〕《丹陽湖》之「世路於今已慣，此心到底悠然」等句，亦與此同。乾道二年（公元 1066 年），作者因被讒罷官，自桂林北歸途中所作〔念奴嬌〕《過洞庭》一詞尤突出地表現了張詞的這一特點。詞云：

洞庭青草，近中秋、更無一點風色。玉界瓊田三萬頃，著我扁舟一葉。素月分輝，明河共影，表裡俱澄澈。悠然心會，妙處難與君說。　　應念嶺海經年，孤光自照，肝膽皆冰雪。短髮蕭騷襟袖冷，穩泛滄浪空闊。盡挹西江，細斟北斗，萬象為賓客。扣舷獨嘯，不知今夕何夕！

詞上片寫景，描寫「表裡俱澄澈」的洞庭夜景；下片抒情，發抒「肝膽皆冰雪」的高潔胸懷。境界空闊，情思豪邁，然於心契自然、嘯傲萬象之中自有一種不平之氣溢於言外，雖未直接描寫社會現實，卻呈現了那個時代的特殊色彩。

第四節　姜夔

姜夔是南宋格律詞派的一代宗主，其影響曾長期籠罩詞壇，尤爲清代浙派詞人所尊奉。

㈠姜夔的生平

姜夔（公元 1155?～1221 年），字堯章，號白石，饒州鄱陽（今屬江西）人。他雖有用世之志，但功名蹭蹬，終身布衣。他善音律，工詩文，尤工詞，常挾所作轉徙於江南各地，出入達官貴人之門。與當世豪傑之士及名詩人、詞人如辛棄疾、楊萬里、范成大等亦多有交契，是一位比較典型的浪迹江湖的名士。他的著作今存《白石道人詩集》一卷，有汲古閣影鈔《南宋六十家小集》本，共收詩一百六十八首。這大約是杭州書商陳起選刻的江湖詩人小集之一。他的詞集最早的有元末陶宗儀抄錄宋末刻本《白石道人歌曲》六卷，別集一卷，共收詞一百零九首，其中有十七首自度曲旁注工尺譜，爲中國音樂史上極有價值的詞樂史料。清康熙年間，江都陸鍾輝將這兩種合刻爲《姜白石詩詞合集》。後有《四部備要》排印本及《四部叢刊》影印本，較爲流行。姜夔的詩在《江湖集》中雖頗有特色，但影響不及詞，姜詞盡管保存不多，卻爲歷來詞家所重視。注釋者有近人陳柱《白石道人詞箋評》（商務印書館排印）、陳思《白石道人歌曲疏證》七卷（有《遼海叢書》本）及今人夏承燾《姜白石詞編年箋注》。其中夏注本資料收羅完備，考訂精審，較有價值。全書內編六卷，收姜詞八十四首，外編收姜作饒歌琴曲二十五首。

㈡姜詞的內容

姜夔詞多詠物、紀遊之作。其中詠及柳與梅的詞各占三分之一多。由此可見詞人的生活愛好和藝術情趣。柳者「留」也。折柳送別，見柳懷人，一直是古代詩歌創作的常見主題；而梅花，則是高雅的象徵。從北宋初林逋隱居孤山開始，「梅妻鶴子」就成了宋代士大夫所嚮往的生活情趣。姜白石在詞中大量詠柳寫梅，正是南宋後期詞人追求高雅的審美情趣和藝術境界的表現。

姜夔詠物詞，寄意題外，蘊含頗深。〔暗香〕和〔疏影〕兩首詠梅詞最有名。其〔暗香〕云：

> 舊時月色，算幾番照我，梅邊吹笛。喚起玉人，不管清寒與攀摘。何遜而今漸老，都忘卻春風詞筆。但怪得竹外疏花，香冷入瑤席。　　江國，正寂寂。嘆寄與路遙，夜雪初積。翠尊易泣，紅萼無言耿相憶。長記曾攜手處，千樹壓、西湖寒碧。又片片、吹盡也，幾時見得？

〔疏影〕詞云：

> 苔枝綴玉，有翠禽小小，枝上同宿。客裡相逢，籬角黃昏，無言自倚修竹。昭君不慣胡沙遠，但暗憶江南江北，想佩環月夜歸來，化作此花幽獨。　　猶記深宮舊事，那人正睡裡，飛近蛾綠。莫似春風，不管盈盈，早與安排金屋。還教一片隨波去，又卻怨玉龍哀曲。等憑時、重覓幽香，已入小窗橫幅。

這兩首詞前有小序，係應范成大之請而自度之曲。前首寫梅香，後者寫梅影，寫出了梅魂、梅恨，於疏花、暗香、倩影之中寄寓著孤獨飄泊之感。近代詞人鄭文焯認爲是「傷心二帝蒙塵，諸后妃相從北轅淪落胡地」（鄭校《白石道人歌曲》而作，但多數人以爲是作者懷念情人之作。

〔揚州慢〕是姜夔紀遊詞的名篇，於紀遊中寄託著詞人的哀時傷亂之慨。詞云：

淮左名都，竹西佳處，解鞍少駐初程。過春風十里，盡薺麥青青。自胡馬窺江去後，廢池喬木，猶厭言兵。漸黃昏，清角吹寒，都在空城。　　杜郎俊賞，算而今、重到須驚。縱豆蔻詞工，青樓夢好，難賦深情。二十四橋仍在，波心蕩、冷月無聲。念橋邊紅藥，年年知為誰生！

揚州乃江淮古城，宋高宗朝曾兩次遭金兵洗劫一空。這首詞是揚州第二次被劫後的十六年，作者路過維揚時所作。上片寫重到揚州所見所感，突出揚州之「空」與「寒」，寄托詞人的感時傷亂之意；下片點出重到，興起今昔之感與懷舊之思，突出作者之「驚」與「冷」。全詞把自己的沈痛心情塗抹在客觀景物之上，既寫出眼前兵燹之後的殘破，又暗示它昔日的繁華，讀之令人浮想聯翩。代表著白石詞的主導風格，即「清空」。

「清空」之說是南宋末年詞人張炎提出來的。他在《詞源》中說：「詞要清空，不要質實。清空則古雅峭拔，質實則凝澀晦昧。姜白石詞如野雲孤飛，去留無迹；吳夢窗詞如七寶樓臺，眩人眼目，折碎下來，不成片段。此清空、質實之說。」可見「清空」與「質實」相對，是指既「古雅峭拔」又空靈無迹的一種藝術境界。它當包括詞的語言，但又不專指詞的語言，而更要命意、造境的清雅和空靈。這確是姜白石詞的共同特點，除上舉〔疏影〕、〔暗香〕和〔揚州慢〕外，試再舉其〔點絳唇〕《丁未冬過吳淞作》爲例。詞云：

> 燕雁無心，太湖西畔隨雲去。數峯清苦，商略黃昏雨。
> 第四橋邊，擬共天隨住。今何許？憑闌懷古，殘柳參差舞。

此詞抒寫詞人厭倦飄泊，欲追步天隨子（陸龜蒙）隱居之願。然飄泊之苦，並未明言，而是移情於景，用無心隨雲的燕雁，愁風愁雨的山峯，參差飄舞的殘柳等構成一幅令人悵惘的淒淸圖像，再用「今何許？」一問，約略點醒，讓讀者去體會。夏承燾說它「於江西詩派淸勁爽朗中，兼有唐詩綿邈蘊藉的風神」（《論姜白石詞》），實即「淸空」的另一種說法。

姜夔的詞雖不直接議論時事政治，卻能於詠物、紀遊之中寄寓個人的身世之感和家國之恨，且音律精嚴，筆致含蓄，格調高雅，情韻悠遠，在南宋後期的詞壇上可謂獨樹一幟，別開生面。這是因爲他雖然繼承了周邦彥等婉約派的傳統，又吸收了江西詩派的淸健之氣和辛派詞人的雄快之風，故能矯穠艷之習，於雅練中見淸勁。

姜詞的獨特風貌，與他的人生態度、生活情趣和藝術修養有關，同時還取決於他注重神韻、追求形神統一的「高妙」境界的美學觀。他在《白石詩說》中指出：「詩有四種高妙：一曰理高妙，二曰意高妙，三日想高妙，四曰自然高妙。礙而實通，曰理高妙；出事意外，曰意高妙；寫出幽微，如淸潭見底，曰想高妙；非奇非怪，剝落文采，知其妙而不知其所以妙，曰自然高妙。」姜夔在此提出了詩詞藝術的理想境界（妙境），白石詞意境之「淸空」，正是根源於此。

姜夔的詞序，在宋詞中是頗具特色的。今存八十多首詞，多數有詞序，特別是慢詞與自製曲，幾乎篇篇有序。據夏承燾校輯《白石詩詞集》，卷三慢詞二十首中有十八首題序，卷四自製曲十三首中有十二首題序。宋詞中的詞序一般比較簡短，而姜夔的詞序大部分比較繁富，少則十數字，多則數百字。其中〔徵招〕「潮回卻過西陵浦」一首之序多達四百二十餘字，堪稱宋詞詞序之最。這些詞序既是詞的有機組成部分，又宛如一篇短小精悍的散文，或點明詞旨，或交代詞的創作經過，或介紹歌曲知識，或引證與該詞有關的人事掌故，內容豐富，情致纏綿，文字優美，與歌詞有珠聯璧合之妙，不愧爲宋詞一絕。例如〔角招〕「爲春瘦」序云：

> 甲寅春，予與俞商卿燕遊西湖，觀梅於孤山之西村。玉雪照映，吹香薄人。已而商卿歸吳興，予獨來，則山橫春煙，新柳被水，遊人容與飛花中。悵然有懷，作此寄之。商卿善歌聲，稍以儒雅緣飾。予每自度曲，吟洞簫，商卿輒歌而和之，極有山林縹緲之思。今予離憂，商卿一行作吏，殆無復此樂矣！

敍事、寫景、抒情，熔於一爐，文采斐然，而情韻優勝，置之小品文中亦爲上乘之作。

第五節　吳文英與宋末格律派詞人

姜夔之後，南宋後期格律派詞人以吳文英成就較著。

(一)吳文英

1 、吳文英的生平

吳文英（公元 1200?～1260? 年），字君特，號夢窗，四明（今浙江寧波）人。生平事迹不詳，略可知他本姓翁⑥，終生未仕，過著遊幕、淸客生活，而致力於詞。著有《夢窗詞》四卷（一名《夢窗甲乙丙丁稿》），主要有汲古閣《六十家詞》本，張壽鏞《四明叢書》本，朱祖謀《彊村叢書》本等，今有陳邦炎校點本（上海古籍出版社1988年），共收詞三百五十六首，在兩宋詞人中僅次於辛棄疾。夏承燾說「宋詞以《夢窗》爲最難治」，原因一是「其才秀人微，行事不彰」；二是「隱辭幽思，陳義多歧」（《楊鐵夫〈夢窗詞全集箋釋〉序》）。

2、吳詞內容

夢窗詞多爲淳祐（公元 1241～1252 年）前後所作，內容多登臨、酬唱、祝壽、詠物、懷人之作。〔八聲甘州〕《靈巖陪庾幕諸公遊》是其代表作：

> 渺空煙四遠，是何年、青天墜長星。幻蒼崖雲樹，名娃金屋，殘霸宮城。箭徑酸風射眼，膩水染花腥。時靸雙鴛響，廊葉秋聲。　宮裡吳王沈醉，倩五湖倦客，獨釣醒醒。問蒼天無語，華髮奈山青。水涵空，闌干高處，送亂鴉、斜日落漁汀。連呼酒，上琴臺去，秋與雲平。

這首詞是登蘇州靈巖山懷古寄慨之作。靈巖山上有春秋末吳王夫差之宮殿遺迹。詞的上片以「渺空煙四遠」領起，把我們帶入一個由想像和幻覺造成的境界。由靈巖山的形成到吳宮的往事，都一一呈現在我們眼前。下片由懷古興感，醉醒相形，問天無語，惟有華髮與青山相對。語極簡括，而感慨深沈，忽煞住不說，而以無邊高遠的秋景作結，意緒纏杳，耐人尋思。無論從構思的奇幻和造語的精警，都出人意表。陳洵《海綃說詞》云：「獨醒無語，沈醉奈何，是此詞最沈痛處。今更為推進之，蓋惜夫差之受欺越王也，……女眞之猾，甚於勾踐；北甬之辱，奇於甬東；五國城之崩，酷於卑猶位；遺民之憑弔，異於鴟夷之逍遙。而遊艮嶽、幸樊樓者，乃荒於吳宮之沈緬。北宋已矣，南宋宴安，又將岌岌，五湖倦客，今復何人？」可見此詞多少還是有所為而發，不同於一般的懷古之作。其他如訪文種墓的〔高陽臺〕，過都城舊居的〔三姝媚〕等，也無不於寫景紀事之中寄寓傷時悼世之意。

3、夢窗詞與清眞白石詞比較

吳文英詞選承北宋周邦彥，近師姜白石。但比較而言，夢窗詞與清眞詞、白石詞有同有異：

夢窗詞同周、姜一樣，都講究聲律，並能自度曲（夢窗詞集中有十首自度曲）。故即使依舊調填詞，也多能做到詞情與聲調相協，句法隨聲韻而變。短篇固然，長篇如〔鶯啼序〕分四段，共二百四十字，詞題《春晚感懷》，由傷春而勾起詞人對一生兩段愛情悲劇的回憶，情景變化轉換，極騰挪曲折之能事，而格律精嚴，適與詞情的變化而湊拍，讀之使人有回腸蕩氣之感，充分發揮了詞的音樂功能。

夢窗詞同周、姜一樣，都追求典雅。吳文英詞尤注重詞藻，講究鍛煉字句，務求典麗雅正，掃盡市井俗語。他曾向沈義父傳授作詞之法，說：「下字欲其雅，不雅則近乎纏令之體；用字不可太露，露則直變，而無深長之味。」（《樂府指迷》）故其詞不如周邦彥之明麗，亦異於姜白石詞之清峭，而務求詞語之隱曲幽深，多用代字及生僻之典，有時不免流於晦澀，令人猝讀難通，使人有「一篇錦瑟解人難」（王士禎《戲仿元遺山論詩絕句》）之感。所以《四庫提要》說：「詞家之有文英，如詩家之有李商隱也。」

周、姜都追求意境的婉曲，吳文英尤刻意追求含蓄和深遠。

如上舉詞中的「宮裡吳王沈醉，倩五湖倦客，獨釣醒醒」，就包含著吳王夫差驕奢亡國固是醉，勾踐、文種之亡吳亦未爲醒，只有范蠡的功成身退才是醒這三層意思，而這兩句在全詞中又有承上啓下的作用，眞可謂慘淡經營之至。有些詞雖稍明快，但亦甚婉曲，如〔風入松〕：

聽風聽雨過清明，愁草瘞花銘。樓前綠暗分攜路，一絲柳、一寸柔情。料峭春寒中酒，交加曉夢啼鶯。　西園日日掃林亭，依舊賞新晴。黃蜂頻撲鞦韆索，有當時、纖手香凝。惆悵雙鴛不到，幽階一夜苔生。

此詞傷春懷人，上片追憶分別之情，下片抒寫思念之意。暮春之風雨、柳絲、啼鶯，西園之林亭、幽階、黃蜂、秋千，無一不爲情所染；主人公的愁思、傷感以及癡望癡想之情，隨景物的變換層出而愈轉愈深。爲開拓意境，詞人又兼用聯想、烘托和幻化等手法，再現伊人的風采神韻，回味當時相愛的幸福情景，堪稱「詞中高境」（《白雨齋詞話》）。

夢窗詞也有不少篇章以淸空疏快見美，但能顯示其本色、代表其成就的，則是那些麗密深曲的詞作，如〔高陽臺〕《豐樂樓分韻得如字》等篇什，在麗密深曲中有空靈回蕩之妙。當然，吳文英詞也有堆砌、晦澀之弊，故張炎有「如七寶樓臺」之譏。但總的看來，他是南宋後期頗有特色的詞人⑦。

㈡其他宋末格律派詞人

史達祖

史達祖，字邦卿，號梅溪，汴（今河南開封）人。生卒年不詳。曾因韓侂胄案株連，受黥刑，死於貧困。有《梅溪詞》一卷，今有方喬校點本（上海古籍出版社，1988 年）。史詞工於詠物，詞風偏於輕盈柔媚。如〔雙雙燕〕《詠燕》：

> 過春社了，度簾幕中間，去年塵冷。差池欲住，試入舊巢相並。還相雕梁藻井，又軟語、商量不定。飄然快拂花梢，翠尾分開紅影。　芳徑，芹泥雨潤，愛貼地爭飛，競誇輕俊。紅樓歸晚，看足柳昏花暝。應自棲香正穩，便忘了天涯芳信。愁損翠黛雙蛾，日日畫闌獨憑。

這是詠物詞傑作，摹畫入神，盡態極妍，纖毫畢現，栩栩如生；字字刻畫，而又字字天然。結句推開，特點人事，以燕歸人未歸之意，表達思婦的幽怨情懷。

周密

周密（公元 1232～1298 年），字公謹，號草窗，濟南人，流寓湖州。宋末曾任義烏令，入元不仕。有詞集《蘋州漁笛譜》，收入《彊村叢書》。又有別本《草窗詞》二卷，存詞一百五十二首。另編有《絕妙好詞》，輯錄一百三十二家詞作。他與吳文英並稱「二窗」。

周密曾與王沂孫、張炎等結社唱和，詞格律精嚴，字句圓美，風格典雅清麗。他長於詠物，詠白蓮、秋蟬、水仙等鳥蟲花草之作，哀艷雅潔，可與史達祖、王沂孫媲美。早年偏重遣詞造句，晚年能融入亡國之痛，蒼涼淒愴。如〔一萼紅〕《登蓬萊閣有感》：

> 步深幽，正雲黃天淡，雪意未全休。鑒曲寒沙，茂林煙草，

> 俛俯仰千古悠悠。歲華晚、飄零漸遠，誰念我、同載五湖舟？磴古松斜，厓陰苔老，一片清愁。　回首天涯歸夢，幾魂飛西浦，淚灑東州。故國山川，故園心眼，還似王粲登樓。最負他、秦鬟妝鏡，好江山、何事此時遊？為喚狂吟老監，共賦消憂。

此詞係遊紹興時所作。上片寫登蓬萊閣，抒發身世之感；下片由身世之感進而抒發故國之思和家國之痛，堪稱南宋亡國前夕的一曲時代悲歌。

王沂孫

王沂孫，字聖與，號碧山，又號玉笥山人，會稽（今浙江紹興）人。生卒年不詳。詞集有《碧山樂府》，一名《花外集》，今有楊海明校點本（上海古籍出版社，1988 年），存詞六十餘首。

《碧山詞》雅麗深婉，頗似周邦彥，如〔天香〕《龍涎香》之類；其清峭處又似姜白石，故張炎《詞源》說他：「琢語峭拔，有白石意度」。如〔眉嫵〕《新月》「千古盈虧休問，嘆慢磨玉斧，難補金鏡」，「看雲外山河，還老桂花舊影」等句。尤工於詠物，詞集中的詠物之作約占一半。詠物中有寄託，多抒身世之感，故國之思。用筆婉曲，渾化無痕。周濟謂王沂孫「胸次恬淡，故黍離麥秀之悲之感，只以唱嘆出之」（《四家詞選序論》），即是對碧山詞這一特點的概括。如〔齊天樂〕《蟬》：

> 一襟餘恨宮魂斷，年年翠陰庭樹。乍咽涼柯，還移暗葉，重把離愁深訴。西窗過雨，怪瑤佩流空，玉箏調柱。鏡暗妝殘，為誰嬌鬢尚如許？　銅仙鉛淚似洗，嘆移盤去遠，難貯零露。病翼驚秋，枯形閱世，消得斜陽幾度？餘音更苦！甚獨抱清商，頓成淒楚。謾想薰風，柳絲千萬縷。

上片描繪秋蟬之聲、之影，體物工細精巧；下片即物寓情，以生命瞬息即逝的秋蟬象徵命運悲慘的南宋遺民。體物寄慨，用典托意，物我一體，了無痕迹。

蔣捷

蔣捷，字勝欲，號竹山，陽羨（今江蘇宜興）人。生卒年不詳。宋德佑年間（公元1275～1276年）進士，宋亡隱居不仕。時人頗稱贊其氣節。著有《竹山詞》，今有黃明《竹山詞》校點本（上海古籍出版社，1988 年）。

竹山詞也以托物言情、借景抒懷的方式，於落寞愁苦中寄寓感傷故國的一片深情。如「飛鶯縱有風吹轉，奈舊家苑已成秋」（〔高陽臺〕）；「星月一天雲萬壑，覽茫茫宇宙知何處」（〔賀新郎〕《吳江》）；「相看只有山如舊，嘆浮雲、本是無心，也成蒼狗」（〔賀新郎〕《兵後寓吳》）等，都包含著山河易色、無容身之地的悲哀。〔虞美人〕《聽雨》云：

> 少年聽雨歌樓上，紅燭昏羅帳。壯年聽雨客舟中，江闊雲低，斷雁叫西風。　而今聽雨僧廬下，鬢已星星也。悲歡離合總無情，一任階前，點滴到天明。

此詞通過聽雨一事，運用時空表現的藝術手法，暗寓詞人所經歷的三個不同時期的三種境界：少年之浪漫、中年之飄泊和晚年國亡後之悲苦淒寂。時間和空間的跨度極大，身世家國之感甚爲痛切。〔一剪梅〕《舟過吳江》也是一首寫在離亂顛簸的流亡途中的心歌：

> 一片春愁待酒澆，江上舟搖，樓上簾招。秋娘渡與泰娘橋，

風又飄飄，雨又蕭蕭。　何日歸家洗客袍？銀字笙調，心字香燒。流光容易把人拋，紅了櫻桃，綠了芭蕉。

詞寫春愁。春深似海，愁深勝似海。結句以一「紅」一「綠」將明豔的春光形象化；然而正是從這清麗瀏亮的聲韻中，讀者聽到了夾雜著風聲雨聲的出自心底的嗚咽之聲，傷逝懷歸之情溢於言表。

竹山詞煉字精深，音調諧暢，風格清峻。劉熙載《藝概》稱他爲「長短句之長城」（《詞曲概》），固屬過譽，但謂其「詞未極流動自然，然洗煉縝密，語多創獲」，卻是的評。

張炎

張炎（公元 1248～1320？年），字叔夏，號玉田，又號樂笑翁，臨安（今杭州）人。宋亡，祖父張濡被元人所殺，張炎落魄流浪。曾北遊大都，失意而歸。嘗設卜肆於四明，窮困潦倒而終。有詞集《山中白雲詞》（又名《玉田詞》）八卷，存詞三百多首，今有袁眞《山中白雲詞》校點本（上海古籍出版社，1988年）。又有《詞源》行世，是宋末元初著名詞人兼詞論家。

張炎早年爲承平公子，過著悠閑而富有藝術情趣的生活，其詞受周邦彥、姜夔的影響頗深，注重格律和表現技巧，內容多寫湖山遊賞、「嘲明月以謔樂，賣落花而陪笑」（鄭思肖《山中白雲詞序》）的貴公子生活情趣。宋亡後詞風漸變，盛衰之感、亡國之痛和江湖飄泊之苦，成爲詞的主調，格調淒清，情思婉轉。如〔解連環〕《孤雁》有「寫不成書，只寄得相思一點」之句，刻畫孤雁，神態精妙，寄情幽遠，傳誦一時，人稱「張孤雁」。又如〔南浦〕《春水》詞，先詠湖水，繼詠池水，再詠溪水，極寫春水之狀，春水之美，兼懷舊遊，寫得活脫靈現，令人稱道，故人又以

「張春水」譽之（鄧牧《伯牙琴・張叔夏詞集序》）。其代表作〔高陽臺〕《西湖春感》詞云：

> 接葉巢鶯，平波卷絮，斷橋斜日歸船。能幾番遊？看花又是明年。東風且伴薔薇住，到薔薇、春已堪憐。更淒然，萬綠西泠，一抹荒煙。　當年燕子知何處？但苔深韋曲，草暗斜川。見說新愁，如今也到鷗邊。無心再續笙歌夢，掩重門、淺醉閒眠。莫開簾，怕見飛花，怕聽啼鵑。

此詞借題詠西湖，抒寫亡國之哀。上片寫西湖晚春景象，寓傷春悼時之意；下片抒寫重遊西湖的今昔興亡之感，結句兩個「怕」字的心理刻畫，反映了宋代遺民的痛苦心聲。境界淒涼，聲調幽咽，而措意著墨，極婉麗空靈之致，顯示出詞人深湛的工力和技巧，也反映了宋末士大夫追求典雅、清空、深婉的審美情趣。他的詞集名《山中白雲》，亦取陶弘景「山中何所有？嶺上多白雲」的隱逸之意，顯示出詞人內心有一種「難與俗人談」的雅趣。

附　註

①趙萬里《校輯宋金元人詞・自序》云：「考宋人樂章，輒以雅相尚。傳世有張安國《紫微雅詞》、趙彥端《寶文雅詞》、曾慥《樂府雅詞》，《宋史・藝文志》有《書舟雅詞》，《歲時廣記》引《復雅歌詞》，此書以典雅名，亦足艦南渡後風尚矣。」黃昇編選《中興以來絕妙好詞》，錄張孝祥（安國）詞 24 闋，稱《紫微雅詞》；《寶文雅詞》4 卷，爲趙彥端（德莊）撰，已佚，今傳《介庵琴趣別篇》（附補遺）存詞 192 首（據《彊村叢書》本）；《書舟雅詞》爲程垓（正伯）撰，《直齋書錄解題》載其《書舟雅詞》1 卷，《宋史・藝文志》作 11 卷，今傳《書舟雅詞》1 卷（據《四庫提要》）。此外，林正大（敬之）所傳

《風雅遺音》上下卷，卷末有徐釚跋，稱爲「南宋刊本」（據《四庫提要》）。選集以雅命名的有曾慥《樂府雅詞》3卷，又《拾遺》2卷，刊於南宋紹興年間。《復雅歌詞》50卷，《直齋書錄解題》卷二十一云：「題鮦陽居士序，不著姓名，末卷言宮詞音律頗詳，然多有調無曲。」今傳《復雅歌詞》1卷，爲趙萬里所輯。（參見施議對《詞與音樂關係研究》頁三〇六，中國社會科學出版社1985年）

②李清照之著作，據《宋史・藝文志》及《郡齋讀書志》等書記載：有《李易安集》12卷、《易安居士文集》7卷、《漱玉集》5卷（或作3卷、1卷）。但這些集子均已亡佚。今存最早詞集刊本是明末毛晋汲古閣刻本《漱玉詞》1卷，僅收詞17篇，文《金石錄後序》1篇。但乾隆時纂修《歷代詩餘》時，共收錄李清照詞43首。光緒年間，王鵬運輯刻的《漱玉詞》則收錄58首，其中也混入一些不甚可靠的作品。1931年趙萬里編《校輯宋金元人詞》，其中《漱玉詞》便只輯43首，而將其餘可疑之作17首作爲附錄，較爲審愼。在此之前，李文椅輯有《漱玉集》，共錄李清照文5篇，詩18首，詞78首。數量最多，但確有貪多務得、失於考訂之弊。1979年人民文學出版社出版的王學初《李清照集校注》是一部資料豐富、校刊精審、注釋翔實的李清照全集。共收詞60首（包括殘篇），另附曾誤入李清照詞29首。

③易安體是因李清照號易安居士而得名。最早見之於侯寘〔眼兒媚〕《效易安體》，後又有辛棄疾〔醜奴兒〕《博山道上效李易安體》。這兩首效易安體詞，侯氏效其意，辛氏效其文，皆失其本色。然而這是中國文學史上標舉「易安體」之始。

④關於岳飛〔滿江紅〕「怒髮衝冠」的眞僞問題，因此詞未見於岳飛之孫岳珂的《金陀粹編》，至明代宗景泰六年（公元1455年）袁純所編《精忠錄》始加收錄，故近人余嘉錫《四庫提要辨證》、今人夏承燾《岳飛〔滿江紅〕詞考辨》等文，皆對此詞的作者、創作年代提出疑

問。其中夏承燾於 1961 年更提出兩點新見：一是此詞本身有「破綻」：「黃龍府在今吉林境，而賀蘭山在今甘肅、河套之西，南宋時屬西夏，並非金國地區。這首詞若眞出岳飛之手，不應方向乖背如此」；二是根據杭州西湖所存文物——明人趙寬所書岳墳詞碑和明代著名軍事將領王越曾在賀蘭山打敗韃靼人侵擾的歷史，論定此詞爲明中葉王越之輩「托擬」之作（《月輪山詞論集》）。余、夏二論出，引起一場從內地到港臺的全國性討論。衆多爭論文章涉及岳飛和王越的生平、宋明歷史、民族關係、歷史地理、文物考古、古文獻辨僞原則、美學理論等。由於河南提供了早於趙寬詞碑的文物，夏承燾的「托擬」之說已不能成立。《滿江紅》詞，早在南宋寧宗時代（公元 1195～1224 年）陳郁的《藏一話腴》就已提到：「武穆……又作《滿江紅》，忠憤可見。其不欲『等閑白了少年頭』，可以明其心事。」這段話在《歷代詩餘》和《古今詞話》都有引用。兩書編者所見《藏一話腴》，一爲皇室藏書，一爲江南民間藏書，具有可靠的文獻價值，可見不是杜撰之語。既然宋人早有記載，明清人亦深信無疑，余嘉錫所謂「突現」於明中葉之說也就站不住腳了。至於岳飛「踏破賀蘭山缺」之句，乃是泛指，而且是用唐人之典，典出於張說《張燕公集》。武則天長安二年（公元 702 年），突厥入侵山西境內，張說在《祭石嶺沒陷士女文》和《祭石嶺戰亡兵士文》中說：「誓來羣丑，蹴踏蘭山」，「虜血爾酹，虜醢爾嘗！」岳飛用張文之典，出之以「踏破賀蘭山缺」和「壯志飢餐胡虜肉，笑談渴飲匈奴血」之句，是抒發同仇敵愾之情和抗敵報國之志，非實指其事。

⑤據《說郛》本《朝野遺記》載：張孝祥「一日，在建康留守席上作〔六州歌頭〕，張魏公（張浚）讀之，罷席而入」。劉熙載《藝概》亦云：「張孝祥安國於建康留守席上賦〔六州歌頭〕，致感重臣罷席。然則詞之興觀羣怨，豈下於詩哉。」至於此詞之寫作時間，則有紹興三十二年（公元 1162 年）及隆興二年（公元 1164 年）二說。也

有係於隆興元年者，但這年張孝祥未赴前線，故不可從。紹興三十二年年初，張孝祥在建康行宮留守張浚幕作客。隆興元年，孝祥復集英殿修撰、知平江府，五月到任。隆興二年二月，孝祥以張浚薦召赴行在，除中書舍人直學士院兼都督府參贊軍事，又兼領建康留守。四月，張浚罷判福州，八月卒。據此時間，並據《朝野遺記》中「在建康留守席上」一語之賓主關係判斷，以作於紹興三十二年比較合理（參考《中國歷代著名文學家評傳》中《張孝祥》）

⑥吳文英本姓翁，與翁逢龍、翁元龍爲親兄弟。翁逢龍字際可，號石龜。《夢窗集》中有〔探春慢〕《憶兄翁石龜》可證。翁元龍字時可，號處靜，可能爲吳文英之弟。夢窗〔解語花〕《立春風雨中餞處靜》。楊鐵夫《吳夢窗事迹考》說其「《憶石龜》則稱兄，《餞處靜》無兄字，必弟也」。夏承燾《唐宋詞人年譜・吳夢窗繫年》中舉楊鐵夫語云：「夢窗行之在逢龍、元龍之間。」

⑦對夢窗詞的評價，歷來褒貶不一。貶之者最早爲張炎的所謂「七寶樓臺，眩人眼目，碎拆下來，不成片段」之說，後來者多申其說。如王國維《人間詞話》認爲夢窗詞「寫景之病」，「在一隔字」。又說：「夢窗之詞，吾得取其詞中之一語以評之，曰『映夢窗零亂碧』。」胡適《詞選》中說：「《夢窗四稿》中的詞，幾乎無一首不是靠古典與套語堆砌起來的。」胡雲翼《宋詞研究》也說：夢窗詞「太講究用事，太講究字面」，「不過是一些破碎的美麗詞字，決不能成功整個的情緒之流的文藝作品」。其他如幾部流行的文學史，或根本不提（游國恩等《中國文學史》），或持基本否定態度（劉大杰《中國文學發展史》、中科院文學所《中國文學史》）。大力肯定夢窗詞的主要是清末的一些詞人，如朱祖謀認爲「夢窗詞品，在有宋一代頡頏清眞」（《夢窗詞敍言》）。周濟選宋詞，以周邦彥、辛棄疾、王沂孫、吳文英四家爲之冠。並在《序論》中提出，應「向涂碧山，歷夢窗、稼軒，以還清眞之渾化」。戈載則提出，夢窗詞「以

綿麗爲尚，運意深遠，用筆幽邃，煉字煉句，迥不猶人。貌觀之雕繪滿眼，而實有靈氣行乎其間。細心吟繹，覺味美方回，引人入勝，既不病其晦澀，亦不見其堆垛，此與清眞、梅溪、白石並爲詞學之正宗」（《七家詞選》）。後來周爾墉云：夢窗詞能「于逼塞中見空靈，于渾樸中見勾勒，於刻畫中見天然」（《絕妙好詞評》）。樊增祥云：「世人無眞見解，惑於樂笑翁七寶樓臺之論，遂謂夢窗詞多理少，能細密不能清疏，眞瞽談耳。」（樊評《彊村詞》稿本）今人葉嘉瑩在《拆碎七寶樓臺對夢窗詞》「在一直被人誤解或甚至不解之中」而深致惋惜，並認爲他的詞作「表現了兩點特色：其一是他的敍述往往使時間與空間爲交錯之雜糅；其二是他的修辭往往但憑一己之感性所得，而不依循理性所慣見習知的方法」。這些評論都有一定參考價值，但其中不少也有片面之處。就夢窗詞總體而言，應該承認其有得有失，思想上較爲貧弱，藝術上比較精致。但這是南宋格律派詞人的共同屬性，不宜據此以否定夢窗。就其風格而言，夢窗詞主要不以清空疏快見長，而是以麗密、深曲、奇幻取勝。就夢窗多數詞作不能清空而遽加否定，也未必妥當。

第八章　辛棄疾

第一節　辛棄疾的生平與創作

㈠辛棄疾的一生

辛棄疾（公元1140～1207年），原字坦夫，改字幼安，號稼軒居士，歷城（今山東濟南）人。他一生經歷高宗、孝宗、光宗、寧宗四朝，可分爲三個時期：

第一期：二十三歲以前，在中原金王朝統治區生活和參加起義。辛棄疾幼年喪父，由祖父辛贊撫養長大。辛贊是個具有民族意識的士大夫，雖被迫在金朝爲官，但經常帶領孫兒指劃山川，以復土雪恥的信念和愛國情操教育孫兒，激發起少年辛棄疾反抗金王朝統治、恢復故國河山的信念，並從此走上一條他一生爲之奮鬥不息的抗金復國之路。辛棄疾十四歲時，由州官薦領鄉舉，並以赴進士試爲名，兩次奉祖父之命赴燕山察看地形。弱冠之年開始結交有志抗金人士，共謀義舉。紹興三十一年（公元1161年），金主完顏亮南下侵宋，濟南一帶人民紛紛起義，二十二歲的辛棄疾率領所集結的兩千部衆，投奔抗金領袖耿京的起義隊伍，在軍中任掌書記，並以出衆的文才武略和忠勇氣節成爲義軍中的重要人物。他曾隻身拿獲叛變投金的義端和尚，追回義軍大印。後又勸耿京與南宋朝廷聯繫，在軍事上配合行動，耿京派他奉表歸宋。當辛棄疾從南宋北歸復命途中，聽說叛徒張安國等已謀殺耿京並率部分義軍投降金人，他即率五十輕騎衝入五萬人的金營，生擒張安國，押至臨安斬首。此舉震動南宋朝廷，眞是「壯聲英概，儒士爲之興起，聖天子一見三嘆息」（洪邁《稼軒記》）。「壯歲旌旗擁萬夫」（《鷓鴣天》），這段馳騁疆場的生活雖然短暫，卻無疑是辛棄疾一生中最爲寶貴的時光，對他後期的思想和創作有深刻影響。他這一時期雖無作品流傳，但常在後期創作中以回憶的形式表現出來。

第二期：二十四歲到四十二歲，南歸以後的仕宦生涯。南宋統治集團內部常是主和派當權，力主抗戰的辛棄疾始終未能實現他的抱負，除作過短暫的朝官外，長期在外作地方官，先後任建康府通判、滁州知州、江西提點刑獄、知隆興府兼江西安撫使、荊湖北路轉運副使、知潭州兼荊湖南路安撫使等職。他曾連續給孝宗和宰相虞允文上《美芹十論》和《九議》①，全面闡述自己的抗金主張和計劃，這些文字「筆勢浩蕩，智略輻湊，有《權書》、《衡論》之風。」（劉克莊《辛稼軒集序》）突出地顯示了他卓越的政治遠見和軍事謀略，但一直未被統治集團採納，因此他的「萬字平戎策」（〔鷓鴣天〕）只能付之流水。在長期擔任地方官的期間，他也顯示出處理地方政務的精明才幹和果決剛直的作風。他一方面積極爲對敵作戰準備力量，訓練軍隊（如曾在湖南創建「飛虎營」②）；一方面打擊豪强，賑濟災民等。每到一處，都能卓有建樹③，成爲獨擋一面的大員。但卻因堅持抗戰主張觸犯了當權的主和派，政治上屢遭排擠和打擊，終於在孝宗淳熙八年（公元 1181 年）被彈劾罷官。這期間約有七、八十首詞作，以抗金復國的作品爲多，詞情悲壯慷慨，已顯示出一種「橫絕六合，掃空萬古」（劉克莊《辛稼軒集序》）的藝術風貌。

第三期：四十三歲到六十八歲，罷官後的閑居生活。淳熙八年歲暮，辛棄疾歸隱江西上饒的帶湖，過了十年閑居生活。光宗紹熙三年（公元 1192 年）春，朝廷任命他爲福建提刑，後知福州兼福建安撫使。盡管他對南宋朝廷已不抱更多幻想，仍向光宗力陳自己抗金驅敵的見解，在福建任上亦一如既往，忠於職守，但朝廷仍未重視和採納他的建議。紹熙五年，辛棄疾再次被罷職，第二年回到上饒。後因帶湖住宅失火，遷入鉛山瓢泉定居。八年後即寧宗嘉泰三年（公元 1203 年），六十四歲的辛棄疾以「主戰派元老」再度被起用爲紹興知府兼浙東安撫使，次年改知鎮江府。此時外戚韓侂胄掌握朝政，力主北伐，但急功近利，準備不足。辛棄疾始爾爲北伐之議感到興奮，旋即爲韓草率從事可能遭到失敗而憂慮，但仍爲備戰而不遺餘力，準備軍需，在沿江訓練士卒，成爲衆望所歸的中心人物。但開禧元年（公元 1205 年）即以舉人不當落職，回到鉛山。第二年春朝廷又起用他爲浙東安撫使，他上疏推辭。開禧三年（公元 1207 年）即韓侂胄北伐失敗的第二年，這位偉大的愛國詞人終於「大呼『殺賊』數聲」，含恨去世（《濟南府志・稼軒傳》）。

這期間二十多年，隱居生活占了十八年之久。上饒山明水秀，作爲南宋官僚階層的一員，辛棄疾的歸隱生活並不清苦。他雖陶醉於田園風光，也希圖像陶淵明那樣，超然物外，忘卻世事。但集「英雄之才，忠義之心，剛大之氣」（謝枋得《祭辛稼軒先生墓記》）於一身的辛棄疾，實在無法把志向和雄心埋葬在優遊的歲月中，這也是他爲什麼一再被黜又一再出仕的原因。這時期他的創作最爲宏富，不僅繼續創作了正面鼓舞抗戰的篇章，而且在大量寫閑居生活的作品中批判了現實的黑暗，傾訴了壯志難酬的憤懣，寄託了他始終不渝的理想。此外，他還寫作了別具風韻的農村詞。詞人這一時期的創作不但奠定了他在詞史上的地位，而且形成了以他爲中心的詞派。

縱觀辛棄疾的一生，可知他並非一個傳統意義上的文人，而首先是一個中原起義的豪傑，一個力主抗金的名臣，一個有才略有建樹的地方官，一個凜然有節概的愛國志士。總之，是一個愛國的有抱負有才智的政治家、軍事家。但「入仕五十年，在朝不過老從官，在外不過江南一連帥」（謝枋得《祭辛稼軒先生墓記》），基本上是在無所遇合、無所作爲的處境中度過了一生。在這種情況下，他不得不將自己終生的追求、探索、苦悶、憤慨發抒於詞中，從而在詞史上成爲劃時代的作家。

㈡辛棄疾的作品

辛棄疾詞集，南宋時即有兩種刊本：一爲長沙刻《稼軒詞》四卷本，分甲、乙、丙、丁四集，共收詞四百三十四首，大約編定於辛棄疾晚年；另一種爲信州刻《稼軒長短句》十二卷本，收詞達五百七十三首。今人鄧廣銘對勘各種版本及其補遺，編成《稼軒詞編年箋注》，共輯得詞六百二十六首，每首詞有校有注有編年，校勘仔細，考證精當，編年準確，是目前最好的辛詞讀本。惟據《全宋詞》及《全宋詞補輯》，所輯詞尚稍有遺漏。此外，辛棄疾的詩文集久已不存，鄧廣銘輯校《辛稼軒詩文鈔存》及孔凡禮《辛稼軒詩詞補輯》，共得存詩一百三十三首，文十七篇。辛棄疾的詩文，與他的詞一樣，或自抒懷抱，或議論縱橫，都顯得悲壯雄邁。

第二節　辛棄疾詞的思想內容

詞至南宋，無論是思想方面還是藝術方面，都取得了前所未有的成就，進入詞史的黃金時期。這一方面與激烈的民族鬥爭有關，另一方面也和辛棄疾等人對詞進行創新的努力分不開。辛詞的創新首先表現在對詞的內容的開拓上。

辛棄疾現存詞的數量是兩宋詞人中最多的一家，他的門生范開爲其詞集作序說：「公一世之豪，以氣節自負，以功業自許，方將斂藏其用以事淸曠，果何意於歌詞哉，直陶寫之具耳。」正因如此，他的詞不再只是詞人之詞，而是抒寫愛國志士渴望爲祖國戰鬥的英雄之詞。在稼軒集中最能體現這種英雄特色的是那些撫時感事、情辭慷慨的愛國篇章。以這種愛國思想和戰鬥精神爲主旋律，他或表現對抗金鬥爭的頌揚，或表現對南宋苟安局面的不滿，或表現壯志難酬的憤懣與慨嘆，即使在對田園山水的描寫中，也常常不自覺地流露出對時事的關注及無法掩飾的孤苦心境。

首先，辛棄疾在詞中抒發了他要求恢復中原、堅持抗金報國的雄心壯志。他畢生的抱負就是要統一祖國，因此常在詞中痛惜「南共北，正分裂」（〔賀新郎〕）的危局。不論登臨遊覽，還是弔古傷時，祝壽話別，都流露出憂國情懷。他時刻不忘恢復中原，「憑欄望，有東南佳氣，西北神州。」（〔聲聲慢〕）他大聲疾呼：「要挽銀河仙淚，西北洗胡沙！」（〔水調歌頭〕）「袖裡珍奇光五色，他年要補天西北！」（〔滿江紅〕）「從容帷幄去，整頓乾坤了。」（〔千秋歲〕）在給韓元吉的壽詞〔水龍吟〕中，他寫道：

> 渡江天馬南來，幾人真是經綸手？長安父老，新亭風景，可憐依舊。夷甫諸人，神州沈陸，幾曾回首？算平戎萬里，功名本是，真儒事，君知否？　　況有文章山斗，對桐蔭滿庭清晝。當年墮地，而今試看，風雲奔走。綠野風煙，平泉草木，東山歌酒。待他年、整頓乾坤事了，為先生壽。

雖是祝壽，卻脫落俗套，以收復神州，整頓乾坤相激勵。詞中以英雄許人，亦以英雄自許，痛快淋漓地表達了自己不凡的抱負。最突出的代表作是〔破陣子〕《爲陳同甫賦壯詞以寄之》：

> 醉裡挑燈看劍，夢回吹角連營。八百里分麾下炙，五十弦翻塞外聲，沙場秋點兵。　馬作的盧飛快，弓如霹靂弦驚。了卻君王天下事，贏得生前身後名。可憐白髮生！

這是辛棄疾五十歲時與好友陳亮在瓢泉的鵝湖相會後所寫④。前九句以浪漫手法極寫當年壯舉，從看劍、犒軍、閱兵、練武一系列鋪敍中，展示抗金部隊的軍容軍威，表達平生壯志，確是前所未有的「壯詞」。末句卻以「可憐白髮生」作反襯，寫盡了英雄銘心刻骨的悲憤，使全詞發抒的愛國情懷更爲悲壯。

這些詞雄壯慷慨，凌厲無前，完全是辛棄疾一生冰雪肝膽的寫照。正如陳廷焯《白雨齋詞話》卷一所說：「稼軒詞彷彿魏武詩，自是有大本領、大作用人語。」

其次是對南宋主和派偏安誤國的譏諷。南宋當局一貫奉行「守內虛外」的政策，向金人稱臣，置廣大中原人民於水深火熱之中而不顧。他們「待敵則恃歡好於金帛之間，立國則借形勢於湖山之險」（《美芹十論·自治第四》），屈辱投降，文恬武嬉，終日紙醉金迷。辛棄疾對這些民族敗類極爲反感，他嘲諷偏守一隅的南宋小王朝是「剩水殘山無態度」（〔賀新郎〕），指責他們是「江左沈酣求名者」（〔賀新郎〕）。有時他用辛辣譏刺之筆托物寓意，嬉笑怒罵，勾勒出投降派的可鄙嘴臉，或喻之爲「水底鳴蛙」、「枝上蟬噪」〔江神子〕，是一伙只知爲自己而投機鑽營的官迷；或喻之爲「凍芋旁堆秋瓞」〔念奴嬌〕，是一羣在國難當頭時「蓄縮」不前的民族敗類。更多的時候是借古諷今，一方面借憑弔歷史上的英雄人物來表達政見，如追念「劍指三秦，君王得意，一戰東歸」（〔木蘭花慢〕）的劉邦，贊美「年少萬兜鍪，坐斷東南戰未休」（〔南鄉子〕）的孫權，歌頌「金戈鐵馬，氣吞萬里如虎」（〔永遇樂〕）的劉裕；另一方面則以東晉苟安江左的「王謝諸郎」和西晉末年空談誤國的王衍作爲醉生夢死、置國家安危於不顧的主和派的代稱，嚴加貶斥，如「若教王謝諸郎在，未抵柴桑陌上塵」（〔鷓鴣天〕），「起望衣冠神州路，白日銷殘戰骨，嘆夷甫諸人清絕」（〔賀新郎〕），「夷甫諸人，神州沈陸，幾曾回首」（〔水龍吟〕）。

辛詞中更多更感人的內容是抒發自己報國無門、壯志未酬的深沈憂憤。他有雄才大略，然而他恢復中原、統一祖國的政治抱負卻與偷安的南宋朝廷發生衝突，而「歸正人」的身分也使他受到種種歧視。政治上孤危一身的處境、南宋江河日下的局勢使他不得不在詞中表現自己的憤慨不平。這類詞之所以有價值，就在於他的悲傷哀愁，不是通常那種個人不遇之感，他的情緒和當時整個國家、民族的危難聯繫在一起，是一種英雄失志之詞，而且在其詞集中數量最多，感人最深。他的名作〔摸魚兒〕「更能消幾番風雨」、〔菩薩蠻〕「郁孤臺下」、〔南鄉子〕「何處望神州」等皆如此，尤爲突出的是下面兩首：

楚天千里清秋，水隨天去秋無際。遙岑遠目，獻愁供恨，玉簪螺髻。落日樓頭，斷鴻聲裡，江南遊子。把吳鈎看了，欄干拍遍。無人會，登臨意。　休說鱸魚堪鱠，盡西風、季鷹歸未？求田問舍，怕應羞見，劉郎才氣。可惜流年，憂愁風雨，樹猶如此！倩何人、喚取紅巾翠袖，搵英雄淚？　（〔水龍吟〕）《登建康賞心亭》）

千古江山，英雄無覓、孫仲謀處。舞榭歌臺，風流總被、雨打風吹去。斜陽草樹，尋常巷陌，人道寄奴曾住。想當年，金戈鐵馬，氣吞萬里如虎。　　元嘉草草，封狼居胥，贏得倉惶北顧。四十三年，望中猶記，烽火揚州路。可堪回首，佛狸祠下，一片神鴉社鼓。憑誰問，廉頗老矣，尚能飯否？　　（〔永遇樂〕）《京口北固亭懷古》）

前首詞借登臨以詠懷，作於乾道四年至六年（公元 1168～1170 年）間建康通判任上。上片以遼闊的秋景襯托自己不被知遇的孤獨感：「無人會，登臨意。」這「意」是什麼，下片借典作了回答：他既不願像張翰那樣忘懷時事，思歸故鄉；更恥於像許汜那樣求田問舍，爲英雄所譏笑；而是像桓溫那樣恐年華虛度，擔憂國家面臨風雨飄搖的危局，最後三句與「無人會，登臨意」相應，但說得更爲沈痛，譚獻謂此詞爲「裂竹之聲」（《復堂詞評》），確是的評。後首詞借懷古以抒懷，作於開禧元年（公元 1205 年）。當時韓侂胄爲準備北伐，任命辛棄疾知鎮江府，出鎮江防要地京口。但韓侂胄並無恢復之才，朝廷上下掣肘者亦多，辛棄疾是洞察這種形勢的，自然深感憂慮，故此詞懷念曾在京口創偉業的兩位英雄，孫權和劉裕，慨嘆他們一去不返，而重點在劉裕，並由劉裕想到其子劉義隆，他們都曾銳志北伐，然而其父是「氣吞萬里如虎」，曾取得北伐的重大勝利；其子則以草率從事，「贏得倉惶北顧」的敗局。這裡寫的是歷史，實際都是指現實。結語「憑誰問」者，無人問也，它深刻地表現了英雄無用武之地的悲哀。也可以說，這實際上概括了辛棄疾這個「一世之豪」的悲劇性的一生。

除了上述一類悲歌慷慨的愛國詞之外，辛棄疾還發展了以農村生活爲題材的詞。詞人在退隱期間，遠離汚濁的官場，對江南淳樸的農村有一定的觀察和感受，因此寫了十多首歌詠農村自然風光，描繪農民樸實形象的詞。如〔醜奴兒近〕《效李易安體》以淺顯流利的語言，畫出一段明淨的山光水色，寫出一種蕭灑閑暇之情；〔鷓鴣天〕「陌上柔桑破嫩芽」通過初春農村的欣欣向榮，表達作者對農村的留戀；〔滿江紅〕《山居即事》以「被野老相扶入東園」去吃枇杷，表現他與農民的友誼；〔浣溪沙〕「父老爭言雨水勻」通過農民豐收時的笑臉和歉收時的愁眉，刻畫出眞切樸實的農民形象。其〔西江月〕《夜行黃沙道中》則以輕快的筆調展示了農村夏夜的景色：

> 明月別枝驚鵲，清風半夜鳴蟬。稻花香裡說豐年，聽取蛙聲一片。　七八個星天外，兩三點雨山前。舊時茆店社林邊，路轉溪橋忽見。

詞中以驚鵲、鳴蟬、蛙聲，寫出夏夜的寧靜，豐收的展望；又以星、雨的同時出現寫出夏夜天氣的多變。風格清新明朗，表現了夏夜的宜人和喜悅。他寫農民生活的作品也極富情致，如〔清平樂〕：

> 茅簷低小，溪上青青草。醉裡吳音相媚好，白髮誰家翁媼？
> 大兒鋤豆溪東，中兒正織雞籠，最喜小兒亡賴，溪頭臥剝蓮蓬。

全詞以白描手法勾勒一個農村之家老少五口各自不同的神態動作，又由人物行動帶出野外豆苗、門前雞鴨、水面風荷等江南水鄉的風物景色，明淨質樸，一片天籟。這種充滿生機與田園和樂風情的風景畫、風俗畫，是辛棄疾農村詞的主要方面。在此之前，只有蘇軾寫過幾首農村詞，但辛詞觀察面較廣泛，情意亦較深厚，拓展了這類詞的境界，增添了活潑新鮮的生命力。

總之，辛棄疾的詞進一步把詞從男女之情和羈旅行役的狹小天地裡解放出來，空前地擴大了詞的藝術容量，提高了詞的抒情功能，眞正做到了「無事不可入，無意不可言」（劉熙載《藝概・詞曲概》評蘇軾語）。他詞中煥發出的英雄主義光彩，使時代的脈搏與詞人的感情息息相通，使詞成爲愛國主義號角，這是辛詞最偉大的成就。

第三節　辛棄疾詞的藝術特色

辛詞不僅思想內容博大精深，橫絕古今，在藝術上也有很深造詣，無論在塑造意境、駕馭語言方面，還是在創作風格、藝術方法方面，都表現了詞人匠心獨運、卓爾不羣的才華。

㈠宏闊浪漫的藝術境界

辛棄疾以「英雄之才，忠義之心，剛大之氣」寫詞，故其詞作充滿英雄主義色彩，從中彷彿可以見得到他這位「慷慨縱橫，有不可一世之概」（《四庫提要》）的英雄形象。與這種英雄主義相應，辛詞中的場景往往很闊大，想像奇偉，氣勢飛揚，有包舉宇宙、囊括古今之概，構成一種宏闊的藝術境界，這是辛詞突出的特色。如〔太常引〕《建康中秋夜爲呂叔潛賦》：

> 一輪秋影轉金波，飛鏡又重磨。把酒問姮娥：被白髮、欺人奈何？　乘風好去，長空萬里，直下看山河。斫去桂婆娑，人道是、清光更多！

中秋的月色，前人不知寫過多少，李白的《月下獨酌》等詩，蘇軾的〔水調歌頭〕詞，都是有名的篇章。他們都是以人與宇宙的精神相往來的觀點把自然界擬人化，從而展開幻想，創造出富於浪漫色彩的藝術境界。辛棄疾此詞的構想，與李、蘇有相似之處，但所寄寓的思想感情則不相同，特別是下片，表現了辛氏一貫的清除讒佞、靜掃胡塵的思想，故氣魄顯得特別壯偉，體現出他的獨特風格。辛氏即使是寫隱居環境、日常生活，那山水草木也因有作者思想性格的投注而時作飛動排宕之勢，生氣凜然。如他寫棋聲如突破重圍：「小窗人靜，棋聲似解重圍」（〔新荷葉〕）；寫牡丹花則如吳宮訓練女兵：「對花何似，似吳宮初教，翠圍紅陣」（〔念奴嬌〕）；他寫青山「青山欲共高人語，聯翩萬馬來無數」（〔菩薩蠻〕）；寫瓢泉「飛流萬壑，共千巖爭秀」（〔洞仙歌〕）；寫潮水「截江組練驅山去，鏖戰未休貔虎」（〔摸魚兒〕）等，無不是生動突兀，波瀾壯闊，爲辛詞以前所罕見，這實與他遠大的政治抱負和飽經風霜的戰鬥經歷有關，比較突出的如〔沁園春〕：

疊嶂西馳，萬馬回旋，眾山欲東。正驚湍直下，跳珠倒濺；小橋橫截，缺月初弓。老合投閒，天教多事，檢校長身十萬松。吾廬小，在龍蛇影外，風雨聲中。　爭先見面重重。看爽氣朝來三數峯。似謝家子弟，衣冠磊落；相如庭户，車騎雍容。我覺其間，雄深雅健，如對文章太史公。新堤路，問偃湖何日，煙水濛濛？

在詞人眼中，山勢如萬馬迴旋，松林如雄兵十萬，而「老合投閑」的詞人則儼然如一位威嚴的指揮官，在檢閱他那訓練有素、隊伍嚴整的舊部，宏闊的背景更突出了叱吒風雲的主人公形象。

㈡不主故常的藝術手法

辛棄疾全力作詞，爲適應廣泛的內容需要，他對詞的表現方法作了多方面的探索，其詞章呈現出千變萬化的形態。或打破上下片界限，於一氣貫串之後尾句突然轉折，把沈痛的感情反跌得無以復加，如〔破陣子〕《爲陳同甫賦壯詞以寄之》；或用賦體的筆法和布局大肆鋪陳，如〔賀新郎〕《別茂嘉十二弟》，全詞風格極似江淹《恨賦》、《別賦》，爲前此所未有。同是寫景，有樸素的白描，也有筆酣墨飽的寫意，還有想像奇詭的渲染；同是抒情，有的沈鬱，有的雄健，有的暢達。皆能變化多端，屈伸自如。

特別值得提及的是詞人善於運用比興寄托、即事敍景、使事用典的藝術手法。

比興寄託雖是我國韻文上一種古老的傳統，且在詞中表現得更爲突出，但因爲時代環境的緣故，南宋詞較唐五代、北宋詞寄托更多，也更深婉。辛棄疾雖有吞吐八荒之慨，但政治上孤危一身的境地，卻使他不得不在詞中多借助美人香草、山水風月、花鳥蟲魚等，曲折地表現自己的抑鬱悲憤和百折不回的鬥爭精神，傳統的比興寄託手法，被運用得如鹽溶於水，無所不在而又難於指實，趨於化境。如〔蝶戀花〕《戊申元日立春席間作》：

> 誰向椒盤簪綵勝？整整韶華，爭上春風鬢。往日不堪重記省，為花長把新春恨。　春未來時先借問，晚恨開遲，早又飄零近。今歲花期消息定，只愁風雨無憑準。

詞寫作者惜花恨春的複雜感情，借「風雨無憑準」以喻朝廷反覆無常，以此寄託對個人、國家、民族前途的憂慮，故陳廷焯《白雨齋詞話》說：「『今歲花期消息定，只愁風雨無憑準。』蓋言榮辱不定，遷謫無常，言外有多少哀愁，多少疑懼。」

所謂即事敍景，與即景抒情是不同的。即景抒情重在抒情，即事敍景重在敍事，寫景只是敍事的一個組成部分，作爲敍事的烘染和鋪墊。如〔賀新郎〕《同父見和，再用前韻》上片：「老大猶堪說。似而今，元龍臭味，孟公瓜葛。我病君來高歌飲，驚散樓頭飛雪。笑富貴，千鈞如髮。硬語盤空誰來聽？記當時，只有西窗月。重進酒，喚鳴瑟。」敍述詞人與好友陳亮鵝湖之會的歡樂，用驚散飛雪形容兩人談話氣氛的熱烈，用西窗掛月摹寫夜色之清寂，旣映襯出他們的志同道合、一往情深，又說明他們的愛國情志無人理解。是寫景，也是敍事，二者膠合在一起，淸周濟《介存齋論詞雜著》說：「北宋詞多就景敍情，……至稼軒、白石一變而爲即事敍景。」正是從詞的藝術手法發展中看到了辛詞的藝術特色。

使事用典，也是詞的創作中常用的手法。一個典故總是包含一定的人物、情節、場景或警策性語言，使用它可通過概括力極強的詞句，生動而深刻地表現複雜的思想和感情。從蘇軾一派作家以詩爲詞之後，詞中便出現了許多書卷典故，這是唐五代詞中所沒有的。辛棄疾比蘇軾更進一步，在詞中大量使事用典，並且往往一首詞中連用數典。雖說有的詞用典過多過僻，曾被人譏爲「掉書袋」，但從整體來看，辛棄疾的用典並非濫用書本以炫耀自己學問的淵博，相反，辛詞中的許多典故，旣明白自然，生動貼切，又含蘊深厚、耐人尋索。如〔永遇樂〕《京口北固亭懷古》，通過孫權、劉裕、宋文帝、北魏太武帝等人的故事，寫出自己對國事的看法，描述眼前風光，信手拈來，十分切當。又如〔水龍吟〕《甲辰歲壽韓南澗尚書》一詞中，一連用了晉元帝、桓溫、周顗、王衍、韓愈、裴度、李德裕、謝安等人的故實，借以集中地表達一種思想，渲染一種氣氛，鑄造一種意境，使用典的功效在詞中得到充分發揮。

㈢熔鑄經騷的語言特色

辛詞運用語言，在唐宋詞家中可說已達到當時的最高成就。這可從兩方面來看：

一是運用口語方面。

辛棄疾繼承北宋詞人特別是李清照大量提煉民間口語入詞的傳統，並擴大、提高這方面的業績。他善用通俗、樸素的口語入詞，如「賢愚相去，算其間能幾？差以毫釐繆千里」（〔洞仙歌〕）；「嘆人生不如意事，十之八九」（〔賀新郎〕）；「些底子，誤人哪，不成眞個不思家」（〔鷓鴣天〕）。又常用方言土語和兒化名詞，如「個中不許兒童會」（〔鷓鴣天〕）；「驟雨一霎兒價」（〔醜奴兒近〕）等等。羣衆語言的使用，旣增強了詞的生動性、通俗性，又給詞帶來了新鮮活潑的生活氣息。

二是繼承文學語言方面。

辛棄疾爲了適應抒情寫志的需要，一切曾經爲文人用各種體裁來表達思想的文學語言，他都能運用入詞。如他常以散文句法入詞。像「凡我同盟鷗鳥，今日旣盟之後，來往莫相猜」（〔水調歌頭〕）與戰國時諸侯盟誓的語言彷彿一樣；又如「不恨古人吾不見，恨古人不見吾狂耳」（〔賀新郎〕），「甚矣吾衰矣」（〔賀新郎〕），「後之覽者，又將有感斯文」（〔新荷葉〕）等等，句式完全散文化了，但都符合詞的音律，旣有一瀉直下的氣勢，又覺娓娓敍來，深摯動人。明代毛晉《稼軒詞跋》說：「宋人以東坡爲詞詩，稼軒爲詞論，善評也。」從蘇的「以詩爲詞」到辛的「以文爲詞」，爲詞又開拓了新的境界。

然而辛詞語言最突出的特色還不在以散文句法入詞，而在於「驅使莊騷經史，無一點斧鑿痕」（《詞林紀事》引樓敬思語）。

如〔水調歌頭〕《壬子三山被召，陳端仁給事飲餞席上作》：

> 長恨復長恨，裁作短歌行。何人為我楚舞，聽我楚狂聲？余既滋蘭九畹，又樹蕙之百畝，秋菊更餐英。門外滄浪水，可以濯吾纓。　一杯酒，問何似，身後名。人間萬事，毫髮常重泰山輕。悲莫悲生離別，樂莫樂新相識，兒女古今情。富貴非吾事，歸與白鷗盟。

此詞作於光宗紹熙三年（公元 1192 年），辛棄疾被召爲福建提點刑獄，此時他已在蹉跎歲月中閑居了十年，依然閑居在家的好友陳端仁爲他餞行，席上，辛棄疾百感交集，寫下這首詞。全詞幾乎句句有來歷：寫故人離別則借用《史記・留侯世家》「為我楚舞，吾爲若楚歌」和《九歌・少司命》「悲莫悲兮生別離，樂莫樂兮新相識」；寫修身潔行則借用《離騷》「余既滋蘭之九畹兮，又樹蕙之百畝」，「朝飲木蘭之墜露兮，夕餐秋菊之落英」和《孟子・離婁》「滄浪之水清兮，可以濯吾纓」；抒曠達懷抱則用《世說新語・任誕》「使我有身後名，不如即時一杯酒」；言不慕榮利則用陶淵明詩「富貴非吾願」，黃庭堅詩「此心吾與白鷗盟」。由於驅使經史莊騷等書的語言入詞，體勢顯得橫放，一股豪邁不羈之情、梗概不平之氣傾瀉筆端，不僅境界高雅，而且風骨崚嶒。正如清人吳衡照所評述：「《論》、《孟》、《詩小序》、《左氏春秋》、《南華》、《離騷》、《史》、《漢》、《世說》、《選》學、李杜詩，拉雜運用，彌見其筆力之峭。」（《蓮子居詞話》卷一），他在運用經騷子史入詞時，又是有所選擇的，詹安泰曾指出：「大約《詩》、《騷》取其纏綿，《莊》、《列》取其清曠超妙，『四史』及晉文取其雅秀俊逸。書誥典禮詰屈繁重之辭固所不取，六朝駢體浮艷側媚之文亦在摒棄之列。」（《詹安泰詞學論稿》）

這是指選取符合其詞的個性風格者，實則他還根據題材內容來選擇詞彙，有時多用經史楚騷中語，如上舉〔水調歌頭〕，有時多提煉口語俗語入詞，如前舉農村詞，而更多的是把生動活潑的文言詞彙與適當的口語俗語詞彙融爲一體，這是他對詞的語言的一種發展。

㈣多采多姿的藝術風格

王士禎《花草蒙拾》說：「婉約以易安爲宗，豪放惟幼安稱首。」豪放確是辛詞的主導風格。詞史上常蘇、辛並稱，亦是指兩人豪放詞風而言。但同是豪放，蘇、辛卻有很大不同。東坡詞風是豪中顯曠，稼軒詞風則是豪中呈鬱。辛棄疾一方面繼承蘇軾，高唱「金戈鐵馬，氣吞萬里如虎」；一方面又「斂雄心，抗高調，變溫婉，成悲涼」（《宋四家詞選》序論），表現爲一種悲壯蒼涼、沈鬱頓挫之美，如〔水龍吟〕《過南劍雙溪樓》：

> 舉頭西北浮雲，倚天萬里須長劍。人言此地，夜深長見，斗牛光焰。我覺山高，潭空水冷，月明星淡。待燃犀下看，憑欄卻怕，風雷怒、魚龍慘。　峽束蒼江對起，過危樓，欲飛還斂。元龍老矣，不妨高臥，冰壺涼簟。千古興亡，百年悲笑，一時登覽。問何人又卸，片帆沙岸，繫斜陽纜？

詞中借用《晋書·張華傳》中有關龍泉、太阿雙劍化爲兩龍的故事，一再轉出奇特的境界，傾吐內心抑鬱。全詞寫得奇幻蒼莽，灌注其間的則是興亡、悲笑、「一時登覽」這樣一種憂憤深沈、拗怒不平之氣，道出作者渴望報國而又憂讒畏譏的複雜心理。

但藝術風格的獨特性並不等於藝術風格的單一性。在豪放之外，辛詞中還有寫得情致纏綿、詞意婉約的作品，如〔祝英臺近〕

《晚春》：

> 寶釵分，桃葉渡，煙柳暗南浦。怕上層樓，十日九風雨。斷腸片片飛紅，都無人管，更誰勸、啼鶯聲住。　　鬢邊覷。試把花卜歸期，才簪又重數。羅帳燈昏，哽咽夢中語：是他春帶愁來，春歸何處？卻不解、帶將愁去。

這首詞寫晚春閨怨，或有所託，但本事不明，難於指實⑤。詞意幽怨纏綿，一往情深，寫環境則煙雨淒迷，落紅點點，鶯啼不已；寫人物則花卜歸期，會合無由，春光將盡，愁思不解。故前人認為「稼軒詞以激揚奮勵為工，至『寶釵分，桃葉渡』一曲，昵狎溫柔，魂銷意盡，才人伎倆，眞不可測」（沈謙《塡詞雜說》）。正說明辛詞風格的多樣化。在其詞集中，還有不能用豪放、婉約所能簡單包括的其他風格，如他自注體中，有「效花間體」的〔唐河傳〕，「效李易安體」的〔醜奴兒近〕，「效白樂天體」的〔玉樓春〕，「效朱希眞體」的〔念奴嬌〕，還有「用天問體」的〔木蘭花慢〕。可以說，辛詞是衆體兼備、無體不工的。

特別値得提出的是，辛詞風貌不僅多采多姿，而且表現出創新的才力。辛詞中無疑洋溢著剛直之氣，但他在特殊的政治環境中，又不得不摧剛為柔，所謂「百煉都成繞指」（〔水調歌頭〕），把滿腔激憤化為纏綿悲鬱的哀怨之音，豪氣折入柔情，奇情麗語一齊飛動，正是他剛柔兼濟、豪婉交融的妙用。這類作品以〔摸魚兒〕《淳熙己亥，自湖北漕移湖南，同官王正之置酒小山亭，為賦》一詞最為典型：

> 更能消、幾番風雨，匆匆春又歸去。惜春長怕花開早，何況落紅無數。春且住，見說道、天涯芳草無歸路。怨春不語。算只

有殷勤、畫簷蛛網，盡日惹飛絮。　長門事，準擬佳期又誤。蛾眉曾有人妒。千金縱買相如賦，脈脈此情誰訴？君莫舞，君不見、玉環飛燕皆塵土！閑愁最苦。休去倚危欄，斜陽正在，煙柳斷腸處。

淳熙六年（公元 1179 年），辛棄疾從湖北轉運副使調任湖南，離鄂州赴長沙。鄂州向爲衝要之地，南宋大軍駐此，北上可窺中原。這次調任，明顯地是朝廷對辛棄疾的排斥，故移官之際，對國事的憂慮和壯心向北、人卻南行的愁恨交織在一起，使他寫下了這首「回腸蕩氣，至於此極。前無古人，後無來者」（梁啓超《藝蘅館詞選》丙卷）的名作。它以比興手法，借一失寵美女的幽怨，抒發詞人這個政治失意者悲壯的愛國情思。據傳「壽皇（宋孝宗）見此詞，頗不悅」（羅大經《鶴林玉露》），詞中所流露的哀怨確是對朝廷的不滿。全詞雖用了與惜春、宮怨有關的幽美意象，但因詞人將蘊藉在心中的熾熱感情寄寓在極爲委婉的形式之中，以雄豪之氣驅使花間麗語，因此顯得幽美而不柔靡，悲壯而不粗獷；貌似哀怨悱惻，實則慷慨激越，正所謂「肝腸似火，色貌如花」。正因爲辛棄疾能夠立足詞的當行本色而又加以創新，寓雄心高調於傳統詞風的溫婉之中，從而讓詞苑中彼此對立的婉約與豪放兩類風格完美而和諧地統一在其作品之中，綽約婉轉之外別有寄托，清麗綿密之中飽含激情，綿裡藏針、柔中孕剛，正是辛詞獨特藝術風格的表現。而這種剛柔兼濟的詞風對稍後姜夔的清空詞風以及姜夔爲首的格律派詞人的創作都有明顯影響。劉克莊《辛稼軒集序》說：「公所作大聲鏜鞳，小聲鏗鍧，橫絕六合，掃空萬古，自有蒼生以來所無。其穠纖綿密者亦不在小晏秦郎之下。」大體概括了辛詞以豪放爲主而又風格多樣化的實際情況。

總之，辛棄疾是宋代詞壇上的飛將和最高成就者，他作品的思想和藝術的感召力在宋詞中是無與倫比的，而他的影響不僅僅及於宋代的辛派詞人，還有金代的元好問乃至清代的陳維崧、文廷式等。

第四節　辛派詞人

與辛棄疾同時或稍晚的許多詞人受辛詞的影響，其作品的主題思想、感情基調、藝術風格等，都與辛詞相近，文學史上稱爲辛派詞人。辛派詞人不下五、六十人。其中以和辛棄疾同時的陳亮、劉過、稍後的劉克莊、更晚的劉辰翁等人成就較高，影響也比較大。

陳亮

陳亮（公元 1143～1194 年），字同甫，號龍川，婺州永康（今屬浙江）人。有《龍川詞》。他是南宋著名的思想家、政論作家和詞人。年少即懷抗金大志，爲人才氣超邁，喜談兵，議論風生。曾上書孝宗，力主抗戰，爲權臣所嫉，誣陷下獄。光宗時策進士，皇帝擢爲第一，授建康府判官廳公事，未至官而卒。著有《龍川文集》三十卷。今存明成化刻印本及《四部備要》排印本、中華書局校點本。又有《龍川詞》二卷，經輯補共存詞七十四首，今人姜書閣有箋注本（人民文學出版社，1980 年）。

陳亮以政論著名，與辛棄疾互相器重，交誼深厚，被辛棄疾比爲諸葛亮、陳元龍。陳亮曾於淳熙十五年（公元 1188 年）往上饒訪辛棄疾，二人於鵝湖寺相聚十日，共商恢復大計，史稱鵝湖之會。別後寄詞唱和。他自負有經濟之懷，因而把詞作爲抒發愛國熱情、表達政治見解的工具；作詞亦採取作文之法，喜以詞縱論國事，把政論熔鑄於詞中而「不作一妖語、媚語」（毛晉《龍川詞跋》）。其詞風沈雄悲壯，與辛詞相似，但藝術上不及辛詞豐富多彩。代表作有他與辛棄疾鵝湖之會後相互唱和的三首〔賀新郎〕以及下面這首〔水調歌頭〕：

> 不見南師久，謾說北羣空。當場隻手，畢竟還我萬夫雄。自笑堂堂漢使，得似洋洋河水，依舊只流東。且復穹廬拜，會向藁街逢。　　堯之都，舜之壤，禹之封。於中應有，一個半個恥臣戎。萬里腥膻如許，千古英靈安在，磅礴幾時通？胡運何須問，赫日自當中。

這首詞是送章德茂使金時所寫。詞中怒斥朝廷主和派，對恢復大業滿懷信心，豪氣逼人。清陳廷焯稱之為「清警奇肆，幾於握拳透爪，可作中興露布讀」（《白雨齋詞話》）。

劉過

劉過（公元 1154～1206 年），字改之，號龍洲道人，吉州太和（今江西泰和）人。終身布衣，長期浪遊於江湖間。晚年和辛棄疾交往，很受辛的賞識，兩人時有唱和。為人豪爽，被宋子虛稱為「平生以義氣撼當世」的「天下奇男子」（毛晉《龍洲詞跋》）。劉過曾多次上書朝廷，力陳恢復方略，惜文章已佚，具體內容不得而知。著有《龍洲集》十二卷，有上海古籍出版社校點本。所著《龍洲詞》，有《彊村叢書》二卷本。《全宋詞》收《龍洲詞》共八十首。他的詞作往往帶有深切的山河之恨和渴望統一的熱忱。劉熙載《藝概》評其詞說：「狂逸之中自饒俊致，雖沈著不及稼軒，足以自成一家。」他作詞步趨稼軒，有時得其豪壯，卻未得其婉轉沈鬱，甚至有少數題材庸俗、詞語粗豪之作，但在促進豪放詞風的發展中起了一定作用。所作〔沁園春〕《寄辛承旨，時承旨招，不赴》可以作爲其詞的代表：

> 斗酒彘肩，風雨渡江，豈不快哉？被香山居士，約林和靖，與坡仙老，駕勒吾回。坡謂：「西湖，正如西子，濃抹淡妝臨照臺。」二公者，皆掉頭不顧，只管傳杯。　白言：「天竺去來，圖畫裡崢嶸樓閣開。愛縱橫二澗，東西水繞；兩峯南北，高下雲堆。」逋曰：「不然，暗香浮動，不若孤山先訪梅。須晴去，訪稼軒未晚，且此徘徊。」

辛棄疾召他離杭州去紹興作幕僚，他以此詞作答，解釋不去的原因。全詞採用散文筆調，以浪漫的手法假設三個古人白居易、林逋、蘇軾的對話，想像新穎奇特，用典圓脫自然，風格狂逸清俊，深得辛棄疾的賞識。

劉克莊

宋末江湖派代表詩人劉克莊，詩、詞、文兼長。其詞集有《後村別調》一卷，收入《宋六十名家詞》；《後村長短句》五卷，收入《彊村叢書》。今人錢仲聯有《後村詞箋注》四卷，存詞二百五十八首。劉克莊曾受辛棄疾之孫的囑託，撰《辛稼軒集序》，對辛棄疾推崇備至。他的詞受辛棄疾影響很深，常表現出對國事的關懷和壯志難酬的感慨，並發展了辛詞奔放馳驟、雄健疏宕的一面，更爲散文化、議論化，說理敍事，運用自如。清馮煦說：「後村詞與放翁、稼軒，猶鼎三足。」（《宋六十一家詞選・例言》）但由於才力不足，終不似辛詞的精深沈著。其著名作品如〔賀新郎〕《送陳眞州子華》、〔賀新郎〕（「國脈絕如縷」）、〔憶秦娥〕（「梅謝了」）諸作，都表達了「談笑裡，定齊魯」，決心恢復中原的願望。愛國情深，沈鬱蒼涼，「楊升庵謂其壯語足以立懦」（毛晉《後村別調跋》）。下面錄其〔沁園春〕《夢孚若》：

何處相逢？登寶釵樓，訪銅雀臺。喚廚人斫就，東溟鯨膾；圉人呈罷，西極龍媒。天下英雄，使君與操，余子誰堪共酒杯？車千兩，載燕南趙北，劍客奇才。　飲酣畫鼓如雷，誰信被晨雞輕喚回。嘆年光過盡，功名未立；書生老去，機會方來。使李將軍，遇高皇帝，萬戶侯何足道哉！披衣起，但淒涼感舊，慷慨生哀。

孚若即方信孺，主張抗金，出使不屈，當時已卒。這首詞是借懷念亡友以抒發報國無門、壯志難酬的鬱憤。上片借夢境寫詞人與孚若暢遊中原，意氣風發；下片寫殘酷的現實，借李廣不得封侯事，寫出自己生不逢時的感慨，也是對苟且偷安的南宋統治者不重人才、不思進取的譴責，與上片夢境中的歡樂形成强烈反差。在寫法上，大量用典、熔鑄子史語、使用散文句式，風格雄奇豪放，都說明受到辛詞很深的影響，但沈鬱濃厚則不及辛詞。

劉辰翁

劉辰翁（公元 1232～1297 年），字會孟，號須溪，廬陵（今江西吉安）人。宋理宗時進士，做過贛州濂溪書院山長。後被薦任史官，辭不赴。又除太學博士，亦未能成行。宋亡後隱居不仕。他既是文學批評家，又是宋末愛國詞人中的佼佼者。有《須溪集》一百卷，久佚。後《四庫全書》輯爲十卷，內含《須溪詞》三卷，存詞三百五十餘首，其中多數寫於宋亡以後，《四庫提要》稱他「且其於宗邦淪覆之後，睠懷麥秀，寄托遙深，忠愛之忱，往往形諸筆墨，其志亦多有可取者」。他的詞或揭露抨擊南宋王朝的腐敗統治，或痛悼山河破碎，詞情深摯沈痛，風格遒勁有力，「略與稼軒旗鼓相當」（況周頤《餐櫻廡詞話》），雖格調愴楚悲苦而少有辛詞之悲壯氣概，但他勝於同時其他詞人的地方在於「志多可取」而不一味作衰颯之音。如〔柳梢青〕：

鐵馬蒙氈，銀花灑淚，春入愁城。笛裡番腔，街頭戲鼓，不是歌聲。　　那堪獨坐青燈。想故國、高臺月明。輦下風光，山中歲月，海上心情。

題曰《春感》，但詞中既不見「春景」，也沒有「春情」，只有一片愛國赤誠洋溢於字裡行間。特別是末三句，痛悼宋朝滅亡，敍述自己山中避難，想念有些愛國志士尚在海上飄流，語言質樸曉暢，辭情悲咽沈痛。

附　註

①《美芹十論》即《御戎十論》。前三篇爲《審勢》、《察情》、《觀釁》，內容係論女眞虛弱不足畏，且有「離合之釁」可乘，形勢有利於我，不利於敵。後七篇《自治》、《守淮》、《屯田》、《致勇》、《防微》、《久任》、《詳戰》，提出自治强國的系列具體規劃和措施。《九議》論用人、論長期作戰、論敵我長短、論攻守、論陰謀、論虛張聲勢、論富國强兵、論遷都、論團結，進一步闡發《十論》思想。

②「飛虎軍」於淳熙七年在湖南創建。辛棄疾見南宋軍隊不能作戰，便向朝廷建議依照廣東摧鋒軍、荊南神勁軍、福建左翼軍那樣，別創一軍，名之曰「湖南飛虎軍」。名義上是爲了「使夷獠知有軍威，望風懾服」，實際上辛棄疾是想訓練一支愛國勇敢的軍隊，作爲將來恢復中原的準備。宋孝宗批准了他的建議，他先就五代時楚王馬殷的舊壘建爲營房，然後招步兵 2000 人，馬兵 500 人，嚴格

訓練。又打造新的鐵甲武器。很快，飛虎軍建成，「雄鎮一方，爲江上諸軍之冠」（《宋史・辛棄疾傳》）。此後幾十年後，飛虎軍不僅對內起了治安作用，且成爲長江沿線最重要的一支防禦力量，使「北虜頗知畏憚，號虎兒軍」（《歷代名臣奏議》卷一八五《去邪門》）。

③孝宗乾道八年（公元 1172 年），辛棄疾知滁州。時滁州連續四年水災旱災，百姓困苦不堪。辛到任後，首先把百姓積欠官府的稅款 580 萬全部豁免，接著又減輕新稅，放寬期限，召回逃亡之民，並貸款給人民購瓦、木建屋，半年大見成效。「自是流逋四來，商旅畢集，人情愉愉，上下綏泰，樂生興事，民用富庶。」（崔敦禮代嚴子文《滁州奠枕樓記》）但辛棄疾雖有如此才幹，卻仍未被派往抗金前線。相反卻被委派去平定內亂。淳熙二年（公元 1175 年）四月，茶民賴文政領導茶民舉行暴動，他們從湖北轉入湖南、江西、廣東各地，聲勢很大。朝廷軍隊束手無策。六月，孝宗調辛棄疾爲了江西提點刑獄，命他節制諸軍，討捕「茶寇」。九月，辛誘殺賴文政，鎮壓了這次叛亂。

④淳熙十五年（公元 1188 年），辛棄疾曾於瓢泉附近的鵝湖寺約會愛國志士陳亮。辛、陳二人在鵝湖十日，「長歌相答，極論世事」，共商恢復大計。這就是繼朱熹、陸九淵之後又一次著名的「鵝湖之會」。會後，辛、陳二人彼此唱和，寫下〔賀新郎〕詞數闋及〔破陣子〕等詞。

⑤有人認爲此詞有寄託，譚獻《譚評詞辨》：「末三句托興深切，亦非全用直語。」張惠言《張惠言詞選》：「點點飛紅，傷君子之棄；流鶯，惡小人得志也；春帶愁來，其刺趙、張乎？」黃蓼園《蓼園詞選》：「此必有所託，而借閨怨以抒其志乎？」但所託爲何？惜未指明。

第九章　話本

第一節　話本的產生及其體制

話本，就是說話藝人演講故事的底本。「話」是故事的意思。話本最初掌握在說話藝人手中，作爲自己揣摩備忘或師徒、子孫傳習之用，而後隨著「說話」藝術的不斷發展，逐漸成爲宋代一種嶄新的文學樣式。

㈠話本的產生

話本是宋代市民文學繁榮的產物。

從現存資料來看，早在唐代，「說話」藝術就已粗具規模。元稹在《酬翰林白學士代書一百韻》詩中「翰墨題名盡，光陰聽話移」兩句下曾自注云：「又嘗於新昌宅說《一枝花話》，自寅至巳，猶未畢詞也。」《一枝花話》就是當時長安名妓李娃的故事。清末從敦煌發現的唐五代的通俗文學寫本中以「話」或「話本」題名的有《韓擒虎話本》、《廬山遠公話》、《葉淨能詩》（「詩」，疑「話」之誤）等。從文學淵源來說，隋唐時期的「俗講」和「說話」，無疑是宋代說話的先驅。

兩宋時期，商業經濟繁榮，出現了像汴京、臨安一類商業都市。隨著坊市制度的崩潰，市民階層對於文化娛樂生活的需求不斷提高，說話等各種演唱藝術空前繁榮起來。兩宋京城，各種勾欄、瓦肆技藝應運而生。勾欄，是宋元時雜戲的演出場所；瓦肆又叫瓦舍，是遊藝場所的總稱。據《東京夢華錄》載，北宋汴京有「大小勾欄五十餘座」，最大的勾欄「可容數千人」；《武林舊事》說南宋臨安有「瓦子二十三處」，從事「說話」的藝人約一百餘人。他們術有專攻，分工很細，屬於「說話」範圍的技藝就分爲四家：一爲小說，二爲講史，三爲說經，四爲合生①。其中以「小說」、「講史」二家最爲重要，影響最大。

話本的產生大致有以下兩種情況：

1. 口頭流傳。許多歷史傳說、民間故事和社會新聞，最初只是在民間口頭流傳。經過說話藝人的收集整理、加工編造，使之內容更豐富，情節更生動，形式更完美，手抄筆錄，供說話人自己揣摩、備忘或師徒授受之用。這樣就產生了話本。

2. 書會編撰。隨著說話藝術的興盛，宋代說話已成爲一種專門職業。說話人原來口頭嫻習的成套故事已不能滿足市民文化娛樂生活之需，於是出現了「書會」。書會成員稱爲「書會先生」或「才人」，他們專門替說話人和戲曲演員編寫話本。隨著書市和印刷業的發展，話本由寫本變爲刊印本，廣爲流傳，中國文學史上第一次有了可供閱讀的通俗白話小說。

這兩種情況，是相輔相成的。說話藝人師徒相傳，在說話中不斷修改加工；書會才人一面編寫話本，一面又根據說話人在口頭說唱中流傳的話本加以整理提高，這樣就有了廣泛流傳並可供閱讀的話本。

現在保留下來的宋元話本基本上屬「小說」、「講史」兩類。只有一種《大唐三藏取經詩話》，可能屬於「說經」一類的話本，它對《西遊記》故事的形成有一定影響。小說話本是小說家的底本，通常被稱爲「小說」。小說有說有唱，而以說爲主，篇幅比講史短小，故又叫「短書」。說話四家中講史的底本爲講史話本，自元代始稱之爲「平話」，一作「評話」，包含評論、議論之義。它以歷史故事爲題材，以講述歷史故事爲主，略加評議，後發展成爲章回體長篇小說。

㈡話本的體制

話本是在唐宋說話藝術的母體中孕育出來的我國最早的白話小說。它的產生，是中國小說史上一件極重要的大事，標誌著中國小說已進入了一個嶄新的發展階段。

宋人話本（主要指小說話本）同唐代變文有一定的繼承關係，但在制體上也有自己的特色。小說話本的結構一般包括四個部分，即題目、入話、正話和篇尾。

題目：根據正話的故事來確定，是故事內容的主要標記，如《碾玉觀音》、《快嘴李翠蓮記》等，最初以人名、地名、諢名、物名爲題，明代才依故事內容改爲七、八言的句子，使題目更加醒目，如《鬧樊樓多情周勝仙》之類。

入話：又稱「得勝頭回」或「笑耍頭回」，就是在正文之前，先用與正文相關的詩、詞開頭，加以解釋，或先講一段小故事，然後引入正話。「入話」篇幅一般較正話短小，具有開啓下文、肅靜聽衆、啓發聽衆、聚集聽衆的作用。

正話：即故事的正文，是話本的主要部分，要求以比較複雜的情節敍述故事，塑造人物，表達一定的思想內容。正話與某些變文相似，文字上分散、韻二種，散文用來敍述故事，韻文有疏通、品評、描繪、襯托作用，以補充散文敍述之不足。但小說話本的故事性更強，敍述部分更詳細生動；而韻文部分則一般較爲簡短。

篇尾：話本的煞尾，一般以四句八句詩作結，也有的以詞或整齊的韻語結尾，總結全篇主旨，或勸戒，或評論，具有相對的獨立性。如《錯斬崔寧》的結尾：

善惡無分總喪軀，只因戲語釀災危。勸君出語須誠實，口舌從來是禍基。

小說話本的這種體制結構，是說話藝術長期發展的結果。它標誌著宋元小說話本的成熟，爲中國白話小說的繁榮發展開闢了道路，初步形成了中國古典小說的民族形式和民族風格。

第二節　小說話本

宋代（包括部分元代）小說話本的數量很多，據《醉翁談錄》、《也是園書目》、《寶文堂書目》等記載，大約有一百四十多種。最初以單篇形式流傳，故多散佚。保存至今者也可能經過元明人的潤色、修改。從前人的記載和小說內容、表現方式等方面考察，基本上可判定爲宋時遺留的小說話本約有四十餘種，散見於明人輯錄的《清平山堂話本》、《熊龍峯四種小說》，晚明馮夢龍編著的《古今小說》、《警世通言》、《醒世恒言》，以及編輯時間難於考定的《京本通俗小說》。

㈠小說話本的類型

小說話本取材廣泛，內容豐富，突破了六朝志怪和唐代傳奇以上層社會或士大夫生活爲描寫對象的樊籬，廣泛地反映了宋元時代現實生活中錯綜複雜的矛盾與世態人情，充分體現了市民的生活情趣和審美意識。

現存的小說話本，其題材和內容大致可以分爲三類：一是愛情，二是公案，三是神仙鬼怪。其中以描寫愛情婚姻和社會矛盾、訴訟案件的作品爲最多，成就最高，影響最大。

1、愛情類

戀愛婚姻是人類最基本的生活內容。封建的婚姻制度與千千萬萬青年男女對戀愛婚姻自由的執著追求的矛盾衝突，釀成了許許多多愛情婚姻的人生悲劇。小說話本繼承了中國文學反封建、追求婚姻自由的永恒主題，以愛情婚姻爲題材，留下了許多獨放異彩的傳世佳作。如《碾玉觀音》、《鬧樊樓多情周勝仙》、《快嘴李翠蓮記》等，都是其中膾炙人口的名篇。

《碾玉觀音》

《碾玉觀音》見於《京本通俗小說》。《寶文堂書目》著錄，題作《玉觀音》；《警世通言》卷八作《崔待詔生死冤家》，題下注：「宋人小說，題作《碾玉觀音》。」小說寫崔寧與璩秀秀的愛情悲劇。璩秀秀是裱褙工之女，被迫賣給咸安郡王作「養娘」，愛上碾玉匠崔寧，並趁郡王府失火之機，雙雙連夜逃奔潭州，過著自食其力的夫妻生活。後被郭排軍告密，秀秀夫妻被抓回王府，崔寧受刑後發配建康府，秀秀被打死。秀秀的鬼魂仍追隨著崔寧，重過夫妻生活。不巧又被郭排軍發現，秀秀終於報了冤仇。儘管怨情雖訴，人間難容，秀秀便揪住崔寧到陰間去作鬼夫妻。作品成功地塑造了璩秀秀這個以往文學作品中未曾出現過的女奴形象。她聰明美麗，大膽潑辣，執著追求婚姻自由，敢於蔑視封建倫理道德和反抗封建人身依附關係。這正表現了宋元時代女性的覺醒。雖然她們最終無法逃脫封建統治者的魔掌，但秀秀的追求精神和反抗性格，作者卻給予了高度的贊揚。這正是小說話本的可貴之處。

《鬧樊樓多情周勝仙》

《鬧樊樓多情周勝仙》見馮夢龍《醒世恒言》十四卷。本事出《夷堅志》庚集卷一《鄂州南市女》，《情史》卷十引之。《能改齋漫錄》云：「白樊樓在東京華門外景明坊，有酒樓，人謂之樊樓。」小說寫女主人公周勝仙與范二郎的愛情故事。周勝仙與范二郎在金明池相遇，「四目相視，具各有情」，相愛甚篤，卻因父親反對而難遂心願，相思成疾，鬱悶而死。死後而復生，去樊樓尋找范二郎，被范誤以爲鬼而失手打死。范二郎因此吃官司，周氏鬼魂與二郎夢中結爲夫妻，救出二郎。女主人公對婚姻自由的大膽而熱烈的追求，充分表現了青年婦女大膽反抗封建禮教的積極精神。

《快嘴李翠蓮記》

《快嘴李翠蓮記》見於《清平山堂話本》。《寶文堂書目》著錄，無「記」字。小說寫快嘴李翠蓮被逼出家的故事，從家庭的角度反映了封建時代青年女子的婚姻悲劇。李翠蓮，心直口快，性格剛直，蔑視禮教，鋒芒畢露，「打先生，罵媒婆，觸夫主，毀公婆」，爲封建禮教所不容，被休棄回娘家。又受到父母兄長的責備和嫌棄，最終皈依佛門。作品以富有喜劇性的誇張，渲染李翠蓮的叛逆性格，深刻揭示了婦女的悲慘命運，突出了封建禮教束縛婦女的殘酷性。而李翠蓮對封建禮教的反抗，正表現了當時下層婦女對男女平等和個性自由的強烈追求。顯然，這是難能可貴的。

描寫婦女命運的小說話本，還有《志誠張主管》和《陳巡檢梅嶺失妻記》等。

2、公案類

以訴訟案件爲題材的公案小說，涉及更爲廣闊的社會生活，直接揭露和抨擊黑暗腐朽的封建吏治，寄予了對下層人民的深切同情。如《錯斬崔寧》、《宋四公大鬧禁魂張》等，就是其中的優秀篇什。

《錯斬崔寧》

《錯斬崔寧》見於《京本通俗小說》。《寶文堂書目》、《也是園書目》、姚燮《今樂考證》卷十三《宋人說書本目》均見著錄，《也是園書目》列入「宋人詞話」類；《醒世恒言》卷三十三作《十五貫戲言成巧禍》，題下注：「宋人作《錯斬崔寧》。」小說寫一對青年男女崔寧和陳二姐因十五貫錢而引起的謀殺冤案。一個「錯」字，充分揭露了封建吏治的昏庸腐朽，草菅人命。篇末作者憤怒地譴責官府說：「這段冤枉，仔細可以推詳出來：誰想問官糊塗，只圖了事，不想捶楚之下，何求不得！」然而，像這樣的糊塗問官，在封建時代又何止萬千！有多少無辜百姓慘死在封建官吏「率意斷嶽，任情用刑」的大堂之上！

《宋四公大鬧禁魂張》

《宋四公大鬧禁魂張》見於《古今小說》三十六卷。《寶文堂書目》著錄，題作《趙正侯興》。小說帶有濃厚的傳奇色彩，寫俠盜宋四公趙正等路見不平、拔刀相助，懲治地主豪商和欺壓百姓的公差衙役，大鬧東京城的俠義公案故事。作品著力渲染俠盜們仗義輕財和機智勇猛，嘲笑封建官吏的愚蠢無能，帶有官逼民反的思想傾向性。

宋代話本，作爲新興的市民文學，充分反映了市井細民一反舊傳統的新的價值觀念和追求自由平等的民主意識，從而構成了話本小說最主要的思想價值和審美特徵。但其中也不乏封建說教和迷信報應等落後思想，有的性描寫還涉於淫穢，反映市民階層審美趣味的低級一面。這是應該指出的。

㈡小說話本的藝術成就

小說話本生長發展在市民文化的特定土壤之中，因而在人物形象、情節結構和語言風格等方面形成了自己獨具風采的藝術特色。

首先，小說話本第一次突破了六朝志怪唐傳奇多寫上層社會或文人士子的局面，成功地塑造了一系列富有時代氣息的個性鮮明的下層社會各類人物形象，如《碾玉觀音》中的璩秀秀，《鬧樊樓多情周勝仙》中的周勝仙、《快嘴李翠蓮記》中的李翠蓮、《志誠張主管》中的小夫人，等等。這些下層市民中的「小人物」，不僅以被肯定的主人公出現，而且有性格，有理想，有愛憎，有抗爭，無不閃爍著時代的思想光輝，從而爲中國的小說創作打開了勞動者和被壓迫婦女登堂入室的大門。這正是宋代小說話本最有價值的一面。

其次，故事情節曲折，結構完整，引人入勝。小說話本由說話技藝演化而來，重故事情節，頭緒複雜而又井井有序，結構完整而又線索分明，剪裁適當，使用伏筆，製造懸念，曲折巧妙，適應市民羣衆的文化心態和審美趣味。例如《錯斬崔寧》的情節安排，處處抓住一個「錯」字，在「錯」的背後，又處處強調一個「巧」字。劉貴戲言，二姐出走是「巧」；二姐走後劉貴被殺，又是「巧」；二姐偶遇崔寧，結伴而行也是「巧」；劉貴丟失的錢與崔寧身帶的錢同是十五貫，更是「巧」合，直接導致鄰里的「錯」和官府的「錯」，以致「錯斬崔寧」，鑄成「錯」上加「錯」。這種偶然性的「巧合」，包含著必然性的因素；二姐將劉貴的一句戲言信以爲眞，是因爲現實生活中存在買賣妻妾的醜惡現象，而「男女同行，非奸即盜」的社會輿論和官吏草菅人命的黑暗現實，必然導致這對青年男女含冤被殺的悲劇。所以這種

「巧」，既扣人心弦，又合情合理，巧得動人。

第三，小說話本運用通俗的白話和生動的羣衆口頭語言，其風格特點是精當、形象、生動、樸素，通俗淺近，生活氣息濃厚，最富有表現力，具有個性化的特點。如《碾玉觀音》中王失火後秀秀與崔寧的對話，《錯斬崔寧》中劉貴馱了錢帶醉回家與陳二姐的對話，《西山一窟鬼》中王婆向吳洪說媒的對話，都寫得新鮮活潑，維妙維肖。在我國古代文學中，它是第一次以羣衆喜聞樂見的純粹的白話語言服務於文學形象的創造，成功地開創了白話小說的新紀元，促進了中國文學的語言形式由中古至近代的轉變。這是宋人話本在語言方面的突出成就。

第三節　講史話本

「講史」是宋代說話四家之一，淵源於唐代民間講說的歷史故事②。它與「小說」分庭抗禮，各逞其長。「小說」說短篇時事，「講史」說長篇歷史。從藝術風格和審美特徵上看，「小說」多敍煙粉靈怪公案故事，涉筆女性世界，委婉細膩，長於情致；而「講史」多說軍國大事、朝代興衰和英雄業績，故風格雄渾粗放。然而「講史」與「小說」在內容方面並無絕對界限，審美風貌也是長短互濟。後來，「講史」與「小說」逐漸合流，明代長篇章回小說便應運而生。

「講史」話本的體制，主要有以下三個特點：

一是篇幅長大，分卷分目。小說只「講一朝一代故事，頃刻間捏合」，篇幅較短，通常只有三五千字，現存字數最多的《清平山堂話本・錯認屍》亦不過八千七百二十字。講史「講說《通鑒》、漢唐歷代書史文傳，興廢爭戰之事」（《夢粱錄》），篇幅必然較大，一般均有四、五萬言，最長的《五代史平話》有十多萬字。因此必須分卷分目，如《新編五代史平話》的梁史、唐史、晋史、漢史、周史平話，皆分別分爲上下二卷；《全相平話五種》的《武王伐紂平話》、《七國春秋平話後集》、《秦併六國平話》、《前漢書平話續集》、和《三國志平話》，五書分別爲上中下三卷。平話通常還分立節目，標出故事情節的內容，成爲後代章回體小說回目之濫觴。

二是「開場詩」和「散場詩」。每部講史話本的開端，都有一、二首七言律詩或絕句作引子，稱之爲「開場詩」，以概括全部歷史，或交代該部講史話本的內容，或作評論。在講史話本的篇末，又有一首爲七絕或七律的「散場詩」（僅《前漢書平話》例外），以總結全書內容，或作評論以爲借鑒教訓。這種以「開場詩」和「散場詩」首尾照應的體制，亦爲後世長篇歷史小說所襲用。

三是採用斷代編年的敍事方法。講史話本的主要故事情節多依正史，以歷代王朝的興衰和帝王將相的活動爲中心，敍述的故事是斷代的，敍事方法也大體上以時間先後爲序，但間雜民間傳說和藝術虛構，與史書有所不同。講史話本以講說爲主，語言半文半白，敍事中間插詩詞、書傳、表章、信柬，以引發讀者和聽衆的興趣，傳播歷史和文學知識。

北宋時代，「講史」技藝已趨成熟。《東京夢華錄》記載當時著名的講史藝人有孫寬、孫十五、曾無黨、高恕、李孝詳，有「說三分」專家霍四究，說「五代史」專家尹常賣。已知的北宋講史科目有《漢書》、《五代史》和《三國志》。南宋時的「講史」之風更加興盛，題材更廣，藝人更多。僅杭州的著名藝人，據《夢粱錄》、《西湖老人繁勝錄》、《武林舊事》所載，就有喬萬卷、許貢士、張解元等二、三十人。講史的內容，據《醉翁談錄》所載，有《黃巢》、《劉項爭雄》、《孫龐鬥智》、《晋宋齊梁》、《三國志》

等，不但有北宋的《漢書》、《五代史》、《說三分》，還有《列國志》、《七國春秋》和《說唐》等講史題材。

講史話本雖大都是根據史書敷衍成篇，成就不如「小說」，但在小說史上的重要意義和歷史地並不亞於「小說」。據明初編輯的《永樂大典目錄》卷四十六載，宋人舊編元人增益的講史話本就有二十六種，惜其散佚殆盡。流傳至今者有：

《新編五代史平話》：宋人舊編，元人修訂刊印。凡十卷，其中《梁史平話》二卷，《唐史平話》二卷，《晋史平話》二卷，《漢史平話》二卷，《周史平話》二卷，「新編」字樣，蓋爲刊印時書賈所加。今流傳者已殘缺不全，《梁史》、《漢史》僅存上卷。全書敍述五代興亡本末，文字比較生動活潑。

《新刊大宋宣和遺事》：《百川書志》、《寶文堂書目》均著錄，《也是園書目》列入「宋人詞話」類。本篇從歷代帝王荒淫失政之事說起，敍述北宋政治演變，重點寫宋徽宗失政和靖康之恥，熔歷史、政治和社會生活於一爐，內容極其豐富，大致可以分十節：(1)敍歷代帝王荒淫，(2)敍王安石變法，(3)敍蔡京當權，(4)敍梁山泊英雄聚義，(5)敍宋徽宗與李師師故事，(6)敍林靈素道士的進用，(7)敍京師的繁華，(8)敍汴京失陷，(9)敍徽、欽二帝被擄，(10)敍宋高宗建都臨安，具有一定的思想價值和史料價值。今存三種本子：(1)《士禮居叢書》二卷本，一九一四年上海掃葉山房影印。(2)金陵王氏洛川校正重刊本，分元、亨、利、貞四集，今有商務印書館排印本，一九五四年古典文學出版社排印本。(3)璜川吳氏舊藏明季刊本，二卷。卷首有圖，題「旌德郭卓然刻」。中國科學院圖書館藏。

《全相平話五種》：元代建安虞氏刻本，現存五種，版式一致，每頁皆上圖下文，文字簡括，訛誤較多。其中以《三國志平話》成就較高，已略具《三國志通俗演義》的主要情節和「擁劉反曹」的思想傾向。今有文學古籍刊行社影印本、古典文學出版社排印本。

附　註

①說話人分四家，首見於耐得翁的《都城紀勝》中的《瓦舍衆伎》條：「說話有四家：一者小說，謂之銀字兒，如煙粉、靈怪、傳奇。說公案，皆是搏刀趕棒及發迹變泰之事；說鐵騎兒，謂士馬金鼓之事；說經，謂演說佛書；說參請，謂賓主參禪悟道等事。講史書，講說前代書史文傳興廢爭戰之事。最畏小說人，蓋小說者能以一朝一代故事頃刻間提破。合生與起令、隨令相似，各佔一事。商謎舊用鼓板吹〔賀聖朝〕，聚人猜詩謎、字謎、戾謎、社謎，本是隱語。」《夢粱錄》承襲其說（卷二十《小說講經史》條）。清人翟灝《通俗編》卷三十一《徘優》條引耐得翁《古杭夢遊錄》說：「說話有四家：一銀字兒，謂煙粉靈怪之事；一鐵騎兒，謂士馬金鼓之事；一說經，謂演說佛書；一說史，謂說前代興廢。」光緒三十二年張心泰《宦海浮沈錄》中的分法是：一、小說；二、說公案、說鐵騎兒；三、說經、說參請；四、講史書。翟、張二氏，分法基本相同。但《都城紀勝》、《夢粱錄》等書「文詞含混，可左可右，斷句很難有固定的標準，遂使四家問題，人執一詞」（李嘯倉《宋元伎藝雜考》）。大抵諸家皆以小說、講史、說經爲其中三家。王國維《宋元戲曲考》、胡懷深《中國小說概論》、譚正壁《中國小說發達史》皆以說參請爲第四家。魯迅《中國小說史略》、孫楷第《宋朝說話人的家數問題》、趙景深《中國小說論集》則以合生、商謎、說渾話爲第四家。陳汝衡《說書小史》、李嘯倉《宋元伎藝雜考》、青木正兒《中國文學》、王古魯《南宋說話人四家的分法》均以說鐵騎兒爲第四家。（參見胡士瑩《話本小說概論》第四章《說話的家數》）

②「講史」的淵源歷來有兩種說法：一是認爲「講史「淵源於唐代民

間講說的歷史故事（程毅中《略談宋史講史的淵源》，《光明日報文學遺產》第 211 期）；二是認為「講史」淵源於晚唐的《詠史詩》，著名的如胡曾、周曇等人的作品（張政烺《講史與詠史詩》，《歷史語言研究所集刊》第 10 本）。胡士瑩《話本小說概論》第 17 章論及《講史的起源和發展》時認為「第一種說法是正確的」（中華書局 1980 年版第 695～696 頁）。

第十章　遼金文學

第一節　遼金文學的發展

㈠遼代文學的發展

遼是契丹族在我國北方和北地區建立的一個封建國家。從五代後梁末帝貞明二年（公元 916 年）建國，初名契丹，二十年後（公元 937 元）改國號爲遼，到宋徽宗宣和七年（公元 1125 年）爲金所滅，前後共二百一十年。其中一百六十六年和北宋對峙，以白溝（即拒馬河）爲界，定都於燕京（今北京）。

遼雖同中原王朝之間有過多次戰爭，但也有過長期的和平相處及友好往來的關係。遼的經濟狀況比北宋落後，因此契丹人比較注意接受中原和江南地區先進的漢族文化。他們在漢人的幫助下參考漢字創造了契丹大、小字，並用這種文字翻譯刻印了不少漢語典籍。遼代文學深受先秦以來特別是唐宋文學的影響，而唐宋文學家在遼影響最大的是白居易和蘇軾。遼聖宗耶律隆緒說：「樂天詩集是吾師。」並親自用契丹文字譯白居易的《諷諫集》，令羣臣誦讀。蘇軾的《眉山集》問世不久，范陽書肆便有翻刻本。蘇轍出使遼時，寄詩與軾說：「誰將家集過幽都，每被行人問大蘇。」可見白、蘇在遼受推崇的情況。

遼代文學作者多是帝王后妃和朝廷重臣。遼聖宗耶律隆緒製曲百餘首，今存《鼓吹曲》詞。興宗耶律宗眞存有《以司空大師不肯賦詩，以詩挑之》詩。道宗耶律洪基文學修養尤高，有《清寧集》，其《題李儼黃菊賦》詩云：「昨日得卿黃菊賦，碎剪金英填作句。袖中猶覺有餘香。冷落西風吹不去。」頗有韻致。道宗懿德皇后蕭觀音（公元 1040～1075 年），好音樂，善琵琶，工詩，能自製歌詞，曾作《伏虎林應制》、《君臣同志華夷同風應制》等詩，被道宗譽爲女中才子。後來由於諫道宗獵秋山被疏，作了十首《回心院詞》，抒發她失寵後的苦悶和期待：

掃深殿，閉久金鋪暗。遊絲絡網塵作堆，積歲青苔厚階面。掃深殿，待君宴。

張鳴箏，恰恰語嬌鶯。一從彈作房中曲，常和窗前風雨聲。張鳴箏，待君聽。

滿腔幽怨，而以深婉的方式表達出來，頗受後人稱道。清人徐釚評道：「怨而不露，深得詞家含蓄之意。斯時柳七之調尚未行於北國，故蕭詞大有唐人遺意也。」（《詞苑叢談》）她的《懷古》詩：「宮中只數趙家妝，敗雨殘雲誤漢王。惟有知情一片月，曾窺飛燕入昭陽。」哀感頑艷，甚爲動人。太康初年，她被耶律乙辛等人誣陷，含冤而死①。其詩全集載於王鼎《焚椒錄》中。

天祚帝耶律延禧時（公元 1101～1125 年），遼王朝的衰亡迹象已經顯露，最高統治者的荒淫殘暴和任用奸佞，使各種社會矛盾一齊爆發，文妃蕭瑟瑟作《詠史》詩曰：

丞相來朝兮劍佩鳴，千官側目兮寂無聲。養成外患兮嗟何及，禍盡忠良兮罰不明。親戚並居兮藩屏位，私門潛蓄兮爪牙兵。可憐往代兮秦天子，猶向宮中兮望太平。

這首詩斥奸書憤，表現了她憂時傷國的情緒，社會意義較强。

除皇室作家外，此時還有蕭韓家奴、王鼎等重要作家。蕭韓家奴，字休堅，涅剌部人，聖宗宋時著名作家。曾任翰林都林牙，兼修國史。著譯較多，有《六義集》。《遼史・文學傳》說：「統和、重熙之間，務修文治，而韓家奴對策落落累數百言，概可施諸行事，亦遼之晁、賈哉。」評價甚高。王鼎（公元？～1106 年），字虛中，道宗時進士，官至翰林學士，觀書殿學士。為人正直不阿，善為詞章，著有《焚椒錄》。

契丹皇帝雖在上層集團提倡詩歌，但同時又頒布了禁止書籍輸出和私家刊行圖書的嚴峻法令，所以保存下來的文學作品很少。後世輯錄的遼代文學總集，以今人陳述輯校的《全遼文》最為詳備，共收詩文八百多篇，於一九八二年由中華書局出版。

遼代文學總的成就雖較歷代文學遜色，但仍是中國文學史的一個組成部分，特別是為金代文學的發展哺育了一批作家，對金、元乃至清代都發生過一定的影響。

㈡金代文學的發展

金是以女眞族為主建立的國家，當這個民族在黑龍江流域和長白山一帶興起時，遼正衰落下去。完顏阿骨打統一女眞各部後自稱皇帝。於宋徽宗政和五年（公元 1115 年）建國號金，滅遼後又進兵中原，占據大半個中國，直到宋理宗端平元年（公元 1234 年）為蒙古所滅，共一百二十年，其中和南宋對峙了一百零九年，以淮河為界，將遼燕京改名中都，並定都於此。這段時期，人民為反抗女眞貴族殘暴的統治和瘋狂的掠奪，進行了前仆後繼的英勇鬥爭，迫使金中葉的女眞統治者採取了一些讓步措施，生產得到了暫時的恢復和發展。在文化上，女眞統治者也盡量效法漢唐、北宋和遼代，皇室貴族在很大程度上漢化，在與漢族人民的長期相處當中，特別是隨著女眞貴族的大批南遷，漢文化在女眞族中迅速傳播，漢語甚至成爲女眞族的通用語。從現存作品看，金代文學作者中雖有女眞貴族如完顏亮（海陵王）、完顏璟（即金章宗）、完顏璹等人，但均用漢語寫作，故金代文學，實際上是當時北方的漢語文學，它與遼特別是北宋文學有著明顯的淵源關係。其名作家受歐、蘇的影響尤較深，受黃庭堅及江西詩派的影響則較少，故淸翁方綱有「蘇學盛於北」（《齋中與友論詩》）之說。金代文學按其發展，約可分爲三個時期：

1、金初文學

金朝建國之初，中原人民的反抗此起彼伏，連綿不斷，統治很不穩定，所以一些入金的宋朝舊臣在詩歌中較多地流露出故國故君之思及仕金後的內心矛盾和痛苦，比較突出的有宇文虛中、吳激、蔡松年、高士談（公元？～1146 年，有《蒙城集》，已佚）等。

宇文虛中

宇文虛中（公元 1079～1146 年），字叔通，別號龍溪，成都華陽（今屬四川雙流）人。北宋時官至資政殿大學士，南宋高宗建炎二年（公元 1128 年）使金被軟禁。後被迫仕金爲禮部尚書、翰林學士承旨。金皇統六年（公元 1146 年），因與部分俘虜密謀奪兵仗南奔，事覺被殺。他的詩集已佚，今存詩共五十多首。他前期作品不多，亦較平淡。入金後詩風一變，或批評金人背盟，或寫出塞思鄉之情，頗多感憤之詞。如《在金日作三首》其一：「遙夜沈沈滿幕霜，有時歸夢到家鄉。傳聞已築西河館，自許能肥北海羊。回首兩朝俱草莽，馳心萬里絕農桑。人生一死渾閒事，裂眥穿胸不汝忘。」

吳激

吳激（公元 1090～1142 年），字彥高，號東山，建州（今福建甌縣）人。北宋末使金被留爲翰林待制。著有《東山集》及《東山樂府》，已佚。吳激爲金初詞壇盟主，傳誦之作不少，尤其是〔人月圓〕詞：

> 南朝千古傷心事，猶唱〔後庭花〕。舊時王謝，堂前燕子，飛向誰家？　恍然一夢，仙肌勝雪，宮髻堆鴉。江州司馬，青衫淚濕，同是天涯！

用秦淮商女和王謝堂前燕形容淪爲金人歌妓的宋朝宮姬，並與自己的遭遇相比，淒婉沈痛，流露出內心的矛盾和痛苦，雖檃栝前人詩句，卻自然得體，故在當時影響極大。

蔡松年

蔡松年（公元 1107～1159 年），字伯堅，自號蕭閒老人，眞定（今河北正定）人。宣和末降金，仕至右丞相。他雖爲顯宦，但內心頗爲矛盾。潛伏的民族意識使他感到「身寵神已辱」，「低眉受機械」，這種矛盾的思想感情的抒寫便成爲他詩詞中的重要主題。作品風格清雋爽麗，詞作尤負盛名。元好問指出：「百年以來樂府推伯堅與吳彥高，號吳、蔡體。」如步蘇軾韻的〔大江東去〕：

> 離騷痛飲，問人生、佳處能消何物？江左諸人成底事，空想巖巖青壁。五畝蒼煙，一丘寒玉，歲晚憂風雪。西州扶病，至今悲感前傑。　我夢卜築蕭閒，覺來岩桂，十里幽香發。塊壘胸

中冰與炭，一酌春風都滅。勝日神交，悠然得意，離恨無毫髮。古今同致，永和徒記年月。

這首詞評論歷史人物，寄托自己的情志，感慨激宕，意境深厚，頗有蘇詞「大江東去」的豪放之風。元好問以此詞為蔡氏「樂府中最得意者」。著有《蕭閒公集》，詞集《明秀集》。

2、中期文學的繁盛

金大定、明昌時期，由於對外與南宋達成了和議，對內確立了封建政權，社會相對穩定，經濟、文化均有進一步發展，文壇上較為活躍，出現不少知名作家，如蔡珪、劉迎（公元？～1180年，有《山林長語》，已佚）、黨懷英、王庭筠（公元 1151～1202 年，有文集四十卷，已佚）、王寂（公元 1128～1194 年，有《拙軒集》九卷）、周昂（公元？～1211 年，有《常山集》，已佚）等。他們的作品較之金初諸人創作所涉及的生活領域要廣泛，或以昂揚的格調見長，或以閒適的情趣取勝，反映了由動蕩走向安定的社會現實。就內容來說，雖也有對社會矛盾的深刻揭露，但更多地是對閒適生活的吟唱，對繁榮景象的描繪。在技巧和風格上，大多學習蘇軾，也有一些人受江西詩派影響，偏於模擬雕琢，少數作品也可顯出作者錘煉語言的功夫。

蔡珪

蔡珪（公元？～1174 年），字正甫，蔡松年之子。官至戶部員外郎兼太常丞。他在金代文壇上非常有名，主要以文名世，有文集五十五卷，已佚。僅存詩四十餘首，時有佳作，如《霫川道中》：「扇底無殘暑，西風日夕佳。雲山藏客路，煙樹記人家。小渡一聲櫓，斷霞千點鴉。詩成鞍馬上，不覺在天涯。」描繪出當時的一片承平氣象。

黨懷英

黨懷英（公元 1134～1211 年），字世傑，號竹溪，同州馮翊（今陝西大荔）人。世宗大定十年（公元 1170 年）進士，官至翰林學士承旨。著有《竹溪集》，今佚。黨懷英文名極大，爲章宗時文壇盟主。趙秉文說：「公之文似歐公，不爲尖新奇險之語；詩似陶謝，奄有魏晋。」（《黨公神道碑》）他這種不尙矯飾、因事遣詞、以平易見長的風格，對金代文學的發展有一定影響。如《雪中》四首之一：

> 詩人固多貧，深居隱茅蓬。一夕忽富貴，獨臥瓊瑤宮。夢破窗明虛，開門雪送空。蕭然視四壁，還與向也同。閉門捻須坐，愈覺生理窮。天空巧相幻，要我齊窮通。沖寒起沽酒，一洗芥蒂胸。

黨懷英亦能詞，雖存詞不多，然「蕭灑疏俊」（況周頤《蕙風詞話》），有蘇軾的遺風。

3、後期文風的改變

金代後期，北方蒙古族崛起，軍事力量壓倒了金。宣宗貞祐二年（公元 1214 年）金被迫遷都汴京後，社會動蕩，民生凋弊，詩歌創作發生了變化。大批作者開始注視日益尖銳的階級、民族矛盾，憂時傷亂成了這一時期創作的主題，元好問是當時影響最大、最傑出的詩人。此外，趙秉文、趙元、楊雲翼（公元 1170～1228 年，文集已佚）、王若虛（公元 1174～1243 年，有《滹南遺老集》四十六卷）。段克己（公元 1196～1254 年，與弟成己共著有《二妙集》八卷）、李俊民（公元 1176～1260 年，有《莊清集》十卷）等人的作品，均以時危世亂、民生疾苦爲總的主題。或大膽表現尖銳的社會矛盾，或抒發戰亂之苦、亡國之痛。

趙秉文

趙秉文（公元 1159～1232 年），字周臣，號閑閑，磁州滏陽（今河北磁縣）人。二十七歲進士，累官至禮部尚書。他詩文書畫皆工，是繼黨懷英之後的文壇盟主。著《閑閑老人滏水文集》二十卷，今有《四部叢刊》影汲古閣抄本。他不滿於章宗後期文壇的浮艷之風，力圖以自己的創作加以挽救，元好問贊之爲「挺身頹波，爲世砥柱」（《閑閑公墓誌銘》。他的文賦及詞清暢有致，風格近歐陽修、蘇軾。其詩則兼法唐人，七言長篇筆勢縱放，律詩壯麗，小詩雅致，如：

> 歌管年年樂太平，而今鉦鼓替歡聲。裴公祠下無窮水，好乞餘波為洗兵。（《濟源四絕》之一）

感慨金朝由盛而衰，具有一定的現實內容，風格明白曉暢。

趙元

趙元（公元 1190 年前～？），字宜之，號愚軒居士，忻州定襄（今屬山西）人。少時即博通書、傳。後雙目失明，盡力於詩，著有《愚軒集》，已佚。他與著名詩人元好問來往密切，並受到元氏推崇。其作品大膽地表現了金末尖銳的階級矛盾和民族矛盾。像「鄰婦哭，哭聲苦，一家十口今存五。我親問之亡者誰，兒郎被殺夫遭虜」（《鄰婦哭》）這樣深刻刻畫下層人民深重災難的詩句，悲慘動人，在金詩中十分引人注目。

同遼代文學一樣，金代的文學作品亦大多散失，不少作家的別集都已不存。至於總集，最早當推元好問所編的《中州集》十卷，共輯錄金代作家二百四十多人詩作二千多首。其選錄標準是「借詩以存史」，著意於保存一代文獻，故入選作品不少都對金代社會現實有所反映。清康熙年間，郭元釪在《中州集》基礎上增補擴充爲《全金詩》七十四卷，作者增至三百五十餘人，收詩則增至五千五百多首。基本上能反映出現存金詩的全貌。又清莊仲方編有《金文雅》十六卷，兼錄詩文，以文爲主。此書實爲選集，入選之作並不很多。張金吾又續編《金文最》六十卷。搜集比較完備，使有金一代之文，得以保存，爲研究金代文學提供了方便。

從現存作品看，金代文學的成就遠遠超過了遼代，它從各個方面反映了女眞貴族統治下北中國的社會現實，對後代文學的發展產生了一定的影響，其中影響最大、代表金代文學最高成就的則是元好問的詩歌和董解元的《西廂記諸宮調》。

第二節　元好問

㈠元好問的生平和創作

元好問（公元 1190～1257 年），字裕之，號遺山，太原秀容（今山西忻縣）人，祖先係北朝魏鮮卑貴族拓跋氏。其父元德明以詩知名，然累舉不第，放浪山水間。他從小過繼給叔父元格，常隨繼父赴任居掖縣、陵川、略陽等地。曾師事著名學者郝天挺，潛心經傳，留意百家，苦心爲詩。金宣宗貞祐元年（公元 1213 年），蒙古軍侵擾河東（今山西），他攜家逃離家鄉，一度寓居河南福昌三鄉鎭，後又移居登封。這段時間，他的詩已流露出關心現實的強烈傾向，並寫了著名的《論詩絕句三十首》。哀宗正大元年（公元 1204 年），元好問中博學宏詞科，授儒林郎，充國史館編修，開始了仕宦生涯。哀宗天興元年（公元1232年），蒙古軍圍汴京，他時任左司都事，困居城中達十月之久。二年正月，京城降。五月他隨被俘官軍北渡黃河，被羈管於聊城（今屬山東）。蒙古太宗七年（公元1235年）解除羈管，移居冠氏（今山東冠縣），三年後回到了他的故鄉秀容，長期過著遺民生活。

從入仕起，特別是金亡前後的十餘年間，他目睹了金朝政治的腐敗和蒙古軍的暴行，經歷了被圍困、羈管和亡國的巨大打擊，對民間疾苦、社會矛盾都多感受，故其詩歌多喪亂之音，能反映出金元之際動亂的現實，表現了對人民痛苦生活的眞摯同情，可以說是這一歷史巨變時期我國中原地區的「詩史」。元好問的晚年，即他回到秀容故鄉後的八年間，主要致力於保存金代文化，曾編成《壬辰雜編》、《金源君臣言行錄》（均佚）。又纂成金詩總集《中州集》十卷及金詞總集《中州樂府》（附《中州集》後），許多金代作家的生平資料和作品全賴此書保存。其詩作內容亦有所變化，大部分作品轉向描繪山水和唱和應酬，反映現實之作減少，自稱「衰年那與世相關」（《己卯端陽日感懷》），詩風亦趨於平淡。

元好問的詩文集，有由其友人張德輝編輯的《元遺山集》四十卷，包括詩十四卷，文二十六卷。今存《四部叢刊》影印明弘治刊本，淸道光間陽泉山莊刻本還附有《新樂府》四卷、《續夷堅志》四卷及《年譜》四卷，較爲完備。又其友曹益甫等編的《遺山詩集》二十卷，專收詩作，較前者補收遺詩八十一首，共收詩一千三百六十一首。淸人施國祁還撰有《元遺山詩集箋注》十四卷，共收詩一千三百六十二首，在箋釋本事、考證人物地理、解釋時代背景等方面，都比較準確，但在詞藻典故的訓解方面，略有不足。今有《四部備要》排印本和一九五八年人民文學出版社出版的麥朝樞校點本。

㈡元好問詩歌的成就

元好問的詩歌理想和創作主張，集中體現在早年所寫的《論詩絕句三十首》中。他在這組詩中對建安以來直到宋代的詩人詩作做了比較系統的論述品評，目的是區分詩歌發展中的正體和僞體，進而闡明自己對詩歌創作的主張。他主張從現實生活中取材，反對模擬；主張自然天成，反對矯揉僞飾；主張自創新格，反對因襲。這些論述都是針對當時形式主義詩風而發，是切中時弊的，因而對金末元初的詩風產生過一定的影響。同時，這些詩論也正是元好問自己在創作中所追求的目標。

元好問詩題材多樣，內容豐富，或揭露黑暗統治，或反映民生疾苦，或詠物言志，或寫景抒情，皆不乏佳作。但是奠定他在文學史上地位的是他所創作的一批反映蒙古族入侵給國家人民帶來深重苦難的「喪亂詩」，這些詩眞切具體地展現了金元之際的時代畫卷。其中有的詩寫汴京淪陷前蒙古軍對金戰爭的殘酷：

百二關河草不横，十年戎馬暗秦京。岐陽西望無來信，隴水東流聞哭聲。野蔓有情縈戰骨，殘陽何意照空城！從誰細向蒼蒼問，爭遣蚩尤作五兵？（《岐陽三首》之二）

慘淡龍蛇日鬥爭，干戈直欲盡生靈。高原水出山河改，戰地風來草木腥。精衛有冤填瀚海，包胥無淚哭秦庭。并州豪傑知誰在，莫擬分軍下井陘。（《壬辰十二月車駕東狩後即事五首》之二）

前首詩寫於正大八年（公元 1231 年）四月蒙古軍攻陷鳳翔（岐

陽）之後，頸聯形象地描寫鳳翔之役的慘狀，末聯無情地詛咒蒙古軍大肆殺戮的罪行。後首詩是天興元年（公元 1232 年）正月蒙古軍圍攻汴京，金哀宗帥兵親戰，敗走歸德（今商丘）。作者時居圍城之中，面對蒙古軍橫行無忌，金朝將亡，生靈塗炭的現實，自己求救不能，而援兵又不至，極爲焦急和悲傷。這首詩即是這種極爲悲涼沈痛之情的迸發。

有的詩描寫亡國的慘狀。汴京淪陷後，元軍盡擄財物、婦女北去，作者從青城去聊城，親見元軍大肆擄掠，寫下《癸巳五月三日北渡》三首：

道傍僵臥滿累囚，過去旃車似水流。紅粉哭隨回鶻馬，為誰一步一回頭！

隨營木佛賤於柴，大樂編鐘滿市排。虜掠幾何君莫問，大船渾載汴京來！

白骨縱橫似亂麻，幾年桑梓變龍沙。只知河朔生靈盡，破屋疏煙卻數家。

描寫具體形象，再現了一場歷史浩劫的慘狀。有的詩揭露蒙古統治者對人民多方面的勒索迫害，如《雁門道中書所見》：

金城留旬浹，兀兀醉歌舞。出門覽民風，慘慘愁肺腑。去年夏秋旱，七月黍穟吐。一夕營幕來，天明但平土。調度急星火，逋負迫捶楚。網羅方高懸，樂國果何所？食禾有百螣，擇肉非一虎。呼天天不聞，感諷復何補？單衣者誰子？販糴就南府。傾身營一飽，豈樂遠服賈。盤盤雁門道，雪澗深以阻。半嶺逢驅車，人牛一何苦！

描寫老百姓在兵役繁急，剝削慘重，官吏貪殘，法令嚴酷之下的可悲處境，是一篇沈痛的控訴！

這類喪亂詩，深刻眞摯，感染力極强，具有史詩的價值，因而廣為傳誦。清代趙翼《甌北詩話》說：「（元好問）蓋生長雲朔，其天稟本多豪健英傑之氣；又值金源亡國，以宗社邱墟之感，發爲慷慨悲歌，有不求而自工者：此固地爲之也，時爲之也。」在《題遺山詩》中又說：「國家不幸詩家幸，賦到滄桑句便工。」（《元遺山詩集箋注・補載》）

除喪亂詩外，他的寫景詩或構思奇特、氣勢開闊，或描繪生動、生活氣息濃郁，皆能表現祖國山川之美。名句如「寒波淡淡起，白鳥悠悠下」（《潁亭留別》），膾炙人口。又如《遊黃華山》記所觀飛瀑勝景，氣勢雄偉，驚人駭目：「湍聲洶洶轉絕壑，雪氣凜凜隨陰風。懸流千丈忽當眼，芥蔕一洗平生胸。雷公怒擊散飛雹，日腳倒射垂長虹。驪珠百斛供一瀉，海藏翻倒愁龍公。」

㈢元好問的詞和散文

元好問詞爲金朝一代之冠，足與兩宋詞人媲美。今存詞三百七十七首，和其詩一樣，反映了多方面的社會生活。詠懷弔古，送別相思，射獵詠物等，題材之廣泛爲許多詞人之不及，亦和其詩一樣，有不少喪亂詞，如〔木蘭花慢〕「擁都門冠蓋」、〔臨江仙〕「世事悠悠天不管」等，所謂「神州沈陸之痛，銅駝荊棘之傷，往往寄託於詞」（況周頤《蕙風詞話》），即指此類。除沈鬱悲慨的喪亂之作外，還有婉麗的言情之作，豪放的山水名篇。藝術上，遺山詞以蘇、辛爲典範並吸取各家風格，兼有豪放婉約之長，故郝經稱他「樂章之雅麗，情致之幽婉，足以追稼軒」

（《陵川集・祭遺山先生文》），而張炎則贊他「深於用事，精於煉句，風流蘊藉處不減周秦」（《詞源》）。但蘇詞對他的影響尤爲明顯，正如翁方綱所說的：「遺山接眉山，浩乎海波翻。」（《元遺山詩》）如〔水調歌頭〕《賦三門津》：

黃河九天上，人鬼瞰重關。長風怒捲高浪，飛灑日光寒。峻似呂梁千仞，壯似錢塘八月，直下洗塵寰。萬象入橫潰，依舊一峯閑。　仰危巢，雙鵠過，杳難攀。人間此險何用，萬古秘神奸。不用然犀下照，未必佽飛強射，有力障狂瀾。喚取騎鯨客，撾鼓過銀山。

上片實寫，再現三門峽的雄偉景象；下片虛寫，渲染一種驚險奇詭的氣氛。全詞取景壯闊，表現出一任風波險惡的氣概和積極向上的精神，其中壯闊的江河之景與然犀下照諸多意象，亦可看出與蘇詞「大江東去」及辛詞「舉頭西北浮雲」（〔水龍吟〕）之間的淵源關係。

元好問的散文繼承韓、歐傳統，或論文、或紀遊、或評書畫，寫景敍事，衆體悉備；風格淸新雅健，語言平易自然，對元代初期散文的發展有一定影響。他還著有筆記小說集《續夷堅志》，並有散曲九首傳世，是我國文學史上第一批寫作散曲的作家之一。

第三節　董解元《西廂記諸宮調》

諸宮調是宋金元時期流行的講唱體文學形式之一。它取同一宮調的若干曲牌聯成短套，首尾一韻，再用若干宮調的許多短套聯成長篇，雜以簡短敍述，用來說唱長篇故事，故稱爲「諸宮調」。演唱時採取歌唱和說白相間的方式。就其整體而言屬敍述體，但部分唱詞有模擬故事中人物口吻的代言體。諸宮調始於北宋，據前人記載，孔三傳是最早說唱諸宮調的民間藝人②，惜其作品已失傳。北宋之後，諸宮調繼續流行於中原地區一些城市和南宋臨安等地，故有南、北諸宮調之分。伴奏的樂器也不同，大約南方用笛子，北方用琵琶和箏，故北方諸宮調又稱爲「搊彈詞」或「弦索」。董解元《西廂記諸宮調》又稱《西廂記搊彈詞》和《弦索西廂》，通稱《董西廂》。

董解元生平事迹已不可考，作者董某大約生活於金代中葉。「解元」是金、元時期對讀書人的敬稱，與元、明時代考中鄉試頭名的「解元」不同③。從此書卷首的幾支自敍曲來看，他生在「太平多暇，干戈倒載閑兵甲」的歲月，是一個放蕩不羈、蔑視禮教、接近下層社會的知識分子。他有深厚的文藝修養，熟悉唐代傳奇、宋代詞和民間諸宮調，平時狂歌醉舞之餘，「詩魔多，愛選（撰）多情曲」。

㈠《董西廂》的思想內容

《董西廂》是今存宋金諸宮調中唯一完整的全本，也是思想、藝術價值最高的一種，它代表了宋金時代講唱文學的最高水平。其題材來源於唐元稹《鶯鶯傳》。它不但把一篇不足三千字的傳奇改爲五萬多字的講唱文學作品，而且從主題思想、人物形象、藝術結構、表現手法和語言特點等方面都作了根本性的改編，成爲具有創造性的文學作品。

《鶯鶯傳》是元稹「以張生自寓，述其親歷之境」的傳奇小說，《董西廂》採用了原作崔、張戀愛的故事，但揚棄了原作中某些封建糟粕。作者從反對封建婚姻制度及禮法觀念出發，歌頌了崔、張爭取婚姻自由的鬥爭，揭露了封建禮教和包辦婚姻的不得人心，提出了以愛情爲婚姻基礎的要求，特別是將原作中鶯鶯被張生始亂終棄的悲劇結局改爲兩人生死相戀，最後雙雙出走終得美滿團圓的喜劇結局，第一次在崔、張故事中注入了明確的反封建思想。

與此同時，作者還成功地塑造了兩組互相對立的人物形象，改變了原作中幾個主要人物的性格特徵，對他們從外在言行到內心世界都作了生動刻畫。鶯鶯依然溫柔美麗，但卻不再是一個屈從於命運，只會委屈求全的柔弱女子，她的自許婚事和私奔行爲都相當激烈大膽，是一個敢於追求愛情和美滿婚姻的、具有反抗性的封建社會新女性形象。張生也不再是傳奇中那個始亂終棄的薄倖文人，而是一個執著追求愛情、甚至爲愛情不惜一死的正面形象。紅娘由原作中一個毫不起眼的普通奴婢變成一個富有正義感、熱情助人而又機靈勇敢的俏丫頭，成爲在崔張鬥爭中起著關鍵作用的、光彩奪目的少女形象。此外，崔張愛情的同情者和支持者法聰和尚和白馬將軍，也寫得有血有肉，各具特徵。紅娘等人物形象的出現，既突出了崔、張鬥爭的正義性，也使勝利結局頗具說服力。與上述人物相對立的崔老夫人、鄭恒和孫飛虎則作爲反面形象出現，特別是老夫人，已不是個無足輕重的人物，她背信棄義、冷酷虛僞，是封建勢力的代表。這兩組人物，既具有較高的概括性，又各有其鮮明的性格特徵。通過他們之間的對立，展示了進步勢力對落後勢力的鬥爭，從而使反封建主題得到深刻表現。

㈡《董西廂》的藝術成就

《董西廂》結構宏偉，情節曲折富於變化。除說詞外，共用了包括十四種宮調的一百九十三套組曲，全書分爲八卷④，這爲後代雜劇的分折奠定了基礎。卷與卷之間自然是大轉折處，而每一卷又由若干片斷組成。以崔、張兩人同老夫人的矛盾爲主線，用交錯描寫男女主人公的方式表現他們之間的愛情糾葛和性格發展，同時巧妙地穿插其他人物的活動。從佛殿奇遇開始，經過張生鬧齋、兵圍佛寺、法聰遞信、將軍解圍、西廂待月、鶯鶯探病、崔母拷紅、長亭送別、村店驚夢、鄭恒傳謠、崔張出走，到最後終成眷屬爲止，利用許多戲劇性情節，使故事環環相扣。特別是在緊要關口，故意盤馬彎弓、遲回不發，慣用「忽來紅娘」、「暗地出聽」的轉換手法。如第一回先寫張生隨喜普救寺，突然他「瞥然一見如風的，有甚心情更待隨喜，立掙了渾身森地」，本可自然過渡到「驚艷」，作者卻不把「艷」爽快托出，而是加幾句說白：「當時張生卻是見甚的來？見甚的來？與那五百年前疾憎的冤家正打個照面兒。」充分發揮了說唱文學的長處，增加了故事的波瀾曲折，更引人入勝。

《董西廂》的表現手法豐富多樣。無論是情節發展，還是景物點染，氣氛烘托等，都揮灑自如，特別是心理描寫細致入微，加強了藝術的眞實感。兩位主人公的愛情既然產生於禮教森嚴的社會環境，因而人物內心活動的表現也就常用隱晦曲折和微妙的方式，如寫鶯鶯相思：

> 〔黄鍾宮·出隊子〕滴滴風流，做為嬌更柔，見人無語但回眸。料得娘行不自由，眉上新愁壓舊愁。天天悶得人來彀，把深思都變做仇，比及相面待追求，見了依前還又休，是背面相思對面羞。

將鶯鶯既愛又怨，既愛得大膽又愛得羞澀的矛盾心理刻畫得生動細致；與之相對的是張生「甘心爲你相思死」的熱烈追求，都使人物形象栩栩如生，呼之欲出。

《董西廂》語言優美。作者一方面提煉生動活潑的民間口語，一方面吸收古典詩詞中富有表現力的語彙，形成一種樸素而典雅、渾成而精美的語言風格。其傳誦之曲極多，如長亭送別：

〔仙呂調·風吹荷葉〕憶得枕鴛衾鳳，今宵管半壁兒沒用。觸目淒涼千萬種。見滴溜溜的紅葉，淅零零的微雨，率剌剌的西風。

〔尾〕驢鞭半裊，吟肩雙聳。休問離愁輕重，向個馬兒上馱也馱不動。

胡應麟說：「字字本色，言言古意，當是古今傳奇鼻祖。」（《少室山房筆叢》）於此可見一斑。

這部傑作也有美中不足之處，一是情節不夠集中，輕重失宜。如「兵圍佛寺」一節寫對陣廝殺的場面占全書六分之一篇幅，且與情節主線游離。二是人物性格不夠完整統一，如張生的性格有時顯得過於軟弱，有時又顯得太世故和醉心功名，甚至還有一些粗鄙的語言，影響了全書的語言風格。但這並不能掩蓋它的卓越成就。元代王實甫的《西廂記》雜劇便是在它的直接影響下產生的，其主題思想、人物形象、情節結構乃至曲詞多以此爲據。二者雖時有先後，然卻難分優劣⑤。但《董西廂》爲崔張愛情故事的定型起了最關鍵的作用。而這個定型的故事模式，因爲帶有某種典型性，對後來許多言情的戲曲和小說都有一定的影響。至於它在人物描寫和語言等方面的成就，亦多爲後人所吸取，這些都說明它在中國文學史上的地位。

《董西廂》有明刻本數種，人民文學出版社凌景埏校注《董解元西廂記》以閔遇五刊《西廂六幻》本爲底本，參校多種版本翻印。

除《董西廂》外，今存宋金元諸宮調尚有《劉知遠諸宮調》及《天寶遺事諸宮調》兩個殘本。《劉知遠諸宮調》爲宋、金間無名氏作，原作應爲十二則，今存一、二、十一、十二四則和三則部分殘曲，敍雇工出身的劉知遠，患難中與李三娘結爲夫妻，備受妻兄虐待，後來投軍發迹。從一個側面反映了戰亂時代的面貌和世態的炎涼，語言通俗質僕，頗多口語。《天寶遺事諸宮調》係元人王伯成所作。王還著有雜劇三種，今存《李太白貶夜郎》一種。《天寶遺事》寫唐玄宗與楊貴妃的愛情故事，原本已佚。僅保存了《雍熙樂府》、《九宮大成譜》等書中共五十四種套曲和一些隻曲，略可窺知原作內容及風格。

附　註

①徐釚《詞苑叢談》卷八載：「帝遊畋無度，蕭后諷詩切諫，帝疏之，作回心院詞，寓望幸之意也。宮女單登，故叛人重元家婢，亦善箏及琵琶，與伶官趙惟一爭能。怨后不知己，遂與耶律乙辛謀害后。更令他人作十香詞，僞云宋國忒里蹇作，乞后書之。遂誣后與惟一通，以十香詞爲證，因被害。」

②孟元老《東京夢華錄》卷五載，「崇、觀以來在京瓦肆伎藝」中有「孔三傳《耍秀才諸宮調》」。耐得翁《都城紀勝》亦有：「諸宮調本京師孔三傳編撰」之語。王灼《碧雞漫志》卷二載：「熙豐、元祐間……澤州孔三傳者，首創諸宮調古傳，士大夫皆能頌之。」吳自牧《夢粱錄》卷二十亦載有：「說唱諸宮調，昨汴京有孔三傳，編成傳奇靈怪，入曲說唱。今杭城有女流熊保保及後輩女童，皆效此說唱，亦精於上鼓板無二也。」

③元鍾嗣成《錄鬼簿》卷上「董解元」名下注：「大金章宗（公元1190～1208年）時人，以其創始，故列諸首。」陶宗儀《南村輟耕錄》所載略同。朱權《太和正音譜》說他「仕於金，始製北曲」。清

毛奇齡《西河詞話》則說：「董解元爲金章宗時學士」。所謂「仕於金」、「爲學士」之說，均無據；大約是誤解了「解元」一詞所致。解元，金元時常用以爲讀書應舉者的敬稱，《王西廂》中多次稱張珙爲「張解元」可證，與後來鄉試之榜首不同。又清柳村居士《玉茗堂抄本董西廂》跋中說：「董解元，名朗，金泰和（公元1201～1208年）時人，隱居不仕。」有人曾見湯顯祖《董西廂》批本，說也姓董名艮。又有人曾見天一閣某抄本，說董解元名琅。這些說法均缺可靠材料，未必可信。

④卷一：「引辭」至「老夫人鶯鶯做道場」，卷二：「孫飛虎率兵圍普救寺」至「張生獻解圍策」，卷三：「白馬將軍來援」至「紅娘請張生鼓琴」，卷四：「張生鼓琴」至「跳牆受責歸舍悶臥」，卷五：「張生夢見鶯鶯」至「酬簡幽會」，卷六：「老夫人拷問紅娘」至「張生廷試及第」，卷七：「張生賦詩報喜」至「鄭恒離間張生來會」，卷八：「張生睹物興悲」至「崔張團圓」。

⑤明清之際的一些戲曲評論家曾對《董西廂》與《王西廂》之優劣產生過一些爭論。抑王揚董者有明胡應麟，《少室山房筆叢》云：「《西廂記》雖出唐人《鶯鶯傳》，實本金董解元。董曲今尚行世，精工巧麗，備極才情；而字字本色，言言古意，當是古今傳奇鼻祖，金人一代文獻盡此矣！然其曲乃優人弦索彈唱者，非搬演雜劇也。」雖揚董而未抑王，但認爲董勝於王之意甚明。清焦循《易餘龠錄》云：「王實甫《西廂記》，全藍本于於董解元。談者未見董書，遂極口稱贊實甫耳。如《長亭送別》一折，董解元云：『莫道男兒心如鐵，君不見滿川紅葉，盡是離人眼中血。』實甫則云：『曉來誰染霜林醉，總是離人淚。』淚與霜林，不及血字之貫矣。又董云：『且休上寫，若無多淚與君垂，此際情緒你怎知！』王云：『閣淚汪汪不敢垂，恐怕人知。』……兩相參玩，王之遜董遠矣……前人比王實甫爲詞曲中思王、太白。實甫何可當，當用以擬董解元。」而另一部分評論

家則以爲王勝於董，如明徐士范在校刻《王西廂》「自序」中云：「金有董解元者，演爲傳奇，然不甚著。至元王實甫，始以繡腸創爲艷詞，而《西廂記》始膾炙人口。」邵詠在將董、王二書對讀之後說：「覺元本字字參活，天然妙相。惜其姸蚩互見，不及實甫竟體芳蘭耳。」

第六篇

元代文學

（公元1279～1368年）

概　說

元朝是一個以蒙古貴族爲主，聯合各族上層分子統一全國的封建王朝。

蒙古族本來是地處蒙古高原的游牧民族，統一大漠南北以後，逐步進入奴隸社會。後在鐵木眞（即成吉思汗）、拔都率領下多次西征，進入西亞及歐洲東部，建立了窩闊台、察合台、欽察、伊兒四大汗國。公元 1234 年南下滅金，統一北中國。公元 1271 年定國號爲元。公元 1279 年滅南宋，統一全中國；從而結束了唐末五代以來近四百年割據紛爭的局面，減少了由於國內混戰所造成的災難和損失。

落後民族對中原的入侵，總免不了要帶來一定的破壞，例如南北朝時期和宋遼金對峙時期。但那時漢族還能偏安江左，漢族的傳統文化和制度，還能夠在部分土地上保存並獲得發展。到元王朝吞金滅宋以後，全中國都統一在蒙古族統治者手中，漢族傳統文化和制度受到威脅，唐宋以來發達的農業經濟遭到破壞。正如恩格斯所說的：「每一次由比較野蠻的民族所進行的征服，不言而喻地都阻礙了經濟的發展，摧毀了大批的生產力。但是在長期的征服中，比較野蠻的征服者，在絕大多數情況下，都不得不適應征服後存在的比較高的『經濟情況』；他們爲被征服者所同化，而且大部分甚至還不得不採用被征服者的語言。」（《反杜林論》）蒙古貴族征服中原的結果，並沒有使經濟倒退，社會逆轉；他們所建立的元帝國，仍然是一個封建王朝，而不是奴隸制游牧國家。它對我國歷史的發展，對多民族國家的進一步形成和國內各民族相互融合起了積極的影響。

㈠元代社會經濟狀況

元朝的疆域，「北逾陰山，西極流沙，東盡遼左，南越海表」，「唐所謂羈縻之州，往往在是，今皆賦役之，比於內地」（《元史》卷五十八《地理志序》），進一步奠定了中國疆域的規模①。國家的大一統，溝通了各地區、各民族間的聯繫，並為南北經濟的恢復和發展鋪平了道路。元王朝統治者為了適應中原較為發達的經濟，以發展生產和鞏固政權，採用了一系列比較開明的措施：政治上「遵用漢法」，建立了相對集權的中央機構，並選用各民族中一些有才之士如劉秉中、耶律楚材、許衡、姚樞等人充實政權組織。在地方則建立了有一定自主權的行中書省。經濟上，元朝初期特別是元世祖時代，比較重視恢復和發展農業生產，如興修水利，招集逃亡，鼓勵墾荒，軍民屯田，禁占民田為牧地，限制抑良為奴，推廣先進生產技術等等。元代還比較重視發展手工業，絲織業、棉織業、陶瓷業、印刷業比前代都大有進步。貨幣的統一和紙幣的大量發行，南北大運河的疏濬和重新開鑿，海運的開闢和海外貿易的擴大，更促進了工商業的發展，使城市經濟呈現出相當繁榮的局面。當時的大都（今北京）、杭州、太原、平陽（今臨汾）、京兆（今西安）、汴梁（今開封）、泉州、溫州、廣州都成了百貨齊集、商賈輻輳的工商業城市。著名的《馬可波羅遊記》把當時的大都形容成「世界諸城無能與比」。

由於經濟的發展，在科學技術方面，元代也有不少發明創造，天文、曆法、地理、農學、醫學上的成就突出②，棉織技術傳入內地，指南針和航海技術、活字印刷術的推廣，都達到了新的水平。隨著中外關係的密切，我國發明的羅盤、火藥、印刷術先後傳入歐亞各國，阿拉伯人的天文學、醫學、算學知識以及建築、鑄造、印染等技藝也陸續傳來中國。各國相互取長補短，共同推動世界文明的進步，同時也擴大了中國的聲譽和影響。在元朝統治時期，中國成了當時世界上最强大、最富庶的國家之一，它的聲譽遠及歐亞非三洲。

但是，由於封建制度自唐末五代以來已日趨衰朽，更由於長期過著游牧狩獵生活的蒙古貴族往往以戰爭和掠奪爲能事。因此，元王朝的黑暗和腐敗也是不能忽視的客觀事實。這主要表現在：

第一，對被征服地區肆意掠奪，推行民族壓迫、民族歧視政策。

蒙古滅金初期，除掠奪財貨、牲畜外，還到處擄掠人口③，用作貴族的工匠和諸王將校的奴隸，並把一些州縣分封給蒙古貴族，封地內的人民不得任意遷移。滅南宋以後，根據民族的不同和被征服的先後，分國人爲蒙古、色目（西域各部族人）、漢人（北方漢人和女眞、渤海、契丹人）和南人（南方漢人和西南少數民族人）四等，在政治、法律、經濟上都規定了不同的待遇。例如：各級政府機構「其長則蒙古人爲之，而漢人、南人貳焉」（《元史·百官志》）。又建立里甲制度，以監視人民行動。對漢人、南人防範非常嚴密，私造、私藏武器的要處死刑；漢人一般不准學武藝、打獵或手執兵器，甚至夜晚走路和點燈，也在禁止之列。蒙古人打漢人，漢人不准還手；就是打死了，也只賠點「燒埋銀」便可了事。總之，當時被統治的廣大漢族人民，完全喪失了人身自由，甚至連生命都沒有保障。

第二，强占農田、加重剝削，使農業經濟受到破壞。

在忽必烈統治初期，一些蒙古貴族利用戰爭機會强占農田，以爲牧場。當時就有人指出：「今王公大人之家，或占民田近於千頃，不耕不稼，謂之草場，專放孳畜。」（《歷代名臣奏議》卷六十六）在山東的一些蒙古軍官，也「據民田爲牧地」，「田游無度，害稼病民」（《元史》卷一三四《撒吉思傳》）。中使別迭還公然建議：「漢人無補於國，可悉空其人以爲牧地。」（《元史·耶律楚材傳》）這個建議雖未實行，但中原一帶農業經濟遭到破壞，則是事實。元朝統治者曾把所轄地區分封給諸王貴族，作爲他們的食邑；使得在這些土地上耕種的農民淪爲「驅口」或「驅丁」，即可以任意買賣的農奴，加在他們頭上的租稅特別沈重。除租稅外，他們還受到「羊羔利」、「斡脫錢」之類高利貸的盤剝④。在繁重的經濟剝削之下，農業經濟的發展必然受到影響。據梁方仲《中國歷代戶口、田地、田賦統計》：唐宋元三代最富的年代，唐代爲天寶八年（公元 749 年），歲收糧九千六百多萬石；宋代爲元豐八年（公元 1085 年），歲收糧二千四百多萬石；元代爲大德三年（公元 1299 年），歲收糧一千二百多萬石。故元代爲中國封建經濟發展史上一個遭受挫折的時期。

第三，政治腐敗，官吏貪污，冤獄遍野，民不聊生，這也是元王朝的痼疾。

爲了維持龐大的軍費開支和統治者腐化享樂的需要，元王朝特別重用那些善於「理財」的搜括能手爲之聚斂。一大批貪官如阿合馬、盧世榮和桑哥等夤緣進用。忽必烈任命阿合馬爲相，用事達二十年之久。他貪贓枉法，無所不爲，因獻妻女給他做姬妾而得官的有一百三十三人，因獻財物而得官的則有五百八十一人。在這些人的影響下，「官吏多聚斂自私，資至巨萬」（《元史》卷一四六《耶律楚材傳》）。元中葉以後，貪污之風愈來愈嚴重，政府賣官鬻爵，賄賂公行。官吏斂刮的花樣無奇不有。「所屬始參曰拜見錢，無事白要曰撒花錢，逢節曰追節錢，生辰曰生日錢，管事而索曰常例錢，送迎曰人情錢，勾追曰賫發錢，論訴曰公事錢。覓得錢多曰得手，除得州美曰好地分，補得職近曰好窠窟。」（葉子奇《草木子》卷四下《雜俎篇》）在這種風氣下，官吏只知搜刮，不顧一切。僅元成宗大德七年（公元 1303 年），「七道奉使宣撫所罷贓汚官吏凡一萬八千四百七十三人，贓四萬五千八百六十五錠（每錠合銀五十兩），審冤獄五千一百七十六事」（《元史・成宗紀》）。元惠宗至正五年（公元 1345 年），被蘇天爵彈劾的貪官就有九百四十九人。大量冤獄，正是吏治敗壞的必然結果。漢族和其他民族廣大人民在元王朝暴政統治下承受著野蠻的壓迫和剝削，連元世祖也承認：「濫官汚吏，夤緣侵漁，科斂則務求羨餘，輸納則暗加折耗，以至濫刑虐政，暴斂急征，使農夫不得安於田里。」（《元典章》）

第四，元王朝輕視學術文化，使得知識分子社會地位低下。

蒙古族本是個落後的游牧民族，純粹靠軍事力量征服全國及歐亞大陸。因此，他們不重視學術文化，「只識彎弓射大雕」。儘管他們出於建立政權、鞏固統治的需要，也標榜文治，提倡理學，興學校，定朝儀，重視「理學名儒」。但被提拔的不過是許衡、姚樞、吳澄等少數著名學者，而廣大知識分子則一直受到歧視。所謂「九儒十丐」之說⑤，雖不見於正史，人多懷疑其眞實性，但讀書人在元代的社會地位異常低微，則是事實。所以元雜劇中才有「儒人顚倒不如人」（馬致遠《薦福碑》）的感嘆。當時民間也傳有「生員不如百姓，百姓不如祇卒」（李繼本《一山文集》卷八《與董沫水書》）的諺語。輕視儒生，成爲當時的社會風氣，甚至「小夫賤隸，亦以儒爲嗤詆」（余闕《青陽先生文集》卷四《貢泰甫文集序》）。歷代知識分子都是憑藉科擧作爲進身之階，但元代卻有所不同：「入仕惟三途：一由宿衞，一由儒，一由吏。由宿衞者……十之一；由儒者……十分一之半；由吏者……十九有半焉。」（姚燧《牧菴集》卷四《送李茂卿序》）由薦舉而得官的儒生，不超過官員總數的百分之五，因爲元代曾長期廢置科舉。元太宗十年（公元 1238 年），即滅金後第三年，曾舉行過一次秋試。此後停止達七十八年之久，直到仁宗延祐二年（公元 1315 年）才恢復科舉，但也是時開時停。即使開考，漢人、南人也不能取得與蒙古、色目人同等的地位。就是一些登上仕途的儒生，也因受到統治者的歧視，抑鬱終身。正如胡侍所說：「中州人每每沈抑下僚，志不獲展。」（《眞珠船》）而一大批不能躋身仕途的下層知識分子，既不肯屈身於蒙古統治者，棄儒爲吏，又不甘心才能被埋沒，他們不能不爲自己的一技之長謀一出路。於是，其中某些人就和兩宋以來社會上編寫講唱文學的團體，即書會結合起來，替他們編寫人民羣衆喜聞樂見的各種講唱文學腳本。這些人飽經苦難，目睹各種黑暗現象，和廣大人民血肉相連，自然成爲羣衆情緒的體現者，成爲羣衆思想的代言人。他們自己也成了「書會才人」，成爲市民文學，即包括戲劇、平話、講唱文學在內的各種通俗文藝的編撰者、整理者和倡導者。他們的作品既反映了時代的脈搏，又傾吐出自己的悲憤。終元之世，以古文詩詞爲代表的傳統文學只能規唐仿宋，跳不出前人藩籬；而這類以元曲爲代表的羣衆文藝卻大放異彩。無論其精神與形式，都具有一種新的因素、新的面貌。它成了當時最有成就的文學樣式，成了元代文學的主流，同時又給中國古代文學史開創了一個新的、以敘事文學爲中心的歷史時期。

㈡元代的文學

正是元代的社會狀況決定了元代文學的主要特色。元代文學中詩詞歌曲、散文小說、北戲南戲，大都離不開一個共同的基調，即同情民生疾苦和揭露民族壓迫的那種憂國憂民的情懷，而這正是蒙古統治階級推行民族歧視政策和對廣大人民進行掠奪的必然產物。但是，元代的各種文學樣式各有其不同的成就和特色。其中：散文總的傾向是重道輕文，故成就不高，既乏名家，也少佳篇。元詞的成就也不高，有人認爲「金元工小令（曲）而詞亡」（吳衡照《蓮子居詞話》），這過於絕對，但詞在元代文學中確已退居從屬地位，因襲多而創造少，不過充當了高度繁榮的宋詞的餘響而已。

1、元詩

元詩作家、作品都不少，成就略高於散文及詞。但傳統的散文詩詞，此時已走下坡路，成就遠不足與唐宋抗衡。由於詩文作者多半是社會地位較高的上流人士，他們把詩詞作爲個人怡情遣興的工具，雖然寫了一些揭露現實黑暗、關心民生疾苦之作，但抒寫身邊瑣事和贈答唱和的應酬之作亦復不少。官場得失、人世悲歡離合成了最常見的主題，而吟風弄月、雕章琢句則成爲慣用的手法。其實，中國古典詩歌從兩宋以後急遽衰落的根本原因還在於：作爲一種抒情詠物的韻文體裁，它已經走完了自己的發展道路。魯迅說過：「我以爲一切好詩，到唐已被做完。」金代大詩人元好問也認爲：「詩到蘇黃盡。」（《論詩絕句三十首》）宋末之江西派和江湖派，已成强弩之末。元詩承季宋遺緒，詩風纖弱，思想意境上跳不出唐宋諸賢藩籬，表現形式上脫不開模擬因襲。從篇章結構、風格精神到句法詞語都要借鑒前人，只能使詩歌創作喪盡生氣。因此，元代詩人既缺乏李杜元白那種積極向上的精神和磅礴深厚的思想內容，也沒有歐蘇王黃諸家那種推陳出新、另闢蹊徑的勇氣。從元代開始，詩壇上爭論的最大問題，已經不是緣情還是言志、描寫現實還是表現自我這些涉及詩歌本質的問題，而是宗唐宗宋這類風格門戶之爭。元初南方詩人多受宋末江西派、江湖派餘風影響，北方詩人則多以蘇軾爲宗。中期南北合流，轉而趨向於步武中唐。元末如楊維楨、王冕等詩人進而注意晚唐。這種形式上的摹唐擬宋，自然產生不出時代的歌手，產生不出偉大的詩人。

2 、元曲

元代文學的光輝代表是元曲。元曲不單是一種新興的藝術品種，而且是「一代之絕作」，是元代社會一面忠實的鏡子，是元代文學的靈魂。清人焦循在《易餘籥錄》中說：「一代有一代之所勝，欲自楚騷以下撰爲一集，漢則專取其賦，魏晋六朝至隋則專錄其五言詩，唐則專錄其律詩，宋專錄其詞，元專錄其曲。」王國維也把元曲與「楚之騷、漢之賦、六代之駢語、唐之詩、宋之詞」並列，稱之爲「一代之文學，而後世莫能繼焉者也」（《宋元戲曲考》）。元曲包括兩部分：即散曲與雜劇。散曲是元代盛行的一種新體詩，它既可以抒情，也可以敍事，但一般爲敍述體。而雜劇則是元代成長起來的新型歌劇，是一種代言體。二者在音樂、文字性質上雖屬同源，但在文學性質上卻是異體。

散曲

散曲是一種起源於民間、與音樂關係密切、字句更爲參差的自由詩。它給過去被舊體詩詞所獨霸的詩壇注入了新的血液，使之重新煥發出生命的活力。元代散曲是在特殊的歷史條件下，由那些社會地位不同於過去時代的作者羣創作出來的。這些作者中雖有達官貴人、社會名流，但更多的是落魄文人以至倡優妓妾。因此他們的作品必然與當時下層人民生活，特別是市民羣衆有著更多、更直接的聯繫。散曲的形式較爲自由活潑，內容則無所不有，無所不可，有所謂黃冠體、草堂體、楚江體、香奩體、騷人體、俳優體等等。就其應用而言，有嘲諢、勸戒、懷古、議論、諷刺、警世、寫景和詠物；也可敍別離之情，寫幽會之辭，甚至敷陳故事。它開拓了傳統韻文的題材範圍，突破了當時詩詞偏於表現文人身邊瑣事及酬唱贈答的狹隘圈子。正如任中敏所說：「我國一切韻文，其駁雜廣大，殆無逾於曲者。劇曲不論，只就散曲以觀，上而時會盛衰，政事興廢；下而里巷瑣故，幃闥祕聞。其間形形式式，或議或敍，舉無不可於此體中發揮之者。」（《散曲概論》）儘管元散曲中也有不少歌唱避世、美化隱逸生活的作品，和一些渲染色情、打情罵俏的篇章，以及一些庸俗無聊、反映市民低級情趣的作品，但瑕不掩瑜，無論從思想上還是從藝術上看，元散曲的成就都比元詩詞更爲傑出。

元雜劇

元雜劇的成就，較之散曲尤爲突出。元代文學的光輝代表正是這種有說白、有唱辭、有表演的新型劇種。元雜劇是在宋金雜劇的基礎上，吸收了諸宮調等講唱文學的某些特點，並以北曲爲聲腔的新興文藝。它綜合了隋唐以來各種戲劇雛型，逐步發展成一種曲調和科白相結合，通過歌唱、念白、舞蹈和音樂伴奏來表演一個完整故事的綜合性舞臺藝術。它使唐宋以來以詼諧嘲諷爲主的參軍戲、宋金雜劇等戲劇藝術，進入以表演故事情節爲中心，以塑造舞臺人物形象爲主要藝術手段的成熟劇種。元雜劇是中國戲劇史上最光輝的一頁，同時也是中國戲劇發展成爲一項獨立藝術之後的第一座高峯。

元雜劇大約產生、形成於金末前後的蒙古時期（公元 1206～1263 年），至元年間（公元 1264～1294 年）迅速發展起來，而以元貞、大德年間（公元 1295～1307 年）最爲繁榮，至大以後（公元 1308～1368 年）開始走向衰落。元雜劇的興起，除了文學、表演及講唱藝術本身的淵源以外，還有其特殊的歷史原因：廣大人民反抗黑暗政治的鬥爭要求新的文藝形式來反映。城市經濟的繁榮安定，為雜劇的興盛安排了一個有利的環境，像大都、眞定、平陽、東平等城市的興起，為雜劇的繁榮提供了物質條件和羣衆基礎。衆多的勾欄瓦舍，保證了雜劇演出的場所，並促進了相互的藝術交流和切磋。廣大的城鎮居民，如各行業工匠、經紀人、買賣人、小販、小吏、侍從、奴僕以至醫卜星相之流，他們需要文娛生活，雜劇藝術正是在成為他們抒發心聲的工具之後，才得以蓬勃發展。而大批無門上進的知識分子的存在則為雜劇劇本的創作、加工提供了源源不斷的作者隊伍。這些下層知識分子也遭受到各種迫害，共同的命運促使他們加深了對民衆的了解。正由於他們一生都「沈抑下僚，志不獲展」，故此「以其有用之才，而一寓之於聲歌之末，以舒其佛鬱感慨之懷，蓋所謂不得其平而鳴焉者也」（胡侍《眞珠船》）。

除此之外，蒙古族統治者對歌舞、戲曲的愛好，也是雜劇勃興的一個有利條件。《馬哥孛羅行紀》談到元朝宮廷內團拜「席散後，有音樂家和梨園弟子演劇以娛衆賓」。南宋孟珙《蒙韃備錄》載：「國王出師，亦以女樂隨行。」統治者對戲曲的愛好，無疑會影響到文化政策的制訂和執行。《元史・百官志》記載：元王朝統治者把管理樂工的教坊司置於正三品的高位，元仁宗延祐二年（公元 1315 年）還打算擢用伶人曹咬住為禮部尚書。儘管元代也制訂過禁止「亂制詞曲」的法律，宣布過「諸妄撰詞曲，誣人以犯上惡言者，處死」（《元史・刑法志》）的律條，但執行卻比較寬鬆。終元之世，並無明清時代那種文字獄的記載，無任何人，包括雜劇作家因揭露現實、指斥時政而獲罪。

3、南戲戲文和講唱藝術

元代敍事性文學除雜劇外，還有起源於宋代、在元代得到進一步發展的南戲戲文和講唱藝術。戲文雖因北戲的勃興而受到排擠，但仍在南方廣大農村不斷深入和普及，陸續有新的作品問世。講唱藝術在元代是一個重要的發展時期，其主要品種有說話和諸宮調。今存《全相平話五種》即刊刻於元至治年間（公元1321～1323年），這五種講史平話對後來長篇章回小說的形成有著極其重要的影響。元代諸宮調作品有作者不詳的《劉知遠諸宮調》和王伯成《天寶遺事諸宮調》。二者雖係殘篇，但仍然是說明諸宮調發展的極爲珍貴的資料。

在中國文學史上，元代是一個轉折時期。在此之前，傳統的文學體裁是抒情性的詩歌散文。而從此以後，新的有情節、有人物形象並以敍事爲主的戲劇和小說愈來愈成爲文學的正宗。一代傑作元雜劇的勃興，正標誌著敍事性作品從此成爲文學主流的一個新的歷史時期已經到來。

附　註

①如元朝曾在西藏地區設立烏斯藏、納里速、古魯孫三路宣慰司都元帥府，調查戶口、徵收賦稅、屯戍軍隊。西藏從此正式成爲我國行政區劃的一部分，它的政治制度和宗教制度都是由元朝政府規定的。至元十三年（公元1276年）元朝還在雲南設置行省，雲南地區從南北朝以來長期割據的局面從此結束。

②如郭守敬於至元十七年（公元1280年）所制訂的「授時曆」規定以365.2425日爲一年，比地球繞日一周只差26秒，與現行格里曆相等，但早300年出現。元人王禎所編的《農書》總結了從北魏賈思勰的《齊民要術》以來我國人民在農業生產和工具方面所取得的成就。

③《元史》中這類記載不少。如卷119《木華黎傳》：塔思攻金時，「俘生口、牛馬數萬。」卷2《太宗紀》：皇子曲出「徇襄鄧，入郢，虜人民、牛馬數萬而還。」卷3《憲宗紀》：大淵攻合州，「俘男女八

百餘。」卷 6《世祖紀》阿術略襄陽，「俘生口五萬」。卷 161《劉整傳》：劉整攻沿江諸郡，「俘人民八萬」。

④《元文類》中宋子貞《耶律公神道碑》：「一年則倍之，次年則並息又倍之，謂之羊羔利。」《黑韃事略》卷 6：「一錠之本，展轉十年後，共息一千二十四錠。」斡脫錢係官府所放之高利貸。《新元史・食貨志》：「斡脫官錢者，諸王、妃主以錢借人，如期並其子母徵之。」《元史》還記載：至元四年（公元 1267 年）「立諸位斡脫總管府」，至元九年（公元 1272 年）「立斡脫所」，以掌管此項高利貸。

⑤南宋遺民謝枋得《疊山集》卷 6《送方伯載歸三山序》：「滑稽之雄，以儒爲戲者曰：『我大元制典，人有十等：一官二吏，先之者貴之也；貴之者，謂其有益於國也。七匠八娼、九儒十丐，後之者賤之也；賤之者，謂其無益於國也。嗟呼，悲哉！介乎娼之下、丐之上者，今之儒也。」元鄭思肖《鄭所南文集・心史》卷下《大義略序》：「韃法：一官、二吏、三僧、四道、五醫、六工、七獵、八民、九儒、十丐。」但這類說法，不見於《元史》及《元典章》，故人多疑其眞實性。

第一章　元代詩文

第一節　元代詩文發展概況

與唐宋時期高度繁榮的詩文相比，元代詩文總的趨勢是急遽衰落。衰落的原因主要有：

第一，詩文在唐宋已高度發展，元代作家不僅無法超越，甚至連創新的餘地也不多。

第二，元代雖不重科舉，但卻大力提倡理學，程朱理學逐步成爲官方哲學而居於統治地位。文人不能憑詩文得官，但卻可以藉性理之學而受到統治者的重用。因此，元代的一些著名詩文作家，多數與理學家有著師友淵源或者身兼理學家與文學家兩重身分①。南宋以來文統和道統相互影響、平行發展的局勢已被打破，韓歐文統逐步受到程朱道統的支配；文統和道統走向結合已成爲詩文發展的主流，重道輕文的傾向在元代詩文創作中表現得異常突出。因此，富有藝術魅力而又激動人心的詩文作品，在元代極爲少見。

第三，知識分子社會地位的下降促使元代文人兩極分化。部分正統文人致身通顯，崇奉理學，脫離民衆，很難寫出好的作品。而那些有才華的作家大多能與民衆保持相當的接觸，從事通俗文學諸如雜劇、散曲、諸宮調、平話等的寫作，只有他們才眞正成爲羣衆情緒的宣泄者，成爲時代的歌手。而傳統詩文因爲得不到時代精神和羣衆感情的滋潤，只能日趨枯萎。

在詩文各個領域中，散文受理學影響更大、更直接。一些著名的散文作家如姚燧（公元 1238～1313 年，有《牧菴集》）、吳澄（公元 1249～1331 年，有《吳文正集》）、盧摯、虞集等，往往視文章爲載道之器，他們的散文大多充滿說教氣息。現存元人最重要的散文選集《元文類》，其編選原則正體現了這一傾向。這部書是元末作家蘇天爵（公元 1294～1352 年，有《滋溪文稿》）所編，全書七十卷，共採集從至元初至延祐以前的詩文八百四十三篇。其中詩七卷，文六十三卷。其選文標準，偏重於作品的文獻史料價値和政治倫理意義，不大考慮其文學色彩。因此，大量入選的是詔敕、碑文、墓誌、奏議之類，而傳、記、序等類文學作品入選的極少。但這部選集仍然爲元代保存了不少散文作品和資料，從中可以窺見元代散文的大致面貌。

元詞的成就也不如宋詞，從元代起，詞的發展開始進入低谷。但元代去宋未遠，流風尚存，且詞曲爲姊妹藝術，相互影響之處甚多，故元代詞作，尙有某些可觀的建樹。元代詞人詞作都不少，今人唐圭璋輯《全金元詞》，錄元代詞人二百十二家，作品三千七百多首。著名詞人有耶律楚材（公元 1190～1244 年，有《湛然居士集》）、王惲（公元 1227～1304 年，有《秋澗先生大全集》）、白樸、劉因、趙孟頫、仇遠（公元 1247～1326 年，有《金淵集》）、許有壬（公元 1287～1364 年，有《至正集》）、張翥（公元 1287～1368 年，有《蛻巖詞》）和薩都剌等，他們或學蘇辛豪放一派，或師宋末格律派諸子，都有各自的成就。但學豪放者蘊藉不足，師格律者內容狹窄。總之，平凡之作多，創新之篇少；既缺少時代氣息，也未能形成個人風格。其中，少數詞人如薩都剌等，淸曠雄奇，較有特色。

比較地說，元詩成就略高於散文及詞。但相對唐宋詩歌，仍是一個倒退。這突出地表現在它沒有能形成一個時代所特有的風格。儘管元代詩人、詩作並不少，但能爲後人傳誦不衰的名篇卻不多。清康熙年間顧嗣立編輯的元詩大型選集《元詩選》三集共一百一十一卷，收元好問以下有專集傳世之元代詩人三百多家。乾隆末年席世臣復補選散見於各選本、山經地志及稗官野史中的零散詩篇爲《元詩選癸集》，又收詩人二千多家。清康熙年間張豫章編輯的《四朝詩》收宋、金、元、明四朝詩三百一十二卷，其中元詩八十一卷，收詩人近一千二百人。綜上可知，有詩作傳世的元代詩人接近三千人，其中，著有專集者超過七百家，詩文別集流傳至今者亦在二百家以上。

第二節　元代詩歌的演進及其代表作家

㈠元代詩歌的發展

元代的一些著名詩人，無論在朝在野，多數是地位較高的封建士大夫，他們一般生活比較優裕，與民衆多少有些距離，除後期詩人外，元初和元中期一些詩人的作品大多缺少現實內容，個人愁苦、官場得失、友朋酬酢、離情別緒成爲他們作品中最習見的主題。當然，由於元代政治腐敗和民族壓迫深重，即令身居高位的詩人也免不了要受到猜忌和排斥，因此，元代詩歌中爲新王朝歌功頌德的作品並不多見。相反，不少詩人往往在詠史懷古、題畫吟花，乃至遊山玩水之類作品中，曲折地流露出亡國之痛和故國之思，或潛藏著對新朝不滿之情。元詩中歌唱隱逸生活的風氣很普遍，這也和作家政治生活中的苦悶有關。到了元代末年，時局動蕩，社會矛盾日趨尖銳。描寫和平安定生活的作品愈益減少，揭露社會黑暗、關心民生疾苦的詩歌增多起來。除著名詩人薩都剌、王冕、楊維楨、許有壬外，其他如朱德潤（公元 1294

～1365 年，有《存夏齋集》）的《德政碑》、謝應芳（公元 1296？～1392 年？，有《龜巢集》）的《傷田家》、張翥的《郭農嘆》和《人雁吟憫飢也二章》，都眞實地揭示了農村的殘破凋弊和官府的搜刮，多少接觸到反元起義的社會原因。

在元詩發展過程中，宗唐復古（即近體宗唐，古體宗漢魏兩晋）成爲時代的潮流和風氣。其間經歷了對前朝詩風的反思和批判，經歷了南北兩股詩風的匯合。蒙古滅金後與南宋對峙的四十年間，北方詩壇主要受金代詩風，即蘇詩遺風的影響，當時的北方詩人如劉秉忠（公元 1216～1274 年，有《藏春集》）、許衡（公元 1209～1281 年，有《魯齋遺書》）、郝經（公元 1223～1275 年，有《陵川集》）和王惲等人，大都追求豪邁淸放而反對華麗險怪。但他們或才情不足，或流於率易，佳制殊少。能以創作業績打破這種平庸局面的北方詩人當推劉因。其近體佳作沉鬱頓挫，大有唐風。由宋入元的南方詩人有方回（公元 1227～1307 年，有《桐江集》）、戴表元（公元 1244～1310 年，有《剡源戴先生文集》）、仇遠和趙孟頫等，他們受到南宋末年詩風影響，但能略變江湖派風格轉而崇尚唐調，詩風淸麗婉約。

元代中期，特別是延祐（公元 1314～1320 年）以後，宗唐復古詩風大盛。延祐二年（公元 1315 年）開科舉，北方詩人馬祖常（公元 1279～1338 年，有《石田集》）、許有壬與南方作家歐陽玄（公元 1273～1357 年，有《圭齋集》）、黃溍（公元 1277～1357 年，有《日損齋稿》）、楊載等人同科舉進士，標誌著南北兩股復古詩風的匯合。這正如歐陽玄所說：「我朝延祐以來，詩文日盛。京師諸公咸宗魏晋唐，一洗金宋季世之弊，而趨於雅正，詩丕變而近古。」（《羅舜美詩序》）虞集、楊載、范梈、揭傒斯（即所謂元詩四大家）和少數民族詩人馬祖常、薩都剌等是這個時期最爲活躍的詩人。《四庫總目》說：「元代詩人，世推虞楊范揭，史稱其文章一以氣爲主，而於詩尤有法度，自其詩出，一洗宋季之陋云云。」四家詩多以唐人爲宗，如楊載曾語人曰：「詩當取材於漢魏，而音節則以唐爲宗。」范梈歌行體多學李白。虞集論詩比較通達，轉益多師，但主導傾向係尊陶及柳、韋。揭傒斯詩則受晚唐詩風影響。他們學唐，主要著眼於形式格調的摹擬、語言的錘煉和對仗的工穩，而缺乏唐人那種氣魄和才力，故成就不高，但在開拓元代詩風上確有一些貢獻。

元末則由於社會動蕩、戰火頻仍，促使一些作家面對現實，楊維楨、王冕是這個時期較有特色的詩人。他們也提倡學唐，而主要以中晚唐爲宗。如楊維楨就比較注意學習李賀、盧仝的那種險怪詩風，在他的倡導下，「元末諸人競學長吉」（胡應麟《詩藪》），昌谷體大放異彩。但學中晚唐的結果也帶來穠縟和纖弱的毛病。王冕則能不爲流風所囿，以雄快豪宕、樸直遒健的詩風，力矯時弊，創作出一批揭露元末尖銳社會矛盾的詩篇，成爲這個時期成就最高、影響最大的詩人。

㈡元代詩歌的代表作家

元詩雖然沒有取得多少值得稱道的成就，但作爲中國詩歌史上的一個轉折時期，元詩在整體上初步完成了批判宋詩中確實存在的違反形象思維規律積弊的歷史任務，並在實踐上宣告和這種積弊相決裂。元詩宗唐復古的得失，也給後代詩家帶來經驗和教訓。元人學唐並不專主盛唐，故元代詩壇，仍然顯得錯綜紛繁。元代詩人所取得的成就也各不相同。其中初期的劉因、趙孟頫，中期的虞集，後期的薩都剌、楊維禎和王冕較有特色。現分述如次：

劉因

劉因（公元 1249～1293 年），字夢吉，號靜修，河北容城人。三十四歲時被徵入朝，任贊善大夫，不久即辭歸。後再徵爲集賢學士，不就。元世祖稱之爲「不召之臣」。他是個理學家，與許衡並稱北方兩大儒，詩文詞均爲時人所推重，著有《靜修集》二十二卷（另一刊本爲三十卷）傳世，其中詩十五卷，文七卷。他的詩「風格高邁，而比興深微」（《四庫提要》），無理學氣，而有眞淳樸實之情。「古選不減陶柳，其歌行律詩，直溯盛唐」（引同前）。古體詩多豪邁不羈之氣，近體詩寫得渾浩流轉，對仗工穩，但理趣稍遜。

劉因出生在金亡後不久的北方，且一度出仕元朝，但對宋王朝眷戀甚深。故在其詩中，總是宛轉地表達出他的故國之思。元師伐宋時，他寫了《渡江賦》哀嘆宋王朝的命運，力陳宋不可伐。他還在《登武遂城》、《遂城道中》、《海南鳥》等詩中，借景抒情，托物寓意，表達對宋王朝的懷念。他的《觀梅有感》云：

> 東風吹落戰塵沙，夢想西湖處士家。只恐江南春意減，此心原不為梅花。

細玩詞意，當寫於元師滅宋、攻占杭州之後。詩人擔心漢族文化傳統、文物制度被戰火毀滅，表現了深厚眞摯的民族感情。寓意深長，含蓄渾成。

劉因還寫過不少詠史詩，這類詩以議論爲主，受蘇軾、元好問影響較深，但卻頗有新意。《白溝》是著名的一首。此詩通過對歷史的回顧，深刻揭示了北宋王朝對外一貫妥協苟安，終於喪失中原的沈痛教訓，發前人之所未發。他還在《馮道》一詩中寫道：

「亡國降臣固位難，癡頑老子幾朝官！朝梁暮晋渾閒事，更捨殘骸與契丹。」馮道歷事四朝，後世羞之，歐陽修在《新五代史》中斥之爲無廉恥，從此成爲毫無氣節的典型而遭到詩人們的批判。但他們的詩都不如這首七絕簡練有力。而且劉因是有所爲而發，是藉馮道以揭露那些賣身投靠元朝的宋臣的卑劣心理。

趙孟頫

趙孟頫（公元 1254～1322 年），字子昂，湖州（今浙江吳興）人。係宋宗室，宋太祖子秦王趙德芳後代，六世祖趙偁乃宋孝宗趙昚之父。宋亡後，他被薦入元朝，歷仕元世祖、成宗、仁宗數朝，官至翰林學士承旨，是個標準的御用文人。他多才多藝，素以書畫著名，亦工詩詞，著有《松雪齋文集》十卷，共詩文六百餘篇。其中詩四百七十餘首，詞二十首。他的詩「體裁端雅，音節和平」（胡應麟《詩藪・外編》），不矜才氣，而頗有情韻。是元詩從前期到中期的過渡人物，也是從宋詩到元詩的過渡人物。他以宋室王孫，遭換代之變。儘管他仕元爲顯宦，但卻爲時論所輕，故內心充滿苦惱和矛盾。大節有虧的負疚，一直壓在他的心頭。如在《述懷》、《懷德清別業》、《繼鄭鵬南書懷》等詩中都流露了一種欲歸不得、莫可奈何的悵惘之情。晚年他還在《自警》詩中寫道：「齒豁頭童六十三，一生事事總堪慚。」五古《罪出》更集中表達了他後悔出仕、自我譴責之意：

> 在山為遠志，出山為小草。古語已云然，見事苦不早。平生獨往願，丘壑寄懷抱。圖書時自娛，野性期自保。誰令墮塵網，宛轉受纏繞。昔為水上鷗，今為籠中鳥。哀鳴誰復顧，毛羽日催槁……

其進退維谷、無可奈何之狀，溢於言表；懺悔、抑鬱之感，情見乎辭。他的某些作品正以其特有的複雜性引人玩味，其剖露靈魂之處，未嘗不可以觸動讀者之心。由於趙孟頫家世特殊，故對宋王朝覆亡表現了更多的故國之思，在詩中經常流露出「新亭舉目山河異」（《和姚子敬秋懷》）、「春風麥秀使人愁」（《錢塘懷古》）之類詩句。但以他當時的處境，這種感情不得不更加隱晦和曲折。如他的名作《岳鄂王墓》就通過惋惜岳飛的屈死，指責南宋君臣的苟安政策。詩表面上是痛悼金兵入侵，北宋覆亡；實際上包含哀嘆南宋亡國之意，故尾聯以西湖山水不勝悲愁作結。《輟耕錄》說：「岳王墓詩不下數十百篇，其膾炙人口者，莫如趙魏公作。」

虞集

虞集（公元 1272～1348 年），字伯生，蜀郡人，寄籍江西臨川。他是南宋名將虞允文五代孫。大德初被薦授大都路儒學教授，官至翰林直學士兼國子祭酒。他是元中葉最負盛名的文人，與姚燧並稱爲當時的古文大師。他的散文紆徐委婉而又條理疏暢，但所作多爲高文典册，價值不大。他還與楊載（公元 1271～1323 年，杭州人，有《楊仲弘集》八卷）、范梈（公元 1272～1330 年，江西清江人，有《范德機詩集》七卷）、揭傒斯（公元 1274～1344 年，江西豐城人，有《揭文安公集》十四卷）並稱爲「元詩四大家」。在當時和後世的聲名均很高。他們大多宗法唐詩，對元詩的形成頗有貢獻，但他們的詩境界都比較狹窄，又鮮深沈之思、奇警之氣，在詩藝上大多只做到圓潤妥帖，格調不高，更少創新和發展，與他們的聲名實不相副。至於他們成就的高下，虞集曾有評論：他自稱其詩如「漢廷老吏」，楊詩如「百戰健兒」，范詩如「唐臨晋帖」，揭詩如「三日新婦」。胡應麟

《詩藪》解釋說：「百戰健兒，悍而蒼也；三日新婦，鮮而麗也；唐臨晋帖，近而肖也；漢法令師，刻而深也。」這些比喻疑有所未合。范、揭詩內容可取之作較虞、楊詩爲多。虞集貶二人詩爲「唐臨晋帖」、「三日新婦」，認爲范詩摹擬古人，少創意之作；認爲揭詩過於鮮麗，不夠老練。即使是就風格立論，亦並不恰當。《四庫總目》說：「梈詩格實高，其機杼亦多自運，未嘗規規刻畫古人。」揭詩「淸麗婉轉，別饒風韻……然神骨秀削，寄託自深，要非嫣紅姹紫、徒矜姿媚者所可比也。」雖讚譽稍過，但亦可正虞集之偏。虞集自許爲「漢廷老吏」，當是指其詩精於法度，這大體上是對的。他說楊詩爲「百戰健兒」，則有過譽之嫌。楊詩雖遵法度，結體謹嚴，剪裁妥帖，然甚膚廓，在四家中成就較低。但由此可見，虞集主要是從詩法、詩藝之是否圓熟、老練來衡量當世的詩人。作詩當然要考究詩法、詩藝，但如以此爲唯一目標，是不能產生傑出的詩人和詩作的。它實際上是虞集在思想上缺乏進取精神、在藝術上缺乏創新精神的表現。這正反映元代政局相對穩定時期一些漢族士大夫的精神狀態，這也是虞集等人在詩歌創作上成就不高的原因。

虞集著有《道園學古錄》五十卷、《道園遺稿》六卷。留下詩歌約一千四百多首，詞三十餘首。在元代詩人中是存詩較多的一個。他的詩筆老意到，語無枝葉，素以典雅精切著稱，但文采氣韻不足。《詩藪》說它「渾厚典重，足掃晚宋尖新之習。第其才力不能過諸人，故制作規模，邊幅窘迫，宏逸沈深之軌，殊自杳然」。這個評價還是比較公允的。在他的詩作中，應酬、贈答、題畫之類最多，內容較空泛，藝術上亦無特色。部分作品表現了詩人的民族意識，但較前期詩人更加隱蔽和曲折。如他的名作七律《挽文山丞相》就充滿了大勢已去、無可奈何的消極感嘆，但表達了詩人對寧死不屈的南宋忠臣文天祥的哀悼和敬仰之情，從而透露出對故國的懷念。

薩都剌

薩都剌，生卒年不詳②，元中後期人。本答失蠻氏，應爲回族人③。祖、父兩代因軍功鎮守雲代，遂家雁門。他於泰定四年（公元 1327 年）中進士，官至江南行臺侍御史。晚年辭官後流寓江南。錢謙益《列朝詩集小傳》說他曾參加方國珍起義軍，但缺乏佐證。

薩都剌是少數民族著名詩人之一④，有詩集《雁門集》十四卷、詩餘一卷、附錄四卷傳世。他的詩清新綺麗，自成一家。清初顧嗣立說他「眞能於袁（桷）、趙（孟頫）、虞（集）、楊（載）之外別開生面者」（《元詩選》），虞集稱讚其詩「最長於情，流麗淸婉」。他本以寫宮詞、豔情樂府著名，如《芙蓉曲》、《燕姬曲》等，均學晚唐溫李，於濃豔細膩之中，時得自然生動之趣。但這類詩並無多大意義。由於他年輕時有過艱難的經歷，行蹤遍及吳越南楚；登第後官運也不亨通，仍然奔走四方，所以他有著豐富的閱歷，對社會民情有著較多的了解，因而能寫出一些揭露社會黑暗和同情民生疾苦之作，如《過居庸關》就寫出了戰爭給人民帶來的沈重災難。《早發黃河即事》揭示了貧富不均、階級對立的現實：一方面豪門貴族「朝馳五花馬，暮脫千金裘。鬥雞五坊市，酣歌最高樓」；另一方面廣大民衆「短褐常不完，糲食常不周」，賦稅勞役，侵擾不已，以至「人家廢耕織，嗷嗷齊東州」。這類詩篇數量雖不多，但有著較强的現實意義。他的山水紀遊詩寫得淸新雋永，不落俗套。如《上京十首》就以淸麗的筆觸描繪了邊地的風土人情，充滿生氣。

《雁門集》收有薩都剌詞十餘首，多爲懷古之作。風格豪邁遒勁，用典自然貼切，在弔古傷今中糅合著磊落激昂之情，有較强感染力。如〔念奴嬌〕《登石頭城》就寫出了統治階級掠奪戰爭的殘酷性，境界開闊，情緒悲壯。〔滿江紅〕《金陵懷古》則化用前人詩境，翻出六朝興亡歷史往事，抒發了繁華易盡、人世無常的深沈感慨。寫景抒情，雖不無感傷，但掩抑不住豪壯之氣，是元代詞壇中少有的佳作。

楊維楨

楊維楨（公元 1296～1370 年），字廉夫，號鐵崖，又號東維子、鐵笛道人等，諸暨（今屬浙江）人。泰定四年（公元 1327 年）進士，但僅做過江西儒學提舉，不久即辭官家居。明初曾召入京，但他吟詩有「商山本爲儲君出」句以示不情願。朱元璋云：「老蠻子欲吾殺之以成名耳！」遂放還，抵家卒。他是元末詩風遞變中的關鍵人物之一，流傳的詩文集有《鐵崖古樂府》十卷、《東維子集》三十卷、《鐵崖先生詩集》十卷、《復古詩集》六卷、《鐵崖文集》二卷等多種。他的詩擅名一時，頗有特色，以縱橫奇詭、穠麗妖冶爲其風格，常能言人之不敢言，甚至拗語誇飾，陵紙怪發，受李賀影響較深，時人稱爲「鐵崖體」。他倡導這種詩風主要是爲了矯正元後期委瑣纖弱的詩風，但他過於逞才使氣，專務新奇，矯枉過正，往往失之怪誕。明人王彝詆之爲「文妖」，批評他「柔曼傾衍，黛綠朱白，而狡獪幻化，奄焉以自媚，是狐而女婦」（《王宗常集》卷六）。

楊維楨在詩歌藝術上確實取得了一定的成就。他不僅是宮詞、竹枝詞、香奩體的重要創作者和倡導者，也是樂府詩歌的倡導者。他寫作的大量樂府歌辭，能冶古今爲一爐，甚至把詠史一體也引進樂府體中來。而且題材廣泛，體裁多樣，大至國計民生，小至兒女風情，無所不有。他的作品如《鹽商行》、《貧婦謠》、《食糠謠》等，都反映了民生疾苦和世態炎涼，具有一定的現實意義。他還把竹枝詞列入樂府中，尤爲卓見。他所寫的《西湖竹枝詞》、《海鄉竹枝詞》，清新明爽，通俗活潑，頗有民歌風味。胡應麟稱之「俊逸濃爽，如有神助」（《詩藪》外篇卷六）。

楊維楨論詩力主破除齊梁、晚唐、季宋卑下詩風，教人取法乎上。這種主張，實開復古風氣。宋濂誌其墓云：「君家大肆於文辭，非先秦兩漢弗之學……其於詩尤號名家，震蕩凌厲，駸駸將逼盛唐。」（《宋文憲公集》卷十）可見他的詩論和創作，實開明人「文必秦漢，詩必盛唐」之先導。

王冕

王冕（？～1359 年），字元章，號煮石山農，諸暨（今屬浙江）人。他出身於農家，終身不仕。擅長書畫篆刻，最善畫梅。其生平逸事甚多，是個思想敏銳、孤芳自賞、鄙夷世俗而又多才多藝的著名詩人。《四庫提要》說他「天才縱逸，其詩多排奡遒勁之氣，不可拘以常格」。元末詩風流於纖細柔弱，多數詩人都不敢面對現實。而王冕雖是個隱士，但並沒有超脫，能以藝術家的敏感，敢於直面醜惡的社會現實，反映民生疾苦，揭露官場腐敗，並以雄快豪宕、樸直遒健的詩風力矯時弊，風格接近李白。他善用比興手法，富有浪漫色彩。在他的詩集中有不少揭露元王朝對江南人民敲骨吸髓的掠奪，如《悲苦行》、《痛哭行》、《南風熱》、《秋夜雨》、《江南民》、《江南婦》、《傷亭戶》、《蝦蟆山》、《陌上桑》等。這些詩寫出了江南水旱災害、官吏盤剝和人民流離失所、掙扎於死亡線上的圖景。如《傷亭戶》寫一個鹽工在課稅催逼下全家自盡的慘象。《悲苦行》寫一個農民因官稅逼迫，賣兒賣女的痛苦生活。《江南婦》寫江南蠶婦「官輸未了憂心觸，門外又聞私債促」。《痛苦行》則揭露了「京邦大官飫酒肉，村落飢民無粒粟」的貧富對立的現實。在這些詩篇裡明顯地受到杜甫的影響。他的《蝦蟆山》一詩，利用象形山石的傳說，對貪婪食祿的「蝦蟆」作痛快淋漓的唾罵，是優秀的寓言詩。元代末年，廣大民衆之所以鋌而走險，掀起漫天烽火的根源，我們從王冕詩中可以得到消息。但他對反元義軍也懷有偏見，詩中往往稱義軍爲「盜賊」、「妖氛」。他把改變黑暗現實的期望寄託在一種抽象的正義力量之上，他在《悲苦行》中說：「安得壯士挽天河，一洗煩鬱清九區，坐令爾輩皆安居。」

王冕還有部分詩歌表現了不甘隨俗浮沈、追求清高的思想。他善畫墨梅，往往通過對梅花冰潔的歌頌來表現他豪邁孤傲的性格。他在詩中寫道：「不要人誇好顏色，只留清氣滿乾坤。」他的詩風雖然質樸深沈，但情韻不足，錘煉不夠，藝術上缺少建樹。他模仿李杜，也能透過形式借鑒其中的一些積極內容，因此他的宗唐較其他同期詩人取得的成就更大。但往往顯得才情不副，傷於痕迹。

附　註

①元代作家中，身兼理學者有許衡、郝經、姚樞、胡祗遹、方回、吳澄、劉因、徐明善、吳萊、黃溍等。其餘著名作家如戴表元曾學於王應麟，趙孟頫曾師敖繼公，虞集、元明善受知於吳澄，柳貫是金履祥的門人，揭傒斯受學於許謙，馬祖常曾問學於張翌，王冕爲韓性弟子，楊維楨爲倪淵弟子，蘇天爵爲安熙弟子，泰不華爲周仁榮弟子，姚燧、不忽木均師許衡，張翥曾師李存，等等。

②關於薩都剌的生卒年，爭論分歧很大，迄無定說。其生年主要有二說：一爲薩同時代好友干文傳在《雁門集序》中說他「年逾弱冠登丁卯（泰定四年，公元 1327 年）進士第」。遵此說者大都繫薩之生年於大德四年（公元 1300 年）前後。另一說爲薩之遠孫薩龍光在清嘉慶十二年（公元 1807 年）將《雁門集》編年校注，繫薩之生年

爲至元九年（公元 1272 年）。二者相距幾 30 年。依後說，薩中進士已有 56 歲。細讀薩之全部作品，此二說均有一些不符之處。但前說較爲接近。至於薩之卒年，可靠材料更少。薩龍光認爲他卒於至正十五年（公元 1355 年）之後，錢謙益《列朝詩集小傳》說元末方國珍起義後，「招延士大夫」，「文人遺老如林彬、薩天錫輩，咸往依焉」。《中國大百科全書》根據這一材料，亦將薩之卒年定爲 1355 年。但薩參加方國珍起義一說，係無根之辭，不可靠，連薩龍光也認爲「此錢氏謬說也」。

③關於薩都剌的族別，同時代人兪希魯《至順鎭江志》卷十六謂爲回回人，楊維楨《西湖竹枝詞》謂爲答失蠻氏，陶宗儀《書史會要》則稱之爲回紇人。而《四庫提要》認爲「實蒙古人也」。而《四庫簡目》則指出：「本色目人」。元末孔齊《至正直記》謂他「本朱氏子，冒爲回回人」。柯紹忞《新元史》亦採此說。近人陳垣《元西域人華化考》以大量材料證明：「答失蠻、回紇，皆回回之異譯。謂薩爲朱氏子冒爲回回，及薩爲蒙古人，均誤。回回後裔即今之回族。」按：此說可從，薩應爲色目人中之回族。以上可參考張旭光《薩都剌生平仕履考辨》，載《中華文史論叢》1979 年第二輯，上海古籍出版社。

④王士禎《池北偶談》：「元名臣文士如移剌楚材（即耶律楚材），東丹王突欲孫也；廉希憲、貫雲石，畏吾兒（即維吾爾）人也；趙世延、馬祖常，雍古部（即蒙古一部落）人也；李魯術翀，女眞人也；迺賢，遭邏祿人也；薩都剌，色目人也；郝天梃，朵魯別族人也；余闕，唐兀氏（藏族所屬）人也；顏宗道，哈剌魯氏人也；贍思，大食人也。辛文房，西域人也。事功、節義、文章，彬彬極盛；雖齊魯吳越衣冠士冑，何以過之。」轉引《雁門集・附錄三》。元代作家除上述 13 人外，尙有孟昉，回族人。不忽木，康里部。阿魯威、月魯不花、童童，均爲蒙古族。薛昂夫，畏吾兒人。李伯瞻，西夏人。泰不華，伯牙吾台氏。奧敦周卿，女眞人。阿里耀卿、阿里西瑛父子（均散曲家），回回人。

第二章　元代散曲

第一節　散曲的興起及其體制

散曲①，是與戲曲相對而言，它是繼詩詞興起的一種新體詩，不同於有科白的戲曲。在元代，散曲一躍而與詩詞分庭抗禮，甚至後來居上，成爲詩壇的主要詩歌體裁。

作爲一種新體詩，散曲的形成也許略早於戲曲。它興起於宋金時期，應與諸宮調產生的時間相接近②。它是我國古典詩歌不斷推陳出新的產物，主要是由於我國韻文及音樂本身發展演進的結果。

㈠散曲的興起

詞的衰微促進了曲的產生。詞本來也產自民間，原是一種通俗文學。後來才逐漸成爲文人學士手中的專利品，體裁日見嚴格，音律也愈益講究，過去婦孺皆曉的里巷樂歌，一變而成爲典雅絢麗的詞藻堆砌。經過南宋格律派的一番陶冶之後，更加句雕字琢，使塡詞成了一項專門學問，詞的生命力也因此不斷衰滅。詞既與民間絕緣，不能擔負起抒情詠物的任務，就需要尋找另一種體裁來替代。城市中的歌伎樂工一方面在舊的歌曲中求變化，另一方面在新起的民間小調中找材料。經過推陳出新、整理寫定等工作，一種嶄新的曲子便應運而生。由於作者增多，曲調亦愈趨繁富，曲便繼詞而成爲一種新的韻文，成爲元代的新體詩。

音樂曲調的變化，是曲得以產生的更主要的原因。中國古典詩歌，包括詩經、楚辭、漢樂府、近體詩及詞，當其初起時，都可合樂歌唱，都是當時樂曲的歌辭。其句型由簡而繁，由四言、五言、七言而長短句，是因爲社會生活日漸複雜，語言亦隨之發展，雙音詞、多音詞增加；音樂曲調變化了，合樂的歌辭也隨之改變。在我國，秦漢以前主要是雅樂，魏晋以後有清商樂，唐宋時則爲燕樂。而唐宋詞調主要出自「胡夷、里巷之曲」(《舊唐書・音樂志》)。所謂「胡夷」，主要指西域少數民族。宋金之際，北方少數民族如契丹、女眞、蒙古相繼入據中原，大量的胡曲番樂和北方地區慷慨悲歌的民間曲調相結合，形成一種新的樂曲。這種樂曲的風格、腔調、旋律，與舊有樂曲不同，甚至所用的樂器也不一樣。王驥德《曲律》說：「元時北虜達達所用樂器，如箏、纂、琵琶、胡琴、渾不似之類，其所彈之曲，亦與漢人不同。」散曲正是爲了配合這種新的樂曲所寫的歌辭。王世貞《藝苑卮言》說：「宋未有曲也。自金元而後，半皆涼州豪嘈之習，詞不能按，乃爲新聲以媚之。」徐渭《南詞敍錄》也說：「今之北曲，蓋遼金北鄙殺伐之音，壯偉狠戾，武夫馬上之歌，流入中原，遂爲民間之日用。宋詞既不可被管弦，世人亦遂尚此，上下風靡。」曲之所以會繼詞而興，曲的情調、風格與傳統詩詞的差別的存在，全都取決於音樂曲調發生了變化。

(二)散曲與詞的異同

作爲我國古典詩歌的一種體裁，曲與詞既有不少相同，也有一些相異之處。曲與詞都是合樂的歌辭，都要受聲韻格律的約束，在形式上又都是長短句。曲產生於詞的基礎之上，故被稱爲「詞餘」。二者不僅關係密切，而且稱呼也常相混。唐宋之際，詞也常被稱爲曲、曲子、曲子詞、歌曲之類。金元時期，曲也被稱爲詞。詞與曲，均可稱爲樂府。因此，二者最易相混。但實際上，詞、曲在形式、音韻與風格上都有許多不同之處。

1、形式上的區別

詞與曲均爲長短句，都能在參差之中體現出整齊與規律。但比較起來，曲更能盡長短變化之能事。曲句可短到一、兩個字（詞亦有一二字句，但極少見），可以長到幾十個字（詞最長爲十一字，中豆）。如關漢卿《南呂一枝花・黃鐘尾》：

> 我是**箇蒸不爛、煮不熟、搥不匾、炒不爆、響璫璫**一粒銅豌豆。**恁子弟每，誰教你**鑽入**他鋤不斷、斫不下、解不開、頓不脫、慢騰騰**千層錦套頭。

兩句共五十四字，實爲兩個七字句，即「我是一粒銅豌豆，鑽入千層錦套頭」。按曲律規定應塡之字叫「正字」，規定以外的叫「襯字」。由於可以不受限制地加上許多襯字，就使曲一方面能顯得更活潑生動，繪影繪聲，淋漓盡致；另一方面能大量寫入方言俗語，使之模擬人物，接近口語，以表達不同情態。詞一般不用襯字③，故詞風嚴謹含蓄；曲可加襯字，故曲風通俗明快、奔放恣肆。襯字一般加於句首或句中，不可加於句尾，通常爲虛字或修飾性詞語。襯字不能破壞原來的句式。

除了襯字之外，少數曲牌還可加增句④。這樣，曲在形式上更加自由活潑，音律上又擺脫了舊詩詞的板滯。散曲的這種特點，正適應了古代詩歌不斷增加格律變化的客觀要求。它突破了五七言句式的框架，突破了詞的字數限制。正如趙樸初所說：「曲不僅句型上突破了詩的整齊單調，並且突破了詞的字數限制；許多曲調的句數可以順著旋律的往復而自由伸縮增減，作者長說短說，多說少說，隨意所向。」（《片石集・前言》）

2、音韻上的區別

詞韻與曲韻分屬不同的語音系統。詞韻雖較自由，基本上仍屬《廣韻》的平、上、去、入四聲系統。曲韻則以當時北方語音爲基礎，平聲分上平、下平二類，沒有入聲。入聲字派入三聲。代表這種語音的是周德淸《中原音韻》。分東鍾、江陽、支思、齊微等十九個韻部。在用韻上，詞的韻位疏，曲的韻位密。詞基本上爲隔句韻，曲則多爲連韻。曲不能換韻，包括帶過曲、套曲，不論長短，都需一韻到底。詞卻按詞牌要求，可以換韻。但曲韻也有其變通之處：一是平上去三聲通叶，二是不避重字重韻。這就使曲在抒情敍事上更加方便，使其音調更能適應自然音韻的旋律，悅耳動聽。

3、風格上的區別

詩詞受正統思想的束縛較重，講究哀而不傷，怨而不怒。散曲卻不同，它旣可端莊文雅，綺麗秀美；也可以明快奔放，急切透闢，衝口而出。蕭灑、豪辣、尖新、刻露、調侃、詼諧、俚俗，是曲不同於詩詞的特有風格，也正是曲的本色。各種表現方法如抒情、寫景、敍事、議論、寓言、擬人、白描，它無一不可；各種修辭手法如重字、疊韻、比喩、比擬、對偶、排比、設問、連環、頂針，它無所不用。詞與曲在風格上的區別是明顯的。詞宜於悲而不宜於喜，曲則悲喜兼可，情致極放；詞可以雅而不可以俗，曲則雅俗共賞，命意極闊；詞宜於莊而不宜於諧，而曲則莊諧雜出，態度極活。今人任中敏在《散曲概論》中歸納二者在風格上的區別說：

總之，詞靜而曲動，詞斂而曲放，詞縱而曲橫，詞深而曲廣；詞內旋而曲外旋，詞陰柔而曲陽剛；詞以婉約為主，別體為豪放；曲以豪放為主，別體則為婉約；詞尚意內言外，曲則為言外而意亦外……

㈢散曲的體制

散曲的體裁比較多樣，但它主要可分爲小令、套曲兩大類。

小令

小令一般指獨立的隻曲，即尋常小令。它大多來源於民間流行小調，經整理而成。王驥德《曲律》說：「渠所謂小令，蓋市井所唱小曲也。」它是單個曲子，相當於一首詩或一闋詞。在元代又稱爲「葉兒」。元曲所用之曲牌，《中原音韻》記載有三百三十五調，李玉《北詞廣正譜》有四百四十七調，周祥鈺所編《九宮大成南北詞宮譜》則錄入五百八十一調。其中有戲曲或套曲專用的，有小令專用的，也有套曲與小令通用的。小令常用的不過一百多調。

小令還包括重頭、帶過曲、集曲等多種變體。重頭指同一曲調重覆兩首或兩首以上者，用以合詠一事或分詠數事，各首之間一般需換韻。《雍熙樂府》載《摘翠百詠小春秋》，用一百首《小桃紅》詠西廂故事，是重頭之最長者。帶過曲指宮調相同、音律能銜接的兩個或至多三個曲調連綴在一起，首尾一韻，共詠一事。帶過曲的組織有一定規律，不能任意配搭。元人共用過三十四種，常用者不過五六種。因尚未成套，故仍屬小令範疇。集曲則盛行於南曲，指取各曲中零句組成一個新調。如《羅江怨》是摘取《香羅帶》、《一江風》、《皂羅袍》三調中之散句組合而成。《九疑山》、《巫山十二峯》則是摘取九調及十二調中零句組成的新曲。

套曲

套曲又稱套數、散套或大令。它是一種更加複雜的結構，吸收了唐宋大曲、轉踏、諸宮調等聯套方法，把同一宮調若干曲子按照一定次序聯綴起來。它必須具備三個條件：至少必須同一宮調兩支或兩支以上曲子，不論長短必須一韻到底，一般都要有尾聲⑤。有無尾聲，是區分小令和套曲的最明顯標誌。故燕南芝菴先生《唱論》說：「有尾聲名套數。」套曲一般爲十曲左右，最長有三十四曲（劉時中《上高監司》第二套），戲曲中最長套曲爲二十六曲（孟漢卿《魔合羅》第四折）。

第二節　元散曲的發展

元代散曲作家，據朱權《太和正音譜》卷上「古今羣英樂府格勢」收錄，共一百八十七人。據任中敏《散曲概論》統計，可考者爲二百二十七人。隋樹森《全元散曲》收入有作品流傳的散曲作家共二百十二人。這些人有戲曲作家、詩文作家兼寫散曲的，也有專寫散曲的。

保存元散曲的集子，除少數主要曲家的專集，如張可久《小山樂府》、喬吉《夢符散曲》、張養浩《雲莊樂府》、馬致遠《東籬樂府》外，尚有選集如楊朝英編輯的《朝野新聲太平樂府》和《陽春白雪》，胡存善編輯的《類聚名賢樂府羣玉》，明郭勛編的《雍熙樂府》及無名氏編的《樂府新聲》、《樂府羣珠》等多種。今人隋樹森匯集爲《全元散曲》，共輯小令三千八百十三首，套曲四百五十七套，較爲完備。

㈠元散曲的分期

元代散曲的發展大致可分前後兩個時期，前期從金末到成宗大德年間（公元 1234～1307 年）。此時散曲興起不久，尚未成爲詩壇主要體裁，僅是一時遣興抒懷的手段。故此時散曲多爲戲曲家或詩文作家的副業。詩文作家兼寫散曲的有盧摯、姚燧和馮子振等，雜劇作家兼寫散曲的有關漢卿、白樸、馬致遠等。其中以馬致遠和盧摯作品最多，影響也比較大。特別是馬致遠，他擴大了散曲的題材領域，提高了散曲的藝術地位。散曲到了他的手上，堂廡始大，體制始尊，才眞正成爲能與詩詞分庭抗禮的新體詩。

後期從元武宗至大年間到元末（公元1308～1368年）。此時散曲已成爲詩壇的主要體裁，成了某些文人的專業。散曲作家大量湧現，包括專寫散曲的作家如張可久，專工散曲的作家如喬吉，以及張養浩、睢景臣、劉時中、貫雲石、徐再思等。但是，隨著散曲成爲文人的專業，早期粗獷豪辣的風格逐漸走向典雅工麗，講究格律詞藻，在藝術上刻意求工，甚至以詩詞的細膩來匡補散曲的粗獷，格調亦由豪放趨於婉約，和詞的區別逐漸縮小。

㈡元散曲的代表作家

關漢卿、白樸

關漢卿和白樸都是以雜劇作家兼寫散曲的有影響的作者。關作散曲現存小令五十七首，套數十三套。內容多爲離愁別恨的抒寫和愛情生活的記述，也有個別作品表現了作者的思想性格，例如著名的〔南呂一枝花〕《不伏老》。他的散曲更多地表現了他風流蘊藉、滑稽多智的性格特徵，風格以婉麗見長，間以蕭灑，但成就不如雜劇。白樸留有小令三十七首，套數四套。內容多抒寫男女戀情、描繪自然景色和感嘆人生無常。曲風俊逸淸麗，兼有豪放、秀美、本色等多種風格。

盧摯

盧摯（約公元 1243～1315 年後），字處道，一字莘老，號疏齋，官至翰林學士承旨。著有《疏齋集》，今佚。他是著名的詩文作家，人稱其文與姚燧比肩，詩與劉因齊名。其散曲今存一百二十首，在前期散曲作家中數量僅次於馬致遠。他是元初第一個大量寫作散曲的名公大臣，經過他的提倡，散曲才成爲與詩詞並列的體裁進入上層社會。他的散曲內容多爲懷古、贈答、寫景、詠別、嘆世之作，尤以懷古題材爲多。曲風清潤明麗、蘊藉風流，又無逞才使氣和俚俗輕褻之弊。貫雲石說他的散曲「媚嫵如仙女尋花，自然笑傲」（《陽春白雪序》）。他寫的〔落梅風〕《送別珠簾秀》結句：「畫船兒載將春去也，空留下半江明月。」風神清逸，情致婉妙。

馬致遠

馬致遠的散曲，後人輯爲《東籬樂府》。今存小令一百十五首，套數十六套。他年輕時做過小官，迷戀過功名。後來失望歸隱，沈溺於山水之間，寄情詩酒，成了個嘯傲風月、玩世不恭的詩人。故他的散曲以「嘆世」一類最多。例如下面這首〔金字經〕：

> 夜來西風裡，九天雕鶚飛，困煞中原一布衣。悲，故人知未知？登樓意，恨無上天梯！

充分表現了作者懷才不遇、憤世嫉俗的呼聲，他的另一些作品則宣揚了隱居樂道、看破紅塵的消極思想。他的散曲具有較高的藝術性，風格以豪放爲主，兼有清逸的特色。語言凝練優美、生動本色，富有形象性和概括性，而又能揮灑自如、機趣橫生。他的〔天淨沙〕《秋思》⑥正體現了這一特徵：

> 枯藤老樹昏鴉，小橋流水人家，古道西風瘦馬。夕陽西下，斷腸人在天涯。

這是元散曲中寫景抒情的名篇，被稱爲「秋思之祖」（周德淸《中原音韻》）。後人有詩云：「枯藤老樹寫秋思，不許旁人贅一辭。」表現手法異常高明：前三句以九事設境，全屬靜字，頗得含蓄幽渺之趣。作者以景物點染「秋」，亦以景物表現「思」；既有形象的立體感和層次感，又有結構的完整性和畫外意。短短二十八個字，描繪出一幅有主有從、有虛有實、有動有靜、鮮明而又和諧的秋郊夕照圖。透過蒼涼微茫的景色，反映出旅人飄泊無依的情懷。作者著力寫景，景中有情；借景抒情，情中句句皆景。景物愈寫愈深，感情愈抒愈烈。最後才逼出「斷腸」二字，以點明所抒之情；突出「天涯」二字，以概括所寫之景。全曲精巧嚴密，妙合無垠，形成一個有機的整體。

馬致遠的另一首名作〔雙調夜行船〕《秋思》，歷來被認爲是元散套中的絕唱。周德淸說：「此方是樂府，不重韻，無襯字，韻險語俊。諺曰：百中無一。余曰：萬中無一。」全篇情眞意切，形象鮮明，色彩濃烈，用詞精煉典麗，而又不離本色，確實達到了千錘百煉、爐火純青的地步。加上風格高亢、氣概豪邁，在恬靜超逸之中，寓有一股激憤豪爽之情。全套用七曲組成：首曲點明主旨，突出及時行樂之意。接下三曲，皆爲嘆世。前二曲否定一個「貴」字，後一曲否定一個「富」字。〔風入松〕以下二曲，分別敍述自己的處世態度和理想生活。末曲爲全篇總結，故前半又重嘆世人，後半又重說自己。這種結構，確能表現作者組織材料的功力，在藝術上堪稱千古獨步。

然而，此曲藝術上的高超，並不能掩蓋思想上的消極。作者否定了人世間的功名富貴，指出了那些煊赫一時的王侯將相不過是歷史上的匆匆過客。作者還寫出了那些心硬如鐵的守財奴和醉心名利的庸人的醜態，同時表現了自己熱愛竹籬茅舍的清高生活。通過這些描寫反映出作家對醜惡現實的不滿和不願同流合污的高潔品質。這一切正是這首套曲積極意義之所在。但是，詩人卻把對功名利祿的否定擴大為對整個社會和人生的否定，流露出較濃厚的人生如夢、及時行樂、消極遁世、潔身自好、看破紅塵等消極情調。

馬致遠還寫過少數情調詼諧的散曲，如〔般涉調耍孩兒〕《借馬》，主要表現馬主人在借馬前後那種實不想借，但又不得不借的矛盾心理，刻畫非常逼眞。風格幽默詼諧，有諷刺但不失分寸。這首套曲打破了散曲言情寫景的程式，注意塑造性格鮮明的人物形象，藝術上確有獨創。

張可久

後期最有代表性的散曲作家是張可久。張可久，字小山，浙江慶元（今寧波）人，生卒年不詳，應爲馬致遠後輩。他曾以路吏轉首領官，長期沈抑下僚，終生潦倒。故寄情山水，以寫作自娛。他是寫散曲的專門作家，共留下小令八百五十五首，套數九套。數量之多，在元代首屈一指。他當時即有《今樂府》、《蘇堤漁唱》、《吳鹽》等散曲集、後人輯爲《小山樂府》六卷。他的散曲，題材極爲廣泛，有寫景、言情、贈別、懷古、談禪、詠物、贈答、抒懷等等，文人的全部生活，他幾乎都涉及到了。但寫得最多的，是他對隱逸生活的嚮往和追求。如：「依松澗，結草廬，讀書聲翠微深處。人間自晴還自雨，戀青山白雲不去。」

（〔落梅風〕《碧雲峯書堂》）把隱逸生活表現得那樣恬淡閑適，多少表露了他對個人生活坎坷和世道險惡的厭棄。他也寫過少量憤世嫉俗的作品，如〔醉太平〕《感懷》：

人皆嫌命窘，誰不見錢親？水晶環入麵糊盆，才沾粘便滾。文章糊了盛錢囤，門庭改做迷魂陣，清廉貶入睡餛飩。葫蘆提倒穩。

這是對元代社會道德淪喪、追名逐利的庸俗世態的刻骨諷刺。但此類作品爲數不多。他集中數量較多、成就較高的是他的寫景之作。他性愛山水，又到過江南一帶名勝，故能在散曲中寫出江南旖旎明媚的風光。如〔迎仙客〕《括山道中》：

雲冉冉，草纖纖，誰家隱居山半掩？水煙寒，溪路險，半幅青簾，五里桃花店。

體現了他那種「清而且麗，華而不艷」（《太和正音譜》）的風格。張可久在散曲藝術上，講究格律聲韻，注意錘煉，以煉句爲工，對仗見巧，形成典雅蘊藉的風格。他還特別重視酌取詩境詞境入曲，融化前人名句，把散曲寫得像詩詞一樣婉約清麗。例如他的著名套曲〔南呂一枝花〕《湖上晚歸》就是如此。這篇套曲得到李開先、劉熙載等人欣賞，但卻失去了前期散曲那種自然眞率、質樸本色的特色，而開啓後期散曲淸麗雅正的風格。他實際成了元散曲曲風轉變的關鍵人物。

喬吉

喬吉（約公元 1280～1345 年），一稱喬吉甫，字夢符，號笙鶴翁，又號惺惺道人，太原人，流寓杭州。曾作雜劇十一種，今存《兩世姻緣》，《揚州夢》、《金錢記》三種，均爲才子佳人愛情劇，格調不高，成就較大的是散曲。他留下散曲二百零九首，套數十一套，數量僅次於張可久。由於他流落異鄉，潦倒終身，故寄情詩酒，生活放浪。他的小令〔綠么遍〕：「不占龍頭選，不入名賢傳。時時酒聖，處處詩禪，烟霞狀元，江湖醉仙。笑談便是編修院。留連，批風抹月四十年。」就是他落魄江湖的身世之自我寫照，表現出他那疏狂灑脫的性格。他一生爲功名所困，只好以詩酒煙霞、笑談風月來銷磨歲月。因此作品大多以嘯傲山水，寄情聲色詩酒爲題材。他的代表作〔水仙子〕《重觀瀑布》：

> 天機織罷月梭閑，石壁高懸雪練寒，冰絲帶雨懸霄漢，幾千年曬未乾。露華涼，人怯衣單。似白虹飲澗，玉龍下山，晴雪飛灘。

連用好幾個比喻，以表現瀑布飛流直下的壯觀景象，想像奇特，語言詭麗，確能表現他那奇巧俊麗、工於錘煉的曲風。他也善於融化前人詩詞中舊句，以成就其雅正婉麗、清潤華美的風格，但亦時有俗趣。李開先說他：「蘊藉包含，風流調笑。種種出奇而不失之怪；多多益善而不失之繁；句句用俗而不失其爲文。」前人論曲，總把喬、張並稱，評爲雅正的典範。但他與張可久仍有區別，張曲一味騷雅，喬曲則雅中帶俗，雅俗兼該。

張養浩

在後期作家中，張養浩是以詩人兼寫散曲並取得相當成就的著名作家。張養浩（公元 1270～1329 年），字希孟，號雲莊，山東濟南人。歷官縣尹、監察御史、禮部尚書等職。因直言敢諫曾兩次被罷官。天曆二年（公元 1329 年），關中大旱，被召爲陝西行臺中丞。他不辭勞累，盡力救災，上任僅四月，就勞瘁而死。著有《雲莊休居自適小樂府》，是元代有專集流傳的少數散曲作家之一。共存小令一百六十一首，套數二套，大多寫於晚年歸隱以後。他的散曲題材較廣，既有寄情山水的寫景之作，也有厭惡宦途險惡、謳歌歸隱的閑適之篇，還有揭露社會黑暗、世態炎涼的警世之章。由於他親身經歷過宦海風波，對人情世態感觸頗多，故其作品感情眞摯，格調高遠，文字明白流暢，無論抒情寫景，都能出自眞情而較少雕鏤。他也寫過一些關懷民生疾苦的作品，是他散曲集中最有價值的部分，〔山坡羊〕《潼關懷古》是他的代表作：

> 峯巒如聚，波濤如怒，山河表裏潼關路。望西都，意躊躕，傷心秦漢經行處，宮闕萬間都做了土。興，百姓苦；亡，百姓苦。

面對潼關這一古來軍事要衝，詩人抒發了同情苦難民衆之情。小令名爲懷古，實乃傷今，對元代現實有一定的揭露。全曲意境開闊，情景交融，語言簡煉含蓄，格調悲涼深沈，透闢雄渾，結語尤爲警拔。是一篇頗爲難得的作品。

貫雲石、徐再思

貫雲石和徐再思也是後期的重要作家。

貫雲石（公元 1286～1324 年），號酸齋，維吾爾人。所作小令七十九首，套數七套。曲風爽朗豪放。徐再思，號甜齋，生卒年不詳，嘉興人。今存小令一百零三首。曲風華美艷麗。後人將二人散曲合輯爲《酸甜樂府》，在元後期也有一定影響。

睢景臣

散曲作爲詩詞同科的新體詩，也以抒情爲主，但由於受到同時流行的戲曲的影響，產生過少量敍事性代言體作品，除馬致遠〔般涉調耍孩兒〕《借馬》之外，尚有杜仁傑〔般涉調耍孩兒〕《莊家不識构闌》、劉時中〔雙調新水令〕《代馬訴冤》、姚守中〔中呂粉蝶兒〕《牛訴冤》、曾瑞〔般涉調耍孩兒〕《羊訴冤》等。都寫得別開生面，細緻真切。其中，睢景臣〔般涉調哨遍〕《高祖還鄉》成就最爲傑出。

睢景臣，元後期曲作家，生卒年不詳，揚州人。曾寫過《牡丹記》、《千里投人》、《屈原投江》三個雜劇，均佚。僅留有三個套曲。《錄鬼簿》說：「維揚諸公俱作《高祖還鄉》套數，公〔哨遍〕制作新奇，諸公者皆出其下。」可見，這篇套曲之所以能超越他人的同題作品，正在於「新奇」，即獨出心裁，構思巧妙。作者不去直接描寫漢高祖「威加海內兮歸故鄉」的那種躊躇滿志的心理狀態，也沒有純客觀地記錄這種炫耀帝王威儀的還鄉盛典。而是把這一切都通過一個從前和劉邦有過瓜葛，現今被抓差迎駕，因而心懷怨恨的鄉民眼裡見到的景象，勾畫出這個趾高氣揚的流氓皇帝的面貌。對封建社會視爲最神聖的皇帝，毫無顧忌地進行了辛辣的諷刺和無情的嘲弄。數他的家底、揭露他的流氓行徑，對封建帝王不容瀆犯的尊嚴，給以無情的蔑視。構思的奇巧決定了作品嬉笑怒罵的基調，作者塑造出一個幽默、憨直、倔强而又純樸的鄉民形象，使人如聞其聲，如見其面。煊赫的儀仗、豪華的車駕、隆重的禮節。總之，一切被視爲神聖的東西，在這個鄉民眼中，都顯出滑稽和狼狽的本相，成了不合情理、荒謬絕倫的東西。通過這一切，作者表達了一種在封建社會中難能可貴的進步思想，即否定封建帝王是所謂「天生聖人」的說法，對封建皇權給以藐視。全套結構嚴謹，層次分明，敍事生動，形象鮮明，語言通俗，鄉民口吻眞切。這種境界，是過去詩詞中所不曾有的。作爲一首敍事性散曲，《高祖還鄉》確有其獨特地位。

劉時中

元代散套中還有兩套〔正宮端正好〕《上高監司》也值得注意。作者劉時中，元末人，籍貫生平待考⑦。此曲分前後兩套。前套十五曲，細緻而又眞實地描寫了災荒實況，並進而歌頌了高監司救濟當地飢荒的功德。後套長達三十四曲，是元代套數中集曲最多、篇幅最長的一套，揭露當時庫藏積弊和吏役弄奸的情形，並建言對當時鈔法加以整頓。據曲末「這紅巾合命殂」一句推定，這兩套散曲似應作於至正十一年（公元 1351 年）紅巾軍起義以後。至正十三、四年、江西大旱，饑民「人相食」（《元史》卷 51），大約是套曲的時代背景。

這兩套散曲確有較高的價值：在內容上直接談政治，討論當時社會上的重大問題。這在元散曲中是絕無僅有的。特殊的內容要求與之相適應的特殊形式。因此在體制上敢於突破陳規：長篇大論「說帖」式的陳言獻策，擴大了散曲的應用範圍；長達三十四曲的組織規模、打破了散曲的篇幅限制；接近生活的樸素自然的語言，不同於當時曲壇上日益追求的艷麗辭藻。這些都足以說明這兩首套曲的地位和價值。特別是在第一套中，作者以最冷靜、最客觀的筆觸，緻致、眞實地描寫了災荒面貌和災民的痛苦生活，具有較高的史料價值和認識意義。通過這些描寫，作者進而觸及到造成這種慘象的社會原因：「一日日物價高漲，十分料鈔加三倒，一斗粗糧折四量，煞是凄涼。」「殷實戶欺心不良，停塌戶瞞天不當。」在天災人禍的煎逼下，窮人吃樹根野草，賣兒賣女；老的少的，倒臥江頭巷口，甚至連兒女都被拋入長江。

對於民衆的苦難生活，作者懷有眞摯的同情。對乘機發財的貪官惡紳，作品給以强烈的譴責。因此，這兩個套曲是有積極意義的。但是，前套末四曲對高監司糶米一舉，竭盡歌功頌德之能事，沖淡了全曲的積極意義。

附　註

①散曲之名，最早見於明初朱有燉《誠齋樂府》。原書分 2 卷，前卷題名「散曲」，專收小令，後卷爲「套數」。可知此書所說的「散曲」，專指不成套的曲子。但散曲的這一解釋後人極少用。

②散曲形成之時間，一般文學史均稱金末元初。但諸宮調所用之曲子，不少是民間俚曲，與散曲很難區別。1969 年在洛陽市東郊旭昇大隊出土一個宋代束腰陶枕，考古工作者確定爲宋代寢具。上用行草墨書二首《慶宣和》、一首《落梅風》、一首《賞花時》（《洛陽文物志》357 頁）。此四首均爲曲牌，其句式、風格亦與後代散曲相近，故可視爲散曲的早期形式。

③少數早期民間詞實際上使用了個別襯字。如〔望江南〕起調本爲三、五句格，敦煌曲子詞有一首：「天上月，遙望似一團銀。」次句中「似」應屬襯字。〔菩薩蠻〕過片本爲五、五句格，曲子詞中：「水面上秤錘浮，直待黃河徹底枯。」「上」、「直待」亦爲襯字。但這種例證不多，故後代詞家未注意。

④朱權《太和正音譜》中列舉〔正宮端正好〕（應爲〔仙呂端正好〕）等 14 章爲「句字不拘，可以增損者」。李玉《北詞廣正譜》復補列〔仙呂六么序〕等四章。此 18 曲俱可加增句。如《竇娥冤》二折〔鬥蝦蟆〕曲中連用 6 字句共 20 句，但按曲牌，用 6 句即可，餘 14 句皆爲增句。

⑤《全元散曲》中 457 個套數，無尾聲者計 9 套。比例極小。《元曲選》及《元曲選外編》中共有 690 套，無尾聲者共 77 套，全都集中在各

劇之末折（即四折或五折）。其中又有75個屬〔雙調新水令〕套者。查162個元劇之末折用〔雙調新水令〕套者共125個，不用尾聲者75個，占五分之三。原因何在，尚無人解釋。任訥《散曲概論》卷一所舉套曲可不帶尾聲的三種情形，與實際情況殊有未合。

⑥此曲作者實應爲無名氏。元初盛如梓（年輩略早於馬致遠）《庶齋老學叢談》載有3首〔天淨沙〕，第一首與此相同，僅個別字句微別。有序說：「北方士友傳沙漠小詞三闋，頗能壯其景。」此後元周德清《中原音韻》、元無名氏《樂府新聲》、明中葉張祿《詞林摘艷》，均不標撰人。至明嘉靖間蔣一葵《堯山堂外紀》始標馬致遠作，不知何據。很可能是馬曾作〔雙調夜行船〕《秋思》，由於名同而附會。

⑦元代以劉時中爲姓名或姓字者較多。其中被疑爲此套曲之作者的有三：

㈠石州寧鄉（今屬山西）劉致字時中者。曾任翰林待制、太常博士等職。《全元散曲》中所輯劉時中的小令74首，大多係他所作。但此二套曲就其時間、身分與他並不相符。

㈡《陽春白雪》對此二套曲標作者爲「古洪劉時中」。古洪，即南昌。但南昌籍之劉時中，無任何資料可考。有人懷疑係楊朝英根據套曲內容所妄加。

㈢歷城劉時中，據李祁《雲陽集》卷六《贈劉時中序》可知，他曾任江西永新州判，時間大約在至正十年（公元1350年）左右。此人也可能是套曲作者，唯佐證仍感不足。

第三章　元雜劇的形成和體制

第一節　中國傳統戲曲的藝術特徵

元雜劇形成於金代末年，開始流行於我國北方，隨著元王朝統一南北，元雜劇獨霸全國劇壇達一百多年之久。元代雜劇的勃興與明中葉以後傳奇的繁榮和清中葉以後花部的鼎盛，被稱爲我國戲劇史上的三大高潮。元雜劇與宋元戲文、明初傳奇以及後來的崑曲、地方戲和京劇，都是我國古典戲曲的不同品種，而且是成熟最早的一個劇種。要了解它的形式和體制，研究它形成和發展過程，清理它的淵源和繼承關係，必然要涉及到我國古典戲曲藝術的一些基本的特徵。特別是我國傳統戲曲與現代戲劇，即從西方移植來的話劇、歌劇、舞劇之類，究竟有著那些明顯的區別和不同的藝術傳統。

一、高度的綜合性

所有戲劇都屬於綜合性藝術，它必須綜合文學、表演、美術、音樂等多種因素。中國戲曲的綜合程度則更大，它不是單純的話劇、歌劇或舞劇，而是這一切的綜合。戲曲講究唱做念打，即歌唱、舞蹈、對話和武打等各種技藝的綜合。它的綜合性之廣泛，超過了任何一種現代戲劇。綜合的廣泛性，正體現了中國戲曲的開放性和兼容性。

二、濃厚的抒情性

中國戲曲在審美傾向上強調寫意性和主情性。戲曲美學重在寫意傳神，戲曲的文學表達採用了詩的變體——曲辭，目的在於表現高度完美的綜合形態和深妙的詩境。所謂的唱做念打，第一位是唱。唱辭與念白在戲曲中作用不同：唱主抒情，白主敍事。唱辭主要用於揭示劇中人物內心感受，對發生的事件加以評述。以唱爲主，實際上就是以抒情爲主。傳統戲之所以被稱爲「戲曲」，正因爲它是戲與曲的結合，即建立在曲的基礎上，亦即建立在抒情基礎上的一種詩劇。

戲與曲的高度綜合性和一體性，首先體現爲戲劇文學與戲劇音樂的一體性。中國戲劇史上任何一個劇種，音樂結構、體制、聲腔體系都決定著劇本的文體、結構和形式。音樂的制約性還表現在舞臺上，一切表演，包括唱做念打，都必須統一聽命於音樂的節奏。古典戲曲所表現的這種強烈的節奏感，正是體現其詩境情趣的一個重要手段。戲曲中的念白不同於話劇的對話，它一樣要遵從音樂的節奏，有著明顯的旋律。特別是戲曲中的韻白，是一種有韻的念白，高低抑揚而又舒緩自如，更接近於朗誦。而中國戲曲中人物的動作舞蹈和身段，同樣要體現出節奏感和造型美，以塑造一個完美的詩境。因此，中國戲曲中任何一個因素，無論唱做念打，包括歌唱、念白、舞蹈、動作甚至武打，都表現出濃郁的抒情性。

三、表現方法上的程式性和虛擬性

任何一項藝術在反映生活時，都必須解決如何利用有限的藝術手段去表現無限的生活內容這一矛盾，中國古典戲曲正是借助於程式性和虛擬性，在有限的空間（即舞臺）和有限的時間（演出）之內以反映出生活的無限性。

所謂程式性，是指生活動作的規範化，即將原始生活形態根據形式美的要求使之典型化，提煉爲一套固定的、細密的、精美的形式規範或動作符號；同時又固而不定，靈活多變，根據不同劇情需要安排運用。其目的正在於用有限的程式去反映多樣化的生活。這種程式不單表現在動作、表演、音樂上，也表現在情節關目、人物塑造、舞臺調度和演出體制等方面。例如古典戲曲的腳色分行、人物臉譜，就是程式化的一種表現。

所謂虛擬性，首先表現爲對舞臺時間和空間處理的靈活性，它體現了古典戲曲的寫意原則。自由時空觀念決定舞臺時空，以便最大限度地利用戲劇的假定性原則。通過規範化動作暗示觀衆，使之借助想像、感受以承認演出的眞實性。在虛擬性這一原則的指導下，變有限爲無限，以正確處理形與神、虛與實、意與境、眞與美等矛盾的辯證關係，進而收到意中之象、象外之境的審美效應。

古典戲曲在表現方法上的程式性和虛擬性，正體現出戲劇通過變形來反映生活的原則。與現代戲劇（主要指話劇）力圖縮小和掩蓋這種變形不同，中國戲曲承認和强調這種變形的必要性。現代話劇與中國戲曲有著不同的戲劇觀①，話劇是再現生活，戲曲則是表現生活。話劇再現生活，則舞臺和生活、演員和劇中人物，必須融爲一體，二者密不可分，一切都要遵循生活的本來面目。戲曲則不然，它既然是表現生活，那麼舞臺和生活之間，腳色與劇中人物之間，就可以而且必須保持一定的距離。現代話劇不承認觀衆的存在，而借助其逼眞於生活原型的演出以造成生活的幻覺來影響觀衆。而中國戲曲完全承認觀衆的存在，戲就是演給觀衆看的，腳色一出場，就向觀衆自我介紹（自報家門）。戲劇進程中，大量運用打背供、旁白、大段抒情唱段等形式，讓劇中人物將自己的內心活動和感受向觀衆和盤托出。

綜合性、主情性、程式性、虛擬性，這些乃是中國戲曲的主要藝術特徵。這些特徵凝聚著中國傳統文化的美學精髓，構成獨特的戲劇藝術體系，同時也影響著中國戲曲形成、發展、演變的歷史進程。

第二節　中國戲曲的形成和元雜劇的興起

㈠中國古典戲曲的形成

中國古典戲曲形成於宋遼金時期②，但淵源久遠，經歷了起源、萌芽、形成到成熟等各個發展階段。關於戲曲的起源，學術界歷來就有原始社會歌舞說、巫覡說、俳優說、百戲說、傀儡戲說以及外來說等不同說法③。中國戲曲既然是一種高度綜合性的藝術，淵源應該是多方面的，它必然綜合了詩歌、音樂、舞蹈、表演、講唱文學甚至雜技等多方面的因素。但主要來源有以下三個方面：以先秦歌舞、兩漢百戲（如「東海黃公」）、六朝歌舞（如「踏搖娘」）、唐宋大曲爲代表的歌舞戲，以先秦俳優、唐參軍戲等爲代表的滑稽戲和以六朝俗講、唐變文、宋諸宮調爲代表的講唱文學。

除了這三個主要來源外，文學方面的因素對戲曲的形成也極爲重要。中國戲曲之所以形成於宋以後，這不單與中國古典詩歌發展到適合作代言體的曲的出現有關，也與敍事性小說形成和繁榮有關。在此之前的百戲、六朝歌舞、唐宋大曲，都不構成爲眞正的戲劇，而僅僅是戲劇的一種萌芽形式。因爲，它們並不以代言體的故事表演爲其中心內容。

眞正的戲劇產生於宋遼金時期，我國最早的戲劇雛型是宋雜劇和金院本。南宋周密《武林舊事》載有「官本雜劇段數」名目二百八十種，元陶宗儀《輟耕錄》載有金院本六百九十種。這些名目比較雜亂，其中相當部分應爲競技、遊戲、技藝、武術之類，並非戲劇。但也有不少名目確係以扮演故事爲主的。如宋雜劇中的《相如文君》、《王宗道休妻》、《李勉負心》、《王魁三鄉題》、《王子高六么》、《崔鶯鶯六么》、《裴少俊伊州》、《鄭生遇龍女薄媚》、《崔護逍遙樂》，金院本中的《賀方回》、《王安石》、《莊周夢》、《蝴蝶夢》、《瑤池會》、《八仙會》、《廣寒宮》、《淹藍橋》、《蔡伯喈》、《張生煮海》、《杜甫遊春》等等。從名目上看，應該是扮演故事的。它們使用的音樂與後來的南北曲不同，主要爲大曲、法曲、詞調等。但劇本今均不存，具體內容及特色，已無從考定。

唐代參軍戲只有兩個腳色，即參軍和蒼鶻；內容以滑稽調笑爲主，似無故事表演。宋代雜劇已發展爲五個腳色，即末泥、引戲、副淨、副末、裝孤。吳自牧《都城紀勝》記載：「末泥色主張，引戲色分付，副淨色發喬，副末色打諢，又或添一人裝孤。」演出時分爲四段：先做尋常熟事一段曰「艷段」。次做正雜劇，通常爲兩段。最後是「散段」，亦稱「雜扮」或「雜旺」；多半借裝扮之「鄉下人」，「以資笑謔」。金院本演出情況，據記載與宋雜劇略同。由此可見，宋金時期的戲劇仍然是比較原始的。儘管表演故事的分量加强了，甚至成了戲劇的中心，但仍然保留了相當多的滑稽調笑的內容。

中國戲劇的成熟形式是南北宋之交在南方興起的溫州雜劇（即南戲戲文）和從金末起流行於北方的北雜劇（即元雜劇）。

㈡元雜劇的興起

南戲戲文是由宋雜劇、唱賺和南方民間村坊小曲等綜合發展而成，並以南曲演唱為其特徵。但形式比較原始，長期停留在村坊小戲階段，保留下來的劇本也不多。而北雜劇則借助於當時的政治形勢，迅速勃興並走向繁榮，成為我國戲劇史上最早的成熟劇種。

北雜劇是在我國初期戲劇，即宋金雜劇，特別是金院本的基礎上，綜合了當時的講唱文學，主要是諸宮調的若干因素發展而成。諸宮調有人物形象，有故事情節，有說有唱，還有樂器伴奏，和戲劇非常接近，但諸宮調通常只由演唱者以第三者身分來敍述故事，仍為敍述體，而不是戲劇的代言體。因此不是戲劇，甚至也不可能發展成為戲劇。但它的題材內容、組織結構、音樂曲調和講唱方式都給北雜劇以有益的啓示。北雜劇就是在我國戲劇歷史發展的基礎上，將宋金雜劇中表演、戲弄等有價值的成分，與諸宮調中曲白相生的體制和音樂聯套的方式，加以綜合、提煉，從而形成為一種新型劇種。

第三節　元雜劇的體制及形式特點

元雜劇是一種體制非常嚴格的劇種，儘管它的唱法久已失傳，它的發展也早已中斷；但根據流傳下來的劇本和有關記載，可以歸納出如下一些特點：

㈠元雜劇的結構形式

元雜劇的基本結構形式是四折一楔子。

折

折或稱摺，主要指音樂上一個完整套曲。一折就是與一套曲子相適應的一個較大的劇情段落，是雜劇的一個組織單位。一本四折，就是指一個劇本採用不同宮調的四套曲子和穿插其間的科白，構成戲劇情節發展中的四個段落。一本四折的體制，可能來源於宋金雜劇中的四段，客觀上也符合戲劇衝突的形成、發展、高潮和解決這一完整過程的四個階段。故對於多數元雜劇來說，基本上是適合的。少數雜劇由於劇情複雜突破了一本四折的體制。如張時起《鞦韆記》、李文蔚《金水題紅怨》，劇本雖已佚，但據孟本或曹本《錄鬼簿》記載皆爲六折。今存雜劇《趙氏孤兒》、《五侯宴》、《東牆記》、《降桑椹》、《鎖魔鏡》等五劇皆爲五折。末二種一般認爲係明初人作品；《五侯宴》、《東牆記》雖託名關漢卿和白樸，實爲元末明初人所作；《趙氏孤兒》的元刊本仍爲四折，第五折是明人所加。可見，元代雜劇作家對一本四折的通例是嚴格遵循的，一直到元末才偶有破例。對於一本四折容納不了的劇情，元人通常做法有二：一是寫成多本雜劇，如王實甫《西廂記》寫成五本二十折④，楊景賢《西遊記》則寫成六本二十四折。這麼做仍然符合一本四折的體例。另一做法是增加楔子。

楔子

楔子原指木工在榫頭上加進一塊上寬下窄的楔形木片，元雜劇借此表示對戲劇情節的一個補充，用來交代人物、情節，埋下伏線，加強聯繫。楔子與折不僅在篇幅上有長短之別，更主要的是它不用套曲，只用小令，且多用〔仙呂賞花時〕或〔仙呂端正好〕或聯么篇。楔子裏唱曲的人物，可以不是全劇主唱角色。現存元雜劇大多加了一個楔子，沒有楔子或寫了兩個楔子的只占少數或極少數⑤，楔子一般放在第一折之前，相當於序幕；也可以放在折與折之間，相當於過場。

㈡元雜劇的腳色

腳色分行，是所有古代戲曲的一個特色。元雜劇分爲四大行：即旦、末、淨、雜。元雜劇尚無「丑」，個別劇本中的丑係明人所加。

旦扮劇中女性。主角爲正旦，此外尚有副旦、貼旦、外旦、老旦、大旦、小旦、花旦、色旦、搽旦、細旦等名目。

末扮劇中男性。主腳爲正末，此外有副末、沖末、外末、大末、二末、小末、末泥等名目。

淨以扮演剛强獰惡的人物爲主，多扮男性，也偶有扮演女性者。有淨、副淨、二淨等名目。

不屬於以上三類，或腳色不明的其他人物，可統稱爲雜。「雜」不是腳色行當，而是沿襲金院本中所扮演之人物的稱呼。如孛老（老漢）、卜兒（老婦）、駕（皇帝）、孤（官員）、潔（和尚）、邦老（强盜）、都子（乞丐）、祇從（侍從）、曳剌（番兵）、禾（農人）、倈（兒童）等等。

以上腳色中，只有正旦和正末，才可以成爲主角。主角和配角的區別在於：主腳才可以主唱，其餘腳色只有科白，沒有唱辭⑥。元雜劇體制的另一特色是「一人主唱」，即正末或正旦主唱。正末主唱的叫末本，正旦主唱的叫旦本。在末本中，正旦不能唱；在旦本中，正末不能唱。例外情況極少，僅末本《生金閣》中第三折爲正旦唱，旦本《張生煮海》中第三折由末扮長老唱（但此劇《柳枝集》本，第三折仍由正旦扮仙姑主唱）。不過多本雜劇《西廂記》、《西遊記》，唱法則比較亂。如《西廂記》第四、五兩本，就分別由末、旦、紅各唱一折，末旦或末旦紅共唱一折。這大約是由於多本雜劇具體內容的要求。還有，所謂正末或正旦主唱，主要指腳色主唱，而不是劇中人物主唱。正末或正旦在劇中一般扮演一個人物。在這種種情況下腳色主唱就等於人物主唱。如《竇娥寃》正旦扮竇娥，正旦主唱即竇娥主唱。但部分雜劇中，正末正旦也可分別扮演不同人物；如末本《單刀會》，正末分別扮喬玄（一折）、司馬徽（二折）及關羽（三、四折）；末本《趙氏孤兒》，正末分別扮演韓厥（一折）、公孫杵臼（二、三折）及孤兒（四、五折）。在這種情況下分別由劇中不同人物主唱，但仍然是正末主唱，完全符合一人主唱的通例。

㈢元雜劇的曲辭

曲辭是元雜劇的主要部分，是劇本文學價值高低的標誌。元雜劇往往通過大段成套唱辭以抒寫主唱人物的激情和複雜的精神狀態，有些劇本的唱辭還吸收了講唱文學唱中夾白的方式，具有一定的敍事功能，如《貨郎旦》第四折就用了九支〔轉調貨郎兒〕，並雜以念白來抒寫主人公一家的傷心故事。這些唱辭都有其獨特的情調、獨特的感情色彩。這首先與宮調的選擇有關。

宮調是我國古代音樂術語。它是在七音（即宮、商、角、變徵、徵、羽、變宮）與十二律（黃鐘、大呂、太簇、夾鐘、姑洗、仲呂、蕤賓、林鐘、夷則、南呂、無射、應鐘）相配的基礎上產生的，理論上可以構成八十四宮調。其中「宮」專指以宮作主音的大調，「調」則泛指以其餘六音為主音的各種調式。但實際運用上並不需要這麼多。唐代燕樂只有二十八宮調，宋詞只用七宮十二調。而元曲僅用六宮十一調，其中道宮、角調、宮調、歇指調、高平調很少使用，小石調、般涉調、商角調僅用於散曲。元雜劇中實際使用的只有五宮四調，即：正宮、中呂宮、南呂宮、仙呂宮、黃鐘宮、大石調、般涉調、商調、越調。這就是所謂「北九宮」。

宮調的作用在於確定主音和限定管色高低。正由於主音的不同、管色的高低，表現出來的音律也多有不同。人們聽起來，彷彿有的雄壯，有的淒惋，有的歡欣，有的感傷。元代燕南芝菴先生《唱論》中分析北九宮說：

仙呂宮：清新綿邈　　南呂宮：感嘆傷悲
中呂宮：高下閃賺　　黃鐘宮：富貴纏綿
正　宮：惆悵雄壯　　大石調：風流蘊藉
雙　調：健捷激裊　　商　調：淒愴怨慕
越　調：陶寫冷笑

元代劇作家正是利用不同的聲律，來表現不同的劇情。元雜劇四折宮調使用也有一個大致規律：第一折幾乎都用〔仙呂點絳唇〕套，第二折多用〔南呂一枝花〕或〔正宮端正好〕套，第三折多用〔中呂粉蝶兒〕或〔越調鬥鵪鶉〕套，第四折大多用〔雙調新水令〕套。總的看來，一、四折比較固定；二、三折比較多變。因一、四折是開頭和結束，情調大致相近，故宮調比較一致。二、三折受不同劇情制約，情調差別較大，故宮調選用上變化也比較大⑦。

元雜劇每折在一個宮調之內，曲牌選擇及先後次序，也有一個大致的規律。如仙呂宮以〔點絳唇〕開始，接著用〔混江龍〕、〔油葫蘆〕、〔天下樂〕等曲。南呂宮以〔一枝花〕開始，接著用〔梁州第七〕、〔隔尾〕、〔牧羊關〕、〔賀新郎〕等曲。所用曲子多寡不等，視劇情簡繁而定，一般用十支左右曲子組成。最短的如《追韓信》第四折〔正宮端正好〕套，只用三曲。最長的如《魔合羅》第四折〔中呂粉蝶兒〕套，共用二十六支曲子。

㈣元雜劇的賓白和科泛

除曲辭外，賓白和科泛都是構成雜劇的主要因素。

賓白指劇中人物說白部分。古代戲曲以唱爲主，以白爲賓，故稱賓白。也有人解釋爲二人爲賓，一人爲白，合稱賓白。元雜劇的賓白，形式多樣，豐富多采。大體可分韻語賓白和散語賓白兩大類。韻語賓白指詩詞及其他的韻語，包括角色出場的上場詩和退場時的下場詩。上場詩也叫定場詩。散語賓白用加工提煉的元代口語，比較通俗、質樸、本色。散語賓白有獨白、對白、帶白、插白、旁白、分白等樣式。獨白是一人獨自說白，對白是二人對話，帶白是唱曲時插入的幾句說白，插白則指唱曲時另一角色插入的幾句說白。旁白，劇本中常寫作「背云」，指劇中人物向觀衆抒發內心感受，而假定臺上其他角色聽不到的說白。分白則是二人各自道白，假定彼此不知而內容又相互有關者。

另外，元雜劇在劇本結尾處常用兩句或四句韻語，說明劇本的思想內容，作爲全劇的收場語，叫做「題目正名」。題目正名大約是在散場時念出的，不屬於賓白的範圍。一般摘取題目正名中末句作爲劇本的全名，截取全名末三字或四字作爲簡名。如《竇娥冤》題目正名的末句爲「感天動地竇娥冤」，《竇娥冤》就是截取末三字而成。

過去有人認爲雜劇的賓白不是作家寫的，如《曲律》作者王驥德和《元曲選》編者臧懋循都認爲賓白係樂工伶人之所爲。這種說法很難令人信服。因爲賓白是整個戲劇的有機組成部分，曲白相生，才能曲盡其妙。元雜劇中不少名作都是曲白兼美，相得益彰。有的雜劇如《東堂老》、《老生兒》等，還純以賓白取勝。所以，劇本的一些主要賓白，應該是作家所寫。當然，也應該包括演員的臨場發揮和再創造。

元雜劇還把有關動作、表情、效果等的舞臺指示叫做科或科泛。如兩人相見爲「做相見科」，思考問題爲「做尋思科」，表情示意爲「做意科」。元雜劇中的一些舞臺效果也叫做科，如「做起風科」、「內做響雷科」，表明以聲音模擬刮風、打雷。這兩種科，含意並不一致。但表明元劇已經注意到舞臺演出的效果，這足以說明元代戲劇藝術成熟的程度。

第四節　元雜劇發展概況

㈠元雜劇作家和作品

元代雜劇，作家如林，作品似海，當時就有「詞山曲海」之稱。其繁榮之情況，前所未有。元代雜劇作家據元末鍾嗣成《錄鬼簿》著錄，有一百五十二人，除散曲作家外，有作品可考的劇作家八十餘人。明初賈仲明《錄鬼簿續編》補錄了元明之際作家七十一人。明初朱權《太和正音譜》著錄之作家計一百九十一人（其中包括部分散曲作家），加上個別漏記的，元代雜劇、散曲作家當在二百人以上。其中有姓氏有作品可考的，按傅惜華《元代雜劇全目》統計爲八十九人。莊一拂《古典戲曲存目匯考》的統計更爲完備，共計達九十七人。

元代雜劇作家社會成分非常複雜，幾乎包括社會上各個階層。其中既有統治階級上層人士，如浙江總管楊梓、湖南肅政廉訪使李直夫、武昌萬戶史樟等。但更多的是一些下層官吏，如馬致遠、尚仲賢、戴善甫等爲行省務官，鄭德輝爲路吏，李文蔚爲縣尹，李壽卿爲縣丞，高文秀爲府學生，鮑天佑乃簿書之役。還有一些是社會底層人物，如施惠爲坐賈，蕭德祥爲醫生，趙文殷、張國賓、花李郎、紅字李二爲「娼夫」等等。而雜劇創作的主力軍正是這樣一些不得志文人和書會才人，如關漢卿、王實甫、高文秀、馬致遠、紀君祥等人。由於多數作家地位不高，生活困頓，因此才能寫出反映社會黑暗、民生疾苦的劇作來。

作爲「一代之奇」的元雜劇，當時作品應極多。《錄鬼簿》著錄元代（實爲至順元年即公元 1330 年以前）雜劇劇目四百五十二本，《錄鬼簿續編》著錄元、明之際雜劇劇目一百五十六本。《太和正音譜》著錄元代雜劇劇目五百三十八本，其中包括少量明初作品。今人傅惜華《元代雜劇全目》彙集有關資料，著錄元代雜劇劇目五百五十本，元明之際佚名作品一百八十七種。根據以上數字可以推定，元人雜劇數量應該在六七百種。

㈡現存之雜劇的刋本

這些雜劇全本保存下來的不到三分之一。據統計，不超過一百五十餘種。現存元雜劇最早刻本是《元刊雜劇三十種》（今有《古本戲曲叢刊》第四集影印本及中華書局出版的徐沁君校訂本），比較接近原作，但賓白不全，不便閱讀。這是唯一的元刻本，版本價値極高。到明中葉以後，元雜劇的刊本和鈔本出現不少，重要的有：

㈠明顧曲齋刻本《古雜劇》二十種，或以爲王驥德所輯。

㈡明萬曆間徐龍峯刊刻之《古名家雜劇》，今存六十五種，大約爲陳與郊所編。

㈢明息機子編《古今雜劇選》，今存二十六種，有萬曆二十六年（公元 1598 年）序。

㈣明萬曆間趙琦美鈔校收藏之《脈望館鈔校本古今雜劇》，共收鈔本及刻本元明雜劇二百四十一種，包括息機子本十五種、徐龍峯本五十五種。其中有一百三十二種是未見流行的孤本。以上四種均包括部分明代雜劇。上海商務印書館曾於三十年代從中選出珍本一百四十四種（鈔本一百四十種，刊本四種，其中有部分明人作品。）以涵芬樓名義排印出版，取名《孤本元明雜劇》。以上四種均屬同一版本系統，而趙琦美鈔校本，應是這個系統的代表。

㈤臧懋循編印之《元曲選》，別題《元人百種曲》。是臧懋循從家藏祕本及友人劉承禧處借來的「御戲監」本共三百餘種中精選而成，收刻了元代及少量明初雜劇一百種，刊於萬曆四十四年（公元 1616 年）。這是元雜劇的另一版本系統，由於選材精審，這一百種代表了元雜劇的精華，校訂也比較認眞，可讀性很強，故影響最大。雖然臧懋循編選時曾作過增刪加工，不完全符合劇本原貌。但所有的明鈔本和刊本，包括趙琦美鈔校本，都作過不同程度的加工修改。比較起來，臧懋循的修改還比較忠實於原作精神。故一般研究者及選注者多以《元曲選》爲依據。今人隋樹森還從元、明其他刊本中輯出六十二種《元曲選》未收之元雜劇（其中少數是否元人所作，尚有爭論），編成《元曲選外編》。《元曲選》和《元曲選外編》，大體上囊括了現有傳本的元代雜劇作品。

㈥明崇禎年間孟稱舜編印、評點之《古今名劇合選》（即《柳枝集》、《酹江集》），收元明雜劇五十六種。元雜劇大多選自《元曲選》，故與《元曲選》屬於同一系統。另外，趙景深還輯錄了《元人雜劇鈎沈》一書，從各種有關曲譜中搜集了零散曲辭及一折以上的殘存雜劇共四十五種。

㈢元雜劇的分期

元代從滅金、入據中原到滅亡共一百多年，雜劇創作經歷了一個由盛而衰的過程。近人王國維《宋元戲曲考》根據《錄鬼簿》，將雜劇作家分爲「前輩已死名公才人，有所編傳奇行於世者」，和「方今已亡名公才人，余相知者」、「已死才人不相知者」，以及「方今才人相知者」、「方今才人聞名而不相知者」等三類，將雜劇創作分爲蒙古時期、一統時期和至正時期等三個發展階段，以體現元雜劇由極盛轉衰微至沒落三個時期。今人爲了更準確說明元雜劇創作發展變化，大多只劃分爲前後兩個時期。這兩個時期無論就作家情況或作品的思想風格，都有許多不同之處。

前期從金末到大德末年（公元 1234～1307 年），是雜劇發展的鼎盛時期，才人輩出，名作如林。因其活動中心主要在大都一帶，亦稱「大都時期」。著名作家幾乎都是北方人，如關漢卿、白樸、王實甫、馬致遠、高文秀、紀君祥等，他們的作品反映了蒙古滅金至南北統一前後的社會現實，大多具有深刻的思想內容和濃郁的生活氣息，風格豪放粗獷，語言多質樸自然，表現了北方文學的特質與精神。元雜劇中不少著名傑作，多半產生於這個時期。

後期則從元武宗至大年間到元末（公元 1308～1368 年），是元雜劇創作的衰微時期，活動中心已從大都移向杭州，故亦稱「杭州時期」。這個時期出現了不少南方作家，如楊梓、金仁傑、蕭德祥、沈和甫等。有的北方作家如鄭光祖、宮天挺、喬吉等，亦多流寓南方。這個時期除部分作品較有特色之外，多數作家的作品都比較平庸，脫離現實的傾向有所滋長，不少作品都以宣揚封建道德和渲染神仙道化爲主旨。在藝術上也開始追求詞藻典麗工巧，失去了早期的質樸本色。這個時期人才已較前期爲少，作品流傳於今的也不多，表現了元雜劇由盛而衰的過程。

附　註

①戲劇觀指對戲劇與生活的關係的根本看法，基於戲劇觀的不同，出

現了斯坦尼斯拉夫斯基、布萊希特及中國古典戲曲三種不同的戲劇理論體系。三者根本區別在於對待所謂「第四堵牆」的態度。斯氏體系企圖建立第四堵牆以造成生活的幻覺，故而強調演員與角色、舞臺與生活溶爲一體。這成爲現代話劇的表現方法。而布氏體系則強調推倒第四堵牆，反對演員、角色、觀衆合而爲一的表現方法。至於中國戲曲所代表的體系，這第四堵牆根本不存在，用不著推翻，因爲它以程式化、虛擬化的表現手法，根本無需借助生活幻覺。

②這裡提的「宋遼金時期」包括北宋、南宋及遼、金，與過去文學史所說「宋金時期」（南宋及金）略有不同。可參見蔣星煜《遼代戲劇史索隱》一文。李燾《續通鑒長編》曾記載遼代「后妃入戲」。曾鞏《隆平集》卷20《夷狄耶律隆緒傳》記載：遼興宗親自「入樂隊」爲后妃演戲伴奏。

③歌舞說，見張庚、郭漢城《中國戲曲通史》第一章。巫覡說，見王國維《宋元戲曲考》。俳優說，最早見宋洪邁《夷堅志》及明胡應麟《莊嶽委談》，今人周貽白等亦主此說。百戲說，見張月中《我國戲曲究竟起源於何時》（載《大舞臺》1984年2期）。傀儡戲說，見孫楷第《滄州集》上《傀儡戲考源》。外來說，見許地山《梵劇體例及其在漢劇上底點滴》（載《小說月報》第17卷號外）。

④一說：《西廂記》爲5本21折。即第二本寫惠明下書所用之〔正宮端正好〕套應爲一折，故第二本爲5折。但認爲此套爲楔子者的根據是：此套爲次要人物惠明所唱，西廂5本均有一楔子，二本如成5折，則無楔子，與其他各本體制不符。

⑤據《元曲選》、《元曲選外編》中162種共171本統計：無楔子者63本，有楔子者108本，其中《馬陵道》、《抱妝盒》、《羅李郎》、《東窗事犯》、《澠池會》、《襄陽會》、《三戰呂布》、《老君堂》、《伊尹耕莘》等九劇有二楔子，但這九劇多爲元末作品。

⑥少數例外情況如旦本《臨江驛》第二折淨扮試官唱〔醉太平〕小曲，第四折搽旦亦唱〔醉太平〕。旦本《望江亭》第三折末尾由李梢、張千、楊衙內合唱〔馬鞍兒〕小曲。旦本《蝴蝶夢》第三折末王三唱〔正宮端正好〕、〔滾繡球〕二曲。王三一開口，牢子張千云：「你怎麼唱起來？」王三回答說：「這是曲尾。」可見，個別非主角唱，或者在曲尾部分，或者限於小曲。即不屬於套曲本身，用韻也與套曲不同。

⑦楊蔭瀏《中國古代音樂史稿》把《元曲選》及《元曲選外編》中 162 種雜劇 690 折運用宮調的情況統計如下：

宮調／折數	仙呂宮	雙調	中呂宮	正宮	南呂宮	越調	商調	黃鐘宮	大石調	合計
第一折	168			1			1		1	171
第二折	2	7	31	43	66	12	9	1	1	172
第三折		19	53	35	10	34	15	3	2	171
第四折		121	19	13	2	7	1	8		171
第五折		4		1						5
合計	170	151	103	93	78	53	26	12	4	690
百分比	24.6	21.9	14.9	13.5	11.3	7.7	3.8	1.7	0.6	100

說明：《元曲選》及《外編》共有雜劇 162 種，其中《西廂記》五本，《西遊記》六本，共計 171 本，每本四折，但《趙氏孤兒》、《五侯宴》、《東墻記》、《降桑椹》、《鎖魔鏡》均爲五折，總計爲 689 折。但《西遊記》第五本之第二折則用了兩個宮調，故共計爲 690 折。

第四章　關漢卿

第一節　關漢卿的生平和創作

關漢卿，名不詳，號已齋（或作一齋）。《錄鬼簿》說他是「大都人」，元末熊自得《析津志》說他是「燕人」。但明初朱右《元史補遺》及清代邵遠平《元史類編》均說他爲「解州」（今山西運城西南）人。而乾隆間《祁州志》則說他是「祁（今河北安國縣）之伍仁村人」。可能他祖籍解州，流寓大都，後曾隱居於祁州。

㈠關漢卿的生平

關漢卿的生活年代是金末到元初。《錄鬼簿》將他列入「前輩已死名公才人」之首，郲經《青樓集序》將他與杜散人（善夫）、白蘭谷（樸）並列爲「金之遺民」。故他應出生在金朝末年。元滅南宋後，他曾到過杭州，寫了〔南呂一枝花〕《杭州景》。他還寫過十首《大德歌》，可見他應該活到了元成宗大德年間（公元1297～1307年）。一般認爲他的生卒年代大約是公元1210年至1300年之間。

關於他的生平：曹楝亭本《錄鬼簿》說他曾任「太醫院尹」，但金元兩朝均無此官名。有人又提出三種明本《錄鬼簿》均作「太醫院戶」，認爲他只是太醫院管轄的一般醫戶，但按《錄鬼簿》體例，僅載官職，不錄戶籍，而醫戶亦非太醫院直屬，不得稱爲

「太醫院戶」。《析津志》將他列入「名宦傳」之內，關漢卿的散曲中有一些詠嘆棄官歸隱之作，都說明他可能擔任過太醫院主管官員，習慣上可稱之爲「尹」。故「太醫院戶」實爲「太醫院尹」之誤。

至於他的思想和性格：《析津志》說他「生而倜儻，博學能文，滑稽多智，蘊藉風流，爲一時之冠」。這種性格與他在散套〔南呂一枝花〕《不伏老》中的表白是一致的。他會吟詩篆籀、彈絲品竹、唱曲跳舞、打圍蹴踘，甚至貪戀煙花：確實是一個具有多方面才能技藝的「普天下郎君領袖，蓋世界浪子班頭」。表現了一種玩世不恭的態度和浪漫文人不同流俗的生活作風。賈仲明《書錄鬼簿後》把他列入「玉京書會、燕趙才人」之列，《元曲選》卷首說他「躬踐排場，面傅粉墨，以爲我家生活，偶倡優而不辭」。他應該是一個不得志的風流才子、書會文人，他貪戀煙花，說明他與那些受凌辱、被壓迫的倡優歌伎有著特別密切的聯繫。經歷了下層生活的磨煉，親身感受到社會黑暗和民族歧視的痛苦，所以他才能以自己「博學能文，滑稽多智」的文學才能，「通五音六律滑熟」的音樂素養，吹彈歌舞的藝術技巧，「躬踐排場、面傅粉墨」的表演經驗，總結並融匯宋金雜劇和諸宮調等各種技藝的長處，和許多作家、藝人一道，創造了元雜劇這一嶄新劇種，「初爲雜劇之始」（朱權《太和正音譜》），成爲元雜劇的奠基人之一。

㈡關漢卿的創作

據《錄鬼簿》、《輟耕錄》等書記載，他和著名的雜劇作家楊顯之、散曲作家王和卿是摯友。楊顯之曾幫他修改雜劇，被稱爲「楊補丁」。他還和雜劇作家費君祥、梁進之、演員珠簾秀有過較多的交往。這說明他在當時戲劇界是一位相當活躍並頗有影響的人物，他「驅梨園領袖，總編修師首，捻雜劇班頭」（賈仲明《凌波仙》弔辭），是元代前期劇壇的領袖①。

關漢卿是位多產作家，他把畢生精力投入到雜劇創作之中。他一生所寫的雜劇，《錄鬼簿》和《太和正音譜》分別列目爲六十二種和六十種，傅惜華《元代雜劇全目》統計共六十七種，但大多數已失傳。流傳下來的被編輯爲《關漢卿戲曲集》，共收十八種。其中《尉遲恭單鞭奪槊》、《劉夫人慶賞五侯宴》二種均見明趙琦美脈望館鈔本。諸本《錄鬼簿》及《太和正音譜》均只作《敬德降唐》和《劉夫人》或《曹太后哭死劉夫人》。顯然不是關作。《山神廟裴度還帶》亦出脈望館鈔本，天一閣本《錄鬼簿》關作名爲《香山寺裴度還帶》，而其《續編》載：賈仲明確有《山神廟裴度還帶》一劇，故多數論者以此劇爲賈作。至於《魯齋郎》一劇，雖出自《元曲選》，但諸本《錄鬼簿》及《太和正音譜》關作劇目中均無此名，此劇雖有較强的現實性，但卻以一個極端孱弱的吏員作主人公，並帶有濃厚的隱居樂道色彩，與關劇風格不相符，看來亦非關作。

㈢關劇的刊本

在十四種比較可靠的關劇中②，版本來源可分爲三類：

一、元刊本，包括《西蜀夢》、《拜月亭》、《調風月》、《單刀會》等四種。最接近原作，但說白大都被删略。

二、以脈望館《元明雜劇》本爲代表的明鈔本，以及屬於這個系統的龍峯徐氏《古名家雜劇》本和顧曲齋《古雜劇》本，均由趙琦美校訂過。

三、以臧懋循《元曲選》爲代表的明刊本。明鈔本和刊本錄載之關劇有《竇娥冤》、《望江亭》、《救風塵》、《蝴蝶夢》、《玉鏡臺》、《緋衣夢》、《金線池》、《謝天香》、《哭存孝》、《陳母教子》（前八種鈔本、刊本兼收，後二種僅見鈔本）等十種。但無論鈔本和刊本，都經過後人不同程度的加工，包括增益、删削和改動。其中《元曲選》本編者臧懋循就曾參照多種藏本進行校訂，雖然改動不少，但在明代版本中思想性和可讀性都比較强，流傳也最廣。

此外，關漢卿尚有《唐明皇哭香囊》、《風流孔目春衫記》、《孟良盜骨》三劇，僅存少量殘曲。關漢卿的散曲，散見於《陽春白雪》、《太平樂府》、《雍熙樂府》諸書，現存套曲十三篇、小令五十七首，內容多爲抒寫離愁別恨和自寫身世、抒發抱負的作品。

第二節　關漢卿雜劇的思想內容

關漢卿現存雜劇，按思想內容大致可分爲三類：

第一類是歷史劇，以發揚正氣、歌頌歷史英雄爲主要內容。有《單刀會》、《西蜀夢》、《哭存孝》等。

第二類是公案劇，主要以揭露社會黑暗和官場腐朽、歌頌人民反抗爲中心。有《竇娥冤》、《蝴蝶夢》、《緋衣夢》等。

第三類是反映各類婦女問題的社會劇和愛情劇。前者如《救風塵》、《望江亭》、《陳母教子》，後者如《拜月亭》、《調風月》、《金線池》、《謝天香》、《玉鏡臺》等。

㈠關漢卿歷史劇的思想內容

關漢卿的三個歷史劇不但表現了一定的歷史生活，而且跳動著時代的脈搏。

《單刀會》

《單刀會》寫魯肅爲了索還荊州，定下計謀：邀關羽過江赴宴，筵間索討；倘若不還，則扣下戰船，不放關公回還；若再不給，則暗藏甲士於壁衣之內，以金鐘爲號，擒住關公，趁機攻下荊州。而關羽僅憑一把大刀，出現在「不是待客筵席，則是個殺人的戰場」的宴會上，他拒絕交出荊州，喝退伏兵，挾持魯肅，安然回到江邊。臨行前留給魯肅的話是「說與你兩件事先生記者：百忙裡趁不了老兄心，急且裏倒不了俺漢家節。」既表現了對魯肅的嘲弄，又流露出高昂的民族自豪感。作者不單把關羽當作一個歷史英雄，更主要的是當作一個民族英雄來歌頌，突出地渲染了我們民族的磅礴正氣和大無畏英雄氣概。爲此，劇本的一、二折還通過喬公、司馬徽對關羽和蜀漢英雄的誇耀作爲鋪墊和烘托，用這一獨出心裁的構思和先聲奪人的寫法，把英雄形象塑造得更爲高大，使他那維護漢家事業的決心和勇氣更加突出、感人。其目的正是爲了鼓舞人們向民族壓迫者進行鬥爭的信心和勇氣。

《西蜀夢》、《哭存孝》

《西蜀夢》寫關羽、張飛被害後，魂返西蜀，託夢劉備，要求復仇的故事。《哭存孝》寫五代時李克用聽信讒言，車裂李存孝，其妻鄧夫人痛哭申訴，終得伸冤報仇的故事。這是兩部英雄悲劇。作者强調這些英雄的遇難，主要是小人的誣陷和暗算。例如關、張之死，主要不是吳蜀矛盾，而是劉封、糜芳、糜竺、張達這些陰險小人的陷害。李存孝之被誅，主要也不是正史上所說的他有附梁、通趙、伐晋的謀叛行爲，而僅僅是由於李存信、康君立兩個小人的挑撥誣陷。憤世嫉俗之情，貫串在這兩個古代英雄悲劇之中。關漢卿在劇本中所抒發的憤懣，顯然包含了對豺狼當道、宵小弄權的元代現實的不滿。

㈡關漢卿公案劇的思想內容

關漢卿的幾個公案劇都在不同程度上反映了當時最尖銳的社會矛盾。不少劇本還塑造了一個官位不高但權勢極大的「權豪勢要」。如《蝴蝶夢》中那個「打死人不償命」、「只當房檐上揭片瓦相似」的惡霸葛彪，他打死王老漢，中牟縣及包拯都不敢過問，只敢審問王家為報父仇而打死他的情節。在《竇娥冤》中，張驢兒父子居然敢借故要挾、無理賴在蔡婆家不走，而社會上卻無人敢仗義執言。同樣，《望江亭》和《救風塵》雖非公案劇，但也都寫了個有權有勢的人物。「權豪勢宦」楊衙內為奪人妻，竟能隨意獲取勢劍金牌。「周同知的孩兒」周舍幾句花言巧語，就把宋引章騙至家中，「朝打暮罵，看看至死」，而受害者卻無門投告。這些壞人敢如此肆無忌憚，恐怕只有在元代那種法紀蕩然的反常社會裏才可能發生。

當然，這些壞人最後都受到了懲罰。葛彪當場被受害者的三個兒子打死，而正義的復仇者依仗清官的庇護無須為這個無惡不作的皇親償命。張驢兒終於被凌遲處決。楊衙內和周舍由於譚記兒、趙盼兒的機智鬥爭也終於失敗，受到清官李秉忠、李公弼的懲罰。雖然壞人受懲罰靠的是理想中的清官，但清官的出現不過反映了人民處於無權的地位時的復仇願望，而受害者堅強不屈的鬥爭則是作者歌頌的重點。竇娥是一個典型，《蝴蝶夢》中的王母是另一個典型。王母是一個在關鍵時刻勇於自我犧牲的慈母形象，她寧可犧牲親生兒子以保全前妻的兩個遺孤。她要求官府秉公執法，明確提出「使不著國戚皇親、玉葉金枝，便是他龍孫帝子，打殺人要吃官司」這一閃耀著民主主義光輝的思想。當判決由王三抵命時，她吩咐兒子就是到了陰間也要和他父親齊心「把那殺人賊推下望鄉臺」。她這種崇高而又剛強的性格被刻畫得相當突出。當包待制聽到她的三個兒子被取名為金和、鐵和及石和時，也不禁讚嘆道：「庶民人家，取這等剛硬名字！」

㈢關漢卿社會劇及愛情劇的思想內容

關劇所塑造的一系列正面形象中，尤以下層婦女形象最為突出。現存十四個關劇中，旦本戲有十一個之多，幾占百分之八十，這足以說明他對婦女問題的重視。關漢卿筆下的婦女，有妓女（《救風塵》中趙盼兒、《金線池》中杜蕊娘、《謝天香》中謝天香）、丫鬟（《調風月》中燕燕）、童養媳（《竇娥冤》中竇娥）、寡婦（《望江亭》中譚記兒）、小戶人家（《蝴蝶夢》中王母）等出身微賤的下層婦女，也有一些大家閨秀（《拜月亭》中王瑞蘭、《玉鏡臺》中劉倩英、《緋衣夢》中王閨香）和良母（《陳母教子》中陳母）。儘管她們的社會地位不盡相同，但大多處於被壓迫、被損害的地位。關漢卿不僅寫出了她們受迫害、被摧殘的不幸命運，還著重描寫了她們身上那種機智、勇敢、堅强和善良的品質。關漢卿很少描寫溫柔敦厚的窈窕淑女，不願到生活中選取那些軟弱的性格，以孤立地表現婦女的苦難。他更熱衷於選擇一些堅毅倔强、敢作敢為、能忍辱負重、甚至略帶幾分粗野潑辣的女性作為劇中的正面人物。每當社會邪惡勢力把它的魔掌伸向這些富有反抗精神的婦女身上，就會激起猛烈的、反抗的火花。因此，在這些劇本中，絕少呼天求助的悲鳴，更多的是詛咒抗議的聲音。

關漢卿不僅是黑暗社會的猛烈抨擊者，同時也是封建壓迫下婦女最忠實的同情者。他讚揚敢於反抗的女性，主張對欺壓她們的邪惡勢力給予無情的懲罰。如《望江亭》、《救風塵》就集中塑造了譚記兒和楊衙內、趙盼兒和周舍這兩組對立形象。楊衙內早已看上寡婦譚記兒，但卻被潭州太守白士中娶去了，他懷恨在心，誣告白士中貪戀酒色，騙得勢劍金牌，去取白的首級，以便霸占譚記兒。白士中一籌莫展，譚記兒卻毫無懼色。她胸有成竹地吩咐白士中：「你道他是花花太歲，要強逼的我步步相隨；我呵，怕什麼天翻地覆，就順著他雨約雲期。這樁事你只睜眼兒覷者，看怎生的發付他賴骨頑皮！」中秋之夜，她大膽地假扮成漁婦張二嫂，以切膾獻新爲名，在望江亭上利用酒色愚弄了楊衙內，賺走了勢劍金牌，使這個聲勢烜赫的「權豪勢宦」，變成了俯首貼耳的階下囚，從而維護了自己的愛情幸福和人身權利。

在婦女問題上，關漢卿提出了反對壓迫、希望打碎奴隸枷鎖的進步理想，《調風月》、《救風塵》都是這樣。在《調風月》中，作者爲燕燕淪爲奴婢、並被小千戶玩弄的屈辱鳴不平，讓她起來痛斥小千戶等人的卑劣和無恥。儘管燕燕最後還是妥協了，但仍然反映了處於奴隸地位的婦女要求打碎枷鎖、維護人身尊嚴的鬥爭。關漢卿在婦女問題上還提出了反對封建禮教、追求合理婚姻的思想。他在《拜月亭》中歌頌了王瑞蘭和蔣世隆患難相扶，在相互了解的基礎上結爲恩愛夫妻的做法，反對她父親王尚書嫌貧愛富，强行將他們拆散。劇本通過王瑞蘭拜月時的祝禱，點明其主題思想：「願天下心廝愛的夫婦永不分離，教俺兩口兒早得團圓。」體現了關漢卿對於愛情的進步理想：婚姻的基礎不應該是門當戶對和父母包辦，而應是相互了解、兩相愛慕的自主結合。

《金線池》、《謝天香》與《救風塵》一樣，都是寫妓女的。儘管這兩個劇本寫得不太成功，因爲它們不是立足於現實，而是借助於誤會來開展鬥爭的。但仍然比較深刻地反映出妓女的低賤地位和悲慘生活：一是鴇母逼迫。年過二十的杜蕊娘想從良嫁人，她母親卻要鑷了她鬢邊白髮，叫她繼續「覓錢」。第二是動輒承應官廳。謝天香深受官身之苦，後因不敢違忤，被幽閉在錢大尹府中三年。杜蕊娘也以失誤官身，要遭刑憲。因此，她們要擺脫屈辱地位，跳出火坑，只有寄希望於尋找一個理想的配偶。這三個劇本都毫無例外地把妓女從良發生的糾葛作爲一條主要線索來描寫，也表明了作者對遭踩躪、受壓迫的妓女的關注和同情，對元代妓女制度的譴責。

就關漢卿現存的十多個劇本來看，無論是哪類作品，作者的善惡、是非、愛憎觀念都是非常分明的。他無情地揭露了官場的昏庸和腐敗，抨擊了社會黑暗和紊亂，深切同情和關懷被壓迫者、被損害者，熱烈讚揚她們起來抗爭，使那些橫行無忌的歹徒得到應有的懲罰。在關漢卿筆下，這些善良人物大多是平凡的，甚至是低賤的，但在他們身上卻有著一股强大的不可戰勝的力量，他們既是弱者又是强者。而那些邪惡勢力雖然貌似强大，不可一世，但其本質卻是虛弱的、不堪一擊的。因此，鬥爭的結果總是公道戰勝强權、光明戰勝黑暗、善和美戰勝惡和醜。這就是關劇中所表現的思想特色。

第三節　《竇娥冤》和《救風塵》

現存的關劇中，既有悲劇、喜劇，也有正劇。這些劇在內容和形式上爲我國古典戲曲奠定了廣大羣衆喜聞樂見的民族風格，在戲劇史上具有開創作用。其中尤以《竇娥冤》、《救風塵》最爲著名，成爲關劇中悲劇和喜劇的代表之作。

㈠《竇娥冤》

《竇娥冤》是關漢卿晚年的作品③。它寫的是一個冤獄的形成及其昭雪的故事，但更深刻的意義在於：它通過一個蒙冤而死的普通婦女的滿腔怨憤使天地發生異常變化的情節，有力地抨擊了封建社會黑暗、窳敗的政治，強烈地表現了長期遭受壓迫的人民大衆的反抗情緒。

1 、**劇情簡介**

這個劇本的主角是楚州山陽縣的年輕寡婦竇娥，她三歲失母，七歲離父被抵債與蔡婆做童養媳，十七歲做了寡婦，與蔡婆相依爲命。蔡婆討債遇險，被潑皮張驢兒父子救下。張氏父子趁機勒逼蔡婆和竇娥嫁給他們，以霸占其家產。竇娥執意不從。張驢兒定計要毒死蔡婆，不料被其父誤食身死，張驢兒趁機誣告竇娥毒殺「公公」。竇娥面對刑訊拷打，堅強不屈，但爲了拯救蔡婆，被迫招認。太守桃杌判其死罪，並隨即綁赴法場斬首。臨行前她發出三樁誓願：血飛白練，六月飛雪，亢旱三年。她死之後，「三願」陸續得到應驗。最後，竇娥的鬼魂托夢給其父——肅政廉訪使竇天章，終於懲治了仇人，使冤獄昭雪。

2 、**竇娥形象**

竇娥善良、正直、勇敢、堅貞，她的性格是多方面的，但主導的有兩方面：即善良和剛強。善良，主要表現在她與已死的丈夫、未死的婆婆等人的關係上；剛強，主要表現在她與張驢兒和桃杌太守等人的關係上。這兩方面性格是矛盾的統一，相互影響，共同發展。第一折惡勢力尚未露面，因此竇娥上場的那段抒情唱辭，更多地表現了她的善良，但也包含著一股剛強之氣。她說：「我將這婆侍養，我將這服孝守，我言辭須應口。」表明不論災難如何沈重，她也將含辛茹苦、不屈不撓地活下去。由於她堅信自己的一舉一動都是善良、合理的，甚至按照封建社會的傳統道德標準來衡量也是無可非議的，所以她才認定外來的一切迫害都是無理的、非法的、應該反對的。她一生從未對任何人造成傷害，但人間的災難卻接連不斷地向她襲來，她喪母離父，又失去丈夫；貧窮、高利貸剝削、童養媳生活、親人的死亡，使得她

「滿腹閒愁」。但她那單純、善良的心靈並不懂得這一切災難的眞正原因：「莫不是八字兒該載著一世愁」，「莫不是前世裏燒香不到頭」。她只好把一切歸之於命運，默默地忍受著痛苦。這都說明她是一個安分守己、與世無爭、忍讓寬容，甚至有點逆來順受的弱女子。然而，元代社會的邪惡和野蠻，全都淤集在她的周圍，整個社會幾乎都成了她的陷阱。惡棍張驢兒的勒逼，楚州公堂的嚴刑拷打和法場上的被屈斬，接連降臨在她身上。但是，竇娥並沒有被壓下去，相反，卻在橫逆面前逐漸醒悟過來，奮起戰鬥，向天地、日月、鬼神發出一連串憤怒的詛咒：

> 有日月**朝暮懸**，有鬼神掌著**生死權**；天地也，只合把**清濁分辨**，可怎生**糊塗了盜跖顏淵**：爲善的受貧窮**更命短**，造惡的享富貴**又壽延**。天地也，做得箇**怕硬欺軟**，**卻元來**也這般**順水推船**。地也，**你不分好歹何為地**？天也，你**錯勘賢愚枉做天**！哎，只落得**兩淚漣漣**！

這段著名的曲辭，的確是關漢卿戲曲中的精粹。天地、日月和鬼神，代表封建社會的根本秩序，但在這個弱女面前，卻一體被譴責。她並非一開始就這樣。早先，她認爲天地是無私的，她「勸今人早將來世修」；她相信官府是公正的，故有恃無恐地走進楚州公堂。她所堅持的理想並沒有改變，只是以前認爲這理想可以仰仗天地、鬼神、官府的保護或恩賜。在經歷磨難以後，她才痛苦地認識到，官府鬼神不僅不是善良理想的保護者，反而「怕硬欺軟」、「順水推船」地做了黑暗勢力的護法神。因此，要反抗惡勢力，追本窮源，不得不連天地也一起譴責。竇娥的反抗性格在這裡發展到一個新的歷史高度。她所反抗的對象包括從張驢兒到官府、從天地到鬼神這一切實際的和象徵的統治力量。這段詛咒標誌著竇娥的覺醒，說明她不是對封建社會的個別現象，而是對封建社會的根本秩序開始懷疑。這種反抗精神的猛烈迸發顯示了竇娥性格的深刻變化。能夠從最黑暗、最野蠻的元代社會裡發現人民大衆中蘊藏著這種強烈的反抗情緒，正是關漢卿的偉大之處。這種反抗聲音愈是從弱者口中發出，愈顯得強勁有力。正如十九世紀俄國文藝理論家杜勃羅留波夫所說的：「極端一定會得到極端的報復，最強烈的抗議，最後總是從最衰弱的，而且最能忍耐的人的胸懷中迸發出來。」（《杜勃羅留波夫選集》第二卷《黑暗王國的一線光明》）臨刑三誓願，鬼魂訴冤仇，是竇娥剛強性格的繼續發展。竇娥的反抗，不因死亡而結束，「若果有一腔怨氣噴如火，定要感的六出冰花滚似綿！」她的三個誓願表示了不應俯從天地的主宰，而應當突破命運。三個誓願的應驗是人定勝天的反映。這曲折地表達了作者對人民力量的認識和對人民勝利前途的信念。在第四折中，做了鬼的竇娥，憤怒仍然沒有平息。「我每日裡哭啼啼守住望鄉臺，急煎煎把仇人等待。」她爲了復仇，進而詛咒上下古今整個封建統治：「呀，這的是衙門自古向南開，就中無個不冤哉！」因此，這一冤獄的平反，較之一般公案戲有所不同。洗冤得白，一般公案戲往往仰仗於清官過人的智慧，而這裡則依靠具有一股不平之氣的竇娥的鬼魂。生前的竇娥，集中了人民堅貞不屈、捨己救人的品質；做了鬼的竇娥，也體現了受壓迫的廣大民衆要伸冤復仇的意志和不可戰勝的力量。

在竇娥的剛強性格不斷向前發展的同時，她性格中善良的一面也得到同步發展。在她思想中雖也包含著封建節孝觀念，但在情節開展的過程中，打動人心的乃是竇娥的善良，而不是那種迂腐的節孝。她對曾經多年相依爲命、今後更加孤苦的蔡婆非常憐惜。她含冤負屈、甘願承擔殺人罪名，是爲了保全蔡婆的性命；

甚至在綁赴法場時，自悲不暇，還苦苦哀求劊子手「與人行方便」，不走前街，免被蔡婆看見，怕引起她過度的悲傷。竇娥的善良性格在正與邪、生與死的鬥爭中得到昇華，這表明竇娥內心有著強大的精神力量，正是這種力量支持她英勇反抗和至死不屈。悲劇的意義，劇本之所以「感天動地」，其原因也在這裡。

3、題材來源

這個劇本所寫的孝婦含冤使自然界發生反常變化的情節，在歷史上也有根據。最早見於劉向《說苑・貴德》。原文爲「東海有孝婦，無子，少寡，養其姑甚謹，其姑欲嫁之，終不肯……其後母自經死。母女告吏曰：『孝婦殺我母。』吏捕孝婦，孝婦辭不殺姑，吏欲毒治，孝婦自誣服，具獄以上府。于公（即于定國之父）以爲養姑十年，以孝聞，此不殺姑也。太守不聽……竟殺孝婦，郡中枯旱三年。」後又寫入《漢書・于定國傳》。晉干寶《搜神記》更增飾了神話色彩，曰：「長老傳曰，孝婦名周青，青將死，車載十丈竹竿，以懸五幡。立誓於衆曰：『若青有罪，願殺，血當順下；青若枉死，血當逆流。』既行刑已，其血青黃，緣幡竹而上標，又緣幡而下云。」元雜劇作家王實甫、梁進之、王仲元都用這個題材寫過雜劇，劇名均作《于公高門》，惜其本不存。但顧名思義，多半是從歌頌清官方面著眼，強調清官在救苦鋤奸、伸冤報仇中所起的旋轉乾坤的作用，這自然不能使含冤者完全處於被侮辱、被損害的消極地位。而關漢卿自出機杼，一反常規，著重渲染了含冤者本人憤懣不平和堅決反抗的精神，使得竇娥這一形象不僅像其他含冤者一樣贏得人們的同情，而且同別的含冤者不一樣，還贏得了人們的尊敬。對於悲劇形成的原因，關漢卿也作了新的開拓。他敢於突破歷史記載上僅僅由於誤解和昏庸而造成冤案的局限，從當時社會生活中去發掘悲劇的眞正原因。《竇娥冤》悲劇產生的最初原因是高利貸剝削，推動悲劇發展的是野蠻而又混亂的社會秩序，決定這個悲劇的結局則是元代腐敗、黑暗的吏治。關漢卿正是通過這一典型悲劇，批判了元代社會。

㈡《救風塵》

1、劇情簡介

《趙盼兒風月救風塵》是一齣著名喜劇，寫妓女趙盼兒採用妓院中賣笑調情的風月手段去拯救淪落風塵中的姊妹。汴梁妓女宋引章一心想跳出火坑，經趙盼兒作媒，與窮秀才安秀實訂下婚約。但後來卻受到有錢有勢、虛情假意的嫖客——周同知之子、闊商周舍的引誘，不顧趙的勸阻，嫁給了周舍。婚後飽受虐待，「朝打暮罵，看看至死」，她只好帶信求趙搭救。趙盼兒看準了浮華子弟喜新厭舊的惡習，憑藉自己的美貌和機智，利用風月手段對付周舍。她事前計劃得非常周密。首先要求宋引章緊密配合，又找來安秀實讓他告狀，羊酒紅羅都是她預先帶上的，假休書也是她準備好了的。她抓住了周舍這種紈袴子弟既貪色又愛財的弱點展開進攻，用周舍當初欺騙宋引章的一套花言巧語來欺騙周舍，終於取得了鬥爭的勝利。歌頌被壓迫者的反抗和互助，斥責邪惡勢力對婦女的凌辱與摧殘，正是這個劇本的主題。

2、趙盼兒形象

《救風塵》以妓女如何從良為主旨，從側面批判了娼妓制度。趙盼兒是個飽經風霜的妓女，多年的娼妓生活使她對那些「喬做胡為」的嫖客充滿憎恨。儘管她淪落煙花，身陷火坑，仍然一心追求以「可意」、「相知」為基礎的正常婚姻生活。她正是出於這種使妓女擺脫被踩躪地位、取得人身自由的善良願望，才積極促成和維護宋引章與安秀實的婚約，並挺身而出，不避艱險，以身作餌，深入虎穴，把宋引章救出苦海。這場鬥爭與《望江亭》有些相似，但譚記兒主要是出於維護個人和家庭的幸福，趙盼兒則純粹出於對不幸姊妹的同情。她的結義姐妹「被無情的棍棒抽，赤津津鮮血流」，使她產生極大的痛苦。「慣曾爲旅偏憐客」，「自己貪杯惜醉人」，共同的命運使她對落入虎口的姊妹的苦難感同身受。她把拯救被壓迫者看成是義不容辭的事，「你做個見死不救，可不羞殺桃園中殺白馬宰烏牛！」趙盼兒所採取的方式也與譚記兒相近，同樣是以假對假，以毒攻毒，以其人之道，還治其人之身。周舍原以爲魚兒自動來吞鈎，卻不料自己反而跌進了趙盼兒設下的陷阱。眞可謂「騎馬一世，驢背上失了一腳」，落了個「尖擔兩頭脫」。關漢卿通過這個劇本，客觀上爲人們揭示了一個極爲嚴肅的眞理：惡人利用某種手段謀害別人，其他人也可以採用同樣的手段去回敬他。

通過壓迫者和被壓迫者兩組形象的對立和鬥爭，關漢卿廣泛批判了元代社會及其統治階級，讚揚了人民大衆的反抗精神。關漢卿所寫的悲劇和喜劇，情節的發展都是建築在人物性格及其矛盾衝突的基礎之上。他的悲劇大多由於邪惡勢力相對強大，正面人物在一場力量懸殊的鬥爭中，爲了堅持理想，不肯妥協，終於自覺地走向死亡或陷於厄運。而他的喜劇的圓滿結局，也是理想人物按照自己的性格，不屈不撓地頑强鬥爭，甚至是深入虎穴、出奇制勝才爭取得來的。

第四節　關漢卿雜劇的藝術成就與影響

關漢卿是一位精通音律、有豐富舞臺實踐經驗的劇作家。他的雜劇不僅有著較高的文學水平，而且符合戲劇藝術特點。他在人物形象的塑造、關目結構的安排、戲劇語言的運用等方面都有著鮮明的特色和卓越的成就。

(一)人物形象的塑造

關漢卿卓越的藝術才能，首先表現在人物形象的塑造上。在他的筆下，社會各階層人物都寫得栩栩如生，既有鮮明的性格，又能深刻地反映時代的本質。特別是作者精心塑造的大批婦女形象：如善良剛强的竇娥、潑辣老練的趙盼兒、有膽有識的譚記兒、溫柔多情的王瑞蘭、嬌憨倔强的燕燕、堅韌沈著的王母，無不躍然紙上。甚至一些反面人物，如周舍的狡猾奸詐、張驢兒的刁鑽無賴、楊衙內的陰險卑劣、葛彪的凶横囂張，都刻畫得入木三分，各臻其妙。

關漢卿善於在强烈的戲劇衝突中去揭示人物的性格特徵。如竇娥的反抗性格和復仇意志就是通過對她的一連串愈來愈嚴重的迫害逐步顯露出來的。趙盼兒的機智老練是通過她與狡猾的周舍之間那一場以假對假、以毒攻毒的充滿戲劇性的衝突表現出來的。譚記兒的過人膽識也是通過她深入虎穴、不惜犧牲色相以制服楊衙內的那一場驚險鬥爭表現出來的。不僅主要人物，就是一些次要人物也是這樣。如《望江亭》中的楊衙內，作者一方面描寫了他氣勢洶洶、不可一世的囂張氣焰，另一方面又通過張千李梢替他鬢邊捉虱子，同譚記兒喬裝的漁婦飲酒賦詩並被騙走勢劍金牌，以及在公堂上將淫詞當文書等場面，十足地表現了他的猥褻、卑劣和愚蠢。譚記兒與他的鬥爭，不僅反映了兩種社會力量的鬥爭，而且也表現爲兩種不同性格之間的鬥爭。譚記兒之所以能夠戰勝他，靠的並不是外力，而主要是人物內心所蘊含的强大的精神力量。

㈡關目結構的安排

關漢卿在關目處理、結構布局、場面安排等方面也有自己的特色，即緊湊、集中並富有典型性。一切和主題思想關係不大的內容都被略去了，以便集中描寫那些和主題密切相關並具有典型意義的情節。因此，他的雜劇能充分利用中國古典戲曲藝術不受時空制約的特徵，選取決定人物命運的幾個關鍵場面，以表現人物的一生，並進而展示元代社會的某一側面。例如：《竇娥冤》從楔子到第一折，中間跨過了十三年，略去了竇娥的童養媳生活、完婚、丈夫去世和守寡等一系列事件，只在第一折開始時由蔡婆作了簡單交代。這樣就可以騰出篇幅，集中刻畫竇娥和張驢兒、桃杌之間的那一場生死鬥爭。又如《救風塵》中宋引章被周舍花言巧語騙娶到鄭州以後所受的虐待，都作爲暗場處理，只通過宋引章修書、王貨郎送信的過程表現出來，目的也是爲了突出趙盼兒和周舍之間的鬥爭。

元雜劇一本四折、一人主唱的體制，一般不允許採用雙線並進的結構，但這並不妨礙關漢卿通過兩組或更多的戲劇矛盾，把人物形象描繪得更加豐滿。如《救風塵》就通過趙盼兒同周舍這一主要矛盾，以表現她的機智勇敢；在此之前還通過趙盼兒與宋引章這一次要矛盾，表現她對周舍的深刻認識和她對宋引章的俠義心腸。由於寫了次要矛盾，就更加充分地把趙盼兒對周舍的鬥爭置於正義的基礎之上，使人進一步看到這場鬥爭所蘊含的深刻的思想意義。又如《望江亭》主要是寫譚記兒和楊衙內之間的鬥爭，這一鬥爭在第二折通過楊衙內獨白、老院公送信拉開序幕。但接下來卻寫了「前妻寄書」的誤會，看來好像閒筆，其實含有深意。它通過對譚記兒心理活動的剖析，不僅寫出了封建社會裡婦女的低賤地位，而且透露出她爲了捍衛自己的幸福生活不惜深入虎穴的心理基礎，爲第三折的鬥爭埋下伏筆。

在場面安排上，關漢卿一方面能夠著眼於人物的不同性格，選擇典型場次，展開衝突，引向高潮；另一方面又能使情節曲折多變，隨步換形，讓人不能一望到底，具有引人入勝的魅力。在他的劇本中，每一折都經過精心安排，常常是層層推進，濃淡相間，搖曳多姿。如《竇娥冤》的四折，就表現了戲劇衝突的發生、發展、高潮、結局四個階段。第三折寫竇娥被綁至法場處斬，是竇娥反抗性格的最高發展，但作者在其間也穿插了竇娥繞道和她與蔡婆訣別等情節，於緊張淒厲的氣氛之中，奏上幾曲低迴悲涼的哀訴，使情節變化多姿，從而避免了單調乏味的感覺。爲了適應雜劇曲白相生的特點，關漢卿還採用了使抒情場面與鬥爭場面交錯進行、相互爲用的寫法。如《竇娥冤》的第一折，就是由蔡婆討債這一鬥爭場面，轉入竇娥抒懷這一抒情場面；從蔡婆歸家後所引來的鬥爭，轉入竇娥的大段嘲諷，最後以竇娥推了想逼她拜堂成親的張驢兒一跤作爲結束。抒情場面作爲特定環境中人物內心世界的自我表白，而鬥爭場面則是人物之間矛盾的展開和推進。這樣相間而行，一張一弛，既符合人們的審美心理，又能把戲劇衝突引向高潮。形式上與此相配合，關劇也採用了大段曲辭與長篇說白相間而行的寫法，使全劇形成一個縝密緊湊的整體。

㈢戲劇語言的運用

關劇的語言，向來被稱爲「本色」、「當行」，與重視詞藻的「文采派」並稱，成爲「本色派」的代表。所謂「本色」，主要指語言上的自然、眞切、質樸，沒有藻飾、堆砌的痕迹。他的語言主要來自生活，能大量吸收羣衆口語並進行藝術上的加工錘煉，故表現力較強。所謂「當行」，主要指他重視舞臺特點，一切都符合演出要求，同時也包括語言符合人物個性，能借助人物自身語言以說明人物的身分和性格，做到「隨所妝演，無不摹擬曲盡」（《元曲選序》）。如《單刀會》第四折關羽的語言，豪邁壯闊而又稍帶幾分蒼涼之感，抒發出彼時彼地的英雄胸襟。而《拜月亭》第一折「走雨」中王瑞蘭的唱辭，淸麗、嫵媚，非常適合閨閣千金的心理和感情。明初朱權在《太和正音譜》中把關漢卿說成「瓊筵醉客」，其根據就在於「觀其用語，乃在可上可下之才」。錯誤地把劇中人物的語言，一概看成是作家本人的語言，這正是古代一些曲論家的通病。其實，作爲代言體的雜劇，「可上可下」正意味著語言上能莊能諧，能雅能俗，酷肖人物聲口，符合人物身分。這正是關劇的一大特色。近人王國維稱讚關漢卿爲：「一空倚傍，自鑄偉詞，而其言曲盡人情，字字本色，故當爲元人第一。」（《宋元戲曲考》）

關漢卿在中國文學史上，特別是中國戲劇史上占有異常重要的地位。他在我國戲劇史上的地位，相當於詩歌史上的屈原，散文史上的司馬遷，是一個偉大的開拓者。他以自己的創作實踐和戲劇活動促進了新的文學形式——元雜劇的成熟和發展，成爲元雜劇的主要奠基人。因此，從元周德淸《中原音韻》起，明胡侍《眞珠船》、蔣一葵《堯山堂外紀》、沈德符《萬曆野獲編》、王驥德《曲律》等書都把他列入「元曲四大家」之首④。在當時，他被看作戲劇創作界的一面旗幟。與他同時的青年劇作家高文秀被稱爲「小漢卿」，比他稍晚的南方劇作家沈和甫被稱爲「蠻子漢卿」，另一個劇作家孟漢卿的表字，很可能也是出於對他的仰慕。「關漢卿不但是中國的關漢卿，而是全人類的關漢卿」（郭沫若《學習關漢卿　超過關漢卿》）。他的作品已經成爲中國人民和世界人民共同的精神財富。

附　註

①上述有關關漢卿生平的材料，除採自元鍾嗣成《錄鬼簿》外，還包括元熊自得《析津志・名宦》、元朱右《元史補遺》、元邾經《青樓集序》、元陶宗儀《輟耕錄》卷 23、清邵遠平《元史類編》卷 36、雍正《山西通志》卷 139、乾隆《祁州志》卷 8 等史籍。

②這 14 種關劇中，有人對《緋衣夢》、《陳母教子》提出懷疑。但此二種《錄鬼簿》及《太和正音譜》關作名下均有著錄，定爲關作，完全有史料根據。以《緋衣夢》三折中提及水滸人物王矮虎、一丈青，係元以前「水滸」傳說中未見者。但僅此一句，安知非明人之妄加。又以元後期作家蕭德著有《四春園》（即《緋衣夢》另一名）。但元劇作家襲取同一題材，例證甚多。至於否定《陳母教子》爲關作的主要理由是認爲此劇宣揚了科舉道路，此更不足爲據。因幾乎所有關劇凡寫到文人者，無不走科舉道路。故此二劇仍應視爲關作。

③劇中敍竇天章以肅政廉訪使職。據《元史・百官志》載，至元二十八年（公元 1291 年）改提刑按察使爲肅政廉訪使。故此劇應作於這年以後。又二劇中寫山陽縣大旱三年，查有關史籍，在大德元年至三年間（公元 1297～1299 年），故有人提出此劇應作於公元 1299 年。以上論據，雖難作定論。但此劇係關晚年所作，當無問題。

④稱關漢卿、白樸、馬致遠、鄭光祖爲「元曲四大家」，首見周德清《中原音韻自序》：「自關鄭白馬，一新制作。」之後有胡侍《眞珠船》卷 3「下逮關鄭白馬之撰」，蔣一葵《堯山堂外紀》卷 68「元人樂府稱關馬鄭白爲四大家」，沈德符《萬曆野獲編》卷 25「元人以鄭馬關白爲四大家」。近人王國維《宋元戲曲考》12 提到：「元代曲家，自明以來，稱關馬鄭白。然以其年代及造詣論之，寧稱關白馬鄭爲妥也。」

第五章　西廂記

第一節　《西廂記》的作者王實甫

《西廂記》是我國較早的一部以多本雜劇連演一個故事的大型戲劇，也是元代成就最高的一部愛情劇。

㈠王實甫的生平

《西廂記》的作者王實甫生平資料極少。我們只知道：王實甫，或作實父，名德信，大都（今北京）人①。元末賈仲明《凌波仙》詞曰：

> 風月營，密匝匝列旌旗；鶯花寨，明颩颩排劍戟；翠紅鄉，雄糾糾施智謀。作詞章，風韻美，士林中，等輩伏低。新雜劇，舊傳奇，《西廂記》，天下奪魁。

詞中風月營、鶯花寨、翠紅鄉均指歌樓行院，這說明王實甫也是一個在煙花隊伍中有著廣泛聯繫的人。他在當時雜劇作家、梨園圈子中頗有點名氣。以上材料來源於各種版本《錄鬼簿》，應是可靠的。此外，明萬曆年間陳所聞《北宮詞紀》錄有署名爲王實甫的〔商調集賢賓〕《退隱》套曲②，如作者就是雜劇作家王實甫的話，那他還當過一段時期的官，由於秉性正直，不善逢迎，才「乘醉賦歸休」。他對半生宦海沈浮耿耿於懷，「怕虎狼惡圖謀，遇事休開口，逢人只點頭，見香餌莫吞鈎，高抄起經綸大手」。退職之後，「有微資堪贍賙，有園林堪縱遊」，過著比較優裕的生活。而且，「百年期六分甘到手」，他至少活了六十歲以上。有人據此證明他就是元代名臣王結（公元 1280～1341 年）之父，即擔任過陝西行臺監察御史、籍貫易州定興的王德信，但根據不足③。有人根據明陸采《南西廂》敍中提到「都事王實甫易爲套數」，認爲他僅擔任過都事一類小官④，可備一說。

鍾嗣成《錄鬼簿》將王實甫列入「前輩已死名公才人」之內，可見他應屬於元代前期雜劇作家，死於至順元年（公元 1330 年）《錄鬼簿》成書以前。又據他的雜劇《麗春堂》寫金代事，並採錄不少女眞曲調和方言，可推知他很可能是由金入元的作家。其生活年代應與關漢卿同時或稍晚⑤。

㈡王實甫的創作

王實甫是一個很有才華的劇作家，《太和正音譜》說他的作品「如花間美人，鋪敍委婉，深得騷人之趣。極有佳句，若玉環之出浴華淸，綠珠之採蓮洛浦」。他一生著有雜劇十四種，今存除《崔鶯鶯待月西廂記》之外，尚有《四丞相高會麗春堂》和《呂蒙正風雪破窰記》二種，此外《蘇小卿月夜販茶船》、《韓彩雲絲竹芙蓉亭》二劇各存曲一套。

《破窰記》、《麗春堂》二劇，關目平平，均不見好。

《破窰記》

《破窰記》寫財主女兒劉月娥，不以父母之命、媒妁之言擇婿，卻另結彩樓，拋球選郎，實際上是在一定條件下自行擇偶。她不把彩球拋給富貴子弟，偏要拋給貧困書生呂蒙正。雖遭父母斥逐，仍甘守貧賤，決不屈服。後來呂蒙正在貧困激勵下刻苦讀書，得中狀元。全劇反對門第婚姻，宣揚將相出寒門，有一定積極意義。

《麗春堂》

《麗春堂》寫金朝丞相完顏樂善與監軍李圭因賭射引起爭端，被貶官濟南，後釋怨、復官並會飲麗春堂事。作品頌揚了武藝高强、爲國家立有戰功而又胸懷寬廣的賢臣完顏樂善，揶揄了以聲色歌舞得官而又心術不正的庸才李圭。全劇以金朝歷史爲背景，在元劇中殊不多見，值得注意。

《西廂記》

王實甫最成功的「天下奪魁」之作是《西廂記》。關於《西廂記》的作者，歷來存在較大爭論。大抵從元末到明初的一些記載，如鍾嗣成《錄鬼簿》、朱權《太和正音譜》、賈仲明《凌波仙》挽辭，都認爲是王實甫所作。明中葉以後，異說紛起，有關漢卿作、王作關續、關作王續等不同說法⑥。這些說法，或由於文獻根據不足，或僅僅著眼於內容及風格上某些表面差異而勉强將第五本與前四本分屬不同作者，實際上都不足以動搖王實甫對五本《西廂記》的著作權。

《西廂記》版本情況極其複雜。元刊本至今未見。明刊本已知者計六十餘種，流傳至今者不下四十種。現存最早的完整刻本爲明弘治年間北京岳氏刻本，流傳較廣的刻本有徐士範本、王驥德本、凌濛初本、毛晉校本、金聖嘆本等。各種版本根據體制不同可分兩大類：一是保持雜劇分本分折體例者，弘治本可爲代表。一是受南戲影響者，採用分齣方式並增加齣目，以徐士範本作代表。這兩類版本僅部份曲文略有差異，在故事情節、人物性格等方面區別都不大。

第二節　西廂故事的演進

㈠西廂故事的原型

《西廂記》所寫的崔張愛情故事是個傳統題材，最早見於唐元稹《鶯鶯傳》。原作是一個由於男子負心，始亂終棄，給婦女帶來侮辱傷害的悲劇，反映了唐代門第觀念的森嚴和讀書人為功名利祿而拋棄舊情人的勢利心理。對於被情人和整個社會所遺棄的癡情怨女的悲慘遭遇，小說在客觀上描寫得非常真實、細緻和深刻，但作者的寫作動機並不是為了暴露封建社會的罪惡，而在於辯解男主角、即張生的負心，為這種始亂終棄的罪行尋找理論根據。

㈡西廂故事的發展

小說所寫的故事，由於真實和深刻，確實感動過不少人，但作者寫作態度的冷漠和虛偽卻受到後人的非議，故而在流傳過程中不斷被其他作家進行修正和改造。在西廂故事的發展過程中，主要經歷了修正觀點和改造題材這樣兩個階段，前一階段主要在北宋時期，後一階段主要在金元時期。

1、北宋時期

北宋蘇軾門下秦觀、毛滂都寫過《調笑轉踏》，由於篇幅短小，內容未能超出原作範圍，但從「薄情少年如飛絮」之類辭句中，含蓄地表達出鄙視張生、同情鶯鶯的感情傾向。稍後趙令時寫了《商調蝶戀花鼓子詞》十首，歌詠此事，分別綴於《鶯鶯傳》原文之中，但刪去了原作末尾張生誣蔑鶯鶯為「不妖其身，必妖於人」的「尤物」、「妖孽」的那段開脫自己的話，並在第一首

《蝶戀花》中寫道：「最恨多才情太淺，等閒不念離人怨。」表明了作者的鮮明態度，他是同情鶯鶯、譴責張生的。這種對原作者觀點和態度的修正，儘管沒有給故事增加新的內容，但卻爲後來題材的改造、甚至進行再創作開啓了思路。

2、金元時期

金元時期，戲劇流行，不少作家將西廂故事搬上舞臺，在各種筆記或戲文中記錄其名目的有：《鶯鶯六么》、《紅娘子》、《張珙西廂記》、《崔鶯鶯西廂記》、《西廂記》等⑦。這些戲劇都沒能流傳下來，但從劇名或其他材料中推測，它們對西廂故事的內容及題材大約都進行過某種程度的加工改造。這個時期流傳下來的完整作品有兩部，即金章宗時期董解元創作的講唱文學《西廂記諸宮調》和元初王實甫的《西廂記》。這兩部作品都是在對西廂故事加以根本改造的基礎上進行再創作的成果。不過，前者是這種再創作的初步完成，而後者則是它的最後完成。

《董西廂》不僅把不足三千字的原作，擴充爲包含十四種宮調、一百九十三個長短套數、近五萬字的有唱有說的長篇，增添了佛殿奇逢、月下聯吟、鬧道場、張生害相思、鶯鶯問病、長亭送別、村店驚夢等許多情節，而且還徹底改變了故事結局，變始亂終棄的悲劇爲「自是佳人合配才子」的大團圓結局。在《董西廂》裡，一些主要人物如鶯鶯、張生、紅娘、老夫人都有了嶄新的性格和思想面貌，這一傳統題材也因此獲得了追求婚姻自主、反對封建禮教束縛的新的時代意義。正是這一切，才使得《董西廂》成了《王西廂》創作的直接藍本。

王實甫除了把《董西廂》的敍事體，改寫爲戲劇的代言體以外，還對西廂故事本身進行了不少的加工。他摒棄了《董西廂》中一些不合理的情節，使人物性格和情節發展更爲合理。例如：《董西廂》中爲張生出謀獻策的是法聰，兵圍普救寺冒險突圍送信的也是法聰，表現了作者對人物的任意驅遣。而《王西廂》則另寫了一個地位更低、「只會吃酒廝打」的莽和尚惠明，讓他前去廝殺突圍。使人物性格更加集中和突出。又如最後鄭恆來爭親，張生鶯鶯束手無策，雙雙要在法聰房中上吊，法聰要他們私逃白馬將軍處等，《王西廂》改爲白馬將軍上門祝賀，證明張生未娶衛尚書女，鄭恆羞愧自殺。這也比《董西廂》合理一些。在人物塑造上，《董西廂》爲了避免平鋪直敍，常常過分誇張，故作突兀驚人之筆，以取悅聽衆，往往破壞了人物性格的完整性。如對張生，《董西廂》的刻畫雖大致不錯，但有時把他寫得過於庸俗，「賴簡」被鶯鶯拒絕，竟要和紅娘「權做夫妻」；有時又把他寫得過於軟弱，稍有挫折，就要自殺。同樣，鶯鶯、紅娘、老夫人都有一些行爲不符合她們各自的身分和性格。特別是由於人物性格的模糊，影響了反封建主題的鮮明。譬如：作爲矛盾衝突的另一方、封建勢力的代表老夫人，她身上所體現的封建本質在《董西廂》中不夠明顯。在「寺警」時她只答應張生「繼子爲親」，故後來並不構成賴婚。「拷紅」之後，是張生主動提出進京應考，而不是由於她的逼迫。在《董西廂》中，鶯鶯和張生的反抗和叛逆也是有限度的。張生過於浮薄，而鶯鶯在幽會之前基本上還是以貞順自保的封建意識來壓抑自己的眞情實感。這些都不能不影響到作品反封建的思想深度。此外，《董西廂》還以六分之一的篇幅敍述孫飛虎圍寺、法聰突圍的事件，讓讀者長時間停留在刀兵砍殺聲之中。這雖然是出於諸宮調這類講唱文學演唱效果的需要，但畢竟沖淡了戀愛故事中那種溫情脈脈的抒情氣氛。對於這些不合理的情節和不符合人物身分性格的描寫，王實甫都一一作了修改。特別是對西廂故事的反封建內涵，王實甫更作了深入開掘和集中渲染，大大加强了它的反封建主題。總的來說，《董西廂》主題相對《鶯鶯傳》而言是一次質的飛躍，而《王西廂》相對於《董西廂》而言，則應該是一次較大的量的提高。並且是這一傳統題材的最高發展和最後完成。

崔張故事的演變過程，不僅反映出從小說到講唱文學、再到戲劇，即從僅供文人閱讀的書面文學到供應廣大民衆觀賞的講唱伎藝和表演藝術演進的必然趨勢；同時也不斷顯示出金元以後中國市俗社會對於男女情愛的看法和態度；更爲重要的是它還體現了一種最有影響的戲劇模式的形成。因而在文學史上具有重大的意義。

第三節　《西廂記》的愛情理想

《西廂記》通過崔張愛情故事的具體描寫，集中批判了封建禮教和包辦婚姻制度，熱情歌頌了男女青年對愛情自由、婚姻自主的衷心嚮往和強烈追求，表達了「願普天下有情的都成了眷屬」的進步理想。

隨著封建社會步入後期，宋金元時代的封建制度變得愈加專橫，而廣大青年渴望自由、追求個性解放、嚮往理想生活的願望也進一步明確。他們迫切希望擺脫封建禮教的思想束縛和精神奴役，而在這方面所開展的鬥爭總是要以愛情作爲反封建的起點。因爲，這有關終身大事，是青年人切身利益之所在。在婚姻愛情問題上，青年人最難容忍任何干預和壓制。故而，新的一代對封建制度專橫的認識和對自身解放道路的探索往往都以愛情、婚姻的不自由爲其發端。這也是元初社會具有普遍意義的時代要求，元初產生的一大批愛情劇無不體現了這一歷史要求。例如：關漢卿《拜月亭》三折中提出：「願天下心廝愛的夫婦永無分離，教俺兩口兒早得團圓。」白樸《牆頭馬上》四折提出：「願普天下姻眷皆完聚。」不同的提法都表達了一個共同的心願：團圓、完聚、成眷屬，都體現了追求婚姻的幸福和美滿，反對封建家長的干預和封建禮教的約束。但這些提法都不如《西廂記》揭示主題的話——「願普天下有情的都成了眷屬」，更加鮮明和準確。它第一次以最淸楚、最明確的方式表達了：只有建立在愛情基礎上的婚姻才是健康的、合理的婚姻，進而否定了那種不是以當事人相互「有情」爲條件，而是建立在父母之命、媒妁之言基礎上的封建包辦婚姻制度。

作爲相國小姐的鶯鶯和書劍飄零的書生張珙自由相愛，在很大程度上是對以門第、財產和權勢爲條件的封建擇婚標準的違忤。鶯鶯和張生一心追求眞摯感情。他們最初是彼此對才貌的傾心，經過聯吟、寺警、賴婚、聽琴、逼試等一系列事件，他們的感情內容也隨之而更加豐富。崔張愛情逐步由異性間才貌吸引向感情上相互契合過渡，儘管它仍然屬於傳統的才子佳人式的愛情，並帶有某些落後性和封建性。但作爲青年一代反封建的起點，仍具有重大意義。崔張從佛殿上邂逅相逢，至相愛，到終於私通，經歷了才子佳人愛情的一見鍾情、相思苦悶到密約偸期的曲折過程。他們追求愛情所採取的隱蔽方式，暗中曲折地掙脫封建婚姻制度的枷鎖，是在當時社會條件下唯一可行的方式。儘管崔張愛情不過是沈醉於竊玉偸香的密約幽期，他們對愛情的憧憬不過是追求肌膚之親，嚮往恣情歡樂，以「今宵端的雲雨來」爲最高理想。作品對他們私通的藝術表現也是大膽而露骨的，並夾雜著消極的色情描寫。但這對於突出戲劇的主題，無疑是十分重要的。崔張正是以一見傾心反對木然寡情，以違禮任性來反對克己和馴服，以恣情反對禁欲，以私通反對男女授受不親。他們正是以這些熱烈追求愛情的果敢行爲衝決封建禮教的樊籬。表現了對封建禮教的蔑視與挑戰。這種愛情具有反對封建婚姻制度的進步傾向：他們以私自結合否定了門當戶對，以個人意志取代了父母之命，以自由戀愛排斥了媒妁之言。由此可見，崔張愛情與封建婚姻制度的衝突是比較廣泛的，它超出了以往那些描寫愛情的作品而具有嶄新的時代意義。

但是，我們還應當看到：崔張愛情畢竟是貴族小姐與封建士子之間的愛情，因此在反對禮教與反對封建婚姻制度上，又是不徹底的。他們愛情的基礎，明顯地帶有封建主義的印記。崔張二人的審美觀和愛情觀基本上還是封建主義的。他們彼此產生愛悅的條件仍是對方的形體和才情，他們相互結合的基礎實際上還是封建道德和封建教養，這正如張生所說的：「她有德言工貌，小生有恭儉溫良。」而且，這種愛情在情調上的顯著特點是纏綿悱惻、多愁善感。由於雙方的出身和教養的關係，他們在相愛過程中常常顯示出性格軟弱、精神空虛、意志薄弱，有低級趣味的玩賞，有無法排遣的煩惱，有順利時的狂熱，也有受挫時的絕望。這一切正是才子佳人愛情心理的典型表現。因此，這種愛情既反映了真摯與美好的感情，表現了青春覺醒的動人力量與無限希望。具有民主性與進步性，同時又不可避免地帶有落後性與封建性。愛情的民主性與進步性，促使他們敢於不顧一切地相互追求並私自結合。愛情的落後性與封建性，又使得他們不能對封建勢力有清醒認識，更不能正面向封建勢力展開鬥爭。這種愛情的一個突出特點是：既背叛封建勢力，又懼怕封建勢力。故此，崔張二人後來不得不屈從老夫人「不招白衣女婿」的壓力，上京應試，使自由愛情納入封建婚姻的軌道，以狀元及第來保證崔氏門楣重振，最終陷入皆大歡喜的大團圓俗套。

然而，《西廂記》在我國文學史上畢竟是第一部把自由愛情當作主題並細緻曲折地寫出了它的全過程的成功之作，這就與以往那些描寫愛情的作品大不相同。過去的作品往往是二人一見傾心，私定終身，阻力雖有，但主要是社會和家庭，而不在雙方當事人本身。至於男女雙方戀愛經過與戀愛時的心理變化則很少描寫。《西廂記》則成功地爲人們展示了一幅又一幅充滿詩情畫意的愛情圖景，崔張從驚艷時的眉目傳情，經月下聯吟互通情愫，接下來鬧齋、寺警。婚事本已順利在望，但波瀾驟起，老夫人食言背約，使怨女曠夫願望落空。於是引起一連串曲折多變、妙趣橫生的戲劇情節，生動地刻畫了人物性格，有力地展現並深化了主題。張生熱烈追求鶯鶯，日思夜想，大膽冒失；鶯鶯則只在暗中追求張生，費盡心思，深怕敗露，顧慮重重，行動上只能步步爲營。紅娘靠自己細緻、敏銳的觀察，對崔張的祕密瞭如指掌，而且出於成人之美的高尚品德，出於對老夫人食言背約的正義抵制，她對崔張愛情從冷眼旁觀轉而熱情贊助，爲他們穿針引線以促其成功。在這樣一個充滿戲劇性的衝突之中，展開了一系列曲折複雜、細膩委婉的描寫。從聽琴到傳書，從傳書到賴簡，從賴簡到酬簡，作品詳盡地寫出了張生和鶯鶯在曲折的戀愛過程中細緻、隱微的心理狀態，寫出了他們從追求到挫折，從挫折到最後結合的全過程。在此過程中，男女雙方充滿了對愛情的憧憬、期待、苦惱和憂愁，充滿了愛情順利時的喜悅、失意時的痛苦和成功時的歡樂。《西廂記》的特點正在於把這些曲折的過程和隱祕的心理狀態，眞實具體地描寫出來。這在我國文學史上還是第一次。故明清時期就有不少人把它稱之爲「春秋」⑧，它確實不愧爲一部描寫愛情題材的經典之作。加以全劇那些充滿詩意的描寫，優美動人、扣人心弦的曲辭，使得這部劇本足以產生前所未有的、激動人心的藝術魅力。

第四節　《西廂記》的人物形象

《西廂記》之所以歷久不衰，長期為廣大羣衆所喜愛，還由於它精心塑造了好幾個性格鮮明的人物形象。

㈠鶯鶯

鶯鶯是一個從外貌到內心、從行為到思想都非常美的貴族少女。她聰明、伶俐、溫柔、深情，既能堅決維護個人幸福，敢於反抗封建壓力；必要時又勇於犧牲自己，在「寺警」時主動提出「五便三計」，以搭救寺僧家小。她的反抗，走的是一條曲折、艱難、甚至充滿痛苦的道路。其所以如此，第一是由於封建勢力的專橫和嚴酷，使得她的反抗不得不更為謹慎、隱蔽，不得不處處提防，步步為營。其次，還由於她所要擺脫的，不光是老夫人的約束，小梅香的監視，更主要的是封建意識對自己內心的桎梏。《西廂記》在寫出人物與人物之間的外在矛盾的基礎上，進一步揭示了人物的內心矛盾，這正是其內容的深刻所在。

鶯鶯在未遇張生之前，就已「閒愁萬種，無語怨東風」，表明她對周圍環境的深沈不滿，隨著青春覺醒而孕育著反抗的要求。經過佛寺相逢、隔牆酬韻之後，青春之火開始燃燒，愛情開始萌芽。但是，青春的召喚、愛情的要求，一開始就與她內心世界中的封建思想、禮教觀念和貴族家庭的教養相衝突。寺警、賴婚之後，本來一帆風順的婚事突然受阻。隨著希望的破滅，她如泣如訴地傾泄出自己的滿懷怨憤和憂愁。她開始明白，愛情和幸福，不能依靠封建勢力的恩賜，只能靠自己力爭。所以，以後才有聽琴訴怨、傳書訂約等一連串越軌行為。她瞞著老夫人祕密活動，反映了她在困境中追求愛情的堅定意念。從琴挑到酬簡，她利用老夫人許下的與張生兄妹相稱的合法關係，背著老夫人借紅娘之力又瞞著紅娘向張生通殷勤。儘管她情眞意切，但由於背上了因襲的重擔，所以在她內心深處又充滿了曲折、複雜、痛苦的鬥爭。在追求愛情的過程中，還不時流露出精神上的苦悶、猶豫、怯弱、動搖的弱點。作者細緻地寫出了她是如何從重重顧慮中掙脫出來，終於走上堅定、果決、勇敢的反抗道路。

在此過程中，「賴簡」是她動搖性最大的一次表現。她的賴簡與老夫人賴婚，形式上似無不同，實質上頗有差別。賴簡，是她自己賴，她既是受害者，又是主發者。這固然表現了她的虛僞，但卻與老夫人的虛僞不同：老夫人賴婚是出自本心的，而她卻是有悖於本心的。因爲她日思夜想，千索萬求，希望與張生一會，但當張生應召跳牆過來，她卻因無法擺脫自身的封建意識、禮教觀念和貴族小姐習性而予以拒絕。特別在那更未深、人未靜、自己正燒香、紅娘方侍側之時，更是有傷體面。所以她只好故作姿態，撒謊耍賴，以掩飾自己動搖，逃避內心的劇烈衝突，保護自己安全退卻。賴簡與賴婚時也有不同的語言特色：老夫人冷漠寡情，口吻斬釘截鐵；而鶯鶯雖當盛怒之時，仍然宛轉言之。一則曰：「老夫人聞之，有何理說？」再則曰：「萬一夫人知之，先生何以自安？」她不說自己不願，而是一再擡出老夫人，強調事機不密。從賴簡到酬簡，表明她畢竟克服了內心的劇烈鬥爭，終於用實際行動掙脫了禮教對愛情的禁錮，與張生相結合。在「長亭」一折裡，儘管私情已經敗露，但她毫不後悔，仍然以一個痛苦纏綿而又熱情奔放的少婦的面貌出現，仍然執著地把愛情看得高於一切，對老夫人一再標榜、張生一再吹噓的功名利祿表示鄙夷，高唱著：「但得一個並頭蓮，強似狀元及第！」

鶯鶯性格的發展典型地概括了在封建禮教窒息下，由於受到時代精神的感召，年輕婦女從覺醒並走向叛逆的曲折過程。

㈡張生

張生是一個「臉兒淸秀身兒俊，性兒溫克情兒順」的窮書生。他忠厚、誠懇、多情，才智煥發而又帶幾分迂腐、笨拙、懦弱的書生氣，不少地方確像個「傻角」。對鶯鶯一見鍾情之後，便開始了熱烈的追求，他想盡一切辦法，如賃居西廂、月下聯吟、藉故搭齋、彈琴訴怨等等，以圖接近對方。當愛情發展順利時，他躊躇滿志，得意揚揚，以至失去了起碼的審愼，變得冒失和莽撞起來。但一當形勢逆轉、愛情遇到挫折之時，他又立即變得灰心喪氣，除了尋死之外，別無他計。故在賴婚時，老夫人三言兩語，就把他打發開了。儘管他又氣又惱，但卻束手無策。在賴簡時，明明是鶯鶯以詩柬邀他跳牆相會，但他卻被對方以「孔孟之書」、「周公之禮」教訓得啞口無言。故紅娘罵他「普天下害相思的不似你這個傻角！」這固然表現了他的迂闊和笨拙，卻也表現了他的忠厚和純樸。因而得到紅娘的同情和協助，終於取得勝利。

比之鶯鶯，張生對封建功名更加熱中一些。他本來就一心指望「雲路鵬程九萬里」，只是由於偶然的機會「正撞著五百年前風流業冤」，他才暫時放棄進京應擧的機會。愛情對他的吸引超過了功名心，理想美壓倒了世俗美。但他畢竟是個封建士子，封建主義人生觀根深蒂固，他對禮敎的叛逆完全局限在愛情這個狹小的圈子裡。所以，「拷紅」之後，愛情因獲母命而合法化，他就不再輕視而是重視功名了。崔張的自由愛情終於演變爲不自由的封建婚姻，代表封建勢力的老夫人的逼試只是外因，張生對功名的嚮往和追求才是內因。

㈢紅娘

紅娘是個婢女，她身上體現了勞動人民善良、勇敢、機智、率直的品格，更可貴的是她有著屬於自己階級的鮮明的是非標準和正義感。她不僅敢於正面與老夫人的專橫和背信棄義的行爲展開鬥爭，而且一再對張生和鶯鶯自身的軟弱進行善意的嘲笑，以便使他們堅强起來。這個人物最感人之處還是她那種不辭勞苦、助人爲樂、爲他人幸福挺身而出的正義感。她沒有任何自身的目的，更不是希圖像張生所說的那種市俗的「金帛酬謝」，純粹是爲了成全他人的幸福。她寧願自己擔當風險，忍受來自她所幫助的主人的輕視和不信任。而她這種高尚情操和品德，正是她那高貴的主人所不能相比的。

她的正直、勇敢和智慧在「拷紅」一折中表現得尤爲突出。當一切被老夫人覺察，崔張都驚慌失措之時，她卻挺身而出，從容鎮定。她知道瞞不過去，索性和盤托出，使審問者瞠目結舌，難於窮究。然後反守爲攻，層層剖析，責以大義，曉以利害，並以子之矛，攻子之盾，搬出崔相國家譜，打中了老夫人的要害，使得氣勢洶洶、大興問罪之師的老夫人，不得不陷入被審判地位，以致在無可奈何的情況下，接受紅娘建議，答應這門親事。老夫人的屈服標誌著封建禮教的失敗，紅娘成了鬥爭成敗的關鍵人物，成了作品中對封建家長制最有衝決力量的重要形象。與此相適應，作者在全劇的二十一個套曲中，讓她主唱了七套以上，成爲全劇中唱辭最多的人物之一。作者賦予這個婢女如此重要的地位，使這個發生在貴族社會裡的戀愛故事增添了一層民主色彩。

㈣老夫人

劇中老夫人形象的塑造也是成功的，雖然著筆不多，但這個封建禮教和包辦婚姻的代表被刻畫得眞實可信，有血有肉。老夫人按照封建傳統思想和方式來愛護自己的女兒，卻使鶯鶯對這些禁錮更加厭惡；她處處爲女兒著想，卻處處給她帶來痛苦。她相信禮教的力量，但她沒有料到，冷酷的禮教教條無法敵過充滿青春活力的愛情的力量。她的失敗是必然的。

第五節　《西廂記》的藝術成就及影響

《西廂記》的藝術成就，在戲劇史上歷來備受推崇。明人都穆認爲「北詞以《西廂記》爲首」（《南濠詩話》）。王驥德說：在戲曲創作中，「法與詞兩擅其極，唯實甫《西廂》可當之」，並譽之爲「千古絕技」（《曲律》）。王世貞以之爲北曲「壓卷」之作（《曲藻》），胡應麟推崇它爲「戲文之祖」（姚燮《今樂考證》引）。《西廂記》確實是元劇中地位最重要、影響最深遠的一部作品，這不單由於它提出了一個富有時代意義而又激動人心的思想主題，還由於它在藝術上取得的卓越成就。這些都使它成爲一部後人不斷效仿但卻永遠無法超越的作品。

㈠《西廂記》的藝術成就

《西廂記》的人物很集中，故事也很單純，但人物形象卻很豐滿，其原因就在於作家對人物的思想性格開掘得很深。王實甫正是在深入把握人物思想性格的基礎上，精心結撰戲劇衝突的。全劇以鶯鶯、張生、紅娘爲一方，以老夫人及鄭恆爲另一方，構成基本戲劇衝突，作爲主線，以表現自由愛情與包辦婚姻制度的鬥爭。而以鶯鶯、張生、紅娘三人之間由於地位、身分、思想、性格的不同而產生的一連串妙趣橫生的戲劇衝突作爲副線，以表現他們掙脫封建枷鎖的複雜過程。兩組衝突、兩條線索交叉進行。互相推動，構成有機的藝術整體。作者在藝術處理上，常採用虛實結合、明暗交替的手法，使情節波瀾起伏，引人入勝。如第一本寫崔張初次相見，產生愛慕之情並受到紅娘阻攔，這是明寫紅娘，暗寫老夫人，以副線映帶主線。第二本實寫老夫人，「寺警」許親，解圍則「賴婚」，形成第一次正面衝突，全力展開主線。第三本則轉入副線，著力描寫鶯鶯性格的發展變化，實寫鶯鶯的內心矛盾，虛寫老夫人的森嚴家法，明寫副線，暗寫主線。第四本又轉入實寫主線，通過老夫人拷紅、逼張生赴試，形成第二次正面衝突。第五本通過鄭恆爭婚、崔張釋疑，使主線副線合流，矛盾解決，有情人終成眷屬。全劇線索安排明暗相襯，虛實相輔，使劇情起伏跌宕，搖曳多姿，具有很強的舞臺效果。

西廂故事的內容本不複雜，但作家卻把它寫得波瀾起伏、曲折變化。情節隨著戲劇衝突的緊張與緩和而時開時合，忽縱忽收。孫飛虎事件之後，婚事本已成功在望，崔張都興高采烈，緊接的賴婚、使歡樂輕快一變而爲痛苦憂鬱。接下來又有賴簡一場波折，作家著意描寫了張生猜簡時的高興和賴簡以後的沮喪。「酬簡」中愛情得到實現，接著又是「拷紅」的波瀾。老夫人被迫讓步允婚，但「逼試」又強使一雙情侶分開。張生高中以後，婚事障礙已消除，鄭恆卻來爭婚，又增添一段波折。崔張就是在這些驚濤駭浪中發展並加深了他們的愛情，經受了一連串的考驗。作家在這一系列情節中絕少利用偶然性，完全立足於人物的思想性格及其相互矛盾的基礎之上，故全劇顯得自然渾成，毫無斧鑿痕迹。儘管寫的大多是日常生活，除孫飛虎事件外，並無重大事件，但卻能形成一個高潮迭起、衝突不斷的格局。《西廂記》

實際存在三次重大高潮，這是由老夫人的三次「賴婚」所促成的。這三次賴婚是：寺警後的明許明賴，拷紅後的明許暗賴，以及鄭恆爭婚時的虛推實賴（參見董每戡《五大名劇論》）。

心理描寫在《西廂記》中占有極大的比重，它是作家用來塑造人物性格、揭示其精神世界的主要藝術手段。由於劇本並不借助緊張激烈的重大鬥爭來塑造形象，而只是通過日常生活中習見的言語行動以表現人物，因此，深入發掘內心世界，賦予這些普通言行以豐富的心理內容，就成爲作者選擇的主要手段。所以在劇本中，不單是一些著名唱段，就是一些簡短說白，也都意味深長，頗多「潛臺詞」。如「鬧簡」一折，紅娘將張生的簡帖帶回，怕鶯鶯有許多假處，故意放在妝台上。鶯鶯初見時，「顛來倒去不害心煩」，但過後一想，又突然發作，訓斥紅娘說：「我是相國家小姐，誰敢將這簡帖來戲弄我？我幾曾見慣這等東西？……」紅娘明知她是做作，假意說要主動出首，鶯鶯這才被迫承認「我逗你耍來！」這就把二人的內心活動和雙方的微妙關係表現得十分深刻。

爲了適應全劇的宏大結構，在體制上王實甫也敢於創新，開創了用多本雜劇表演一個故事的先例。儘管全劇的基本布局仍然是一本四折，但它由五本聯成一個長篇，使崔張愛情故事得以充分鋪展，人物形象也更爲豐滿。爲了使劇中幾個主要形象得到更充分的表現，王實甫還部分地打破了一本之中一人主唱到底的慣例。如第四本和第五本，均由末（張生）、旦（鶯鶯）、紅（應爲貼）各主唱一折，第四折均爲張生唱，但第四本插入鶯鶯唱的八支曲子，五本四折也插入紅娘、鶯鶯的少量唱詞，形成對唱或輪唱。這種創新，提高了雜劇的藝術表現力。

《西廂記》的語言風格亦有其突出的成就和鮮明的特色，它曲辭華美，詩意濃郁，尤善於繼承古代詩詞溶情入景、情景交融的手法，以描摹景物，渲染氣氛，從而表現出人物的心理狀態。如崔鶯鶯一出場，就抒發感情：「可正是人值殘春蒲郡東，門掩重關蕭寺中；花落水流紅，閒愁萬種，無語怨東風。」一「愁」一「怨」，抒發了人物對封建禮教禁錮的不滿之情。又如四本一折，張生在等待鶯鶯前來幽會時唱道：「彩雲何在？月明如水浸樓臺。僧歸禪室，鴉噪庭槐。風弄竹聲則道金佩響，月移花影疑是玉人來。」用雲散、月出、僧歸以表現夜深人靜，正是鶯鶯出來之時；復以鴉噪、竹聲、影動以傳達出張生焦躁不安的心情。在這方面，《西廂記》確比任何一部元雜劇更能體現出「詩劇」的藝術特色。

人們歷來都把元劇分爲「本色」和「文采」兩派，而《西廂記》一直被尊爲文采派之首。但《西廂記》與後期文采派作家一意雕琢的作風不同：它固然文字工麗、語言形象，但卻在華美之中有著本色，細膩之內不減粗豪。如「驚艷」中的唱辭《元和令》：

> 顛不剌的見了萬千，似這般可喜娘的龐兒罕曾見。則著人眼花撩亂口難言，魂靈兒飛在半天。他那裡儘人調戲，嚲著香肩，只將花笑撚。

曲辭通俗流暢，專事白描，正是元人本色之處。

《西廂記》在語言個性化方面亦有相當成就，能在全劇流暢宛曲、秀麗華美的總風格下，注意使用能顯示人物身分性格的特殊語言。如張生，多用典雅、開闊、爽朗、熱烈的語言，以顯示他才智煥發、熱情樂觀而又灑落不俗。而鶯鶯的語言，則帶有旖旎、優雅、含蓄、蘊藉的特色，以表現這位相國小姐端莊、深沈和趨於內向的性格。紅娘和惠明，都來自下層社會，他們的語言通俗曉暢，俗語、諺語常脫口而出。但也各有特色，惠明的語言粗豪，而紅娘的語言則具有鋒利、潑辣的特色。

㈡《西廂記》的影響

《西廂記》自問世以來，廣泛流傳，影響深遠。明代的著名戲曲家和評論家如徐渭、李贄和湯顯祖等都對它作了很高的評價。李贄把它和秦漢文、六朝詩、唐近體詩並列爲「古今至文」，稱讚它是「化工」之作。金聖嘆則把它與《莊子》、《離騷》、《史記》、《杜詩》、《水滸》並稱爲「才子書」，並詳加評點爲《第六才子》。明清兩代對它進行評點校注的還有王伯良、王世貞、羅懋登、凌濛初、閔遇五、陳繼儒、張深之、徐士範、毛奇齡、尤侗等數十人。

在文學創作和藝術實踐領域內，《西廂記》的影響更爲深刻，元代就有鄭光祖的被稱爲「小西廂」的《傷梅香》和無名氏（一說白樸）的《東牆記》，明清傳奇中如高濂的《玉簪記》、袁于令的《西樓記》諸作，在關目安排、人物塑造等方面，都明顯受到《西廂記》的影響。它所開創的青年男女幽期密約、反抗封建家長、最後大團圓的格局，被後代小說家和戲曲家多次重複。但能在更大程度上繼承並發揚《西廂記》反封建精神的則首推湯顯祖的傳奇《牡丹亭》和曹雪芹的小說《紅樓夢》，它們把《西廂記》反對禮教禁錮、追求個性解放的歷史必然要求推進到一個新的高度。

《西廂記》的巨大影響，也引起封建統治者的恐懼。明清兩代的封建衞道士都誣之爲「誨淫」之作而一再加以禁毀。與之相配合，各種翻案續貂之作也紛紛出籠⑨，妄圖抹掉《西廂記》的反封建色彩。但這種扼殺是徒勞的。明中葉以後，原本《西廂記》雖漸少演出，但南曲改編本卻陸續出現，其中有陸采的《南西廂》、崔時佩、李日華的《南調西廂記》，證明它一直演出不衰。直到今天，《西廂記》仍是崑曲和地方戲的保留節目。從十九世紀末起，

《西廂記》更被介紹到國外，在世界戲劇史上也產生了相當的影響。

附　註

①《錄鬼簿》的各種版本都只記載「王實甫，大都人」，僅天一閣藍格明鈔本增添「德名信」三字於其中。對於這三字的解釋：一說爲「名德信」之誤倒，一說「德名」即大名，另一說理解爲王實甫又字德，名信。三說均乏旁證。

②這一套曲又見於明嘉靖年間郭勛《雍熙樂府》，但未注撰人。故有人懷疑非王實甫作，係《北宮詞紀》編者「託名以自重」（見《歷代著名文學家評傳》第四卷《王實甫》）。

③根據不足之理由有三：㈠與《錄鬼簿》所列之籍貫不符。㈡卒年不符。按《錄鬼簿》將王列入「前輩已死」之範圍，即應卒於公元1330年以前。而據蘇天爵《滋溪文稿》卷23《元故資政大夫中書左丞知經筵事王公行狀》王結之父王德信應卒於至元三年（公元1337年）以後，㈢職官不符。王結之父曾任陝西行臺監察御史，且子爲丞相，《錄鬼簿》竟未著一字，這也不大可能。

④都事，元代爲下級官僚，中書府、樞密府、大都督府、行臺御史、大宗正府以及行中書省均設此職。

⑤關於王實甫的生卒年代，主要有兩說：一說由金入元，主要根據是寫金代本事之《麗春堂》劇末祝禱「從今後四方八荒，萬邦齊仰，賀當今皇上」，認爲這是歌頌金章宗，此劇即寫於當時。持此說者有王國維、吳梅、謝无量、胡適等人。一說其生年在金亡以後，年輩稍晚於關漢卿。根據之一是《麗春堂》第三折曲文裡兩處引用白無咎《鸚鵡曲》中句，據馮子振和詞之序，白詞寫於公元1302年，持此說者有王季思、吳曉鈴等當代專家。這兩說都有一定理由。但僅據《麗春堂》劇末頌辭就認定此劇作於金章宗時，是現存元劇最早的一

部，則疑有未當。因雜劇劇末之頌辭較普遍，《西廂記》第五本最後也有「謝當今聖明唐聖主」之類套語，就是例證。

⑥主關作者，「明隆萬以前，刻《西廂》者皆稱《西廂》爲關漢卿作。」（毛奇齡《西廂記考證》）至清則有乾隆間《祁州志》。主關作王續者，見《雍熙樂府》所載〔滿庭芳〕《西廂十詠》。主王作關續者，有明徐士範本《西廂記序》、張深之刻本及金聖嘆批本《西廂記》。

⑦《鶯鶯六么》見周密《武林舊事》所載宋官本雜劇目錄。《紅娘子》見陶宗儀《輟耕錄》所載金院本名目。《張珙西廂記》見《永樂大典戲文・宦門子弟錯立身》中。《崔鶯鶯西廂記》係今人錢南揚根據《雍熙樂府》、《盛世新聲》等輯得。南戲《西廂記》，《南詞敍錄》之「宋元舊篇」及《永樂大典》卷1「戲文十九」均已著錄。

⑧《雍熙樂府》卷19《摘翠百詠》稱之爲「小春秋」，李開先《詞謔》稱之爲「崔氏春秋」，張雄飛《董西廂序》稱之爲「關氏春秋」，任訥《曲海揚波》卷3引劉豁安語稱之爲「遊戲春秋」。單宇《菊坡叢話》云：「《西廂記》人稱爲春秋。或云，曲只有春秋而無冬夏，故名。」

⑨這類續貂翻案之作有明卓珂《新西廂》、周公魯《錦西廂》、黃粹吾《續西廂昇仙記》、清周坦綸《竟西廂》、程端《西廂印》、沈謙《翻西廂》、韓錫祚《砭眞記》、查繼佐《續西廂》、碧蕉軒主人《不了緣》、闕名《後西廂》等等，不下20種之多。

第六章　元雜劇其他作家和作品

除關漢卿、王實甫之外，元代劇壇還出現了一大批著名作家和有影響的作品。其中白樸、馬致遠、鄭光祖從元末周德清《中原音韻》起就與關漢卿同被譽爲元曲四大家。此外一些作家如紀君祥、高文秀、鄭廷玉、康進之、尚仲賢、李好古、石君寶、楊顯之、宮天挺等，都產生過重要影響。元雜劇作品題材宏富，絢麗多采。爲便於研究，前人曾對其題材進行過分類①。較有影響的如明初朱權在《太和正音譜》中將雜劇分爲十二科，即：神仙道化、隱居樂道（又曰林泉丘壑）、披袍秉笏（即君臣雜劇）、忠臣烈士、孝義廉節、叱奸罵讒、逐臣孤子、鏺刀趕棒（即脫膊雜劇）、風花雪月、悲歡離合、煙花粉黛（即花旦雜劇）、神頭鬼面（即神佛雜劇）等。這種分科方法並不可取，科與科之間缺乏明確界線。根據現存的一百多種元雜劇，我們大致可以按題材性質分爲歷史劇、公案劇、愛情劇、綠林劇（主要是水滸劇）、社會劇和神佛劇幾大類。

第一節　歷史劇

在古代戲曲中，歷史劇占有相當大的比重。元雜劇也是這樣，現存五百多個劇目中，內容可考的歷史劇幾乎占了一半。保存下來的元代歷史劇本中，只有少數以史料爲基本題材，屬於嚴格的歷史劇，如白樸《梧桐雨》、高文秀《澠池會》、尚仲賢《氣英布》、狄君厚《介子推》、楊梓《豫讓吞炭》等。更多的是將史實和傳說糅合在一起，大量利用虛構和民間傳說來補充史料的不足。應屬於歷史傳說劇，如馬致遠《漢宮秋》、紀君祥《趙氏孤兒》、石君寶《秋胡戲妻》、鄭光祖《三戰呂布》、《王粲登樓》、張國賓《薛仁貴》、孔文卿《東窗事犯》，以及無名氏《桃園結義》、《千里獨行》等等。

元代大批歷史劇出現的原因：一是雜劇與講唱文學關係密切，它的產生多少受到宋元「說話」四家中「講史」的影響。二是處在民族高壓下的劇作家的一種心態，他們往往借助歷史題材以表達對社會現實的某種態度。元代歷史劇的主題不外兩個方面，或批判吏治黑暗，或宣揚祖德、歌頌漢唐等强盛時期的英雄人物以振奮人心。而這兩者都與元代社會現實有著深刻的聯繫。

現存著名的歷史劇以馬致遠《漢宮秋》、白樸《梧桐雨》、紀君祥《趙氏孤兒》最爲出色。

㈠馬致遠的《漢宮秋》

1、馬致遠的生平

《漢宮秋》作者馬致遠，號東籬，大都（今北京）人。曾任江浙省務提舉。亦爲元代早期作家，年代應比關漢卿稍晚。早年頗有抱負，曾混迹官場多年，經歷過「二十年漂泊生涯」，「世事飽諳多」，「人間榮辱都參破」。因此才高唱「東籬本是風月主」，寄寓西湖，隱居樂道，成了「萬花叢裡馬神仙」（賈仲明《凌波仙弔詞》）。大約在元成宗元貞年間（公元1295～1297年），他與李時中、花李郎、紅字李二合組元貞書會，成了一名書會才人。馬致遠一生寫了十五個劇本，其中三分之一以上爲神仙道化劇。現存七種②，最著名的是《破幽夢孤雁漢宮秋》。

2、《漢宮秋》題材的來源

《漢宮秋》寫漢代昭君和番的故事，史實出《漢書・匈奴傳》及《西京雜記》，但作家做了不少改動。馬致遠把當時漢強番弱的形勢，改變爲漢弱番強、匈奴大兵壓境的歷史背景。而且根據《西京雜記》寫了一個貪賄的畫師毛延壽，並把他的身分提爲中大夫，塑造爲佞臣兼漢奸的形象。作者還改變了宮女王嬙和漢元帝的關係，把待詔掖廷、臨別漢宮時才得與元帝見面的王昭君改寫成因拒絕行賄，被毛延壽點破畫圖，幽閉深宮，後被元帝偶然發現，成了他的恩愛妃子。毛延壽畏罪投番，匈奴呼韓邪單于以武力強索昭君。五鹿充宗等滿朝文武畏刀避箭，不敢禦侮。漢元帝捨不得昭君，但又無力保護她。昭君出塞至漢番交界處黑龍江，乃投江而死。元帝深居漢宮，聽孤雁哀鳴，引起無限思念之情。匈奴見昭君已死，恐與漢家結怨，乃將毛延壽縛送漢朝斬首，兩國重新和好。

作者對史實的這些改動，特別是把昭君處理爲投江殉國，而不是歷史上那樣與呼韓邪成婚生二子，呼韓邪死，復從胡俗與其子成婚，生二女。這顯然是爲了突出故國之思和報國之志，以強調民族氣節。劇作者還著重渲染了元帝與昭君的愛情，突出了昭君對故國的依戀，並把這二者交織在一起，以便把帝王后妃生離死別的悲劇放在民族矛盾的背景下展開。進而把批判的矛頭指向那些昏庸無能的文武百官，痛斥他們在強敵壓境的時候畏縮怯弱，「似箭穿著雁口，沒個人敢咳嗽」。指責他們「太平時賣你宰相功勞，有事處把俺佳人遞流」。從而烘托出王昭君熱愛祖國、熱愛家鄉、堅持民族氣節的崇高品質。

3、《漢宮秋》的藝術成就

《漢宮秋》在藝術上成就很高，臧懋循《元曲選》把它作爲壓卷之作，放在第一篇。焦循《劇說》稱之爲「絕調」。作者把它處理爲悲劇，不去虛構廉價的大團圓，這是劇本高明之處。而且，整個劇本就像是一首詩，充滿濃郁的抒情氣氛。馬致遠善於運用中國古典詩詞的比興手法，大量採用即景生情、融情入景、借景抒情等手法。一般雜劇第四折都難寫好，往往成爲所謂「强弩之末」。但《漢宮秋》的第四折卻很有特色。主要寫漢元帝思念昭君成夢，醒後聞長空孤雁悲鳴。秋夜、短暫的夢中相會、孤雁淒楚的叫聲，使人物孤寂淒愴的心情得到很好的表現。第三折寫鴻橋送別，也很精采。如：

〔梅花酒〕呀！俺向著這迥野悲涼，草已添黃，兔早迎霜。犬褪得毛蒼，人搠起纓鎗，馬負著行裝，車運著餱糧，打獵起圍場。他他他，傷心辭漢主；我我我，擕手上河梁。他部從入窮荒，我鑾輿返咸陽。返咸陽，過宮牆；過宮牆，繞迴廊；繞迴廊，近椒房；近椒房，月昏黃；月昏黃，夜生涼；夜生涼，泣寒螿；泣寒螿，綠紗窗；綠紗窗，不思量！

〔收江南〕呀！不思量，除是鐵心腸，鐵心腸也愁淚滴千行。美人圖今夜掛昭陽，我那裏供養，便是我高燒銀燭照紅妝。

這段唱辭，寫得動人心弦。文字情調和音樂節奏，配合得非常和諧。作者利用原曲調短促的節拍，以表達漢元帝難捨難分、如醉如癡的心理狀態。急迫的音節，迴環往復的旋律，把壓抑著的悲哀愈轉愈深。隨著漢元帝的想像，把讀者也帶入了那個淒清孤寂的境界，經過一段感情被凝固的歷程，感情才又突然迸發，彷彿決堤的洪水奔流直瀉。

當然，劇本在思想上仍有不足之處。對封建君王有所美化，把國家的災難，表現爲皇帝一人的災難。讓皇帝爲了個人的不幸，愁苦纏綿，哀痛欲絕。把這位承平享樂的懦弱之君咎由自取的呻吟，渲染成人世間莫大的不幸而予以反覆詠嘆，給人一種弔古傷懷、清冷孤寂，而又無可奈何的感覺。

㈡白樸的梧桐雨

與《漢宮秋》在題材、內容、情調諸方面都比較接近的是白樸的《梧桐雨》。

1 、白樸的生平

白樸（公元 1226～1306 年以後），字太素，號蘭谷，原名恆，字仁甫，祖籍河曲隩州（今山西曲沃），生於開封，長於眞定。金亡時八歲，受到通家叔元好問的撫養和教育。他精於詞曲，一生不仕。元滅南宋後，他又徙家金陵，縱情山水。由於他自幼受到元好問的影響，故能在文學創作上取得多方面的成就。留有詞集《天籟集》二卷，存詞一百多首。他的詞在元代較爲有名，朱彝尊評之曰：「源於蘇辛而絕無叫囂之氣。」他還留下散曲四十多首。但成就最爲傑出的還是他的雜劇，共有十六種。今存二種③，即《唐明皇秋夜梧桐雨》和《裴少俊牆頭馬上》，都是根據白居易敍事詩改編而成。

2 、《梧桐雨》題材的發展

《梧桐雨》寫唐明皇與楊貴妃悲歡離合的愛情故事。在元代，這是一個比較流行的傳統題材④。白樸所作是一部比較嚴格的歷史劇，內容除遵從正史外，多以白居易《長恨歌》爲據，但刪去道士求仙一段，而以明皇思念貴妃作結，讓它保持爲純粹的悲劇。劇名也源於《長恨歌》中的「秋雨梧桐葉落時」。從劇本構思和情調上看，作者顯然是同情李楊愛情，仇恨破壞他們愛情的叛亂者的。但作品一方面如實地揭露了唐明皇父納子妃、重用犯有死罪的邊將安祿山、縱情聲色以致朝政不振和楊玉環與安祿山有「私情」的醜聞；另一方面又著力描寫他們「願世世姻緣注定」、「永爲夫婦」的盟誓，以及在貴妃死後明皇苦苦思念時所表現的眞摯感情。作品內容上的複雜和矛盾自然會使人們對主題思想的理解產生分歧：或謂諷諭政治，或謂歌頌愛情，或謂抒發滄桑之感，但任何一種理論上的概括都不無片面之嫌。全劇實際上是以李楊愛情爲主線以反映安史之亂這一重大歷史事件，以及唐帝國由盛而衰的過程，表達了作者對歷史的反思。

3、《梧桐雨》的藝術成就

《梧桐雨》在藝術上頗有特色。全劇語言華美，曲辭雖雜用俗語，卻能達典雅之極致。它主要通過心理刻畫來表現人物的精神面貌，特別是第四折，尤富於抒情韻味。全劇緊張，至此靜靜收場，餘音嫋嫋，含意深長。敍寫明皇在秋夜不眠之時、雨滴梧桐葉的背景下思念楊妃，人物的心情與周圍的氣氛非常協調。特別是「這雨一陣陣打梧桐葉凋，一點點滴人心碎了」，用雨打梧桐的實寫，引出雨滴人心的虛寫，使外界環境和人物內心世界的描寫融爲一體。這種抒情手法是非常高明的。

㈡紀君祥的《趙氏孤兒》

1、紀君祥的生平

有過重大影響的著名歷史劇還有紀君祥的《趙氏孤兒》。

紀君祥，一作天祥，大都（今北京）人。元代早期雜劇作家，生平不詳。共作雜劇六種，今僅存《冤報冤趙氏孤兒》一種，及《松陰夢》少量殘曲。

2、《趙氏孤兒》的故事內容

《趙氏孤兒》寫的是歷史上的一個復仇故事，取材於《史記·趙世家》及《新序·節士》、《說苑·復思》等史書，並糅合民間傳說，敍述春秋時晉靈公手下權臣屠岸賈與忠臣趙盾不和，用奸謀誅殺趙氏全家三百餘口，還要殺害趙盾子趙朔的遺腹子，幸虧趙氏門客、「草澤醫人」程嬰冒著生命危險救出孤兒，並以犧牲自己親生兒子的代價騙取屠岸賈的信任。公孫杵臼、韓厥等文武大臣，都爲保存孤兒而犧牲生命。孤兒長大以後，程嬰才告訴他實情，終於拿住屠岸賈，報了大仇。作者根據歷史上的有關記載，重加剪裁、組織，使全劇十分緊湊，讀之使人驚心動魄。劇本把歷史上趙、屠兩個封建家族的矛盾，昇華爲一場正義與邪惡的嚴峻鬥爭。作者一方面揭露了權臣屠岸賈專橫跋扈、毒辣凶殘，他爲了搜捕趙家僅存的、剛出世的嬰兒，竟然下令屠殺全國所有半歲以下的嬰兒。這種殘暴行徑，正是一些封建統治者滅絕人性的反映。另一方面，程嬰、韓厥、公孫杵臼，以及不肯刺殺趙盾、觸樹而死的勇士鉏麑、一錘打死神獒的殿前太尉提彌明和駕獨輪車救出趙盾的壯士靈輒，他們都迎難而進，挺身而出，爲保全忠良，一個接一個主動地作出犧牲⑤。王國維在《宋元戲曲考》中曾舉本劇和《竇娥冤》爲例，說明這兩個劇本最具有近代悲劇性質，「劇中雖有惡人交構其間，而其蹈湯赴火者，仍出於其主人翁之意志」。所以，他認爲這兩個劇本「即列之於世界大悲劇中亦無愧色」。

3、《趙氏孤兒》的藝術成就

《趙氏孤兒》竭力鼓吹受迫害者的復仇觀念，即有冤必伸、有仇必報，應該是遭受沈重壓迫、世代含冤的中國人民要求復仇的心理的眞實反映。這雖然是個悲劇，然而劇本的基調卻不是低沈而是高昂的。復仇的信念，支配著所有的情節。即令在最黑暗、最恐怖的時刻，劇本仍然表達了光明必然戰勝黑暗、正義終將戰勝邪惡的信念。正如第一折中韓厥在自刎前所唱：「有一日怒了上蒼，惱了下民，怎不怕沸騰萬口爭談論。天也，顯著個青臉兒不饒人。」因此，讀者既不會從奸人的凶殘行爲中感到沮喪或恐怖，也不會從義士們的自我犧牲裡感到淒涼或絕望。全劇自始至終都貫串著一種磅礴、高昂的正氣，使整個劇本充滿了悲壯的氣氛⑥。

《趙氏孤兒》的影響很大。元代即有南戲《趙氏孤兒報冤記》，明人徐元有《八義記》傳奇，後來花部中還有《八義圖》，其中著名的幾齣至今仍不斷上演。這個劇本還曾於公元 1735 年由耶穌教士馬若瑟譯為法文，是第一部被介紹到西方的中國戲曲。後又轉譯成歐洲的一些主要文字，著名作家伏爾泰和歌德分別將它改編為《中國孤兒》和《埃爾佩諾》，對歐洲劇壇產生了相當大的影響。繼此之後，陸續被介紹到西方的元雜劇還有武漢臣《老生兒》、馬致遠《漢宮秋》、關漢卿《竇娥冤》、李行道《灰闌記》、張國賓《合汗衫》、鄭光祖《㑳梅香》和無名氏《貨郎旦》等十多個劇本。

第二節　水滸劇和公案劇

㈠水滸劇

在元雜劇中，屬於「鏺刀趕棒」科的綠林雜劇，幾乎都是以水滸英雄為描寫對象的。這類雜劇，存目約三十種左右，可惜大多不傳。有劇本保存的只有六種：即康進之《李逵負荊》、高文秀《雙獻功》、李文蔚《燕青博魚》、李致遠《還牢末》和作者不詳的《三虎下山》、《黃花峪》等⑦。

在元代，由於政治腐敗，權豪勢要欺壓人民，致使冤獄遍地。這正是大批公案劇和水滸劇產生的社會原因。受屈含冤的善良人民，或者寄希望於清官出來主持公道，或者籲請梁山英雄為他們除暴安良。現在的六種水滸戲，除《李逵負荊》外，幾乎都寫了一個由奸夫淫婦、權豪勢要欺壓良善所形成的冤獄；加以官府昏庸，問官糊塗，更使得害人者逍遙法外，受害者反而身陷囹圄。受迫害者除了仰望梁山英雄出面救助之外，再無他法。正如

《黃花峪》中秀才劉慶甫在妻子被蔡衙內奪去時所說的：「我別處告，近不的他，直往梁山上告……」最後，梁山英雄以除奸、雪恨、報恩的名義下山，終於懲治惡人，搭救良善，使人世間恢復公平。儘管這些劇本並未能表現出梁山泊起義軍的本質，這類除奸平反的故事也大都未被後來的《水滸傳》所吸收，但這些劇本始終都把梁山英雄描寫成替受迫害者伸冤報仇的正義力量，仍然在一定程度上體現了人民的願望，受到民眾的歡迎。

在這些水滸戲中，康進之的《梁山泊李逵負荊》最值得注意。它通過梁山泊英雄與人民大眾的血肉關係和起義軍將領的內部關係的描寫，比較深刻地寫出這支起義軍反對強暴，保護民眾的本質。也許正是因爲這一點，它成了現存水滸劇中唯一的一部題材被寫進《水滸傳》的作品。

《李逵負荊》

《李逵負荊》作者康進之，棣州（今山東惠民）人。元雜劇前期作家，生平事迹無考。共作雜劇兩種，都是寫李逵的。《黑旋風老收心》已佚，僅存《李逵負荊》。其戲劇衝突建築在李逵與宋江發生誤會的基礎之上，大致情節與《水滸傳》七十三回「雙獻頭」故事相近。強盜宋剛、魯智恩冒名搶走杏花村酒家王林之女滿堂嬌，李逵誤認爲宋江、魯智深所爲，因此大鬧聚義堂。等到弄清底細，他又勇敢地負荊請罪。最後擒住賊人，使王林父女團圓。借助誤會以展開情節，這本是中國古典戲曲的常用手法。《李逵負荊》較之一般誤會劇高明之處就在於：劇中誤會並非出於偶然，而是以人物性格爲基礎。劇本通過李逵因輕信而造成誤會，以表現他那天眞純樸、魯莽急躁而又愛憎分明、嫉惡如仇的性格。

這個戲突破了一般水滸戲報恩救人或打報不平的思想範圍，

正面寫出了梁山起義軍的本質，這主要是通過李逵自覺維護梁山泊起義根據地的影響，堅持它只能代表人民利益而不得有任何侵犯民衆利益的行爲來體現的。劇本對李逵形象的塑造比較成功。鬧山，顯示了他的莽撞和嫉惡如仇；負荊，表現了他的直率和勇於認錯。這兩個方面合在一起就構成了李逵的英雄性格和他獨特的個性。

在元代水滸戲中，李逵是個最活躍的人物。今知約三十種水滸劇目中，點明黑旋風的戲占了一半左右⑧。現存的六種水滸戲，以李逵爲主角或梁山主要英雄的共達四種。擅長寫水滸戲的作家除康進之外，還有人稱「小漢卿」的「東平府學生員」高文秀。他一共寫有雜劇三十三種，數量僅次於關漢卿。他寫了近十種水滸戲，其中八種以李逵爲主。惜劇本大多不存，僅存《黑旋風雙獻功》一種⑨。此劇寫宋江義弟孫孔目泰安進香，被奸人陷害入獄。李逵假扮莊家入獄探視，以蒙汗藥將牢子麻醉，救出孫孔目。又僞裝爲祗候，殺死奸人白衙內及孫妻郭念兒，以頭獻功。劇中的李逵不僅武藝高强、見義勇爲，而且善於用計、智勇雙全，與後來小說中李逵的性格略有不同。

㈡公案劇

元雜劇中，公案劇數量更多，其劇目佔元雜劇存目十分之一以上。現存元代公案劇尚有二十餘種，超過現存雜劇的八分之一。公案劇，也叫勘獄戲。這類戲一般都有離奇的故事，曲折的情節，殘酷的謀殺或迫害，最後依賴淸官的公正和廉明，才水落石出，眞相大白。這類戲的大量出現，反映了元代社會黑暗、吏治腐敗，人民沈冤莫白，因而渴望正義伸張，幻想淸官出現的願望。《陳州糶米》中受迫害的張撇古臨死前叮囑兒子：「若要與我陳州百姓除了這害呵……則除是包龍圖那個鐵面沒人情！」在現存二十餘種公案劇中，以包待制爲清官者達十一種⑩，占了一半左右。其餘則有《魔合羅》、《勘頭巾》中的張鼎，《救孝子》、《殺狗勸夫》中的王脩然，《緋衣夢》中的錢可，《延安府》中的李圭等。這些清官的突出特點，第一是不畏權勢，剛正不阿。如包公就經常自詡：「我和那權豪每結下些山海也似冤仇。」（《陳州糶米》二折）因而他敢於智斬魯齋郎與龐衙內，誅殺劉得中、楊金吾與趙令史，罷鄭州太守蘇順之官，流放作惡的公人董超、薛霸。這都體現了他「體察濫官污吏，與百姓伸冤理枉」（《灰闌記》四折）的剛直品格。第二是有超人的智慧和豐富的鬥爭經驗。淸官在審理案件時都善於分析案情，找出漏洞；或深入調查，取得證據，使罪犯原形畢露，難逃法網。如《生金閣》、《後庭花》、《合同文字》、《魔合羅》、《勘頭巾》等劇，都寫了包公或張鼎用計取得物證，從而使壞人無所逃匿。在《灰闌記》中，包公更設下「灰闌拽子」之計，以查明眞相，使好人得救，壞人伏法。

《陳州糶米》

在這些公案劇中，無名氏《陳州糶米》是寫得比較成功，也頗具特色的一部。這個劇大約產生於元代後期，它的主要特點在於：

第一，一般公案戲只寫了個別人物的不幸，究其原因，又只是某個壞人的播弄。而此劇則寫出了廣大民衆的不幸，整個陳州的不幸。「亢旱三年，六科不收，黎民苦楚，幾至相食。」朝廷派劉衙內之子劉得中與其婿楊金吾開倉糶米，他們卻小斗出，大秤進，擡高米價，剋扣賑糧，還用敕賜紫金鍾打死災民張撇古。這兩個惡人是一種社會力量的代表，他們近則受到父親的縱容，遠則受到皇帝的庇護。

第二，一般公案戲的主人公往往只是侮辱與迫害的承擔者，處於被動的地位。而此劇的張撇古父子卻是積極的、戰鬥的形象，是帶有泥土氣息的農民英雄，而不是弱者。尤其是老撇古，他挺身而出，爲民請命，義正詞嚴地責罵那些害民賊「都是些吃倉廒的鼠耗，咂膿血的蒼蠅」。他臨死前的遺言是叫兒子去找包待制，「與我這陳州百姓除了這害！」因此，劇本能夠突破個人禍福命運之謎，而帶有鮮明的反暴政色彩。

第三，在此劇中，包公形象已不是超凡入聖的智慧化身，也不是單純的鐵面無私的執法者。他雖然和權豪勢要做了死對頭，但內心卻不無波動。過去許多賢臣冤死的教訓使他感到「爲官不到頭」的威脅，也立意「從今後不干己事休開口」，並打算「不如及早歸山去」。但是，當他看到現實中權豪們飛揚跋扈，小百姓忍氣吞聲，他又忍不住堅決要「與那陳州百姓每分憂」。他的這種爲了正義不惜赴湯蹈火的高尚品格，表現得極其眞實。三、四兩折，通過私訪被弔和問案除奸等情節，進一步刻畫出他那種不避艱險、爲民除害的精神，把這個人物寫得平易近人而又非常風趣，並帶有濃厚的民間色彩。在十一個元代包公戲中，這是塑造得最成功的一個包待制。

第四，在結構上，不同於一般公案戲的陳套：淸官往往只在斷案時拉出來應付一下，就匆忙結束。此劇幾乎用了三折來刻畫包待制的性格，情節曲折緊張，出人意外，而又不落舊套。許多場面，妙趣橫生，富有幽默感，語言也質樸有力。

因此可以看出，《陳州糶米》是公案戲中思想性和藝術性都比較强的一種。

第三節　愛情劇和社會劇

㈠愛情劇

元雜劇中愛情劇不少。青年男女爲了追求自由愛情，反對封建禮教和包辦婚姻制度，是雜劇作家常寫的題材。王實甫《西廂記》、關漢卿《拜月亭》、白樸《牆頭馬上》、鄭光祖《倩女離魂》是寫得最爲成功之作。故有人稱之爲元代四大愛情劇。

《牆頭馬上》

《牆頭馬上》題材來源於白居易新樂府《井底引銀瓶》詩，劇目亦係摘取詩中「牆頭馬上遙相顧，一望見君即斷腸」的成句。劇中寫裴尚書之子裴少俊與總管李世傑之女李千金私自相愛的故事。劇本成功地塑造了一個勇於反抗封建禮教的婦女形象，李千金不像崔鶯鶯那樣懦弱和動搖，她一旦愛上裴少俊，就主動約他相會。她敢於無媒自聘，棄家私奔。兩人在裴家後花園中同居七年。後來偶然被裴尚書發現，她一點也不低頭、不退讓，理直氣壯地辯護這種愛情的合理性。她雖被休棄回家，但仍堅強不屈。裴少俊科考得官後，求她重返裴府，裴尚書也來相勸。李千金終於被兩個兒女的哭聲所打動，勉強答應重歸於好。儘管作者最後還是把這種自由愛情說成是與兩家原有婚約的一種「暗合姻緣」，讓這種自主婚姻勉強披上一層合法外衣。但李千金的那種堅強的個性、潑辣的性格、主動的姿態、決不退縮的精神，在古代文學作品中還是不多見的。全劇結構完整，曲辭通俗本色，與作者的另一名作《梧桐雨》曲辭典雅絢麗的風格迥然不同，成就也不在《梧桐雨》之下。

《倩女離魂》

《倩女離魂》一般認爲是元雜劇後期作品。作者鄭光祖，字德輝，平陽襄陵（今山西臨汾附近）人。曾任杭州路吏，流寓杭州，《錄鬼簿》成書時（公元 1330 年）已在杭州亡故，火葬於西湖靈芝寺。他善作曲，頗有名，伶輩皆稱「鄭老先生」。曾作雜劇十八種，今存八種⑪。《迷青瑣倩女離魂》是其代表作。此劇取材於唐陳玄祐的傳奇《離魂記》。內容寫張倩女與王文舉在出世前就曾指腹爲婚。倩女之父及王生父母皆亡，王到張家投親，張母以「不招白衣女婿」爲由，讓二人兄妹相稱。王生上京應試，倩女之魂隨他到京城生活三年，生二子。王狀元及第，倩女魂隨之還家，竟與長期染病在牀之倩女肉身合爲一體。這個故事歌頌了幽閉深閨的婦女對理想愛情的嚮往和追求，富有浪漫色彩。作品對倩女形象的刻畫比較成功，她既有崔鶯鶯溫柔深情的一面，又不像她那麼猶豫畏縮。她性格倔強，感情熱烈，敢於不顧一切地掙脫禮教束縛。劇本特別通過離魂的幻想情節，將倩女的身軀和靈魂分爲兩處，一個臥病在家，一個追隨情人，這兩者正好表現了封建社會中深閨少女的現實和理想兩個方面：現實中只能承受著封建禮教的禁錮，而理想的翅膀卻載著她飛越家庭的牢籠去追求自由的愛情。最後兩者合爲一體，實際上是理想取代了現實，愛情戰勝了禮教。

劇本情節比較簡單，戲劇性不強，但全篇都充滿濃厚的抒情詩般的氣氛。筆調柔和，色彩鮮明，宛如一幅水墨畫。尤其是第二折追舟一場，寫倩女靈魂月夜沿江追趕王文舉，周圍是悄悄西風、厭厭露華、澄澄月色、呀呀寒雁，使人恍惚若迷，把靈魂趕路的那種飄飄蕩蕩的情調傳達出來了。全劇語言濃豔典雅、清麗纖綿，充分表現了雜劇創作中心南移前後南方劇作的特色。雖有其獨到成就，但總覺不夠自然，故鍾嗣成批評其「未免多於斧鑿」。

元代劇壇還出現了兩部寫人神結合的愛情劇，即尚仲賢的《柳毅傳書》和李好古的《張生煮海》。這兩部劇本都以神話的方式批判了家長制婚姻，表現了青年男女對愛情幸福的大膽追求，體現了進步的婚姻理想。

㈡社會劇

元雜劇中還有一類描寫社會和家庭各種糾葛的劇本，這類戲題材廣泛，思想和內容都比較複雜。有的反映了封建家庭中爲爭奪繼承權而勾心鬥角的醜劇，如武漢臣的《老生兒》。有的描寫奸人害人命、謀人妻，不惜恩將仇報，反映出元代社會紊亂、人民生命財產毫無保障，如張國賓的《合汗衫》。有的則諷刺了守財奴愛錢如命、一毛不拔的性格，並宣揚貧富天定的因果報應思想，如鄭廷玉的《看錢奴》。有的描寫了敗家子改過自新，並歌頌忠於朋友的信義行爲，如秦簡夫的《東堂老》。有的則歌頌了生死不渝的友誼，同時又宣揚封建道德，如宮天挺的《范張雞黍》。這些劇本都有一些成就，也都存在某些不足。

在這類劇本中，楊顯之《瀟湘夜雨》和石君寶《秋胡戲妻》成就較高。兩個劇本題材相近，都屬於癡情妻子負心郎，即所謂婚變或類乎婚變的故事。前者批判了富貴易妻、趨炎附勢的無恥之徒，揭露了封建文人的勢利心理。後者則批判了封建文人得志後輕薄無賴的行徑及其卑劣的心靈。兩劇都歌頌了婦女忍辱負重、堅韌不拔的崇高品質。特別是秋胡之妻羅梅英，劇本把她塑造爲一個忠於愛情、蔑視富貴、具有強烈反抗精神的婦女形象。但兩個劇本最後都以妥協來消除矛盾，以達到夫妻團圓。這實際上是一種無可奈何的選擇，因爲在當時條件下，婦女不可能有其他出路。

㈢其他

元代雜劇中尚有部分神佛劇，其中多數以度脫爲內容。前期作家以馬致遠寫得較多，稍後的如吳昌齡的《東坡夢》、李壽卿的《度翠柳》、岳伯川的《鐵拐李岳》和後期作家范康的《竹葉舟》等較爲有名。這些劇中既宣揚了看破紅塵的佛道宗教觀念，也多少揭露了現實社會的某些弊端。價値雖不高，但也不能一概否定。

附　註

①早在元代，夏伯和在《青樓集志》就列舉了雜劇中「有駕頭、閨怨、鴇兒、花旦、披秉、破衫兒、綠林、公吏、神仙道化、家長里短」等名目。朱權的 12 科分類，即在此基礎上發展而成。

②馬致遠劇作今存《青衫淚》、《薦福碑》、《漢宮秋》、《陳摶高臥》、《岳陽樓》、《任風子》、《黃粱夢》七種，其中《陳摶高臥》以下四種均爲神仙道化劇。此外，《桃源洞》存有殘曲。《馬丹陽》、《孟浩然》、《踏雪尋梅》、《戚夫人》、《歲寒亭》、《齋後鐘》、《酒德頌》等 7 種全佚。

③白樸劇作除《梧桐雨》、《牆頭馬上》外，尚有《流紅葉》、《箭射雙雕》2 種僅存殘曲。另有《絕纓會》、《趕江》、《梁山伯》、《賺蘭亭》、《銀箏怨》、《斬白蛇》、《幸月宮》、《崔護謁漿》、《錢塘夢》、《高祖歸莊》、《鳳凰船》等 11 種全佚。此外，脈望館鈔校本中有《董秀英花月東牆記》，雖題爲白作，但蹈襲、剽竊《西廂記》甚爲明顯，又採用了一本五折、多人主唱的方式，故人多懷疑非白所作。

④敍寫李楊愛情故事除白居易《長恨歌》、陳鴻《長恨歌傳》外，尚有鄭處誨《明皇雜錄》、鄭綮《開天傳信記》、樂史《太眞外傳》等，金院本有《擊梧桐》、宋元南戲有《馬踐楊妃》，元代則有關漢卿《唐明皇哭

香囊》、庾吉甫《楊太眞華清宮》、《楊太眞霓裳怨》、岳伯川《夢斷楊貴妃》，諸宮調則有王伯成的《天寶遺事》。

⑤明人傳奇《八義記》即以上述6人加上義士周堅及程嬰之子（代孤兒死者），合稱「八義」。

⑥本劇所宣揚的「救孤存趙」，是否含有象徵性地懷念趙宋王朝之意，頗可研究。元初確有不少人以「趙氏」影指宋朝。文天祥曾寫詩讚揚一抗元忠臣家鉉翁云：「程嬰存趙眞公志，奈有忠艮壯此行。」本劇也一再强調：「恁著趙家枝葉千年永」、「正好替趙家出力做先鋒」、「你若存的趙氏孤兒，當名標青史，萬古留芳」。這些話多少讓人感到有一點弦外之音。

⑦另有作者不詳之《梁山五虎大劫牢》、《梁山七虎鬧銅臺》、《王矮虎大鬧東平府》和《宋公明排九宮八卦陣》四種，從思想及風格上看，大約是明人作品。

⑧據《錄鬼簿》，其中標明爲黑旋風者12種，即《李逵負荊》、《黑旋風老收心》、《黑旋風雙獻功》、《黑旋風詩酒麗春園》、《黑旋風大鬧牡丹園》、《黑旋風敷衍劉耍和》、《黑旋風鬥雞會》、《黑旋風窮風月》、《黑旋風喬教學》、《黑旋風借屍還魂》、《板踏兒黑旋風》和《黑旋風喬斷案》。此外，《還牢末》及《黃花峪》2種，也以李逵爲重要角色。

⑨現存高文秀之雜劇除《雙獻頭》外，尚有《好酒趙元遇上皇》、《劉玄德獨赴襄陽會》、《須賈大夫誶范叔》、《保成功徑赴澠池會》等4種。

⑩這11種是：關漢卿《蝴蝶夢》、《魯齋郎》、鄭廷玉《後庭花》、武漢臣《生金閣》、李行道《灰闌記》、曾瑞卿《留鞋記》、無名氏《陳州糶米》、《合同文字》、《神奴兒》、《替殺妻》、《盆兒鬼》。

⑪一般文學史都把鄭光祖列入後期作家，這並不準確。據周德清《中原音韻自序》：「自關鄭白馬，一新制作……諸公已矣，後學莫

及。」可見他應爲周德淸前輩，《中原音韻》成書時（公元 1324 年）他已死，活了至少 70 歲，故人稱「鄭老先生」。那麼他應生於公元 1250 年前後，與馬致遠大體相近。但他長期流寓杭州，影響雜劇創作中心南移，是首開風氣的劇作家，今存雜劇除《倩女離魂》外，尚有《王粲登樓》、《周公攝政》、《三戰呂布》、《㑳梅香》、《伊尹耕莘》、《老君堂》、《智勇定齊》等。

第七章　南戲的興起及《琵琶記》

第一節　南戲的形成、發展及其體制

㈠南戲的形成

南戲，早期稱爲戲文、南曲戲文，本爲溫州一帶的地方劇種，故亦稱溫州雜劇或永嘉雜劇①。它的產生時間應略早於北雜劇，明人祝允明《猥談》說：「南戲出於宣和（公元 1119～1125 年）之後，南渡（公元 1127 年）之際。」徐渭《南詞敍錄》則提出：「南戲始於宋光宗朝（公元 1190～1194 年），永嘉人所作《趙貞女》、《王魁》二種實首之……或曰宣和間已濫觴，其盛行則自南渡。」由此可見，南戲誕生於北宋末年，但屬於村坊小戲階段，「即村坊小曲而爲之，本無宮調，亦罕節奏。徒取其畸農市女，順口可歌而已」（《南詞敍錄》）。在流傳過程中繼續發展，進入溫州一帶沿海城鎮之後，又不斷從里巷歌曲、唱賺、鼓子詞、諸宮調、宋雜劇中吸取養料，綜合各種民間技藝的長處，大約在南宋中葉宋光宗時期發展爲一種新的戲劇形式，並在此前後，進入南宋都城臨安。據元人劉一清《錢塘遺事》記載，宋度宗咸淳四、五年（公元 1268～1269 年）間，南戲《王煥》曾在臨安城內風靡一時。今知南宋戲文劇目，除《趙貞女》、《王魁》、《王煥》外，尚有《樂昌分鏡》（見《中原音韻》）、《韞玉傳奇》（見張炎《山中白雲詞》卷五《滿江紅》注）及《永樂大典》收錄的《張協狀元》等。《張協狀元》是現存最早的南戲劇本，一般認爲是南宋後期作品。劇中已把曲辭、念白、科介等不同表演手段結合起來，相互配合，形成了一種綜合性的舞臺表演體系。但此劇曲白都比較粗糙，某些情節也不甚合理。結構鬆散，不分齣，場面安排較爲瑣碎，與主題無關的科諢過多。說明此時南戲雖已形成，但在形式上還不夠完善，尚未最後定型。

㈡南戲的發展情況

元滅南宋以後，北雜劇傳入江南，並以其嶄新的內容及精粹的表演壓倒南戲。南戲曾一度退出城市舞臺，但仍在廣闊的南方鄉村繼續流行。它吸取了北雜劇的一些優點，使劇本的文學素質和舞臺表演的藝術水平不斷提高。而一些南方的或流寓南方的雜劇作家如馬致遠、蕭德祥、汪元亨等人都可能染指過南戲創作②。一大批雜劇題材被改編爲南戲，豐富了南戲的演出劇目。在劇本結構上，南戲也不斷吸收北雜劇的聯套方式，改變了原來的零支歌曲拚湊的簡單結構，轉而採用使音樂結構與場面安排結合在一起的曲牌聯套方法。同時，北曲曲調也被引進南曲的唱腔之中，創立了南北合套的音樂新體制③。這一切都使南戲劇本及演出體制更加成熟和完善，並日趨定型。元代末年，隨著雜劇的衰落，南戲以其成熟的藝術形式，又重新繁榮起來。「荊、劉、拜、殺」四大傳奇及《琵琶記》的出現，標誌著南戲的最後定型。即由早期的地方劇種「戲文」發展爲成熟的全國性大型劇種「傳奇」。南戲開始成爲與北戲分庭抗禮的另一完整的舞臺表演體系。

據錢南揚《戲文概論》統計：從《南詞敍錄》、《永樂大典目錄》、《九宮正始》、《九宮十三攝南曲譜》等書輯錄的宋元南戲劇目有二百三十八本。其中：全本流傳的十八本，僅存佚曲的一百三十四本，失傳的八十六本。有劇本流傳的有《永樂大典》卷一三九九一所收之「戲文三種」，即《張協狀元》（九山書會編撰）、《小孫屠》（古杭書會編撰④）、《宦門子弟錯立身》（古杭才人新編），以及明成化刊本《白兔記》（永嘉書會編撰）和清代陸貽典鈔本《新刊元本琵琶記》。這五種劇本基本上保存了原作風貌。其特點是：尚未標明分齣，劇前有題目，曲文也比較古樸。其餘十三種：即《荊釵記》、《拜月亭》、《殺狗記》、《趙氏孤兒》、《東窗記》、《破窰記》、《蘇秦衣錦還鄉記》、《黃孝子》、《馮京三元記》、《牧羊記》、《尋親記》、《胭脂記》等，都經過明人改動，已非原貌。

㈢早期南戲在內容上的特色

由於南曲與北曲在情調和地方特色等方面，都有所不同，故南戲與北戲在思想內容方面也存在一些差異。就內容可考的一百多種戲文來說，幾乎有一半以上是描寫愛情、婚姻或家庭方面的故事。例如《王煥》、《胭脂記》、《拜月亭》、《蘇小卿月夜販茶船》、《東牆記》、《牆頭馬上》等，都歌頌了男女青年爭取婚姻自主所進行的鬥爭。現存《永樂大典戲文三種》之一《宦門子弟錯立身》就描寫了河南府同知之子完顏延壽馬愛上了江湖女優王金榜，不惜棄家出走，與之私奔，最後終於得成眷屬。在表現家庭及婚姻題材方面，描寫「婚變」、批判男子負心的故事，在早期南戲中是一個相當突出的主題，如《趙貞女》、《王魁》、《王俊民休書記》、《三負心陳叔文》、《李勉負心》、《張協狀元》等劇，主要情節都是批判男子薄倖及溫州一帶確實存在的「貴易妻」的社會風氣⑤。這些劇中的男主角大都爲窮秀才，一旦高中做官，就拋棄原來資助過他的糟糠之妻，甚至恩將仇報，置之於死地。如《張協狀元》中張協就企圖用劍砍殺貧女。《趙貞女》中蔡伯喈不認前妻，致令她被馬踹死。這些負心漢大多遭到報應，如蔡伯喈終被「暴雷震死」，《王魁》中王魁和《三負心》中陳叔文均被妻子的冤魂索去性命。人們在社會不能伸張正義的條件下往往乞求於超自然的力量。另一類則由於女主角遇難不死，並得到權貴的營救和收養，地位改變，最後終得團圓。如《張協狀元》中貧女就因被樞密使王德用收養爲義女，以小姐身分復配張協，終於團圓。這種解決方式明顯帶有妥協色彩。

㈣南北戲的異同

定型以後的南戲和當時的北雜劇同屬我國最早流行的古典戲曲。它們相同之處很多，如曲白分工、腳色分行等等。但由於南北社會的發展不同，文化背景、方言風俗各異，藝術傳統也各有其特殊性。因此，南北戲曲就形成了不同的體制和不同的藝術風格。大致有如下一些明顯的區別：

第一，篇幅

雜劇的基本體制是四折一楔子，篇幅緊湊，情節集中。南戲則無固定限制，一般採取分場形式，以人物上下場爲界線，根據內容需要，靈活安排場次。早期南戲篇幅長短比較自由。如《張協狀元》可劃分爲五十三場，《小孫屠》爲二十一場，《宦門子弟錯立身》則只有十四場。南戲定型以後開始趨於整齊，如「荊、劉、拜、殺」四大傳奇就分別爲四十八齣、三十二齣、四十齣及三十六齣。當然，這種具體標明分出並安上一個曲目的方式乃是明人改編本所加。但卻成爲明以後傳奇的固定體制。明清傳奇大多數都在三十至五十齣左右，篇幅較雜劇宏大，能納入複雜的情節和反映更廣闊的社會場面，但往往失之冗長鬆散。

第二，唱法

北戲嚴格限制爲一人主唱。南戲則登場腳色不論生旦淨丑都可以唱，唱法靈活多變，有獨唱、對唱、接唱、合唱等多種形式。而且，南戲唱腔每齣不限於一個宮調，也不限於一韻。南戲每齣的聯套方式也與北戲比較固定的情況不同，它靈活自由，一般可分爲引子、過曲及尾聲三個部分。

第三，曲辭

北戲主要用北曲，特點是七聲音階，節奏比較急促，風格粗獷樸實。南戲主要用南曲，特點主要是五聲音階，節奏比較舒緩。南曲是在唐宋大曲、宋詞及南方民間曲調的基礎上形成的，較北曲襯字要少，用韻爲南方音，四聲皆備，與明初編的《洪武正韻》大體相符。北曲用弦樂伴奏，以琵琶爲主；南曲則以管樂伴奏，配以鼓板。故北曲聲調遒勁樸實，南曲則柔緩婉轉。徐渭《南詞敍錄》說：「聽北曲則神氣鷹揚，有殺伐之氣；唱南曲則流麗宛轉，有柔媚之情。」因此南戲的題材以愛情糾葛、家庭離合、發迹變泰，貧富演化者居多，直接反映政治鬥爭的較少。

第四，結構

南戲定例第一齣爲「副末開場」，不唱曲，念詞二闋，以表明作者主旨及戲文大意，接著，生、旦分別登場。結構多爲雙線並進，生、旦各領一線。至最後一齣，照例爲全劇人物一同登場歡聚，生旦團圓。著名雜劇不少是悲劇，南戲則多爲喜劇或先離後合、始困終亨的正劇或悲喜劇。

第五，賓白

雜劇較俚俗，而南戲在進入上層社會以後則比較文雅，明以後更有用四六駢文者。人物出場，雜劇先白後曲，南戲則大都先曲後白。

第六，腳色

南戲分行較雜劇更爲細緻，一般可分爲生、旦、貼、末、淨、外、丑七類。南戲以生代替雜劇中的末，作爲劇中男主角。

末仍保留，但僅作爲扮演老年男人的配角。南戲中還添設了丑，以便增加插科打諢、滑稽調笑的內容。

總之，南戲定型後的戲劇形式，較雜劇有了明顯的改進，運用戲劇手段反映生活、塑造形象的能力有了很大的增强，故在明清兩代，南戲以傳奇的形式，在劇壇上顯示出蓬勃的藝術活力。

第二節　四大傳奇

元末明初，是南戲由戲文過渡到傳奇的重要時期。被人稱爲「四大傳奇」或「古戲四大家」的《荊釵記》、《劉知遠白兔記》、《拜月亭》、《殺狗記》，是這個時期舞台是上負有盛名的代表作⑥，標誌著戲文的最後定型和傳奇的初步形成。明王驥德在《曲律》中說：「古戲如荊、劉、拜、殺等，傳之凡二、三百年，至今不廢。」可見這四本傳奇創作時間當在元末以前，但除《白兔記》外，其古本均已失傳，現在見到的一些刻本，大都經過明人不同程度的刪改。

㈠《荊釵記》

1、《荊釵記》情節

《荊釵記》，相傳爲「吳門學究敬先書會柯丹邱著」⑦，描寫王十朋、錢玉蓮的離合故事。據《宋史》，王十朋乃南宋初年狀元，官至龍圖閣學士。但此劇不過借歷史人物，演「一段新奇故事」。內寫貧困書生王十朋，以荊釵聘娶錢玉蓮。王入京赴試，得中狀元，權相万俟逼婚不從，貶官潮陽。錢在家爲繼母逼嫁孫汝權，投江殉節，幸爲福建安撫錢載和所救。五年後，万俟失勢，十朋得升吉安太守，錢載和亦升任兩廣巡撫，路過吉安，十朋夫婦終得團圓。

2、《荊釵記》的成就

此劇通過王十朋、錢玉蓮二人的曲折經歷，歌頌了這對患難夫妻互相信賴，堅持節操；不爲威勢所屈，不爲財利所誘，不怕犧牲，能與權貴奸邪鬥爭到底。儘管劇本的意圖是表彰「義夫節婦」，宣揚封建倫理道德，但他們這種眞摯的愛情、頑強的鬥志，卻博得廣大人民的同情和喜愛。此劇的故事模式，接近於宋元戲文中的「婚變」類型，但卻獨具特色，別開生面。它一反過去「癡心女子負心漢」的框架，著重描寫二人重義篤情，終獲團圓，說明愛情的力量，足以戰勝一切邪惡勢力。此劇關目緊湊，呂天成《曲品》列之於「妙品」，云：「以眞切之調寫眞切之情，情文相生，最不易及。」

㈡《白兔記》

1、《白兔記》情節

《白兔記》舊稱《劉知遠白兔記》，應出自書會才人手筆。公元1967年在上海嘉定縣宣氏墓中出土的明成化間北京永順堂刻本《新編劉知遠還鄉白兔記》二卷，是迄今發現的最早刻本，雖亦經明人潤色，但基本保持元人風貌。劉知遠本是五代後漢開國之君，他和李三娘悲歡離合的故事，在民間傳說中十分流行。宋講史話本《五代史平話》、元代《劉知遠諸宮調》均有描寫，內容與劇本略同。此劇著重刻畫李三娘，寫她奉父命嫁給窮漢劉知遠，劉投軍遠走後，她因拒絕改嫁，被兄嫂罰在磨房推磨，受盡折磨，生下兒子咬臍郎，並托人送交他鄉的劉智遠。十餘年後，其子射獵，追白兔而得見其母，終於一家團圓。

2、《白兔記》的成就

劇本通過對李三娘的描寫，表現了勞苦大衆不畏强暴、忍辱負重、堅貞不屈的優秀品質。劇本對於劉知遠則褒中有貶，既寫了他由窮漢而軍閥的發迹變泰過程，能在富貴之後不棄糟糠，終使李三娘脫離苦海，夫妻得以團圓的行爲，又寫了他隱瞞家中有妻，重婚岳氏，以及接到竇老送來的咬臍郎後，對李三娘在家受苦置若罔聞的薄倖態度。最後咬臍郎因獵白兔才在井邊見到其母，並以生命相威脅，才迫使他接回李三娘。不過，劇本對劉知遠負心的批判仍嫌不力，而對他發迹變泰卻用一種小市民盼望榮華富貴的落後心態加以肯定。特別是把他的發迹歸結爲天命，屢次寫他蛇穿七竅，眞龍護身，宣揚皇帝不同於凡人的封建迷信等級觀念，這些都構成了劇本的落後面。在藝術上，《白兔記》採用了後來傳奇中習見的雙線交織的格局，上卷寫劉知遠與李三娘由合而分，下卷寫二人由分而合，中間穿插竇老送子、咬臍郎追白兔等情節，將兩條線索連接起來，成爲一個脈絡分明的整體。這在南戲中具有開創意義。劇中曲辭質樸清新，富有民間文學特色。無論曲白，都不假詞采，多用口語，通俗淺顯，但又自然眞切。

㈢《拜月亭》

1、《拜月亭》情節

《拜月亭》又名《幽閨記》，相傳爲元人施惠（字君美）所作⑧，當出於關漢卿雜劇《閨怨佳人拜月亭》之後。它以金代末年蒙古入侵引起社會動亂爲背景，描寫青年男女在戰亂中所建立的堅貞不渝的愛情故事。內寫忠臣陀滿海牙遭奸臣陷害，滿門被斬。其子陀滿興福爲秀才蔣世隆搭救，並結爲兄弟。戰亂中蔣世隆與其妹蔣瑞蓮在逃難中被沖散。世隆與兵部尚書王鎮之女王瑞蘭途中相逢爲件，產生愛情，在客店結爲夫妻。而瑞蓮途遇王夫人，被認爲義女。戰亂停息，王鎮在客店遇見瑞蘭，不承認世隆爲婿，强將女兒帶回。瑞蘭思夫情切，花園拜月。後世隆與陀滿興福得中文武狀元，同被王鎮招贅，夫妻兄妹團圓。

2 、《拜月亭》的成就

這部愛情劇不同於一般的才子佳人劇。劇中沒有才子佳人的一見鍾情，也沒有花前月下的柔情密意。劇本著重歌頌的是一雙男女通過戰亂中患難相扶、禍福與共的生活，彼此間有了一定的了解和信任而建立起來的深厚的愛情。因此，這種愛情有著堅實的感情基礎。無論是榮華富貴的引誘，封建家長的淫威，甚至至高無上的聖命，都動搖不了他們對愛情婚姻的忠誠。劇本在描寫這一對患難夫妻愛情波折的同時，還展開了廣闊的社會生活場景，眞實地反映了當時朝政腐敗、君主昏庸、文武百官貪生怕死，使廣大民衆陷入水深火熱之中的現實，對金元之際的社會動蕩作了眞實的描繪。

劇本有著較高的藝術水平。主要人物形象如蔣世隆、王瑞蘭、王鎮都塑造得相當成功。劇本在巧合的運用上也頗具匠心，充分表現了傳奇的特色。如蔣世隆與王瑞蘭途中巧遇，瑞蘭與其父在客店相逢，最後王鎮要招贅的新科狀元竟然是當年嫌棄的蔣世隆。這些巧合都出人意料之外，卻又在情理之中，極其自然地推進了戲劇衝突，使情節發展波瀾迭起，產生了强烈的戲劇效果。劇本在語言藝術上也有很高的成就，以自然本色爲特徵。正如呂天成《曲品》所說：「天然本色之句，往往見寶。」李卓吾也說：「《拜月》曲白都近自然，委疑天造，豈曰人工！」如二十七齣《逆旅蕭條》寫王瑞蘭被乃父拉走後，蔣世隆臥病客舍的一個抒情唱段：

〔五樣錦〕姻緣將謂五百年眷屬，十生九死成歡聚。經艱歷險，幸然無虞。也指望否極生泰，禍絕受福。未妥，尚有如是苦。急浪狂風，風吹折並根連枝樹；浪驚散鴛鴦兩處孤，更全然

> 不想我這病體疾軀。那肯放容他些兒個叮嚀囑咐，將他倒拽橫拖奔去途。回頭道不得聲將息，幾曾有這般慈父！跌得我氣絕再復，死而再蘇。一回價上心來，一回價痛哭。

全曲流暢通俗，而又哀婉鬱憤，確實寫出了蔣世隆淒涼怨憤的心情。在四大傳奇中，應以《拜月亭》的成就最高。明代末年一些曲論家曾對此劇藝術成就高低展開過一場論戰。首先是何良俊在《四友齋叢說》中認爲此劇「終是當行」，「高於《琵琶記》遠甚」。王世貞反對何說，認爲「《琵琶記》之下，《拜月亭》亦佳」。後來臧懋循、王驥德支持王世貞，沈德符、徐復祚則支持何良俊，反對王世貞。而李卓吾則進而提出《拜月亭》與《西廂記》爲「化工」，「工巧不可思議」，故高於《琵琶記》之爲「畫工」。這兩派分歧的焦點：一在於對本色與文采的不同愛好，二在於是否宣揚封建道德。王世貞正是以「無裨風教」、「終場不能使人墮淚」爲《拜月》之短，而李卓吾則又以宣揚封建道德，失去童心作爲《琵琶》係畫工的明證。這場爭論更清楚地說明了《拜月亭》的藝術成就和客觀價值。

(四)《殺狗記》

《殺狗記》也是一本古劇，《永樂大典》及《南詞敍錄》均列其名。今傳本題爲明洪武時人徐畛所撰，恐未當。徐畛也許只是一個改編加工者。劇本情節與元蕭德祥雜劇《殺狗勸夫》相同，寫孫華虐待胞弟孫榮，結交市井無賴。其妻楊月貞設計殺狗，假扮人屍。孫華找無賴幫忙掩埋，他們不僅拒絕，反去官府首告孫華殺人。倒是孫榮仗義相助，並承擔罪責。眞相大白之後，孫華大受感動，兄弟重歸於好。這個戲在一定程度上觸及了封建家庭的內部矛盾，但它的基本思想乃是宣揚封建倫理道德，表彰恪守婦德的賢妻，事兄如父、逆來順受的昆弟和忠心事主的義僕，說教的色彩十分濃厚，結構上也顯得鬆散。近人吳梅認爲此劇「鄙陋庸劣，直無一語足取」。不過，此劇的語言尚稱本色。

第三節 《琵琶記》

宋元南戲從《永樂大典戲文三種》到四大傳奇，南戲的體制、規模、結構、風格由不定型正逐步走向定型。但由於這個時期南戲大多爲民間文人或下層文人之作，仍然屬於民間南戲範圍。故「曲文俚俗不堪」（清梁延柟《曲話》），結構不夠嚴謹，影響也不夠廣泛，無法取代當時北雜劇在劇壇上的獨霸地位。高明的《琵琶記》是從民間南戲到文人傳奇的轉折點，這部戲實際上爲南戲的體制、結構、排場和寫法作了最後完善的定型工作，因而成爲明以後傳奇作家樂於遵循的軌範。同時，由於它在全部南戲中出類拔萃的藝術成就和在思想內容方面的深刻性和複雜性，使之成爲戲劇史上後人關注的焦點之一。正是由於這些原因，《琵琶記》的出現，標誌著南戲的中興。

㈠《琵琶記》的作者

高明（公元 1305？～1359 年），字則誠，號菜根道人，瑞安（今屬浙江）人。善書法，工詩，尤長於曲。著有《柔克齋集》二十卷，已佚，僅存詩文五十餘篇。高明幼時曾受教於理學家黃溍，至正五年（公元 1345 年）中進士，曾在浙江、福建等地做過幾任小官。爲官清廉耿介，「數忤權貴」。至正十六年（公元 1356 年）辭官回到寧波，隱居於城東櫟社，以詞曲自娛。所作戲曲除《琵琶記》外，尚有《閔子騫單衣記》，已佚。《琵琶記》大約作於晚年隱居之時。

㈡《琵琶記》故事的發展

《琵琶記》所寫的趙五娘和蔡伯喈的故事很早就在民間流傳，南宋時就已經成爲民間講唱文學及民間戲曲的題材。陸游有詩云：「斜陽古柳趙家莊，負鼓盲翁正作場。死後是非誰管得，滿村聽說蔡中郎。」（《小舟遊近村舍舟步歸》之四）細玩詩意，蔡邕當爲批判對象。《南詞敍錄》所記「宋元舊篇」中有《趙貞女蔡二郎》一目，並注明「即舊伯喈棄親背婦，爲暴雷震死，里俗妄作也」。《輟耕錄》所載金院本中，亦有《蔡伯喈》一目。這些劇本均已亡佚，其內容不詳，但大致可斷爲悲劇結局，主人公蔡伯喈是被譴責的對象。據南戲《劉文龍菱花記》中人物蕭素貞的一段唱辭：

> 正走之間淚滿腮，想起了古人蔡伯喈。他上京中去趕考，一去趕考不回來。一雙爹媽都餓死，五娘子抱土築墳臺。墳臺築起三尺土，從空降下一面琵琶來。身背著琵琶描容相，一心上京找夫回。找到京中不相認，哭壞了賢妻女裙釵。賢慧的五娘遭馬踩，到後來五雷轟頂是那蔡伯喈。

這大約就是早期南戲《趙貞女》一劇的基本情節。看來這是一個由婚變而產生的純粹的悲劇。趙五娘含辛茹苦，千里尋夫，結果仍遭遺棄，被馬踩死。她是一個受盡苦難，抱恨終身，爲後世所同情、憐憫的人。而蔡伯喈則是一個被否定、被譴責的對象。他不孝不義、終遭雷殛，受到上天的懲罰。這與歷史上「性篤孝」的東漢文學家蔡邕不符，應該是高明改編《趙貞女》的一個主要動機。《琵琶記》是一部「雪謗」之作⑨，即在倫常問題上爲蔡邕翻案的劇作。

高明在民間戲曲的基礎上作了較大的改動，他把棄親背婦的蔡伯喈，改爲不忘父母髮妻的人物，把蔡伯喈重婚不歸的行爲，歸咎於客觀環境，並以一夫二妻團圓作結局，以表彰「有貞有烈趙貞女，全忠全孝蔡伯喈」。劇本寫陳留郡書生蔡伯喈娶妻趙五娘才兩個月，就被其父逼迫入京應考，得中狀元。牛相國強迫招贅。伯喈欲辭官，皇帝不從；欲辭婚，牛相不從。只好强就鸞鳳，在京城過著富貴豪華的生活。五娘在家恰逢荒年，變賣釵環奉養公婆，自己卻咽糠充飢。公婆終於飢寒而死，她祝髮買葬、羅裙包土築墳臺。葬埋公婆後，她描下公婆眞容，身背琵琶，沿途乞討，上京尋夫，在牛府與伯喈相會。伯喈獲悉父母雙亡，極爲悲痛。乃與五娘及牛小姐一同回家守墓，共盡孝道。

㈢高明的創作意圖

高明之所以要作這些改變，涉及到他的構思基礎和創作意圖。「副末開場」中作者寫到：

> 秋燈明翠幕，夜案覽芸編。今來古往，其間故事幾多般。少甚佳人才子，也有神仙幽怪，瑣碎不堪觀。正是：不關風化體，縱好也徒然。　　論傳奇，樂人易，動人難。知音君子，這般另做眼兒看。休論插科打諢，也不尋宮數調，只看子孝共妻賢。驊騮方獨步，萬馬爭敢先。

很明顯，「不關風化體，縱好也徒然」，正是作者的創作準則。高明寫《琵琶記》的意圖，正是爲了在舞臺上樹立一個「子孝共妻賢」的榜樣以宣揚封建倫理道德。爲此，作者特意把一個「生不能養、死不能葬、葬不能祭」，以至「三不孝逆天罪大」，而且停妻再娶、負義忘恩的人，强行捏合，給他安排一個「辭考、父親不從；辭官、皇帝不從；辭婚、牛相不從」的所謂「三不從」，爲之開脫。把悲劇產生的原因全歸咎於「三不從」，强調「只爲三不從生出這禍苗」，把蔡伯喈塑造成一個雖然在行爲後果上不孝不義、罪重於山，但在動機和良心上卻淸白無辜的人。他長期處於動機與後果、願望與現實相矛盾的狀態之中，爲了證明他的淸白，大量的思親憶婦、盡孝守義的語言，不斷從蔡伯喈口中流出。這些話：時而是內心傾訴，時而是道德原則的闡述，時而是行爲的憑藉，時而是自我譴責。作者對這個「孝子」的刻畫，主要不是通過人物的行爲，而是通過這些與人物行爲相分裂的、大量的、痛苦深沈的語言來達到的。因而把戲文中不孝不義的蔡伯喈，改造成了一個宣揚封建教義的最合適的工具。劇本中的其他人物，包括趙五娘，都同蔡伯喈一樣熱中於封建說教。他們把自己所贊成的一切主張和行爲，一律加蓋上封建倫理的戳記。甚至連五娘上京尋夫，也不是出於夫妻之情，而是爲了「只怕你公婆絕後」。總之，作者有意識地把以孝爲中心的封建道德，誇大成一種至高無上、主宰一切的力量。不用說蔡伯喈因它整日價愁眉苦臉，趙五娘爲它忍辱負重，就是昏庸的皇帝，專橫的牛相，也在這個「一門孝義」但變起非常的事故面前，突然變得開明和厚道起來。皇帝讓蔡邕回鄉守墓，牛相讓自己的獨生女給蔡家行孝。這些都不符合人物性格，也有悖於生活眞實，因而給作品的思想和人物都帶來一定的傷害。

然而，《琵琶記》畢竟是一部不可多得的優秀之作。劇本在一定程度上揭露了那個社會的黑暗和罪惡，揭露了上起皇帝、宰相，下至社長、里正的昏庸腐朽，揭露了功名利祿是怎樣破壞了寧靜的家庭生活。特別是作者違背自己的主觀意圖，透過形象描寫揭露了忠孝等封建道德是如何虛僞、殘酷和自相矛盾。劇本沒有把悲劇的根源簡單地歸咎於蔡伯喈個人的品質，而是通過「三不從」歸結爲社會力量對個人的支配。强調蔡伯喈之所以「遭不孝逆天罪名」，是因爲他無法抗拒來自封建制度和封建道德的强大的政治和精神壓力。這就把造成悲劇的主要責任加給了封建制度和封建道德本身，從而積極地開拓了劇本的思想意義。劇本還對當時的社會，尤其是「亢旱三年，六科不收」的陳留郡，對那種「慟哭飢人滿路」的現實，以及趙五娘一家饑寒交迫的生活，描繪得非常眞實。作者對廣大人民「縱然不死也難挨」的悲慘處境有著深刻的描寫和眞摯的同情。這一切都是作品的價值所在。

《琵琶記》之所以取得相當大的成功，首先在於劇本能在一定程度上突破宣揚封建道德的主觀意圖。作者的世界觀中，除了在劇本開頭所表露的正統觀念之外，還有著某些進步因素，如對現實有某些不滿，對人民的苦難有一定的同情。他對待生活的態度還是比較客觀和忠實的。社會狀況、現實生活對作家所信奉的那些迂腐的道德信條，起了補充和修正的作用。高明對現實生活的如實描寫，揭示了一個嚴酷的事實：蔡伯喈全家都衷心遵循封建道德，但悲劇還是發生了。這說明封建道德既不能庇護它的信奉者免於悲劇命運，也無力消除悲劇的後果。不僅如此，劇本還從他們各自崇奉不同的倫理道德所導致的行爲上的不一致和心理上的距離及抵觸，客觀上揭示了封建道德本身的矛盾和裂痕，這正是導致悲劇產生的一個原因。因此在劇本中，對封建道德圖解式的宣傳和對社會罪惡眞實揭露同時存在，概念化的弱點和現實的描寫同時存在。《琵琶記》就是這樣一部極其複雜、甚至充滿矛盾的作品。這種複雜性自然也表現在幾個主要人物形象的塑造上。

㈣《琵琶記》的人物塑造

趙五娘

趙五娘是劇中塑造得最爲成功的藝術形象。高明在民間傳說的基礎上進行了豐富和發展，把她寫成一個溫順、善良、勤樸、堅忍的婦女典型，一個思想境界崇高，在極端艱苦的條件下能堅强不屈、不動聲色地自我犧牲、捨己爲人的婦女形象。她的遭遇是千百年來廣大婦女悲慘命運的眞實寫照，趙五娘成了「苦難」二字的化身，成了中國婦女忍辱負重的典型。她的性格正是千百年來婦女在艱難困苦境遇的磨煉下所形成的堅毅、倔强、崇高的性格。在災難深重的歲月裡，她單獨挑起持家養親的生活重擔，盡自己的一切努力來奉養公婆：她含羞請糧，典賣衣衫首飾，買糧米供養姑嫜，寧願自己吃糠；爲了埋葬公婆，她祝髮買葬、羅裙包土；最後賣唱行乞，上京尋夫。這些感人至深的行爲，儘管被抹上一層封建道德的顏色，但遠遠不是作者所宣揚的那些抽象的道德觀念所能概括得了的。儘管作者也讓她跟別的人物一樣，一有機會就派她充當封建思想的傳聲筒，有意識地把她寫成一個賢妻孝婦的懿範，但依然不能掩蓋這個人物身上的光輝。尤其是作者在某些地方還寫到了趙五娘的怨恨：她埋怨蔡公「你爹行見得你好偏，只一子不留在身畔」；她埋怨丈夫「教人只恨蔡伯喈」、「怨只怨結髮薄倖人」。這種怨恨突破了封建主義給婦女規定的奴隸式的馴服戒律。不僅趙五娘，其他人物亦如此。徐渭曾指出：「《琵琶》一書，純是寫怨：蔡母怨蔡公，蔡公怨兒子，趙氏怨夫婿，牛氏怨嚴親，伯喈怨試、怨婚、怨及第，殆極乎怨之致矣！」正是這種不符封建禮教規範的怨憤之情，才使得這部作品及作品中人物帶有一些民主氣息。

蔡伯喈

作者對蔡伯喈的刻畫雖較趙五娘遜色，但尚屬成功。這是一個可笑而又可恨，可憐而又可鄙，極其複雜、矛盾的角色。他既不像王魁、張協那樣忘恩負義，也不像王十朋、蔣世隆那樣堅貞不屈。作者通過這個人物介乎兩者之間的行為，寫出了封建知識分子性格中的軟弱、動搖、平庸、患得患失、矛盾重重和人格分裂，他喜新而又不能忘舊，迷戀眼前富貴而又難以心安理得，良心未泯卻又不敢行動。一心企求符合封建道德規範，結果既不能「全忠」，也不能「全孝」。這種描寫是眞實而深刻的。但作者對這個人物的態度卻不是批判和揭露，而是給予過多的同情和原諒。我們從作品的具體描寫中，從他身上表現的動機與效果的矛盾裡，從那種嘴裡心裡思念父母卻絲毫無補於父母悲慘死亡的事故中，可以看出這個人物的虛偽。這種虛偽並非全是個人品質問題，也反映了封建道德與社會現實之間的矛盾，反映了封建道德體系內部的裂痕：即封建道德的兩個主要方面，忠與孝的矛盾及其本身的不合理性，包括「揚名顯親」的孝和「養老送終」的孝的矛盾。直到最末一齣蔡伯喈的唱辭：「何如免喪親，又何須名顯貴？可惜二親饑寒死，博換得孩兒名利歸。」仍然反映出這種分裂。因此，作者極力表彰他，讚揚他「全忠全孝」的目的並沒有達到，反而加深了人物的虛偽和怯弱。在讀者心目中，這個迹近不孝的「孝子」，始終是個棄親背婦、負義忘恩的角色。

其他人物

劇中其他人物，如牛相的專橫、張大公的重義，都寫得較好。另一個重要人物牛小姐就寫得太概念化了。這是個封建禮教的虔誠信徒，虔誠到內心沒有任何躊躇和矛盾，彷彿她的思想感情都被封建禮教所淨化。爲了推進大團圓合情合理地到來，牛小姐扮演了一個封建道德化的主角。在這個形象的塑造上，作者所傾注的主要是封建道德觀念，而很少有來自生活的東西。

㈤《琵琶記》的藝術價值

《琵琶記》是第一部由進士及第的高級文人寫作的南戲，它使南戲的創作提高到一個新的階段，並爲以後南戲的寫法提供了範例。歷來被譽爲「絕唱」（何良俊《四友齋叢說》）、「曲祖」（魏良輔《曲律》）、「南曲之宗」（黃圖珌《看山閣集閒筆》）或「南戲中興之祖」（青木正兒《中國近世戲曲史》），這都足以說明它的藝術價值。

《琵琶記》在刻畫人物、摹寫世態方面，取得了獨到的成就。這正如王世貞《曲藻》中所說的：「則成所以冠絕諸劇者，不唯其琢句之工，使事之美而已。其體貼人情，委曲必盡；描寫物態，彷彿如生；問答之際，了不見扭造：所以佳耳。」《琵琶記》很少借助傳奇中常見的奇巧情節，所寫的大多是日常生活，但作者能從平凡的生活細節中發掘出人物感情變化和心理活動，因此，劇中的幾個主要人物都塑造得比較成功。作者善於使用層層渲染的方法，突出人物的精神面貌，給讀者以強烈的印象。如爲了塑造趙五娘在苦難中堅毅、倔強、捨己爲人的品質，作者用「臨妝感嘆」、「義倉請賑」、「勉食姑嫜」、「糟糠自厭」、「代嘗湯藥」、「祝髮買葬」等事件反覆渲染。爲了表現蔡伯喈矛盾、軟弱的性格，作品也用「官媒議婚」、「丹陛陳情」、「強就鸞鳳」、「琴訴荷池」、「宦邸憂思」、「中秋賞月」、「瞯問衷情」等情節多次描述。爲了配合這種寫法，作者在關目安排上也有意騰挪，反複曲折，使人物內心世界得到充分展示。如趙五娘與蔡伯喈的重見，本可在彌陀寺中，但作者卻讓趙五娘給侍從喝走，使伯喈再增一段憂思，五娘再經一番苦難。又如五娘吃糠，也不是一下子就讓公婆發現，而是有意造成一種誤解。蔡婆的步步進逼與五娘的再三躲避，使誤解愈益加深，直到蔡婆窺察到私情，才眞相大白。這樣，不但能寫出蔡婆的許多猜疑、責怪和趙五娘的許多委曲及自怨自艾，而且使趙五娘純潔善良的心靈得到更加充分的表現。

劇本在刻畫人物時，善於表現人物的內心活動，尤其是人物的內心矛盾。如蔡伯喈那種欲歸不得的複雜心情，以功名爲榮耀但又視官場爲樊籠的矛盾心理，以及那種不忘舊弦但又撇不下新弦的複雜感情，都表現得非常具體和生動。《琵琶記》中不少著名曲辭都具有豐富的心理活動內容，都是「在性情上著功夫，並不以詞調巧倩見長」（毛聲山評本《琵琶記・前賢評語》）例如趙五娘描容一段：

〔香羅帶〕一從鸞鳳分，誰梳鬢雲？妝臺不臨生暗塵，那更釵梳首飾典無存也，頭髮，是我耽擱你，度青春。如今又剪你，資送老親。剪髮傷情也，只怨著結髮薄倖人。（剪又放介）（唱）

〔前腔〕思量薄倖人，辜奴此身，欲剪未剪教我珠淚零。我當初早披剃入空門也，做個尼姑去，今日免艱辛。只一件，只有我的頭髮恁的，少什麼嫁人的，珠圍翠簇蘭麝熏。呀！似這般光景，我的身死，骨自無埋處，說什麼頭髮愚婦人！〔介〕

〔前腔〕堪憐愚婦人，單身又貧。我待不剪你頭髮賣呵，開口告人羞怎忍。我待剪呵，金刀下處應心疼也。休休，卻將堆鴉髻，舞鸞鬢，與烏鳥報答，白髮的親。教人道霧鬢雲鬟女，斷送他霜鬟雪鬢人。

這是一段著名曲辭，那種欲剪又止、自怨自苦的複雜心情得到很好的表現。趙五娘早已山窮水盡，但仍藉物抒情，同情頭髮的遭遇，一再抱怨自己不該辜負了頭髮的青春。把一切怨恨，指向那「結髮薄倖人」。作者極其巧妙地通過趙五娘對頭髮命運的悲訴，概括她自己一生的不幸。同樣，「描容上路」中三首〔三仙橋〕、「糟糠自厭」中四首〔孝順歌〕也有著相同的藝術特點。特別是後者的第二首「糠和米」一曲最爲著名。這是一個被遺棄的婦女的沈痛自白，歷來被譽爲「神來之筆」。傳說高明塡至此曲時，「案上兩燭火合而爲一，交輝久之乃解。好事者以爲文字之祥，爲作瑞光樓以旌之」（王世貞《藝苑巵言》）。

《琵琶記》在結構組織上也頗見匠心。全劇四十二齣，渾然一體。特別是奠定了南戲雙線發展的最佳結構模式，被後世傳奇作者視爲圭臬。劇本從第三齣「牛氏規奴」、第四齣「蔡公逼試」以後，就出現兩條線索：蔡伯喈求取功名的遭遇和趙五娘在災荒中的生活。這兩條線索交錯發展，互相映照、補充，最後重合。以前的南戲如《荊釵記》、《白兔記》本來有這種結構方法，但《琵琶記》才把它發展到最完善。作者一面集中描寫蔡伯喈如何陷入功名富貴的羅網，愈來愈不能擺脫；一面突出描寫趙五娘如何肩負起沈重的生活擔子，愈來愈陷入困境。兩條線索彷彿一根麻繩的兩股，糾纏得非常緊密，使全劇結構緊湊，富有戲劇性。呂天成在《曲品》中推《琵琶記》爲「神品」，說它「苦樂相錯，具見體裁」。《琵琶記》正是採用這種「苦樂相錯」、交叉對比的結構手法，使冷場熱場得到調劑，貧與富形成鮮明對比，賤與貴、哀與樂、悲與喜、忙與閒多方對照。一方面蔡伯喈中狀元後揚揚自得，「春風得意馬蹄疾」（九齣），另一方面趙五娘遇上饑荒陷入困境，「自憐命薄相遭際」（十齣）。接下來十六齣寫趙五娘請賑糧被劫要投井，緊接著十八齣又寫蔡伯喈在京中洞房花燭的盛大婚禮。作者寫完赤地千里的陳留郡，人在食狗彘所食的糠

（二十齣），立即掉轉筆頭寫洛陽富貴人家在荷池旁清涼世界飲宴消暑（二十二齣）。才寫了趙五娘祝髮買葬、羅裙包土、埋葬公婆（二十六齣），馬上又引人回頭觀看丞相府中的中秋夜月（二十七齣）。作者充分利用我國戲劇舞臺不受時空限制的特點，把蔡家的苦難生活和牛相府的富貴豪華作強烈的對比，充分展示了這種「榮枯咫尺異」的令人憤慨的情況。《琵琶記》的戲劇衝突正是借助這種特殊形式來表現的。

在語言方面，《琵琶記》也比同時代的其他南戲顯得成熟一些。不論曲和白都比較接近口語，又具有一定的文采。在語言的個性化方面也相當成功，語言風格一般都符合人物的身分。如陳留郡的人，語言都樸實無華，合乎平民口吻。而蔡伯喈、牛小姐等人，唱辭則流露出雍容華貴的氣味。

由於《琵琶記》內容複雜，因而在人民羣衆和統治階級中都一樣流行。封建階級重視它，是認爲它可以「爲朝廷廣教化，美風俗，功莫大焉」（毛聲山評本《琵琶記・總論》）。明太祖朱元璋對之極爲欣賞，說：「五經四書，布帛菽粟也，家家皆有；高明《琵琶記》，如山珍海錯，貴富家不可無。」（徐渭《南詞敍錄》）故而在《琵琶記》宣傳封建教化的落後傾向影響下，明初產生過一批圖解封建倫理道德的劇本。這說明《琵琶記》確有不少缺陷，包括在藝術方面。最突出的是爲了適應封建說教的需要，任意驅遣人物，造成某些人物的概念化和不眞實，情節漏洞也特別多⑩。此外，庸俗無聊的插科打諢，以及堆砌詞藻、鋪張描寫，都影響了思想的嚴肅和藝術的完整。

附　註

①南戲的名稱很多。其中，南戲一般指戲文、傳奇、崑曲及其他南方聲腔劇種的總名，與北戲（即雜劇）相對應。戲文則主要指宋元時

期的南戲。溫州雜劇、永嘉（唐時改溫州爲永嘉郡）雜劇，均係戲文流傳到溫州以外地區後的命名。此外尚有「鶻伶聲嗽」（見《南詞敍錄》）、傳奇諸名稱。

②據高奕《傳奇品》及《寒山堂新定九宮十三攝南曲譜》載：馬致遠有南戲《牧羊記》。據後書記載：他還與史敬德合著《蕭淑貞祭墳重會姻緣記》（一名《劉文龍傳》）。曹本《錄鬼簿》記載蕭德祥「又有南曲戲文等」，但未說明他究竟寫過何種南戲。又《九宮十三攝南曲譜》在《父子夢欒城驛》目下注云：「浙江省椽常熟汪元亨著」。

③南北合套，首先應爲南戲所採用。《錄鬼簿》雖載：「沈和，字和甫……兼明音律，以南北調和腔，自和甫始。」但在沈和甫之前的南戲《小孫屠》，已多次採用南北合套形式。

④《錄鬼簿》卷下蕭德祥亦著有《小孫屠》，不知是否即南戲《小孫屠》。有人根據蕭曾寫南戲，又其弔詞中有「武林書會展雄才」等語，定爲蕭作。惟仍缺佐證。

⑤《隋書・地理志》記載豫章、永嘉、建安、遂安一帶的地方風俗說：「衣冠之人多有數婦，暴面市廛，競分銖以給其夫。及舉孝廉，更娶富者。前妻雖有積年之勤，子女盈室，猶見放逐，以避後人。」入宋以後，由於經濟文化的發展，科舉名額的擴大，富貴易妻的風氣更加突出。

⑥「四大家」之類說法，常見於明清曲話中，除王驥德《曲律》外，凌延喜《拜月亭跋》：「《拜月亭》一記，屬元詞四大家之一。」朱彝尊《靜志居詩話》卷四云：「識曲者以荊、劉、拜、殺爲四大家。」《曲海總目提要》卷四云：「元明以來，相傳院本上乘，皆曰荊、劉、拜、殺……」焦循《劇說》卷二云：「荊、劉、拜、殺，爲劇中四大家。」但此類說法，均見於明萬曆以後。嘉靖以前，如徐渭《南詞敍錄》、何良俊《曲論》，均未見。又，明萬曆時呂天成《曲品》提法稍有不同。卷下云：「世稱蔡、荊、劉、殺。」以《琵琶記》代

《拜月亭》，二說不同，應有一誤。

⑦此據清初張大復《九宮十三攝南曲譜》。此劇作者，異說較多。徐渭《南詞敍錄》、高儒《百川書志》、晁瑮《寶文堂書目》均不題撰人。呂天成《曲品》始題「丹邱生作」。清乾隆時黃文晹《曲海目》、焦循《劇說》、姚燮《今樂考證》均題「柯丹邱作」。而《傳奇匯考標目》以柯丹邱爲元代著名詩人柯九思，王國維則以丹邱生爲明獻寧王朱權。二說均疑未當。

⑧《拜月亭》作者，王世貞《藝苑卮言》始歸之施君美，何良俊《曲論》、臧懋循《元曲選序》從之。但《錄鬼簿》只言施惠字君美，杭州人，以坐賈爲業。不言其著有南曲戲文等事。而《九宮十三攝南曲譜》卷首《拜月亭》下注云：「吳門醫隱施惠字君美著」。可見，《拜月亭》作者施君美乃吳門人，不是杭州人；是醫士，不是坐賈。與雜劇作者施惠疑非一人。

⑨關於《琵琶記》寫作動機，歷來說法較多：田藝蘅《留青日札》提出諷刺王四說（因「琵琶」2字共有4個王字）。王世貞《藝苑卮言》提出譏諷牛僧儒說。梁紹壬《兩般秋雨盦隨筆》提出刺蔡卞說。均乃無稽之談。徐渭《南詞敍錄》提出：「永嘉高經歷明，避亂四明櫟社，惜伯喈之被謗，乃作《琵琶記》以雪之。」因爲，歷史上的蔡邕以孝聞名。《後漢書》本傳說他「性篤孝，母常帶病三年，邕自非寒暑節變，未嘗解襟帶，不寢寐者七旬。母卒，廬於冢側，動靜以禮……」

⑩《琵琶記》情節疏漏之處，李漁《閒情偶記》曾評之曰：「元曲之最疏者，莫過於《琵琶》。無論大關節目，背謬甚多：如子中狀元三載，而家人不知；身贅相府，享盡榮華，不能遣一僕，而附家報於路人；趙五娘千里尋夫，隻身無伴，未審果能全節與否，其誰證之？諸如此類，皆背理妨倫之甚者。」類似毛病還不少，如官職、功名均不合漢末情況。

國家圖書館出版品預行編目資料

中國古代文學史 3 ／馬積高、黃鈞編. -- 初版. -- 臺北市：萬卷樓，民 87

冊； 公分

ISBN 957 - 739 - 176 - 1 (第 3 冊：平裝)

1.中國文學—歷史

820.9 87007700

中國古代文學史 3

主 編：馬積高・黃鈞

發 行 人：許素真

出 版 者：萬卷樓圖書股份有限公司

臺北市羅斯福路二段 41 號 6 樓之 3

電話(02)23216565・23952992

傳真(02)23944113

劃撥帳號 15624015

出版登記證：新聞局局版臺業字第 5655 號

網 址：http://www.wanjuan.com.tw

E－mail ：wanjuan@tpts5.seed.net.tw

承印廠商：晟齊實業有限公司

定 價：360 元

出版日期：1998 年 7 月初版

2004 年 9 月初版二刷

2006 年 8 月初版三刷

ISBN 957 - 739 - 176 - 1